Recetas para amar y matar

SALLY ANDREW

Recetas para amar y matar

Traducción de
Ángeles Leiva Morales

Grijalbo

Título original: *Recipes for Love & Murder: A Tannie Maria Mystery*

Primera edición: junio, 2016

© 2015, Sally Andrew
© 2016, Penguin Random House Grupo Editorial, S. A. U.
Travessera de Gràcia, 47-49. 08021 Barcelona
© 2016, Ángeles Leiva Morales, por la traducción

Printed in Spain – Impreso en España

ISBN: 978-84-253-5404-5
Depósito legal: B-7.297-2016

Compuesto en Revertext, S. L.

Impreso Romanyà Valls, S. A.
Capellades (Barcelona)

GR 5 4 0 4 5

Penguin
Random House
Grupo Editorial

Este libro está dedicado a mis increíbles padres,
Bosky y Paul Andrew

1

Qué curiosa es la vida, ¿no? Me refiero al modo en que una cosa lleva a otra sin que una se lo espere.

Aquella mañana de domingo yo estaba en la cocina, removiendo la mermelada de albaricoque que tenía en la olla de hierro fundido. Era otro día de verano seco en el Klein Karoo, y agradecía la brisa que entraba por la ventana.

—Qué bien hueles —dije a la *appelkooskonfyt.**

Cuando la llamo «mermelada» de albaricoque, suena a conserva de bote del Spar, pero si hablas de *konfyt*, ya sabes que es casera. Mi madre era afrikáner y mi padre inglés, y en mi interior se mezclan los idiomas. Distingo los sabores en *afrikáans* y discuto en inglés, pero si suelto una palabrota me paso otra vez al *afrikáans*.

La *konfyt* de albaricoque estaba quedando bien, traslúcida y espesa, cuando oí el coche. Añadí unas cuantas semillas de albaricoque y una ramita de canela a la mermelada; no sabía que aquel vehículo traía el primer ingrediente utilizado en una receta para amar y matar.

Pero puede que la vida sea como un río imparable, que se acerca o se aleja del amor y la muerte sin dejar de serpentear. En un continuo ir y venir. Sin embargo, aunque la vida fluye como ese río, muchas personas pasan toda su vida sin nadar. Yo me tenía por una de ellas.

* Se incluye un glosario de términos *afrikáans* y sudafricanos al final de la novela.

El Karoo es uno de los lugares más tranquilos de Sudáfrica, por lo que es posible oír el ruido de un motor desde muy lejos. Apagué el fuego y tapé la olla. Aún me dio tiempo a lavarme las manos, quitarme el delantal azul, arreglarme el pelo frente al espejo y poner agua a hervir.

Entonces oí un frenazo y un topetón y supuse que sería Hattie. Es una conductora pésima. Me asomé a la ventana a escondidas y vi su Toyota Etios blanco pegado a un eucalipto del camino de entrada. Me alegré al ver que no había chocado contra mi vieja *bakkie* Nissan.

Saqué la *melktert* de la nevera. Harriet Christie es amiga mía y directora de la *Klein Karoo Gazette*, donde escribo una sección de recetas. No soy periodista; solo soy una *tannie* muy aficionada a cocinar y un poco a escribir. Mi padre era periodista y mi madre una excelente cocinera. No tenían mucho en común, así que me gusta pensar que en cierto modo los uno con mi sección de recetas.

Hattie iba vestida de domingo, con una falda y una chaqueta de color rosa. Los zapatos de tacón le bailaron un poco al pisar los huesos de melocotón que había en el sendero, pero por los adoquines no tuvo ningún problema. Aún siento cierta vergüenza cuando veo a alguien que viene de misa, porque yo no he vuelto a pisar la iglesia desde que murió Fanie, mi marido. Después de todos los años que pasé sentada a su lado en aquellos bancos de madera, tan modosita y de punta en blanco, escuchando la perorata del pastor para luego volver a casa y aguantar que Fanie siguiera pegándome, se me han quitado las ganas de ir a misa. Verme maltratada de esa manera ha hecho que ya no crea mucho en nada. Dios, la fe y el amor se fueron por la ventana durante los años que estuve con Fanie.

Desde entonces dejo las ventanas abiertas, pero nada de lo que se fue ha vuelto.

Y allí estaba Hattie, en mi puerta. No tuvo que llamar, porque siempre está abierta. Me encanta el aire fresco, el olor del *veld* con sus matorrales y su tierra seca, y los ruiditos que hacen mis gallinas cuando escarban en el estercolero.

—Entra, mi *skat*, entra —le dije.

Muchas señoras afrikáners dejaron de ser mis amigas cuando abandoné la NGK, la Iglesia Reformada Holandesa, pero Hattie es inglesa y va a St. Luke. Hay más de cuarenta iglesias en Ladismith. En St. Luke los blancos y los negros se sientan juntos sin problemas. Tanto Hattie como yo pasamos ya de los cincuenta, por lo demás somos distintas en muchos aspectos. Hattie es alta y delgada, con un cabello rubio muy bien peinado y cierto aire inglés. Yo soy baja y rellenita (demasiado sobre todo allí donde no toca), con rizos cortos de color castaño y un aire afrikáner desaliñado. Sus ojos son azules como una piscina, los míos verdes como una laguna. Sus zapatos favoritos son de tacón y brillan, yo prefiero mis *veldskoene*. Hattie no le da mucha importancia a la comida (aunque mi tarta de leche le encanta); en cambio, para mí cocinar y comer son dos de las mejores razones para vivir. Mi madre me transmitió la pasión por los fogones, pero hasta que descubrí la mala compañía que era mi marido no me di cuenta de la buena compañía que podía ser la comida. Habrá quien piense que es demasiado importante para mí; que lo piensen. Sin la comida, me sentiría muy sola. De hecho, sin ella estaría muerta. Hattie también es una buena compañía, y siempre nos alegramos de vernos. Es una de esas personas con las que puedes ser tú misma.

—Buenos días, Tannie Maria —dijo.

Me gustaba la forma en que a veces me llamaba «*tannie*», es decir, «tía» (aunque lo pronuncia con su acento inglés, como si rimara con «*nanny*», «niñera», cuando en realidad rima con «*honey*», «miel»). Se agachó para besarme en la mejilla, pero en su lugar besó el aire seco del Karoo.

—¿Un café? —le ofrecí. Entonces miré el reloj. A los ingleses no les gusta tomar café pasadas las once de la mañana—. ¿Un té?

—¡Sería genial! —respondió Hattie, aplaudiendo a lo Mary Poppins como hacía ella.

Pero, a juzgar por su cara, en realidad no parecía que estuviera tan genial. Tenía el ceño fruncido como las hojas de un gwarrie.

—¿Estás bien, *skat*? —le pregunté mientras preparaba la bandeja del té—. Pareces preocupada.

—Me encanta tu casa —dijo, dando unas palmaditas a la mesa de madera de la cocina—. Con pino de Oregón por todas partes y los muros de adobe tan gruesos. Es tan… auténtica.

Cuando Fanie murió, vendí la casa que teníamos en el pueblo y compré esta, en pleno *veld*.

—Es una casa de campo antigua bonita. ¿Qué te pasa, Hats?

Se le hundieron las mejillas, como si las palabras le cayeran por la garganta a toda velocidad.

—Vamos a sentarnos en el *stoep* —sugerí y llevé la bandeja hasta la mesa y las sillas de fuera.

Desde el porche se ve el jardín, con su césped, su huerto y sus árboles de todo tipo. Y al otro lado de la valla de madera baja está el largo camino de tierra que sube hasta mi casa, y el seco *veld* con sus matorrales y sus viejos gwarries. La casa más cercana se halla a unos cuantos kilómetros, escondida detrás de una *koppie*, pero los árboles son unos buenos vecinos.

Hattie se alisó la falda por detrás al sentarse. Intenté llamar su atención, pero su mirada recorrió el jardín de un lado a otro, como si siguiera el vuelo de un pájaro que fuera de aquí para allá. Una de mis gallinas de color marrón óxido salió de su lugar de reposo bajo un geranio y fue a picotear al estercolero. Pero esa no era el ave que Hattie observaba. La suya voló del limonero al huerto y luego fue dando saltitos de la planta de cola de lagarto a las campanillas amarillas una y otra vez. Yo oía cantos de pájaros por todas partes a nuestro alrededor, pero no veía nada allí adonde miraba Hattie.

—¿Ves algo entre las plantas del *veld*? —le pregunté.

—¡Qué calor, por Dios! —exclamó.

Sacó un sobre del bolsillo y se abanicó la cara con él.

—Déjame que te sirva un poco de tarta de leche.

Corté la tarta en trozos y puse un pedazo en cada plato.

—Eso es que tiene que llover —dijo.

Hattie seguía ahora al pájaro invisible como si este estuviera saltando de una punta a otra de la mesa. Le acerqué el plato.

—Es tu preferida —dije.

Intuía que Hattie tenía algo más que decir aparte de dar el parte meteorológico. Estaba colorada, como si tuviera algo picante en la boca, pero apretaba las comisuras de los labios sin dejar que se le escapara.

No era una persona tímida a la hora de hablar, así que no intenté meterle prisa. Serví té para las dos y contemplé el seco *veld*. Hacía mucho tiempo que no llovía. A lo largo del *veld* se extendían aquellas colinas bajas del Klein Karoo, subiendo y bajando ondulantes. Una tras otra, como un mar de piedra en calma. Cogí el pedazo de *melktert* y tomé un bocado. Estaba muy bueno; la vainilla, la leche y la canela combinaban a la perfección, dándole ese sabor tan reconfortante. La textura también tenía el punto exacto, con la masa cremosa y ligera y la costra fina y quebradiza.

Hattie miró el interior de su taza, como si su pájaro imaginario se hubiera metido en ella de un salto. Vi un ave de verdad a la sombra de un gwarrie, demasiado lejos para distinguir qué era. Me encantan esos viejos árboles. Los hay milenarios. Se ven nudosos y retorcidos, como si tuvieran codos y rodillas por todas partes, y sus hojas son muy oscuras y arrugadas.

Hattie se puso derecha y tomó un sorbo de té. Lanzó un suspiro. Para eso sirven los *stoeps*. Para tomar té, suspirar y contemplar el *veld*. Pero Hattie seguía mirando dentro de la taza.

—Riquísima —dije, comiéndome las últimas migas de la tarta que quedaban en mi plato.

Mi pájaro se acercó volando y se posó en una acacia espinosa. Era un alcaudón. Al acecho.

Hattie no tocó su tarta de leche, y yo ya no aguantaba más.

—Hattie, *skat*, ¿qué ocurre?

Después de tragar una bocanada de aire, puso un sobre encima de la mesa.

—Ay, Maria —dijo—. No traigo buenas noticias.

Noté que el té y la *melktert* se me revolvían un poco en el estómago.

2

No soy de las que tienen prisa por conocer las malas noticias, así que me serví más té y tarta de leche. Hattie aún se estaba tomando su primera taza de té, con una cara que daba pena. El sobre seguía allí, encima de la mesa, lleno de malas noticias.

—Es de la central —dijo, pasándose la mano por un nudo que tenía en la garganta.

Quizá se le hubiera atragantado la bocanada de aire.

Hattie no solía recibir noticias de la central. Pero cuando se comunicaban con ella era para decirle lo que debía hacer. En las gacetas de la comunidad se da, ¿cómo se llama eso?, la redifusión de contenidos. Cada periódico es independiente, y tiene que financiarse en su mayor parte mediante la publicidad, pero aun así deben seguirse las normas de la central.

El alcaudón bajó en picado al suelo desde la rama de la acacia espinosa.

—Maria, dicen que es absolutamente imprescindible que tengamos una sección de consejos —dijo Hattie.

La miré con el ceño fruncido. ¿A qué venía tanto revuelo?

—Como un consultorio sentimental —aclaró—. Con consejos sobre amor y cosas por el estilo. Dicen que eso aumenta las ventas.

—*Ja*. Podría ser —dije.

Seguía esperando la mala noticia.

—El caso es que no tenemos espacio. O el dinero para imprimir las cuatro páginas de más que necesitamos para añadir una sección. —Colocó las manos como un libro. Yo sabía cómo funcionaba eso. Se imprimían cuatro páginas a doble cara en una hoja de papel grande—. He intentado cambiar la maquetación, y ver qué podemos suprimir. Pero no hay nada. Nada en absoluto.

Me removí en mi silla. El alcaudón volvió volando hasta una rama con algo que había cogido.

—Los llamé el viernes —continuó Hattie— para decirles: «Sentimos no poder hacerlo, no ahora mismo». —La garganta se le encogió como una pajita de plástico—. Me dijeron que podíamos eliminar la sección de recetas.

Su voz sonó lejana. Yo observaba el alcaudón; llevaba una lagartija en el pico. Clavó su carne en un árbol espinoso blanco y grande.

—Tannie Maria.

Me pregunté si la lagartija seguiría viva.

—Yo me opuse, alegando lo mucho que les gustaba a los lectores tu columna. Pero me dijeron que la sección de consejos era innegociable.

¿Tendría el pájaro asesino intención de dejar allí la carne para que se secara y hacer *biltong*?

—Tannie Maria.

Miré a Hattie. Su rostro se veía tan crispado y abatido que parecía que fuera su vida la que estaba a punto de irse al traste, no la mía. Aquella sección de consejos era mi vida. No solo por el dinero. Claro está que necesitaba unos ingresos extras para subsistir; la pensión que me había quedado tras la muerte de mi marido no daba para mucho. Sin embargo la columna que escribía era la manera que tenía de compartir lo más importante que había para mí: la cocina.

Se me secó la garganta. Tomé un poco más de té.

—Le he estado dando vueltas —dijo Hattie—. Y he pensado que podrías ser tú la encargada de escribir la nueva sección, dando consejos sobre amor y cosas por el estilo.

Solté un resoplido. No fue un sonido agradable.

—¡Si yo no sé nada sobre el amor! —contesté.

En aquel momento una de las gallinas, la de plumas oscuras alrededor del cuello, atravesó el césped picoteando el suelo y sentí una especie de amor por ella. También me inspiraba amor el sabor de mi *melktert*, el olor a *beskuits* horneándose y el sonido de la lluvia que caía tras la larga espera. El amor era un ingrediente presente en todo lo que yo cocinaba. Pero los consultorios sentimentales no iban de tartas de leche ni de amor por las gallinas.

—Al menos no sobre ese tipo de amor —dije—. Y no soy quién para dar consejos. Deberías pedírselo a alguien como Tannie Gouws, que trabaja en CBL Hardware. Ella siempre tiene consejos para todo el mundo.

—Una de las cosas más maravillosas de ti, Maria, es que nunca das consejos si no te los piden. Pero lo que haces de fábula es escuchar. Es a ti a quien acudimos cuando tenemos algo importante que resolver. ¿Recuerdas cómo ayudaste a Jessie aquella vez que no tenía claro si irse o no a trabajar a Ciudad del Cabo?

—Recuerdo que le di *koeksisters*...

—La escuchaste y la aconsejaste de maravilla. Gracias a ti sigue estando aquí, con nosotros.

Negué con la cabeza y dije:

—Yo sigo creyendo que fueron los dulces.

—Se me ha ocurrido otra idea —dijo Hattie—. ¿Por qué no escribes un libro de cocina? *Las recetas de Tannie Maria*. Quizá pueda ayudarte a buscar una editorial.

Oí un aleteo y al levantar la mirada vi al alcaudón alejarse volando. Había dejado la lagartija clavada en el árbol espinoso.

Un libro no era mala idea, pero las palabras que salieron de mi boca fueron:

—Escribir un libro es una cosa solitaria.

Hattie alargó la mano para coger la mía. Pero yo dejé mi mano donde estaba.

—Ay, Tannie Maria —exclamó ella—. No sabes cuánto lo siento.

Hattie era una buena amiga. No quería hacerla sufrir. Le estreché la mano.

—Come un poco de *melktert*, Hats —le dije—. Está muy buena.

Hattie cogió el tenedor y yo me serví otro trozo. Tampoco quería sufrir. No tenía ningún motivo para sentirme sola. Estaba sentada en mi *stoep* con unas vistas preciosas del *veld*, una buena amiga y una tarta de leche de primera.

—¿Y si leo las cartas de la gente y les doy una receta que les sirva de ayuda? —sugerí.

Hattie se acabó el bocado antes de contestar.

—Tendrías que darles algún consejo.

—Serían consejos nutritivos.

—La gente escribirá contando sus problemas.

—Daré una receta distinta para cada problema.

Hattie pinchó el aire con el tenedor y dijo:

—¿La comida como medicina para curar el cuerpo y el alma?

—Sí, exacto.

—Tendrás que dar algún consejo, pero podría incluir una receta.

—«La columna de recetas y consejos sentimentales de Tannie Maria».

Hattie sonrió y su rostro volvió a ser el de siempre.

—Bendito sea Dios, Tannie Maria. No veo por qué no.

Y, dicho esto, apuró tenedor en mano el pedazo de *melkert* que tenía en el plato.

3

Así que fue en el *stoep*, con Hattie, donde decidimos hacer la «La columna de recetas y consejos sentimentales de Tannie Maria». La sección se hizo muy popular. Me escribía gente de todo el Klein Karoo. De las cartas con las que yo les respondía salieron las recetas incluidas en este libro: recetas para amar y matar. Y aquí estoy, escribiendo un libro de cocina después de todo, aunque no sea como yo me lo imaginaba.

Una cosa llevó a otra de un modo que yo no me esperaba. Pero no dejéis que os cuente la historia al revés; solo quiero que vayáis haciendo boca...

La receta para matar es la más importante de este libro. La receta para amar es más complicada, pero curiosamente surgió de esta receta para matar:

RECETA PARA MATAR

1 hombre bajo y fornido que maltrata a su esposa
1 esposa menuda y sensible
1 mujer fuerte de estatura media enamorada de la esposa
1 escopeta de doble cañón
1 pueblo pequeño del Karoo macerado en secretos
3 botellas de brandy Klipdrift
3 patos pequeños
1 botella de zumo de granada

1 puñado de guindillas
1 jardinero afable
1 atizador
1 neoyorquina muy intensa
7 adventistas del séptimo día (preparados para el fin del
    mundo)
1 periodista de investigación curtida
1 detective aficionada blanda
2 policías frescos
1 cordero
1 puñado de sospechosos y pistas falsas bien mezclados
1 pizca de codicia

Echar casi todos los ingredientes en una olla grande
y dejar cocer a fuego lento, removiendo con una cuchara
de madera durante unos cuantos años. Añadir los patos,
las guindillas y el brandy hacia el final de la cocción y
subir el fuego.

4

Apenas una semana después de mi charla con Harriet en el *stoep* comenzaron a llegar las cartas. Recuerdo a Hattie con ellas en la mano, enseñándomelas como si fuera un truco de cartas desde la entrada de la redacción de la *Klein Karoo Gazette*. Me habría oído llegar en mi *bakkie* y me esperaba mientras yo bajaba a pie por el sendero.

—¡Yuju, Tannie Maria! ¡Tus primeras cartas! —exclamó.

Llevaba un vestido de color amarillo mantequilla y su cabello se veía dorado a la luz del sol. Hacía calor, así que caminé poco a poco por el sendero de piedras planas entre las macetas de áloes y plantas suculentas. La pequeña redacción está situada detrás de la galería de arte y el vivero de Ladismith, en Eland Street.

—Las *vetplantjies* están floreciendo —dije.

Las pequeñas plantas crasas tenían flores rosa que relucían con destellos plateados allí donde les daba la luz.

—Llegaron ayer. Hay tres —anunció Hattie pasándome las cartas.

La redacción de la *Gazette* tiene las paredes blancas, el suelo de madera de pino de Oregón y un techo alto. En el muro exterior hay una de esas rendijas de ventilación redondas de bonitos diseños que llaman «ojos de Ladismith». La redacción ocupa lo que antes era un dormitorio de una de las antiguas casas originarias de Ladismith. En ella solo caben tres mesas de madera, un fregadero y una nevera pequeña, pero a Jessie, a Hattie y a mí nos basta con eso. Hay otros tres periodistas *freelance* en pueblecitos repartidos por todo el Klein Karoo, pero envían su trabajo a Hattie por correo electrónico.

Un ventilador enorme daba vueltas y más vueltas en el techo, aunque no sé si ayudaba mucho a refrescar el aire de la sala.

—*Jislaaik!* —exclamé—. En un día así podrían hacerse *beskuits* sin horno.

Dejé una lata de *beskuits* recién hechos encima de mi mesa. Jessie levantó la vista del ordenador y me dedicó una amplia sonrisa al vernos a mí y a la lata.

—Tannie M. —dijo.

Jessie Mostert era la joven periodista de la *Gazette*, una chica negra que había conseguido una beca para estudiar en Grahamstown y luego había vuelto a su pueblo natal para trabajar. Su madre era enfermera en el hospital de Ladismith.

Jessie iba con unos tejanos claros, una riñonera con un montón de bolsillos y un chaleco negro. Tenía un cabello oscuro y abundante que llevaba recogido con una coleta y sus brazos morenos estaban tatuados en la parte superior con salamanquesas. Encima de su mesa, al lado del ordenador, estaba su casco de escúter y la cazadora vaquera. A Jessie le encantaba su pequeño escúter rojo.

Hattie puso las cartas en mi mesa, junto a los *beskuits* y el hervidor de agua. Yo trabajaba solo media jornada y no me importaba compartir mi mesa con las cosas del té, empleadas a tiempo completo. Puse agua a hervir y cogí unas tazas del pequeño fregadero.

Hattie se sentó a su mesa y hojeó sus notas.

—Jess —dijo—. Necesito que vayas a cubrir la fiesta de la iglesia de la NGK el sábado.

—*Ag*, no, Hattie. Otra fiesta de iglesia no. Que soy una periodista de investigación.

—Ah, sí, la chica con los tatuajes de salamanquesas.

—No tiene gracia —replicó Jessie sonriendo.

Miré las tres cartas que había encima de mi mesa como si fueran tres regalos sin abrir. Las dejé allí mientras hacía café para todas nosotras.

—Quiero que saques fotos de las nuevas labores hechas por el grupo de patchwork. Tendrán su propio tenderete en la fiesta —explicó Hattie.

—Oh, no, otra vez el *lappiesgroep* no. El mes pasado escribí un artículo entero dedicado a ellas y a la *Afrikaanse Taal-en Kultuurvereniging*.

—No pasa nada, querida, seguro que surge algo interesante —dijo Hattie garabateando algo en un bloc. No me pareció que hubiera visto la cara de fastidio de Jessie, pero al cabo de un momento añadió—: Y si no siempre puedes buscar trabajo en un periódico más emocionante. De Ciudad del Cabo quizá.

—*Ag*, no, Hattie, ya sabes que me encanta estar aquí. Lo que pasa es que necesito...

—Jessie, me alegro mucho de que decidieras quedarte aquí. Pero eres una chica muy inteligente y a veces pienso que este pueblo y este diario se te quedan muy pequeños.

—Me encanta este pueblo —repuso Jessie—. Aquí están mi familia y mis amigos. Simplemente creo que hasta en un pueblo pequeño hay grandes historias.

Dejé una taza de café en cada una de las mesas y ofrecí *beskuits* a mis compañeras. Hattie nunca coge ni uno antes de la hora de comer, pero a Jessie le brillaron los ojos al ver las pastas doradas y crujientes y olvidó la discusión.

—Coge dos —le sugerí.

Cuando metió la mano en la lata, las salamanquesas tatuadas parecieron trepar por su brazo. Le sonreí. Me gusta que una chica tenga buen apetito.

—*Lekker* —exclamó.

De repente, de su cadera empezó a sonar la canción de Alicia Keys *Girl On Fire*, «Chica en llamas».

—Perdón —dijo Jessie abriendo uno de los bolsillos de la riñonera—. Es mi teléfono.

La canción fue oyéndose cada vez más fuerte a medida que ella se acercaba a la entrada de la redacción y contestaba la llamada.

—¿Diga...? ¿Reghardt?

Jessie salió al jardín y su voz se apagó; ya no la oí más, ni a ella ni su canción en llamas. Me senté a mi mesa y mojé un *beskuit* en el café. La pasta llevaba pipas, lo que le daba ese sabor a frutos secos tostados. Volví a mirar los sobres.

La carta de encima era de color rosa e iba dirigida a Tannie Maria. El punto de las íes era un pequeño círculo. Tomé un sorbo de café antes de decidirme a abrirla. Cuando acabé de leerla, estaba tan estupefacta que dejé de comer.

La carta decía así:

> Querida Tannie Maria:
> Tengo la sensación de que mi vida ha llegado a su fin y no tengo ni trece años. Mi madre me va a matar, si no me suicido yo antes. Pero ella aún no sabe nada. He practicado sexo tres veces, pero solo he tragado una vez. ¿Estaré embarazada? Hace siglos que no me viene la regla.
> Él tiene quince años, una piel negra y suave y una sonrisa radiante. Decía que me quería. Quedábamos bajo el *kareeboom* y luego íbamos al cobertizo y jugábamos a los helados. Él decía que yo sé a los mangos dulces que crecen en las calles de donde es él. Él sabe a chocolate, frutos secos y helado. Son cosas que a mí me encantaba comer. Intenté dejar de ir al cobertizo, pero en cuanto lo veía a la sombra del árbol, salivaba por él.

Me abaniqué con el sobre rosa y seguí leyendo.

> Cuando le dije que a lo mejor estaba embarazada, él me contestó que teníamos que dejar de vernos. Al salir del cole paso por delante del árbol, pero ya nunca lo veo por allí.
> Estoy tan preocupada que no como. Mi madre dice que me voy a consumir. Sé que voy a ir al infierno, por eso no me he suicidado.
> ¿Puede ayudarme?
>
> DESESPERADA

Dejé la carta y sacudí la cabeza de un lado a otro. *Magtig!* Menuda tragedia…

Una muchacha que no come.

Teníamos que conseguir que recuperara su interés por la comida. Necesitaba una receta con chocolate y frutos secos. Y helado. Además de algún ingrediente saludable.

Naturalmente, le diría que una no puede quedarse embarazada por practicar sexo oral. Y en el caso de que se viera incapaz de hablar con su madre, le pasaría el número de teléfono del centro de planificación familiar de Ladismith. Pero si lograba dar con una receta que le resultara irresistible, podría evitar muchas molestias a unos y otros.

Plátanos, pensé. Son muy sanos, y le ayudarían a recuperar fuerzas. ¿Cómo estarían congelados, bañados en chocolate negro fundido y recubiertos de frutos secos? Le escribí una receta con chocolate negro y avellanas tostadas, confiando en que le sirviera para olvidar al chico. Y por si acaso él leía la carta, incluí además una receta de sorbete de mango. Era temporada de mangos, y los buenos sabían a miel y sol.

5

Sjoe, platos fríos como esos era lo que apetecía con aquel calor. Pero todavía quedaban dos cartas sin abrir encima de mi mesa, que no reclamaban tanto mi atención como los plátanos congelados.

—Voy a trabajar desde casa —dije a Hattie—. Necesito probar unas recetas.

—Mmm —respondió.

Hattie estaba enfrascada en su trabajo, con un lápiz en la boca y el ceño fruncido.

—Hattie, ¿a qué hora es la fiesta del sábado? —le preguntó Jessie.

Jessie estaba en su mesa, sacando una pequeña libreta de uno de los bolsillos de la riñonera.

—Mecachis —exclamó Hattie, apretando botones de su ordenador—. ¿Hum? A las dos de la tarde.

Yo me levanté, con las cartas en la mano.

—Es importante que las recetas salgan buenas —dije—. Irresistibles.

Hattie levantó la vista de su trabajo.

—Maria, querida. Ve, ve.

Mi pequeña *bakkie* estaba aparcada a unos cuantos árboles de la redacción, junto al escúter rojo de Jessie. Intentábamos mantenernos a cierta distancia del Toyota Etios de Hattie; yo ya tenía una abolladura que me había hecho en la puerta de la camioneta. Mi *bakkie* Nissan 1400 era azul claro, como el cielo del Karoo a primera hora de la mañana, y tenía un toldo de color blanco, como esas nubecillas esponjosas, pero el toldo solía estar más polvoriento que las nubes. Aunque la había dejado con todas las ventanillas bajadas, y estaba a la sombra de un jacarandá, el interior seguía pareciendo un horno. Era un día ideal para un helado.

Pasé un momento por el Spar para comprar los ingredientes que necesitaba. Como era una hora de poco movimiento, tuve suerte de salir de allí habiendo charlado con solo tres personas. No es que me disguste charlar, pero ese dulce frío que tenía en mente reclamaba mi atención a gritos y no me dejaba escuchar bien.

El olor a mangos maduros me acompañó mientras conducía por las tierras de cultivo, a través del *veld* abierto y entre las suaves colinas marrones. Doblé por el camino de tierra que lleva a mi casa y, una vez pasados los eucaliptos, aparqué en el camino de entrada, junto a la lavanda. Tumbadas a la sombra del geranio había dos gallinas oscuras, que no se levantaron para saludarme.

Fui directa a la cocina y, en cuanto dejé la bolsa del súper encima de la mesa de madera grande, pelé los seis plátanos y los metí en el congelador dentro de un táper. Luego troceé cuatro mangos y los metí también en el congelador. Me puse sobre el fregadero para comerme la pulpa que quedaba en la piel de los mangos y chupar los huesos pegajosos hasta dejarlos limpios. Me pringué a base de bien.

A continuación, machaqué las avellanas en un mortero de madera y las tosté por encima en una sartén. Las probé antes de que se enfriaran. Partí en pedazos el chocolate y lo puse en una cacerola donde lo calentaría al baño María cuando el plátano estuviera congelado. Probé el chocolate negro. Comí un poco junto con las avellanas para ver cómo quedaba la mezcla. Luego preparé más avellanas y chocolate para reponer lo que había desaparecido con todas las pruebas. Los trozos de plátano y mango tardarían un par de horas en congelarse. ¿Cómo iba a esperar tanto rato? Las cartas. Había traído las dos cartas del trabajo.

Decidí ir afuera a leerlas para poder centrarme en ellas sin distracciones. Me senté en el *stoep* sombreado y abrí una. Era de una niña a la que le gustaba un niño y no sabía cómo hacerse amiga de él. Le mandé una receta fácil de *fudge* o dulce de azúcar frío muy bueno. Ningún niño dice que no a un dulce como este.

En la siguiente carta que abrí, ponía: «Mierda, soy una imbécil integral. Rompa la última carta que le he enviado, por favor. Si mi marido llega a verla o a enterarse de que la he escrito... ¡Seré tonta! No la publique, haga el favor. Destrúyala, se lo ruego».

¿Qué última carta? ¿De qué tendría miedo? Miré el matasellos del sobre. Ladismith. La fecha era de hacía dos días. Telefoneé a la *Gazette* y se puso Jessie.

—Hola, Tannie M. —dijo.

—¿Me he dejado una carta en mi mesa? —le pregunté.

—Un momento, voy a ver.

Miré el reloj de la cocina mientras esperaba a que Jessie contestara. No había pasado ni una hora desde que había metido los trozos de plátano en el congelador.

—No, no hay nada. Pero ha llegado correo después de que tú te fueras. Y hay una carta para ti.

—¿Un sobre blanco? —dije—. ¿Con matasellos de Ladismith enviado hace dos o tres días?

—Mmm... —contestó—. Ajá.

—Estoy preparando un plato de plátano helado con chocolate y avellanas —le expliqué—. Si te apetece pasarte en algún momento...

—Podría escaparme un rato a la hora de comer, ¿no? Te llevaré la carta.

—Perfecto —respondí.

El marido de la mujer de la carta me daba mala espina. Me causaba una desazón que me encogía las entrañas, así que decidí echarme algo dulce al estómago. El plátano aún no estaba congelado, pero sabía bien con las avellanas y el chocolate. Necesitaba probar la receta como era debido, con el plátano congelado y el chocolate fundido, así que paré de comer después del primer plátano.

Para obligarme a salir de la cocina me puse mis *veldskoene*, ropa vieja y un sombrero de paja y fui al huerto. Tenía dos pares: unos de color caqui claro, más de vestir, y los otros de color marrón oscuro, que me iban mejor para trabajar en el jardín. Fuera hacía un calor abrasador, pero había una parte del huerto que estaba a la sombra del limonero, así que me arrodillé allí y me puse a arrancar las malas hierbas.

Entre las lechugas que tenía allí plantadas hallé varios caracoles, que tiré al estercolero para que los encontraran las gallinas.

Tenía suerte de contar con un pozo de agua; hacía ya demasiado tiempo que no llovía. El sol del Karoo intenta absorber toda la humedad de las plantas y las personas, pero nosotros la retenemos, aferrándonos a ella. Las pequeñas *vygies* y otras plantas suculentas son las que mejor lo hacen. Por la noche me pongo aceite de oliva en la piel para no convertirme en un trozo de *biltong* seco, pero cuando salgo de casa no me echo, si no me freiría al sol hasta quedar como un *vetkoek* de Tannie Maria.

Al cabo de un rato el calor se hizo insoportable. Me levanté, me sacudí la tierra de las rodillas y me lavé las manos bajo el grifo del jardín. Me quité el sombrero, me mojé la cara con agua fría y me la sequé con el pañuelo. Luego entré en la cocina, puse a calentar el chocolate al baño María y saqué el mango del congelador. Ya se había congelado, pero no estaba duro como una piedra, lo cual es perfecto. Lo pasé por la batidora a toda potencia y puse el sorbete en el que se había convertido en el táper para volver a meterlo en el congelador.

Oí el escúter de Jessie, así que saqué el plátano del congelador y aparté del fuego el chocolate fundido. Con ayuda de las pequeñas pinzas de barbacoa que tengo, metí los trozos de fruta en el cuenco de chocolate negro y luego los pasé por el plato de avellanas tostadas.

Jessie sonrió de oreja a oreja al entrar en la cocina.

—Hala, Tannie M, qué bien huele. *Lekker! Jislaaik*, ¿qué es eso?

Dejó el casco y la cazadora vaquera encima de una silla de la cocina y miró los plátanos con chocolate y avellanas que estaba poniendo sobre papel encerado. Cuando tuve preparados cinco plátanos enteros, los metí en el congelador.

—Vamos primero con el entrante —dije, y serví dos cuencos de sorbete de mango.

—Qué pasada, Tannie. ¿Qué lleva esto?

—Mango.

—*Ja*, pero ¿qué más?

—Solo lleva mango.

—No puede ser. ¿En serio?

—*Ja*. Los de la variedad Zill son los mejores, pero aún no es época. Estos son Tommy Atkins, muy buenos también. Ah, y le he echado un chorrito de zumo de limón por encima, para darle ese punto de acidez.

—Vaya. Es increíble.

Puse los dos cuencos ya vacíos en el fregadero y cogí dos platos para el plato fuerte. Jessie se ajustó la riñonera.

—¿Qué es todo eso que llevas en la riñonera? —le pregunté mientras servía los plátanos en los platos.

—Mmm —murmuró, dando palmaditas a los distintos bolsillos que colgaban de sus caderas—. La cámara, el móvil, varias libretas, un cuchillo, una linterna, un espray de pimienta. Esas cosas. —Jessie tenía la mirada puesta en los plátanos cubiertos de chocolate—. Eso tiene pinta de estar riquísimo.

—La verdad es que así se ven un poco raros —dije—. No acaban de quedar del todo bien.

—¿Nos los comemos con los dedos?

—Pues no lo sé —respondí—. Es la primera vez que hago este plato. Toma un cuchillo y un tenedor… Un momento. Nata. Eso es lo que les falta. —Puse una buena cucharada de nata montada en cada uno de los platos—. Así está mejor.

Comenzamos a comer con cuchillo y tenedor pero acabamos

usando los dedos porque estaban demasiado buenos como para perder el tiempo con finuras.

Una de las mejores cosas de Jessie es que sabe apreciar la comida. Tiene un cuerpo con criterio, rellenito allí donde toca.

Comimos sin hablar, pero Jessie cerró los ojos y soltó algún que otro gemido.

—*Jislaaik* —exclamó cuando terminó—, este plátano es el mejor que he comido en toda mi vida.

Sonreí y le serví otro plátano congelado con chocolate y avellanas, acompañado de nata. Yo también me puse uno más para que no comiera sola. Deseé poder transmitir el buen juicio de Jessie a la muchacha a la que iba destinada aquella receta.

Tras apurar los restos de chocolate que quedaban en su plato, Jessie suspiró y acarició una de las salamanquesas que tenía tatuadas en el brazo. Es algo que hace a veces cuando está contenta.

—Será mejor que vuelva —dijo, poniéndose de pie mientras abría un bolsillo de la riñonera—. Aquí tienes tu carta.

Noté que me ardían las manos.

6

Cuando Jessie se fue ni siquiera me molesté en fregar; salí a sentarme en la silla de metal a la sombra del limonero y abrí el sobre. La letra era la misma que la de la otra carta.

Querida Tannie Maria:
Siempre me han gustado sus recetas. Las leo todas las semanas.
Me da vergüenza escribirle ahora para pedirle consejo. A lo hecho, pecho, pero después de lo que acaba de pasar...
Prometí amar y obedecer a este hombre. Mi marido. El amor se ha agotado, pero hago lo que puedo. Él también pone su granito de arena, costeando los gastos de nuestro hijo, que tiene parálisis cerebral y está en un hogar de niños con necesidades especiales.
Solo me pega cuando está borracho o celoso. Si no le planto cara, no va a mayores. Dice que después se arrepiente, cosa que creo aunque resulte extraño, y que no volverá a hacerlo, cosa que no creo. A veces salta por cualquier cosa. Creo que tiene algo que ver con su padre y con el tiempo que estuvo en el ejército. Tiene pesadillas con el ejército. No estoy intentando justificarlo... solo digo que no es un monstruo.

Tenía la boca seca y me levanté, dejando en la silla la carta a medio leer. Fui adentro y me serví un vaso de agua de la nevera. Me temblaban un poco las manos. Noté un dolor en el pecho al tragar. Es algo que me ocurre cuando bebo agua fría demasiado rápido. Volví al jardín para retomar la lectura de la carta.

Las palizas suelen darse una vez al mes. El sexo, una vez a la semana. Así que estoy veinticinco días al mes sin que me moleste demasiado. Paso muy buenos ratos con mi amiga, que viene a visitarme cuando él no está. Trabajo solo dos mañanas a la semana, así que estoy mucho tiempo en casa. Ella y yo nos tenemos un amor mutuo, aunque yo prefiero que no pase de ser platónico.

Fue ella quien me regaló los patos. Tres patos blancos ornamentales. Arreglamos el estanque para que nadaran en él.

Esos patos eran lo primero por lo que he sentido un amor totalmente puro en mi vida. Sin culpa ni dolor. Me inspiraban puro gozo y alegría. Podía pasarme las horas muertas contemplándolos. Viéndolos nadar. Caminar. Hurgar en la hierba. Yacer con el pico oculto entre sus plumas.

Él les disparó.

A los tres.

Con su escopeta de mierda.

Los patos estaban durmiendo.

Me entraron ganas de matarlo. Cogí un cuchillo de cocina y me abalancé sobre él. Él me sujetó los brazos, hasta que acabé rendida de tanto llorar.

Mi marido se había bebido una botella de brandy Klipdrift. Estaba celoso de mi amiga y de los patos. Pero la gota que colmó el vaso fue el cordero al curry que preparé. Dijo que el cordero estaba duro y el curry demasiado picante. También dijo que yo no me preocupaba por él. En ambos casos tenía razón.

Por favor, ¿podría darme una receta para preparar un buen cordero al curry?

¿Y algún consejo más?

Atentamente,

MUJER DESVALIDA

Permanecí un buen rato allí sentada, con la carta en el regazo, mirándome los *veldskoene* mientras recordaba cosas que no quería recordar. El sol fue sacándome poco a poco de la sombra y noté su calor en las piernas y los hombros. Pero en mi interior sentía un frío que me hacía temblar. Luego lo sustituyó un calor repentino, y el sol me quemó la piel. El viento hizo susurrar las hojas del limonero y me levanté para ir adentro.

Tenía un sentimiento de tristeza instalado en el estómago, sentimiento que logré dejar a un lado comiéndome el último plátano congelado. En mi barriga ya no notaba nada más que plátanos bañados en chocolate. Sin embargo, mi mente insistía en llevarme a donde yo no quería ir. Volvieron a temblarme las manos.

Me preparé una buena taza de café con mucho azúcar y me la llevé afuera, a la mesa del *stoep*, junto con la carta de la mujer, papel y boli. Pensé que el café azucarado me levantaría el ánimo, pero incluso después de tomarme la taza entera seguía deprimida. Me embargaba una tristeza de la que no podía librarme, fruto de todos esos años que había pasado con un hombre tan parecido a su marido. No era exactamente igual. Él no había matado a mis patos, porque yo no tenía patos. Ni una buena amiga que me regalara patos blancos. Y en mi caso las palizas se daban más bien una vez a la semana, y el sexo a la fuerza una vez al mes. Eso si tenía suerte. Pero la historia parecía más o menos la misma. Incluso coincidía en lo del brandy Klipdrift. Lo que nunca hice fue atacarlo con un cuchillo. Ni abandonarlo. Temía morir. Y seguir con vida.

Cuando Fanie sufrió un infarto y murió, me sentí liberada. Pero estando él vivo, yo no podía escapar. Incluso el cura de nuestra iglesia decía que mi deber era permanecer junto a mi marido, así que eso fue lo que hice.

Confiaba en que aquella mujer no hiciera lo mismo. Cogí el boli. Por supuesto, no publicaríamos lo que había escrito, pero sí que podríamos publicar una receta y una carta de mi parte. Estuve un buen rato tachando lo que escribía hasta dar con las palabras precisas. Tras dos horas y un cuenco de sorbete de mango, le dije lo siguiente:

Yo viví durante más años de la cuenta con un hombre que me pegaba. Los moretones y los huesos rotos se curan, pero los daños que sufre el corazón pueden durar toda la vida. El amor es algo valioso. Si está con un hombre que la maltrata, debería dejarlo. Sé que resulta duro por muchos motivos, pero seguro que encuentra la manera.

No haga como yo. Salve su corazón.

A continuación, escribí la mejor receta que conocía de cordero al curry hecho a fuego lento. (De repente, se me ocurrió un plato de pato al moscatel, pero como es lógico lo descarté.) Esta receta está incluida al final del libro, junto con todas las demás. Se trata de un curry muy tierno y exquisito acompañado de unos sambals excelentes.

7

Un par de semanas después, mientras bajaba con mis *veldskoene* por el camino que lleva a la redacción en medio del calor de la mañana, al acercarme a la puerta oí unas voces.

—Es estupendo —dijo Hattie—. Sabía que podías escribir un gran artículo sobre la fiesta de la iglesia.

—*Ag*, Hattie, venga ya. Vamos con la historia de la que quería hablar contigo. Las prácticas agrícolas locales y la ruina total que supone el pastoreo excesivo y los pesticidas para los ecosistemas...

—Maria —dijo Hattie, aplaudiendo al verme—, mira el montón de cartas que hay en tu mesa. ¿A que es maravilloso?

Me puse bajo el ventilador del techo y noté cómo el aire me secaba el sudor de la cara y el cuello. El vestido marrón de algodón se me pegaba al cuerpo, completamente arrugado a pesar de que cuando me lo había puesto por la mañana estaba impecable. Hattie estaba sentada a su mesa, quitándose con un cepillo una mota de suciedad de sus pantalones lisos de algodón de color albaricoque. No sé cómo se las ingeniaba para ir siempre tan elegante. Jessie me sonrió al pasarme un vaso de agua fría. Su sonrisa se veía radiante en su rostro moreno redondo.

—*Dankie, skat* —le dije y le di un táper—. *Bobotie*, para ti.

—¡Ooh, *lekker*! —exclamó ella, y lo metió en la neverita.

Se quedó un momento junto a la puerta abierta de la nevera y se levantó la tupida coleta, apartándosela del chaleco negro. Dejó que el aire le refrescara la cara y la nuca.

Girl On Fire resonó en su móvil. Jessie lo sacó de la riñonera y apretó un botón que apagó la canción.

—Solo es un recordatorio —dijo.

—Santo cielo, Jess. No necesitamos que nos recuerden el calor que hace —comentó Hattie.

—No —respondió Jessie, sonriendo—. Lo que me recuerda es que mire cierta web que ya debería estar lista...

Jessie comenzó a hacer clic en unos cuantos botones de su ordenador. Yo me senté a mi mesa con el vaso de agua fría. Hacía dos semanas que habíamos empezado con la sección y no paraban de llegar cartas. Había mucha gente ávida de mis recetas y consejos. Era toda una responsabilidad, pero disfrutaba con ello. Receta que ofrecía a alguien, receta que preparaba yo también. Cuando no estaba escribiendo, estaba cocinando. Más de lo que podía comer yo sola. A veces congelaba la comida que sobraba; a menudo se la llevaba a Jessie.

Dejé el vaso y cogí el grueso puñado de cartas que había encima de mi mesa.

—*Jinne* —exclamé—. ¿Cómo voy a elegir?

Las dispuse sobre la mesa como si estuviera jugando al solitario. Solo había espacio para publicar una o dos cartas por semana, y me sentía mal por las personas a las que no podía responder. Algunas ponían su dirección, y yo les contestaba. Pero en la mayoría de los casos no era así.

—Maria, querida, hemos estado trabajando para solucionar tu problema —dijo Hattie, y miró a Jessie, que estaba frente a su ordenador. Jessie asintió y le hizo un gesto de aprobación con el pulgar hacia arriba—. Y nos complace anunciarte que tenemos una web en marcha. He conseguido el patrocinio de Agentes Inmobiliarios del Klein Karoo. Podemos publicar montones de tus cartas en la web. Y la gente puede enviarte las suyas por email.

—Ven a echar un vistazo —dijo Jessie.

—Ah —respondí—. Gracias, *skat.* —No quería parecer desagradecida—. El caso es que estoy segura de que la mayoría de la gente que me escribe no sabe de webs ni de esas modernidades. Es gente... normal y corriente.

—Te sorprenderías —repuso Jessie—. Mucha gente tiene internet en su casa. Hoy en día hay cibercafés en muchos pueblos pequeños.

Fui a mirar la web en su pantalla. Se llamaba *Klein Karoo Gazette*, igual que el periódico. Jessie hizo clic en algún sitio y apareció una página en la que ponía: «La columna de recetas y consejos sentimentales de Tannie Maria». Había un dibujo de una amable *tannie* que no se parecía a mí, sosteniendo una tarta preciosa en forma de corazón.

—Tiene buena pinta, la verdad —dije—. Ya sé que vivo en otra época... con todo esto de las webs.

—Ay, Jessie, cuéntale lo que has organizado.

—He hablado con el encargado de la quesería Parmalat —explicó Jessie—. Han comprado un espacio publicitario en tu columna, y... ya sabes que en la tienda tienen puesto ese tablón con anuncios y demás, ¿no? Pues han decidido colocar un segundo tablón, dedicado exclusivamente a las cartas y recetas de Tannie Maria.

—*Ag, moederliefie* —dije, sonriendo a ambas—. Qué detalle.

—Y ahora podremos pagarte un poco más por tu trabajo —añadió Hattie—. Con todas las cartas de más que harás llegar a tus lectores.

—Casi todas las cartas son anónimas —dije—, así que no les puedo hacer llegar mi respuesta.

—No, querida, me refiero a hacerles llegar tus cartas a través de la web y del tablón de anuncios.

—A propósito de Parmalat —intervino Jessie—. Quieren saber si podrías incluir productos lácteos en tus recetas. Queso, nata... esas cosas.

—¿En todas? —pregunté.

—Eh... no, pero sí en muchas de las que se pondrán en el tablón.

—Está bien —respondí—. Me gusta el queso.

Iba a hacer un poco de café antes de ponerme a trabajar, pero la letra de uno de los sobres me detuvo. Aparté las otras cartas, tomé asiento y lo abrí.

Era de la mujer de los patos muertos.

Decía así:

> Esta nota es para Tannie Marie (no para ser publicada).
>
> El cordero al curry estaba buenísimo. Parece que sirvió para apaciguar un poco a mi marido. Guardé un poco para mi amiga, a la que le encantó.
>
> Tengo un plan en mente que me permitirá escapar. Solo necesito mantenerme a flote hasta que lo logre.
>
> Gracias.

A veces deseaba que las cartas que me escribían no fueran anónimas, para así poder contestar a sus remitentes. Supongo que existía el riesgo de que mi carta cayera en manos del marido. Por ello respondí a la señora de los patos con el pensamiento: «¡Ánimo, puede hacerlo! Le enviaré todas las recetas que conozco para ayudarla en su propósito».

Tengo un cajón en la redacción donde guardo las cartas de agradecimiento. Sin embargo, no puse allí su carta. Me preocupaba aquella mujer; todavía no había escapado. Me llevaría su carta a casa y la guardaría en un lugar especial.

Preparé café para las tres y leí el resto de las cartas. Hattie y Jessie estaban discutiendo sobre un artículo, pero dejé de prestar atención a sus voces mientras trabajaba con mi portátil. Me gusta escribir a mano, pero es más fácil corregir errores en un ordenador.

Cuando llegó la hora de comer, me dolía la cabeza pero me sentía bien. Solo me quedaban dos cartas por responder. A las demás personas que me habían escrito para explicarme sus problemas y sueños, entre las que había tanto jóvenes como mayores, hombres y mujeres, les había dado algún consejito y una buena receta. La mejor de todas, la que no dejaba de recordarme que ya tocaba comer, era la de ensalada de patata con nata y menta.

Tenía que ir a casa a probarla. Además quería poner a buen recaudo la carta de la señora de los patos. No podía contactar con ella, pero podía proteger aquella carta como si fuera parte de ella.

—Me voy a casa —dije a Hattie.

En casa no hacía tanto calor como en la redacción. Y tenía una limonada casera helada.

—Madre mía —exclamó mi amiga mirándose el reloj—, si ya es la una.

—Ya tengo listas casi todas las cartas, las traeré mañana —expliqué—. Solo me queda decidir cuáles son para el periódico y cuáles para la web del queso.

Hattie se echó a reír. Tenía una risa cristalina. Fresca como el agua.

—Ya sabes a qué me refiero —dije—. Tengo demasiado calor y hambre para hablar bien.

Antes de subir a mi pequeña *bakkie* azul, abrí las puertas de ambos lados para que saliera el calor acumulado allí dentro. Aun así, el asiento me quemaba la piel allí donde no me cubría el vestido. Conduje con las ventanillas bajadas y el aire me secó los pulmones.

Las colinas bajas pasaban casi desapercibidas, como si así pudieran escapar del calor. Al peñón de Towerkop, en lo alto de la sierra de Swartberge, no le intimidaba el sol, y despuntaba en el horizonte con su cima pelada y partida. Las laderas del monte se veían borrosas y vacilantes.

Cuando llegué a casa, lo primero que hice, antes incluso de servirme un vaso de limonada, fue guardar la carta en el estante de la cocina. Dentro del gran recetario que me había regalado mi madre, *Kook en Geniet*. Abrí el libro y, tras meter la carta de la señora de los patos entre sus páginas, volví a cerrarlo en torno a sus palabras. Como si la arropara en un abrazo que le mandaba todo lo que necesitaba.

Me pasé la tarde con la ensalada de patata, primero preparándola y luego comiéndomela en la mesa del *stoep*; después aparté las sobras y me puse a leer las dos cartas, con papel y boli al lado.

Una de ellas era de una joven sin amigos y con un proyecto escolar de cocina entre manos. La otra era de un hombre mayor que vivía solo en una finca, y que tenía demasiada carne picada en el congelador. Sentí la infelicidad de aquellas dos personas, y me quedé un rato parada, pensando en qué podía ofrecerles. Me pedían recetas, pero era evidente que se sentían solas y querían amor. Y yo no tenía una receta para el amor.

Sin embargo, si les daba unas recetas excelentes y fáciles que ambos fueran capaces de preparar por sí solos, podrían invitar a alguien a que comiera con ellos. Para la chica tenía una receta ideal de macarrones con queso. Y para el anciano, unos espaguetis a la boloñesa buenísimos. Y aunque acabaran comiendo solos...

—Si te soy sincera —dije a la ensalada de patata—, me pregunto si de verdad es mejor el sentimiento de amor que la satisfacción que da una buena comida.

La comida es una buena compañía, pero no contesta cuando se le habla, por lo menos no con palabras. Quizá ese sea uno de los motivos por los que es una buena compañía. Pero de alguna manera logró comunicarse conmigo, porque un instante después me vi apurando las sobras de aquella ensalada de patata con nata y menta.

Con la boca llena de deliciosos sabores y la barriga a rebosar, respondí yo misma a mi pregunta: «Creo que no».

8

A la mañana siguiente sonó el teléfono. Era Hattie.

—¿Te has enterado? —me preguntó—. Nelson Mandela murió anoche.

Cuando colgué, me preparé una taza de café, cogí dos *beskuits* y salí a sentarme en el *stoep*. Pero antes de que me diera tiempo a tomar el primer sorbo de café, me puse a llorar.

Mandela tenía noventa y cinco años y llevaba tiempo enfermo, pero aun así la noticia de su muerte fue un golpe. Miré el *veld* marrón, los arrugados gwarries y las montañas lejanas. Parecía estar lloviendo, pero eran las lágrimas que me empañaban los ojos. El cielo se veía despejado en toda su inmensidad. Sabía que a lo largo y ancho de la tierra la gente lloraba conmigo por Tata Mandela.

Entonces comenzó a temblarme el estómago, con un llanto surgido de lo más hondo de mi ser, y me di cuenta de que estaba llorando también por mi padre, que me había abandonado demasiado pronto.

Mientras contemplaba el *veld* dejé que la tristeza y el orgullo que sentía por mi padre y por Mandela me embargaran.

A veces pensaba que mi padre había dejado a mi madre por Mandela. Pero naturalmente no podía culpar a Mandela, que al fin y al cabo había pasado más de veinte años en la prisión de Robben Island, muy lejos del Klein Karoo. Yo sabía que mi padre amaba a mi madre, con sus ojos marrones, sus manos suaves y su comida exquisita, pero también sabía que el Klein

Karoo, incluso con su enorme *veld* y sus cielos abiertos, era demasiado pequeño para él. Y la mentalidad de mi madre demasiado cerrada.

Para mi padre, Mandela era un defensor de la libertad y un gran líder; para mi madre era un terrorista y un *kaffir* (aunque no utilizaba esa palabra delante de mi padre). Procuraban no reñir delante de mí, pero aquel era un tema sobre el que les había oído discutir más de una vez.

Mi padre era el corresponsal africano de un periódico de Inglaterra, *The Guardian*, y viajaba mucho. Con los años fue viniendo cada vez menos a casa, hasta que ya no regresó más. Enviaba dinero y postales, que hacían enfurecer a mi madre. Al final las postales dejaron de llegar, pero seguíamos recibiendo el dinero todos los meses. Cuando lo echaba de menos, leía sus viejas postales que había logrado rescatar del cubo de la basura (y que a veces tenía que recomponer con pegamento porque mi madre las había roto). Las guardaba dentro de un libro que mi padre me leía cuando yo era pequeña, *Precisamente así* de Rudyard Kipling. Y esperaba hacerme mayor, porque al cumplir los dieciocho pensaba ir en su busca, y visitar algunos de los maravillosos lugares que aparecían en sus postales y en los cuentos de Kipling. Pero no fue eso lo que ocurrió.

Cuando yo tenía dieciocho años, mi madre recibió una llamada y le comunicaron que mi padre había perdido la vida en un accidente. Que fuera un hombre negro quien le diera la noticia pareció disgustarle tanto como el hecho en sí de que mi padre hubiera muerto.

Aunque dejó de llegar el dinero que él mandaba, *The Guardian* siguió enviando a mi madre una pequeña pensión. Yo me coloqué en la Agri, la cooperativa de agricultores, para ayudar a pagar las facturas. Viví con mi madre durante toda mi época de veinteañera.

En 1990 el gobierno del apartheid levantó finalmente el estado de emergencia. Se legalizaron las organizaciones políticas prohibidas hasta entonces, incluido el ANC, el Congreso Nacional Africano, y se excarceló a todos los presos políticos. Por último Mandela quedó en libertad. Pero había combates y baños de sangre en todo el país.

Mandela propició las conversaciones de reconciliación y de alguna manera nos condujo hasta la senda de la paz. En 1994 todos los sudafricanos pudieron votar en las primeras elecciones democráticas no racistas. El ANC llegó al poder y Mandela se convirtió en nuestro presidente.

Mi madre, junto con muchos blancos más, estaba aterrada. Hizo acopio de latas de comida y puso pestillos en puertas y ventanas. Yo no sabía qué pensar a nivel político, pero cada vez me sentía más encerrada en casa. Fue entonces cuando Fanie comenzó a cortejarme. Yo tenía treinta y tres años. El día que me pidió que me casara con él, me alegré de poder irme de casa de mi madre.

Fanie había hecho dos años de servicio militar obligatorio en el ejército del apartheid y estaba enfadado con el gobierno del Partido Nacional afrikáner por volverse «tan amigo» del ANC. El mismo Partido Nacional que lo había adiestrado para matar a esos «terroristas del ANC», dejaba ahora que «el enemigo» asumiera nuestro gobierno. Mandela acabó cautivando a mi madre, pero Fanie nunca se encontró cómodo con él, ni con el gobierno negro.

«Me gusta cómo baila», decía mi madre de Mandela. Y de Fanie decía: «Tiene un buen trabajo en el banco, y los Van Harten son una familia respetable. Su padre era pastor de la NGK».

Hasta que empezó a relajarse con el tema de los cerrojos y a comprar como de costumbre (aunque seguía teniendo dos sacos grandes de harina en la despensa), no me contó la verdad acerca de mi padre: que había sido miembro del Congreso Nacional Africano en la clandestinidad. Aunque la organización ya estaba legalizada y mi padre ya estaba muerto para cuando mi madre me reveló dicha información, me dijo que lo mantuviera en secreto.

No me contó nada más sobre lo que hacía ni el tipo de accidente en el que había fallecido, o la razón por la que no le habíamos hecho un funeral.

Yo tenía la esperanza de que Mandela lograra mitigar parte de la ira que mi madre sentía hacia mi padre y los negros que se lo habían arrebatado, pero se aferró a un resentimiento solitario hasta que murió.

Dado que Mandela era un buen hombre, y pertenecía al ANC, como mi padre, comencé a escucharlo como si pudiera ofrecerme los mismos consejos que me habría dado mi padre. Antes de eso la política no me había interesado mucho; todo ocurría muy lejos de mí. A fin de cuentas, como veíamos en la tele, el malestar se debía en su mayor parte al problema con los negros, y el Klein Karoo se componía de municipios habitados en su mayoría por gente de color. Después de escuchar a Mandela, no voté al ANC (de hecho, no voté a nadie), pero me sumé al grupo de mujeres de la NGK que recaudaba dinero para las escuelas de gente de color y los huérfanos con sida. Preparé muchos postres para esas fiestas de iglesia.

Y cuando me casé con Fanie y él comenzó a pegarme, Mandela me daba ánimo. Él defendía el derecho de las mujeres y criticaba la violencia contra ellas. A veces, después de escucharlo, sentía que debía alejarme de Fanie. Pero me podía el miedo. Así como la voz de mi marido, mi madre y la Iglesia: «*Staan by jou man*». Quédate junto a tu esposo.

Sin embargo, aunque me quedé junto a Fanie, las sabias palabras de Mandela me ayudaban a sobrellevar la soledad y el dolor, y me hacían pensar que quizá, tan solo quizá, no todo fuera culpa mía.

Después de apurar el café y limpiarme las migas de los *beskuits* del regazo, me vi llorando un poco más. Y las lágrimas por mi padre y por Mandela, el padre de la nación, se mezclaban en mis mejillas.

9

Durante la semana siguiente Sudáfrica lloró la muerte de Mandela y conmemoró su vida. Acudieron personas de todo el mundo para presentar sus respetos. Durante el oficio religioso celebrado en su memoria en Johannesburgo se abrió el cielo y llovió a mares. Escuchamos fragmentos de la misa por la radio en la redacción de la *Gazette*. Allí dentro hacía calor y el aire era seco, y estábamos sentadas sin movernos, aguzando el oído mientras el ventilador del techo daba vueltas y vueltas lentamente. El presidente de Tanzania nos recordó que en África la lluvia es la mayor de las bendiciones. La lluvia cae con la llegada de un jefe. Los cielos celebraban la ascensión a las alturas del jefe, Mandela.

—Es que su abuela era bosquimana —dijo Jessie—. Los san saben cómo hacer lluvia.

Durante el discurso de Barack Obama Jessie se puso a llorar e incluso Hattie se secó los lagrimales con un pañuelo. Yo ya había llorado lo mío. Me sorprendió ver lo emocionada que estaba Jessie. Ella era demasiado joven para conocer a Mandela, pero él era la clase de hombre cuya historia y cuyos sueños llegaban a todas las edades. Y al igual que Mandela y Obama, Jessie era una apasionada de la justicia.

A las tres nos gustaron las frases que citó Obama, las que permitieron a Mandela seguir adelante durante todos los años que estuvo en la cárcel, sobre lo de ser capitán de tu propia alma.

El día del funeral de Mandela fue un festivo no oficial. Me sorprendió que incluso en Ladismith se dejara de trabajar para honrar a Nelson Rolihlahla Mandela. Veinte años atrás los blancos e incluso muchas personas de color lo habrían visto como un terrorista, como le ocurría a mi madre. Sin embargo, con su vida y con su muerte Mandela logró ganar sus corazones. Nos recordó a todos la bondad que hay en nosotros mismos y entre unos y otros.

Quedé con Jessie y Hattie en el hotel Ladismith, cuyo bar estaba lleno de gente que estaba viendo el funeral en el televisor de pantalla grande. El hotel servía café y *beskuits* gratis, y había dispuesto un montón de sillas de plástico blancas junto a las de madera habituales. Las cortinas estaban corridas para que pudiéramos ver la tele sin problemas.

El director del banco, trajeado, estaba sentado al lado del anciano de color que mendiga a la salida del Spar. Y los jóvenes policías negros tomaban café con las señoras mayores blancas que trabajan en la tienda de muebles. Estaban sentados todos juntos como si fueran viejos amigos, una imagen inusual en Ladismith.

Cuando trasladaron a hombros el féretro de Mandela, tuve que esforzarme para contener las lágrimas. Jessie, Hattie y yo nos quedamos allí sentadas, con la cabeza bien alta. Confié en que el espíritu de Mandela perviviera de algún modo en nuestro interior.

10

Al día siguiente estábamos de nuevo en la redacción de la *Gazette*, y todo volvió a la normalidad. Aun así, yo tenía la sensación de que a partir de entonces todo el mundo se trataría con respeto y amabilidad en Sudáfrica. Me equivocaba.

Estaba hojeando una nueva tanda de cartas. El ventilador del techo daba vueltas y vueltas. Aquello era como un horno con ventilador. Jessie, Hattie y yo estábamos asándonos de manera uniforme, cada una en su sitio.

Jessie, con su chaleco negro habitual, tecleaba a tal velocidad que no sé cómo sus pensamientos seguían el ritmo de sus dedos. Las salamanquesas de los brazos se le movían un poco con el teclear de los dedos. Hattie estaba frente a su ordenador, vestida con una blusa de manga corta de lino de color melocotón y una falda a juego. De lino, y seguía sin una arruga.

—Hay cinco emails para ti, Maria —dijo Hattie—. ¿A que es maravilloso?

En el teléfono de Jessie sonó *My Black President*. Era la canción que había compuesto Brenda Fassie en honor de Mandela. Pero no levanté la vista; la carta que tenía en mi mesa reclamaba toda mi atención. Pasé la yema de los dedos por la escritura que aparecía en el sobre. Podía intuir muchas cosas de una persona antes incluso de abrir la carta que enviaba. En aquel caso, el remitente escribía con mayúsculas y apretando con fuerza el bolígrafo, como si su mensaje fuera muy importante. La dirección se indicaba a la manera *afrikáans*, con el número después del nombre de la calle. «Elandstraat, 7.» El texto de la carta estaba escrito con bolígrafo negro y letra apretada para que cupiera en una cara de una hoja de papel rayado:

TANNIE MARIA. TENGO MIEDO DE QUE EL MARIDO DE MI AMIGA VAYA A MATARLA. LE HA ROTO EL BRAZO. CREE QUE LO VA A ABANDONAR Y DICE QUE LA MATARÁ. ELLA NO QUIERE LLAMAR A LA POLICÍA. DICE QUE NO DEBO IR A SU CASA. SI LO MATO EN LEGÍTIMA DEFENSA POR ELLA, ¿CUÁNTO TIEMPO IRÉ A LA CÁRCEL?

Hundí la cabeza en mis manos.

—Eh, Tannie, ¿qué pasa? —preguntó Jessie.

Le di la carta. La leyó en tres segundos.

—Por Dios, Maria, si estás pálida... —dijo Hattie—. ¿Te preparo una taza de té? —Contesté que sí con la cabeza—. ¿Qué pone en la carta?

—Es sobre otro cabrón que pega a su mujer —respondió Jessie, pasando la carta a Hattie—. La ha amenazado con matarla. *Jislaaik*. Ojalá hubiera un insecticida gigante para esos tipejos. Un DDT que pudiéramos rociar desde una avioneta.

—¿No tenías otra señora que también estaba casada con un canalla? —dijo Hattie mirando la carta.

—Sí, la de los patos —contesté—. Que ya no los tiene.

—El muy canalla se los cargó con una escopeta, ¿verdad? —dijo Jessie.

—Hace poco me mandó otra carta en la que me contaba que tenía un plan para escapar —expliqué—. Creo que la mujer que ha escrito esta carta es la amiga de la de los patos. La que se los regaló.

—¿No hay remitente? —quiso saber Hattie.

Negué con la cabeza.

—Casi todas las cartas que me envían son anónimas —contesté—. Pero el sello es de Ladismith.

—Podría ser otra persona —sugirió Jessie—. En Sudáfrica una de cada cuatro mujeres es agredida por su marido o su novio.

—No creo que este sea el caso. Tengo el presentimiento de

que se trata de la señora de los patos. Me habló de su amiga, que la amaba. Yo le dije que abandonara a su marido. Y ahora es posible que él la mate.

—¡Mecachis! —exclamó Hattie, dejando una taza de té en mi mesa—. No hay por qué pensar en esos disparates. Vamos a responder a esa mujer ahora mismo. Seguro que tú puedes ayudarla. Podemos colgar ahora tu contestación en la web, y también en el tablón de Parmalat, y meter tu carta en la *Gazette* de mañana.

—*Eish*. Será mejor que actuemos rápido —dijo Jessie—. Aquí tengo el número de People Opposing Women Abuse, la ONG contra los malos tratos —añadió mirando su BlackBerry—. Este es un tema muy serio. Al menos tres mujeres mueren a manos de sus parejas cada día en Sudáfrica. Vale, vamos a darle los teléfonos del centro de acogida de mujeres maltratadas, el de asesoramiento de Life Line y el de asistencia jurídica gratuita de Legal Aid.

Mientras Jessie anotaba los números de teléfono en un trozo de papel yo tomé un sorbo de té e intenté no pensar en todas las mujeres de Sudáfrica que eran agredidas, violadas y asesinadas, ni en los años que pasé con Fanie, sino solo en aquella mujer y su amiga, que me pedían ayuda. ¿Qué necesitaban en aquel momento?

—Ten por seguro una cosa —dijo Jessie pasándome los números de teléfono—: lo de la legítima defensa no servirá como argumento jurídico, en caso de que ella lo mate para proteger a su amiga. La mujer que está siendo víctima de malos tratos puede conseguir una orden de protección y de detención contra el hombre. Si este infringe la orden de protección, la policía lo detendrá. Debe ser la esposa quien lo tramite todo. Una amiga puede ayudarla, pero no puede hacerlo por ella.

Me pasé una hora haciendo llamadas telefónicas y media hora más escribiendo la carta a la amiga para contarle lo que ahora sabía sobre el tema. Jessie tenía razón. No había mucho que ella pudiera hacer. Era la mujer quien debía actuar por sí misma. Tenía que preguntar por la oficina de violencia doméstica en el Tribunal de Primera Instancia de Ladismith y solicitar una orden de protección. Su amiga podría facilitarle toda la información y los números de teléfono necesarios. Tenía a su disposición asesoramiento y asistencia jurídica, así como un centro de acogida en George donde podía alojarse.

Si la señora de los patos leía el periódico, o la web o el tablón de Parmalat, la respuesta le llegaría de primera mano. No sé por qué no se me habría ocurrido enviarle aquellos números de teléfono la primera vez que le contesté. Fue toda una estupidez por mi parte. Debería haberlo consultado primero con Jessie. Ojalá hubiera sabido que existían aquellos teléfonos cuando estaba con Fanie.

Quería ofrecer a la mujer que me había escrito un poco de consuelo a través de la comida, con una receta de empanada de pollo y otra de tarta de chocolate. Cosas en las que una puede confiar cuando todo lo demás es *deurmekaar*. Pero sabía que probablemente no tendría ganas de ponerse a cocinar, aunque tuviera un horno con ventilador. Y yo no tenía manera de hacerle llegar aquellos platos.

Entonces recordé que Tannie Kuruman preparaba las mejores empanadas de pollo de todas. Tiernas y jugosas por dentro, con una capa de masa hojaldrada por encima. La telefoneé para pedirle la receta, que incluí al final de mi carta, especificando que las empanadas se vendían en la cafetería Route 62.

Jessie puso la carta en la web y yo fui con una fotocopia a Parmalat para colgarla en su tablón de anuncios. De vuelta a la redacción me paré en la cafetería de Tannie Kuruman y compré dos empanadas de pollo recién hechas.

Me senté a la sombra de un enorme parasol a contemplar las montañas, la sierra de Swartberge, con el peñón de Towerkop, que dominaba el pueblo. El calor hacía que parecieran estar mucho más lejos de lo que estaban en realidad. Las sombras de sus faldas se veían moradas y verdes, como cardenales.

Las empanadas estaban deliciosas. La primera me la comí por la señora de los patos. La segunda por su amiga. Por si no tenían la oportunidad de comprarlas ellas.

11

Los dos días siguientes fui a la redacción y contesté las otras cartas y correos electrónicos que tenía pendientes. Para comer fui ambos días a la cafetería Route 62 y me pedí dos empanadas de pollo. Me senté en el banco que había a la sombra del parasol y alcé la vista hacia la montaña. Tannie Kuruman vino a sentarse a mi lado.

Tannie Kuruman es una señora negra de sesenta y tantos años, más baja y rolliza incluso que yo. Huele a cocina. Es un olor agradable. Lleva un *doek* en la cabeza, un pañuelo para recogerse el pelo. Tiene un tono de piel un poco más moreno que el mío, y el cabello más crespo. Pero aquí en el campo los negros y los blancos no parecen tan distintos unos de otros.

—Qué oscuro está ahí arriba —dije cuando acabé de masticar—, por esos desfiladeros.

—*Ja* —respondió—, es donde crecen los árboles más altos. Cuando llueve, caen unas cascadas preciosas por las rocas.

Aquella noche me costó dormirme. Estaba preocupada por aquellas dos mujeres. Sabía de sobra lo que podía ocurrirles, e intenté no recordar lo que me había pasado a mí. Pero a veces me venían a la mente imágenes fugaces como si todo hubiera sucedido el día anterior y no años atrás. Me tranquilicé recitando la receta de *beskuits* con muesli y suero de leche de mi madre. Mantequilla, harina, pipas, manzana deshidratada...

Me había quedado sin *beskuits* en casa y en la redacción. Y había que dejarlos secar toda la noche, así que me levanté y preparé una buena cantidad, que metí en el horno en dos bandejas grandes. Respiré hondo para que el agradable aroma de la masa caliente me llenara los pulmones, y eso me sirvió en cierto modo para ahuyentar los recuerdos y la preocupación. Puede que el marido de la señora de los patos no fuera tan malo como el mío. Y ni siquiera mi marido me mató...

Una vez que la masa se acabó de hacer al horno y se enfrió un poco, la troceé en forma de *beskuits* y los metí en el cajón calentador del horno. Me comí dos de los pedazos más grandes mientras aún estaban blandos con una taza de té. Sabían a pastel mantecoso. Volví a la cama y me concentré en el pan dulce que estaba convirtiéndose en *beskuits*, en un lugar cálido y seco, a buen recaudo, y por fin conseguí dormirme.

Me desperté temprano, antes que los pájaros, y salí en camisón al *stoep*, donde me senté a contemplar las formas oscuras del *veld* y las colinas mientras tomaba café y me comía dos de los *beskuits* dorados. Me puse los *veldskoene* y fui hasta el lateral de la casa. Abrí el *hok* y comprobé que estuvieran las cinco gallinas dentro. Escuché los sonidos que hacían mientras aún estaban adormiladas. Siempre cierro la puerta del *hokkie* por la noche, ya que nunca se sabe si hay algún chacal o un lince merodeando por la zona. Tiré un poco de *mielie* molido en la hierba y con un «¡Pitas, pitas, pitas!» llamé a las gallinas, que enseguida se despertaron.

Los recuerdos del pasado desaparecieron con las primeras luces de la mañana, pero la preocupación seguía allí, y no lograba calmarme. Así que me distraje preparando pan de campo, a base de avena, pipas y melaza.

Puse la masa en una olla de hierro y la saqué al *stoep*, donde ya brillaba el sol.

Llamé a la *Gazette* pero no me contestaron. Una vez que hubo fermentado la masa, la repartí entre dos moldes de pan y metí estos en el horno. Mientras se hacían aproveché para vestirme, pero me quedé descalza. Luego unté de mantequilla los dos panes y envolví cada uno en un paño.

Me comí el pan caliente y tierno, con mantequilla y mermelada de albaricoque en una rebanada y queso en la otra. No sé si eso sirvió para calmarme, pero a mi estómago le sentó de maravilla.

Mientras lo limpiaba todo escuché el zumbido chirriante de la cigarra. Me pregunté si estaría cantando para que lloviera, ya que cada vez hacía más calor de día. Pero supongo que solo pretendía atraer a una hembra. Las cigarras no tienen reparo en insistir con su reclamo. Tras pasarse años viviendo bajo tierra salen a la superficie durante poco tiempo y emiten su música demencial. Pero parece que solo producen una nota, que repiten una y otra vez. Supongo que su vida a la luz del sol es demasiado corta para andarse con exigencias. Quizá lo que para mí suena como un ruido desesperado sea una hermosa melodía para una cigarra hembra.

Llené una lata con *beskuits* de muesli y suero de leche para la *Gazette*. No me apetecía ir a la redacción, y no sabía por qué. Sin embargo, me cepillé el pelo, me pinté los labios, me puse los *veldskoene* de color caqui y fui a coger la camioneta.

Junto al neumático delantero del vehículo yacía algo pequeño con plumas. Era un pájaro muerto. Una paloma. Me pregunté si le habría dado un golpe, pero no parecía que la hubiera atropellado. Solo estaba flácida e inerte, pero se veía intacta. Dejé los *beskuits* en el asiento delantero del acompañante y cogí el pájaro del suelo. Aunque pesaba muy poco, noté un hondo pesar en mi interior. Lo deposité bajo un arbusto de la flor de pan, junto al camino de entrada. La planta tenía unas flores rojas pequeñas.

Dentro de la *bakkie* azul cielo no hacía mucho calor, gracias a la sombra matutina de los eucaliptos. Bajé las ventanillas con la manivela mientras conducía y el viento cálido me despeinó y me secó el pintalabios.

Al llegar a la *Gazette* dejé la *bakkie* a una distancia prudencial detrás del Etios de Hattie, que estaba muy mal aparcado. Mientras bajaba por el sendero que llevaba a la redacción, oí a Hattie hablando en voz alta.

—Caray, Jess —estaba diciendo—. Jamás habría imaginado que fueras capaz de perseguir una ambulancia.

—Oh, Hattie... —respondió la voz de Jessie.

—¿Dónde queda la intimidad del pobre hombre? ¿De la familia de la difunta?

—Utilicé un teleobjetivo, no me vio.

—¿Acaso te invitaron a estar allí? ¿O realmente seguiste la ambulancia sin más?

—Venga ya... Iba con la sirena puesta; la tenía justo delante de mí. Soy una periodista de investigación.

—Bobadas.

Cuando abrí la puerta vi a Jessie en su mesa. Hattie tenía el ceño fruncido, pero intentó cambiar la cara al verme.

—Maria... —dijo.

—Hola, Tannie —me saludó Jessie sonriente.

Hattie era demasiado educada para seguir reprendiéndola en mi presencia. Pero Jessie no pensaba dejar las cosas como estaban.

—Echad un vistazo a las fotos —nos pidió a las dos.

Miré las imágenes que tenía en el ordenador.

La primera fotografía estaba hecha a cierta distancia; se veía una finca, una ambulancia y el personal de urgencias.

Jessie hizo clic para ir pasando lentamente unas cuantas fotos más.

De varios hombres vestidos de blanco. De una camilla y un cuerpo de mujer, con el brazo enyesado, una nariz y una boca bonitas, un pelo castaño suelto sobre los hombros, la piel pálida, los ojos cerrados. Tendría cuarenta y tantos años. De un hombre ya cincuentón, con las manos caídas a los lados sin fuerza, el cabello hirsuto con unas patillas ralas y la boca un poco abierta, que estaba allí de pie mientras la ambulancia se alejaba. Su cara se veía llena y vacía al mismo tiempo.

Y otra foto del mismo hombre, agachado en el suelo, delante de un estanque rodeado de juncos, con las manos en la cara.

—¿Ella está muerta? —pregunté, aunque mis huesos ya sabían la respuesta.

Jessie asintió.

—He hablado con mi madre, que estaba en el hospital —dijo—. Se trata de Martine van Schalwyk. El marido se llama Dirk.

—¿Puedes hacer un primer plano de esa foto? —le pedí—. No, de la cara de él no, del estanque.

Al borde del agua, atrapadas en la base de los juncos, había unas cuantas plumas. Pequeñas y blancas.

Tuve una sensación extraña y hube de tomar asiento. Conseguí llegar hasta mi mesa.

—Maria, estás blanca como la cera —dijo Hattie.

Jessie puso agua a hervir mientras Hattie me abanicaba con un papel. Se acercaron con sus sillas y se sentaron a mi lado. Jessie me pasó una taza de café y tomé un sorbo grande. Sabía dulce y fuerte.

—Los patos —dije—. Era la señora de los patos.

—Oh, cielos, sí, la que te escribía —afirmó Hattie.

—Qué hijo de puta —exclamó Jessie—. La ha matado.

—Ojalá… —dije, pero la lista de deseos que tenía en mente era demasiado larga para decirla en voz alta.

—Toma un *beskuit* —me sugirió Hattie, abriendo la lata para ofrecerme uno.

—Déjame investigar —le pidió Jessie, poniéndose de pie—. Por favor, Hattie.

Hattie suspiró.

—Habla con la policía y el hospital —respondió—. Pero deja en paz al marido.

Jessie abrió la boca como si fuera a decir algo, pero luego volvió a cerrarla. Cogió la libreta, el casco y la cazadora y se fue.

Hattie negó con la cabeza.

—Ay, qué chica esta.

—Creo que llegará lejos.

—Demasiado quizá —contestó Hattie.

12

Desde fuera nos llegó el zumbido cada vez más lejano del escúter de Jessie, seguido del ruido cada vez más cercano de un coche grande, que se detuvo con un chirriar de frenos; luego se oyó un portazo y unas botas pisando fuerte por el sendero.

Hattie se asomó afuera. Luego levantó las cejas y se echó hacia atrás a toda prisa, con la mano en la puerta, como si fuera a cerrarla.

—*Haai!* —gritó una mujer—. *Ek soek Tannie Maria!*

Venía buscándome. Su voz sonaba áspera, pero tenía un sabor dulce, como un pastel de Navidad con tropezones por dentro.

—Me temo que no puede atenderla en estos momentos —contestó Hattie.

—¿Dónde está? ¿Quién es usted?

—¿Quiere que le dé algún recado de su parte?

Hattie estaba bloqueando la puerta, pero la mujer la empujó para entrar.

—*Blikemmer!* —exclamó—. Tengo que verla.

Iba con un mono de hombre y sin maquillar. Llevaba el pelo corto pero *deurmekaar*, como si se hubiera pasado las manos por la cabeza. Aun así, se veía que era una mujer guapa de treinta y tantos años, ojos marrones y pestañas oscuras.

—¿Y usted? —preguntó al verme.

Daba la sensación de que fuera a darnos una bofetada a una de las dos. ¿A quién pegaría primero? No era tan alta como

Hattie, pero parecía lo bastante fuerte como para enfrentarse a las dos.

Estuve a punto de decir a aquella mujer de malos modales que yo era la señora de la limpieza y que ella estaba dejando el suelo hecho un asco con sus botas sucias.

Pero entonces vi que en el barro que cubría una de sus enormes botas de piel tenía enganchada una pequeña pluma blanca.

—Soy Tannie Maria —respondí—. Siéntese, por favor. Voy a hacer café.

Se sentó en el borde de la silla de Jessie y me miró con el ceño fruncido, como si no le gustara verme echar azúcar al café. Pero yo seguí igualmente, y le añadí leche también.

Luego se oyó un sonido como si alguien estuviera pisando un cachorro y me pegué un susto. La mujer tenía el rostro contraído y el sonido era su llanto. Entonces se puso a gemir como un perro abandonado. Le dejé el café y la lata de *beskuits* en la mesa que tenía al lado, y acerqué mi silla a la suya.

—Santo cielo —exclamó Hattie y cerró la puerta.

Pero no había razón para preocuparse porque la mujer se tranquilizó bastante. Las lágrimas le corrían por la cara; se veía el reguero que dejaban a su paso porque tenía un poco de polvo en las mejillas. Iban directas a su boca. Sus sollozos eran ya más suaves, y conseguí entenderle algunas palabras:

—Tienie. Mi Tienie —dijo—. Yo la amaba.

Seguía llorando sin parar. *Ag*, me dio mucha lástima.

Entonces se oyó cómo llamaban a la puerta con un golpe fuerte y Hattie fue a abrirla.

—¡Policía! —gritó una voz de hombre—. Soy el teniente Kannemeyer. Estamos buscando a Anna Pretorious. Su *bakkie* está ahí fuera.

Hattie no dijo nada y por segunda vez le empujaron la puerta para entrar. El policía era un hombre alto y robusto, con el pelo corto y un poblado bigote tipo manillar. Tenía una bonita forma, como si se lo cuidara. El bigote era castaño y el cabello un poco más oscuro, con mechones canosos por encima de las orejas.

La mujer se levantó de la silla de un salto, golpeando la lata de *beskuits*, que cayeron al suelo.

—Anna Pretorius —dijo el teniente—, debe acompañarme para que le tomemos las huellas dactilares.

Anna se limpió la cara con el dorso de la mano y luego, con esa misma mano llena de polvo y lágrimas, dio un puñetazo al policía en la mandíbula que lo tiró hacia atrás. El hombre se tocó a la cara. Sus ojos tenían el color azul de un nubarrón. De repente, extendió el brazo en toda su longitud. Se habla del largo brazo de la ley, pero yo nunca lo había visto alargarse de esa manera en persona. Sin embargo, la mujer se agachó para esquivarlo y salió disparada hacia la puerta. Él parecía moverse más lento que ella, pero de algún modo logró atraparla. Ella daba saltos y puñetazos en el aire, con la cara roja como un tomate, pero él se limitó a rodearla con los brazos, como un oso gigante, y la apretó contra su pecho hasta que ella dejó de moverse. Los brazos del hombre brillaron con la luz del sol y vi una vez más ese tono castaño en su vello.

—Agente Piet Witbooi —dijo.

Un hombre pequeño con los pómulos marcados de bosquimano apareció de repente junto al teniente. Tenía el cabello como granos de pimienta y la piel arrugada y de un color entre amarillo y marrón como una pasa sultana. Sus manos se movieron con rapidez y sigilo mientras esposaba a Anna. Yo creía que ella se pondría a dar patadas y mordiscos otra vez, pero cuando me fijé en su cara vi que se había quedado sin fuerza. Volvían a caerle las lágrimas por las mejillas.

—¿Por qué necesitan sus huellas dactilares? —pregunté a los policías.

No contestaron, pero yo sabía la respuesta. Anna era sospechosa del asesinato de su amiga.

—Tiene que ayudarme —me dijo Anna, mirándome con sus ojos marrones llenos de lágrimas.

Yo sabía que haría lo posible. Pero también sabía que nunca podría ayudarla con el mayor de sus problemas. Esa *eina* y enorme pérdida de su ser más querido.

Y entonces, curiosamente, y soy consciente de que era un sentimiento egoísta por mi parte, me dio envidia, tan abatida como estaba, con aquel policía corpulento sujetándola. Me dio envidia su amor. Ese amor tan profundo que yo nunca había sentido.

El agente Witbooi, el teniente Kannemeyer y Anna se marcharon y Hattie y yo nos quedamos allí paradas, mirando las migas de *beskuits* con muesli y suero de leche, pisoteadas por todo el suelo.

Negué con la cabeza. Qué historia tan triste.

13

—*Blerrie* zorra tortillera —soltó el hombre con la cara colorada y los pantalones cortos caqui.

No era así como esperaba que me recibieran al entrar en la comisaría de Ladismith. Estaba allí para contar al teniente lo de las cartas de la *Gazette* que me habían enviado la mujer muerta y su amiga. No había tenido ocasión de hablar con él antes.

El hombre maleducado estaba insultando a Anna.

—*Blerrie* zorra.

Anna estaba de pie frente a un largo mostrador de madera junto al agente Witbooi. Este se volvió y me saludó con la cabeza. Anna ya no iba esposada y tenía los dedos manchados de tinta. La sala era grande, con paredes de un amarillo claro, pequeñas ventanas con marcos metálicos y un viejo aparato de aire acondicionado que zumbaba sin parar. De la estancia salía un pasillo con puertas que daban a despachos más pequeños. Al otro lado del mostrador había una joven agente negra sentada a una mesa de madera, ocupada con unos papeles.

Anna fulminó con la mirada al hombre maleducado; le brillaban los ojos y se le movía la nariz.

—Ella te odiaba, jabalí verrugoso —dijo—. *Vlakvark*.

Sí que tenía un aire a un jabalí verrugoso, bajo y fornido como era, con los ojos pequeños y el pelo hirsuto, una nariz grande y unos pelos sueltos castaños y grises en la mandíbula. ¿Dónde lo había visto antes?

—*Blerrie* rata gorda —espetó él.

Ella le enseñó los dientes, pero no con un gesto sonriente. No parecía una rata; más bien un *dassie*, un damán roquero. Con su pelaje suave y sus ojos oscuros. Yo me preguntaba si el damán roquero acabaría hincándole los dientes al jabalí verrugoso.

—Ella era mía —dijo él.

Entonces lo reconocí. Era Dirk van Schalkwyk, el de las fotografías de Jessie.

La agente de policía dijo algo, pero no pude oírla, porque en ese momento el aparato de aire acondicionado hizo un ruido fuerte.

—Ella te odiaba —contestó Anna entre dientes.

—¡Te mataré, *blerrie kakkerlak*! —gritó él.

Eso era un sinsentido. Anna no tenía nada de cucaracha.

—¡Eh! —exclamó el teniente Kannemeyer, saliendo del despacho que había al fondo. Nos miró a todos fijamente. Imponía lo alto que era—. Vale ya.

—Adelante, jabalí verrugoso —dijo Anna, poniéndose derecha, con los hombros echados hacia atrás—. Mátame, asesino.

—No vas a salirte con la tuya —soltó Dirk, sacándose una pistola de debajo de la camisa.

Pensé que ella le daría una patada o se tiraría al suelo, pero se limitó a levantar la barbilla un poco más. Puede que le alegrara la idea de reunirse con su Tienie.

Piet reaccionó tan rápido que apenas lo vi. De un golpe desvió hacia arriba el brazo de Dirk al tiempo que sonaba un disparo. ¡Pum! Del techo cayeron trozos de yeso y polvo.

El teniente Kannemeyer sujetó a Dirk por la muñeca con su mano enorme y le arrebató la pistola.

—Basta —ordenó.

Kannemeyer retorció el brazo a Dirk en la espalda, y este soltó un gruñido. Ambos tenían polvo del techo en el pelo.

—Rata gorda —masculló Dirk al pasar por delante de Anna mientras lo sacaban de la sala.

Negué con la cabeza. Qué falta de educación. Y sin necesidad.

Anna no tenía nada de gorda. Estaba un poco rellenita, como cualquier mujer que comiera tres veces al día. Pero no había razón para llamarla gorda.

La comisaría se llenó de gente que había acudido a ver a qué venía tanto jaleo con disparo incluido.

—Hola, Tannie Elna —dije, saludando a la mujer que trabajaba en la zapatería de al lado.

Era menuda, y daba saltitos como un *meerkat* para no perderse detalle.

—¿Qué ocurre? —quiso saber.

—¿Usted diría que esa mujer está gorda? —le pregunté, señalando a Anna mientras una agente se la llevaba de la sala.

Elna inclinó la cabeza hacia un lado y frunció los labios; luego negó con la cabeza.

—No —respondió—, gorda no está...

—¿Han disparado a alguien? —preguntó un hombre del Spar, el encargado.

Tenía uno de esos bigotitos ridículos, como un niño que acabara de tomarse un batido de chocolate. Llevaba el pelo peinado de lado, para ocultar las partes calvas.

—Dirk van Schalkwyk ha estado aquí —dijo Elna.

El encargado del Spar encogió una aleta de la nariz.

No sé cómo Elna sabía lo de Dirk; yo no se lo había dicho. Pero es lo que pasa en un pueblo pequeño. A veces las noticias llegan antes incluso de que las cosas sucedan. Una vez me enteré de la muerte de una anciana antes de que muriera. Pero acabó muriendo, al día siguiente, así que logró estar al corriente de la noticia.

—He oído que han matado a Martine van Schalkwyk —dijo Tannie de Jager, de la biblioteca.

—¿Quién es? —preguntó una señora que iba con un vestido de flores de color rosa.

—Está casada con Dirk, el que trabaja en la Agri —explicó Elna—. Lleva la contabilidad del Spar.

Entonces se pusieron a hablar todos a la vez, mientras comentaban y preguntaban no sé qué. Yo estaba buscando un rincón tranquilo donde sentarme cuando el teniente volvió a aparecer y dijo en voz alta:

—Se acabó el espectáculo. Todo el mundo fuera.

La gente se quedó callada y, después de mirarlo a él, se miraron entre ellos.

—*Voetsek!* —gritó el teniente, moviendo las manos como para ahuyentarlos, y los curiosos salieron corriendo como gallinas.

Pero yo me quedé allí, apartándome a un lado. Kannemeyer se pasó la mano por el pelo corto.

—¿Puedo ayudarla? —preguntó.

—Tiene pinta de saber servir una buena taza de café —dije, levantando la vista para mirarlo.

Él sonrió. Tenía una bonita sonrisa. Lenta y afectuosa, y le quedaba bien con los ojos. Las puntas del bigote se le curvaron hacia arriba. Tenía unos dientes blancos y fuertes.

—*Ja* —respondió—. Usted estaba en la *Karoo Gazette*.

—Tengo que hablar con usted —dije—. Sobre Martine van Schalkwyk.

El teniente suspiró y sacó un boli del bolsillo.

14

A la mañana siguiente contemplé desde mi *stoep* las alargadas sombras de las colinas y los árboles espinosos que se formaban con las primeras luces del día. Noté el calor del sol en la cara y me invadió una sensación agradable, aunque no sabía muy bien a qué se debía. Probablemente fuera por el cordero. Tenía pensado preparar un asado de cordero a fuego lento, con patatas, calabazas y judías verdes. Y un pastel de chocolate con suero de leche.

El teniente Kannemeyer no había escuchado todo mi relato en la comisaría, pero se quedó con los detalles y dijo que se pasaría por mi casa al día siguiente para tomarme declaración. Vi que tenía mucho entre manos, así que no me opuse. Dijo que llamaría primero.

De regreso a casa desde la comisaría me detuve en la carnicería porque tenían de oferta la pierna de cordero. No hay carne más gustosa que el cordero del Karoo. Sabe al *veld* del Karoo, a sol y a las agradables hierbas silvestres que comen los corderos.

Me apetecía ponerme mi bonito vestido de color crema, el de las florecillas azules. Me cambié los *veldskoene* por los zapatos azules de tacón bajo. Me puse el delantal y comencé a preparar el cordero.

Una vez que lo metí en el horno, salí a coger romero para las patatas. Los geranios rojos estaban floreciendo, y corté unos cuantos para colocarlos en un florero en la mesa de la cocina.

Estando en el jardín, sonó el teléfono. Me costaba un poco

caminar con los zapatos azules, así que entre eso y la distancia que había de los geranios al teléfono, tenía el corazón acelerado cuando contesté a la llamada.

—¿Diga?

—¿Tannie Maria?

—Hola, Hats —respondí.

—¿Estás bien, querida? Parece que te falta un poco el aire.

Dejé el romero y los geranios en la mesita del teléfono y me senté en una silla.

—¿Qué ha averiguado Jessie? —pregunté.

—¿Puedes venir a la redacción? Para hablar del caso de asesinato.

—El caso —repetí, pues decirlo me hizo sentir bien.

—Bueno, no es que sea un asesinato que esconda un gran misterio. Sabemos a ciencia cierta quién lo hizo. Pero no queremos que el muy sinvergüenza se salga con la suya, ¿verdad?

—No puedo ir todavía —contesté—. El teniente Henk Kannemeyer va a venir hoy a casa.

—El hombretón de brazos fuertes —dijo Hattie.

—Para tomarme declaración. Y leer las cartas.

—Jessie ha ido a entrevistarlo, pero él no le ha dicho nada. A ver si tú tienes más suerte.

—Haré lo que pueda. ¿Qué ha averiguado Jessie en el hospital?

—La hermana Mostert, la madre de Jessie, ha oído que puede que se haya tratado de una sobredosis. De somníferos.

—¿Un suicidio? —Me incliné hacia delante en la silla.

—Podría ser. Aún tienen que hacer la autopsia.

—Mira, ahora no puedo hablar por teléfono. Es por si llama Kannemeyer.

—Parece que tengas una cita.

—No seas tonta, Hattie. Tengo que dejarte.

Froté la hoja del geranio entre el dedo índice y el pulgar y respiré su fragancia.

Suicidio. O, como dicen en *afrikáans*, *selfmoord*, «autoasesinato». *Sjoe!* En cierto sentido, era peor que el asesinato. Si un hombre trata tan mal a una mujer que esta decide quitarse la vida, es como si él la hubiera matado dos veces, acabando primero con su corazón y luego con su cuerpo.

Cuando yo estaba con Fanie, me planteé suicidarme. Incluso llegué a comprar somníferos.

Noté una presión en el pecho, como si tuviera un saco de patatas encima. Me quedé allí sentada, junto al teléfono. Y de repente me puse a llorar. Por Martine, por Anna, por mí misma. Llevaba años sin derramar una sola lágrima y esa era la segunda vez que lloraba en cuestión de unas pocas semanas. Puede que no fuera malo. Cuando acabé, sentí cierto alivio en mi interior.

Yo no me había suicidado. Y allí estaba ahora, viva. Tenía gallinas que me daban unos huevos hermosos, un *stoep* con las mejores vistas posibles y unas cuantas amistades de verdad.

Olí otra vez el geranio y me levanté de la silla.

Pelé las patatas, les eché romero, sal y aceite de oliva por encima, las metí en el horno y subí la temperatura. Luego salí a sentarme a la mesa del *stoep* con las cartas de Martine y Anna, además de un té y unos *beskuits*, y leí de cabo a rabo lo que habían escrito ambas mujeres, y lo que yo les había respondido.

—No —dije al último *beskuit* que quedaba—. Esa mujer no se ha suicidado. Tenía previsto escaparse.

Entré en la cocina y troceé media calabaza. Luego la espolvoreé con azúcar y canela, y añadí unas bolitas de mantequilla por encima.

—¿Me habré dejado el teléfono mal colgado? —pregunté a la calabaza mientras la metía en el horno.

Fui a ver el teléfono. Estaba bien colgado. Despunté las judías verdes y preparé la masa para el pastel de chocolate. Estaba untando de mantequilla el molde, y tenía los dedos pringosos, cuando sonó el teléfono.

15

—¿*Mevrou* Van Harten? Soy el teniente Henk Kannemeyer. ¿Le va bien que me pase ahora por su casa?

Miré el reloj de la pared. Era mediodía.

—¿Podría venir a la una?

El teniente se aclaró la garganta. En Ladismith todo el mundo sabe que entre la una y las dos de la tarde cesa la actividad. Todos los comercios cierran para que la gente pueda ir a comer a casa. Salvo el Spar. Y la comisaría.

—Puedo darle algo de comer —sugerí—. Es decir, a menos que...

Quizá lo esperaran en casa.

—No pasa nada —respondió—. Tengo unos sándwiches.

—No, no, he preparado un asado de cordero.

—¿Asado de cordero?

—Con patatas y calabaza. *Soetpampoen.*

—Ah. Bueno, pues...

Me pregunté quién le prepararía los sándwiches.

Metí el pastel en el horno y quité el papel de aluminio al cordero. A continuación, preparé el glaseado de chocolate. Añadí el ron y el suero de leche y probé la mezcla de color oscuro con la yema del meñique.

—Hummm —dije. Eché una pizca de sal y la probé otra vez—. Perfecto.

Limpié la cocina y puse la mesa de fuera. Había dejado la gran jarra de limonada con hielo y menta fresca junto a una bandeja con las cartas de Martine y su amiga Anna. Mis respuestas también estaban allí.

El calor había derretido el azul oscuro del cielo, que ahora se veía de aquel tono azul claro típico del Karoo. Pero los árboles y el *afdak* de zinc mantenían el ambiente fresco en el *stoep*.

Me quité el delantal, me arreglé el pelo y volví a pintarme los labios. Al oír acercarse un vehículo, me alisé el vestido y salí de casa. Un *bokmakierie* estaba llamando a su pareja en el árbol espinoso. Vi que el furgón policial se detenía en el camino de entrada. El trinar de esos pájaros es tan hermoso que te llega directo al corazón. Avancé por el sendero para saludarlo. Con la intención simplemente de que supiera que estaba donde debía.

Lo vi salir del coche. Iba con pantalones largos y una camisa de algodón caqui un poco abierta por el cuello y el pecho. Se tocó una punta de su bigote y agachó la cabeza al saludarme.

—Escuche esos *bokmakieries* —dije.

—*Ja*. Es precioso.

Fuimos juntos hasta el *stoep*, donde el teniente tomó asiento, encajando sus largas piernas bajo la mesa.

—Qué bien huele —dijo.

—¿Limonada? —Le serví un poco en un vaso alto. Él también olía bien. Como a sándalo y miel—. Aquí tiene las cartas de las que le hablé. Voy a la cocina.

Lo dejé leyendo mientras iba a vigilar el asado y el pastel de chocolate, que tenía que enfriarse antes de que pudiera ponerle el glaseado.

Cuando salí con el asado de cordero y las verduras, Kannemeyer estaba contemplando el *veld*, con nuestro rojo monte al fondo, el Rooiberg. Tenía las cartas en la mano. Aún se oía cantar a los *bokmakieries*, pero ahora los trinos llegaban desde más lejos; quizá estuvieran en el gwarrie grande.

El teniente se levantó de un salto para ayudarme a poner la bandeja del horno en la mesa.

—¿Quiere que lo corte yo? —se ofreció.

Le pasé el cuchillo.

—Haré que comprueben la caligrafía de las cartas —dijo, cortando la carne—, pero creo que tiene usted razón... las escribieron *mevrou* Van Schalkwyk y *mejuffrou* Pretorius. —Negó con la cabeza—. Esos patos blancos...

—¿Ha leído también mis cartas? —pregunté, sirviéndole la guarnición de patatas y *pampoen*.

—*Ja*. Las he leído todas.

—Entonces entenderá por qué me siento implicada. Incluso responsable —dije, sirviendo las judías verdes.

Kannemeyer frunció el ceño.

—Si yo no le hubiera dicho que lo dejara, él no la habría matado —añadí.

—No se culpe, señora Van Harten.

—Si le hubiera hablado de las personas y organizaciones que podían ayudarla y protegerla —dije, poniendo en su plato las mejores tajadas de cordero—, hoy todavía estaría viva. Como yo. A punto de disfrutar de una agradable comida.

Pensar que Martine no podría comer nunca más me entristeció mucho.

—Tannie Maria, ni siquiera sabemos si fue el marido —contestó el teniente—. Puede que se trate de un suicidio. O quizá fuera Anna. Aún no lo sabemos. No hay razón para que se culpe.

—No fue un suicidio. Y no pensará usted que Anna...

Pero no quería echar a perder la comida con una discusión.

—Vamos a comer —sugerí—. Póngase usted mismo la salsa.

La comida estaba perfecta. El cordero había quedado oscuro y crujiente por fuera y tierno por dentro; las patatas, doradas y la *pampoen*, dulce y melosa. Kannemeyer cerró los ojos al probar el primer bocado. No hablamos en toda comida. Desde el *veld* me llegó el canto de los *bokmakieries*.

Cuando el teniente terminó de comer, dijo:

—No he comido un asado tan *lekker* desde hace... mucho tiempo.

Tenía un poco de salsa en la punta de su bigote castaño. Sonrió. Con aquella sonrisa blanca y encantadora que le había visto antes. Pero tenía una mirada triste. Se limpió la boca con la servilleta. Era el momento de aclarar las cosas, mientras aún tenía la comida caliente en el estómago.

—Teniente Kannemeyer —dije—, usted sabe que fue el marido quien la mató.

—Puede que así sea. O no. Se necesitan pruebas para declarar culpable a una persona.

—Usted ha leído las cartas —insistí—. Yo estaba presente cuando ese... hombre intentó matar a Anna en la comisaría.

—*Ja*, Anna debe presentar cargos contra él. Pero eso es un tema aparte.

—¿Acaso tiene pruebas de que sea otra persona quien pudiera haber matado a Martine?

—Estamos esperando... los informes.

—¿Qué informes?

Me pregunté si se referiría a las huellas dactilares de Anna y la autopsia.

—Mire, señora Van Harten —dijo—. Estamos en ello, no tiene por qué preocuparse.

—Pero nos preocupamos, teniente. Ese hombre no puede salirse con la suya. Podríamos ayudarlos a investigar el caso.

—¿Podríamos? ¿A quién se refiere? —inquirió, consultando la hora en el reloj que llevaba en su gruesa muñeca.

—Pues a nosotras, las que trabajamos en la *Klein Karoo Gazette* —aclaré—. Tenemos una periodista de investigación, conocemos a la gente del pueblo. Podríamos buscar pruebas...

—Señora Van Harten —dijo, poniéndose de pie—. Le agradezco la información que me ha facilitado, pero esta es una investigación criminal de la que debe encargarse la policía.

—Hay pastel —dije—. De chocolate y suero de leche. Bañado en ron.

—Lo siento. Tengo que irme.

Los *bokmakieries* ya no cantaban; a lo lejos, desde la R62 llegó el sonido de un camión que se dirigía a Oudtshoorn.

16

Por supuesto que estaba enfadada con Kannemeyer después de aquello. Qué tozudez la suya. Qué mala educación, a decir verdad. ¿Cómo pudo marcharse sin probar el pastel? Pero estaba más enfadada conmigo misma. Debería haberlo sacado antes.

Fui a la cocina y comencé a bañar el pastel con el glaseado. Si al menos lo hubiera visto. U olido.

—He metido la pata —dije al pastel—. Si el teniente te hubiera probado, habría accedido a todo lo que le hubiera pedido. —Me lamí el dedo, que tenía manchado con un poco de glaseado de chocolate y ron—. A todo.

Llamé a la *Gazette*. Contestó Jessie.

—Kannemeyer ha venido y se ha ido —le expliqué—. ¿Podéis venir a mi casa las dos para hacer una reunión? Tengo un pastel de chocolate que dice «Cómeme».

—Vale —respondió Jessie—. Dile al pastel que cuente con ello.

Nos sentamos las tres en el *stoep* en medio del calor de la tarde. Jessie tenía los ojos como platos porque había venido en coche hasta mi casa con Hattie al volante. Unos pajaritos amarillos estaban comiendo insectos en el césped, mientras que las gallinas yacían a la sombra del geranio.

—Qué guapa estás, Tannie M. —dijo Jessie, fijándose en mi

vestido de color crema con florecillas azules y en mis zapatos de tacón azules.

—Sí, tendrías que habernos dicho que nos pusiéramos elegantes para venir a merendar —comentó Hattie.

—*Ag*, Hats, si tú siempre vas de punta en blanco —respondí.

Iba con una camisa entallada y una falda larga de algodón blanca. Jessie llevaba su chaleco negro y unos pantalones cortos. Serví café y té. Jessie abrió aún más los ojos cuando corté un pedazo de pastel para ella, y los puso totalmente en blanco cuando le dio el primer mordisco. Con el segundo bocado, cerró los ojos.

—Querida, a mí ponme un trocito pequeño, por favor —dijo Hattie, y se atusó su cabello rubio bien peinado—. ¡Bueno! ¿Cómo ha ido el encuentro con el gran teniente?

—Ha leído las cartas y está de acuerdo en que encajan. Hará analizar la letra.

Le pasé un pedazo pequeño de pastel, y corté uno generoso para mí.

Light my fire, cantó el teléfono de Jessie.

—Disculpad —dijo. Lo sacó de la riñonera, lo miró y sonrió—. Solo es un mensaje. Sigue, Tannie M.

—Pero he metido la pata con él —continué—. No le he servido el pastel a tiempo, y no ha soltado prenda. Ha rechazado nuestra ayuda. Quiere que nos mantengamos al margen.

Jessie dijo algo, pero tenía la boca llena de pastel, así que no la entendí.

—Lo que intenta decir —me tradujo Hattie, que aún no había tocado su trozo— es que Kannemeyer no accedió a hablar con ella, pero Reghardt sí.

—¿Quién es Reghardt? —pregunté.

—Reghardt Snyman es amigo de Jessie de cuando iban a la escuela juntos y da la casualidad de que es policía. Y de que ella le gusta mucho.

Jessie miró a Hattie, arrugando la nariz.

—¿Qué? —dijo Hattie—. He visto cómo te mira.

Jessie acarició una de las salamanquesas que tenía tatuadas

en el brazo. El pastel le hacía feliz. Y puede que la alusión a Reghardt también.

—Lo que sí ha dicho Kannemeyer es que quizá Dirk no matara a su esposa —añadí—. Piensa que podría haber sido un suicidio, y parece que también sospechan de Anna.

—Este pastel es una auténtica pasada, Tannie —farfulló Jessie entre las migas—. ¿Lleva brandy por encima?

—Ron —respondí.

—¿Te ha contado Hattie lo de los somníferos?

—*Ja* —contesté—. Pero Martine me escribió diciéndome que tenía previsto escapar. No creo que pensara en suicidarse. —Cogí la carta y leí en voz alta—: «Tengo un plan en mente que me permitirá escapar. Solo necesito mantenerme a flote hasta que lo logre».

—Puede que se refiriera a escapar de este mundo —sugirió Hattie mientras picaba un poco de pastel.

—Mi madre estaba trabajando en el hospital cuando trajeron el cadáver de Martine y vio que tenía una herida en la cabeza —dijo Jessie—. Luego vinieron los del LCRC y se llevaron el cuerpo a Outdtshoorn; le harán la autopsia allí.

—¿El LCRC?

—Perdona, el Centro Local de Registro Criminal. Es donde se hacen las pruebas forenses para esta región, aunque hay cosas que envían al laboratorio forense de Ciudad del Cabo. Y Reghardt me ha contado, extraoficialmente, claro está, que al LCRC le fue entregado un atizador para que lo examinaran en busca de huellas dactilares.

—¿Un atizador? —repetí—. ¿Con eso le dio el marido?

—Bueno, si Martine fue golpeada en la cabeza, supongo que podemos descartar la hipótesis del suicidio —intervino Hattie.

—Puede que se tomara algo, y que luego, por ejemplo, se cayera y se hiciera daño en la cabeza —conjeturó Jessie—. O puede que él la golpeara con el atizador y esa fuera la última gota que colmara el vaso para que ella decidiera suicidarse.

—No lo creo —dije y pasé las cartas a Jessie—. Lee otra vez lo que pone aquí.

—¿No se las has dado al teniente? —preguntó Hattie.

—No. Se las he dejado leer, pero al ver que no quería quedarse para el pastel, me he disgustado un poco y le he dicho que eran propiedad de la *Gazette* y que le entregaría los originales mañana, después de hacer copia de todo.

—Pues se las podría haber llevado sin más —señaló Jessie—. Tratándose de un caso de asesinato y todo eso.

—Ese teniente es todo un caballero —comentó Hattie.

—Elna le Grange comentó que Martine era contable del Spar —dije.

—*Ja*, eso es cierto —afirmó Jessie—. Mi primo Boetie trabaja allí. Dice que iba dos días a la semana. Me ha contado que era una buena mujer. Callada.

Jessie leyó rápidamente las cartas que yo le había pasado.

—Dirk era un cerdo —sentenció—. Pero puede que Anna se pillara un rebote del copón cuando Martine le dijo que no fuera más a su casa.

Jessie leyó en voz alta una frase de la carta de Anna: «Dice que no debo ir a su casa».

—¡Diantre! —exclamó Hattie—. Tal vez por eso quisieran tomarle las huellas dactilares. Para ver si coincidían con las del atizador. Pero el maltratador es Dirk, no Anna. Se olería lo del plan de Martine para escapar y la mató.

Jessie, que se había terminado ya su trozo de pastel, sacó papel y boli y comenzó a tomar notas.

—Sé que nos parece obvio que fue el marido quien lo hizo —dijo—, pero tenemos que encontrar la manera de demostrarlo. También cabe la posibilidad, desde un punto de vista objetivo, de que lo hiciera otra persona. —Tomó un sorbo de café. Cuando escribía, Jessie hablaba de otro modo. Menos como una joven de color de un pueblo pequeño y más como una presentadora de la televisión pública—. Debemos determinar la causa de la muerte, así como identificar a los sospechosos y los posibles móviles. Asimismo, es preciso que encontremos pruebas para condenar al culpable.

—Tienes razón —dije, cortando otro pedazo de tarta para

Jessie—. Supongo que la carta de Anna demuestra que sería capaz de matar por amor. Por otra parte, Martine le dijo que no fuera a su casa, lo que podría haber disgustado mucho a Anna. Puede que Martine tuviera pensado escapar no solo de su marido, sino también de Anna.

—El amor hace cosas extrañas a la gente —observó Hattie, mirando la primera carta—. Martine decía que prefería una relación platónica por su parte. Quizá Anna quisiera más.

Serví un poco más de té a Hattie.

—Y el hijo de Martine está en George —señaló Jessie—. Puede que pensara marcharse de Ladismith para estar más cerca de él.

Nos quedamos las tres calladas un rato mientras bebíamos, comíamos y nos sentíamos satisfechas con nosotras mismas como investigadoras. En el césped las termitas reunían briznas de hierba y ramitas, igual que hacíamos nosotras con las pistas.

Yo me sentía satisfecha también por el pastel de chocolate que había hecho. Estaba perfecto. Esponjoso, denso y delicioso. Una puede tener en su mente la idea del mejor pastel de chocolate imaginable como un recuerdo de infancia; pero cuando te comes uno de verdad suele ser un poco decepcionante. Este no lo era.

Oí el canto del *bokmakierie* en el *veld*. Me sentí mal. Anna me había pedido ayuda, y allí estábamos las tres, hablando en su contra cuando quizá solo fuera culpable de amar.

—Creo que debería ir a llevarle un poco de pastel a Anna —dije—, y de paso ver qué tiene que decir.

—Buena idea —opinó Hattie—, ella confía en ti.

—También podría llevarle un poco a Kannemeyer —añadí—, junto con las cartas.

75

17

—Qué tempranito llegas hoy, Tannie Maria —dijo Hattie al verme entrar en la redacción—. ¿Tienes algo metido entre ceja y ceja?

El calor aún no se había instalado a aquellas horas de la mañana, y el ventilador del techo estaba apagado.

—No puedo pasar de las demás personas que me escriben, solo porque algunas tengan problemas o estén muertas.

Dejé encima de mi mesa las cartas de Martine y Anna, junto con un táper que contenía dos pedazos grandes de pastel de chocolate, y cogí un montón de sobres y unos cuantos folios con correos electrónicos impresos. Oí llegar el escúter de Jessie y puse agua a hervir. Luego revisé la correspondencia que había recibido. Era importante comenzar el día con la carta indicada.

—*Haai*, Hattie y Tannie M. —nos saludó Jessie—. ¿Qué tal?

La vi mirando el táper. Aunque el recipiente no era transparente, Jessie tenía un sexto sentido para los pasteles.

—Lo siento, mi *skat*, es para Anna y Kannemeyer. ¿Podrías hacerme copia de todo esto en ese chisme tuyo que escanea? —le pedí, pasándole las cartas—. Así podré darle los originales al teniente. —Hice sonar la lata de *beskuits* para distraerla del pastel, pero dentro de la lata solo había migas—. ¿Café?

Una vez que tuvimos las tres nuestra taza de café o té, sin *beskuits*, me decidí por un sobre marrón liso con la huella de un pulgar manchado de grasa negra junto al matasellos de Riversdale, una población grande situada a un centenar de kilómetros de distancia. Bueno, tampoco es muy grande, pero no es tan pequeña como Ladismith.

La carta era de un hombre en apuros, que firmaba con el nombre de Karel. Tenía mucho que aprender, pero parecía dispuesto a hacerlo, y yo hice lo posible por ayudar.

> Querida Tannie Maria:
> Le escribo para pedirle consejo sentimental. No se moleste con las recetas. No sé hacer ni un huevo pasado por agua.
> Conocí a una chica en la Feria del Brandy que me gusta mucho. Le brillan los ojos y tiene una sonrisa increíble. Se llama Lucia. Nos sentamos juntos a una mesa de madera y apenas hablé, pero le ofrecí patatas fritas y ella se comió unas cuantas.
> Cuando me sonreía, sentía como si una bandada de pájaros intentara salir volando de mi pecho.
> Quería decirle algo, pero no podía.
> Soy mecánico, y siempre tengo las uñas de los dedos un poco negras, por mucho que me las restriegue. Lucia es limpia y huele muy bien. Es pequeña y pulcra, como un Mini. Yo soy más bien como un camión.
> Me siento tan idiota. Quiero volver a verla, pero no sé cómo hablar con ella.
> ¿Y si le pido que salga conmigo y me dice que no? ¿O si viene, pero estoy callado todo el rato?
>
> KAREL

Saqué boli y papel y escribí:

> Querido Karel:
> ¿Y si te dice que sí? Pídeselo por sms. Llévala al cine.
> No hay razón para sentirse idiota. Puede que creas que hacer un huevo pasado por agua es sencillo, pero en realidad tiene su intríngulis. El huevo perfecto es aquel que hierve durante tres minutos exactamente. El problema es que si lo metes directamente en el agua hirviendo, la cáscara se rompe. Pero si lo

pones en agua fría, cuesta saber cuándo hay que empezar a calcular el tiempo. Hay tres maneras distintas de solucionarlo. Mi preferida es la primera.

Se puede calentar el huevo antes de introducirlo en el agua hirviendo. Para ello hay que ponerlo en un cuenco pequeño lleno hasta un cuarto de su capacidad con agua fría, y luego añadir agua caliente. Una vez que el huevo está templado, se sumerge en el agua hirviendo con ayuda de una cuchara.

O bien...

Añadir una cucharadita de vinagre al agua hirviendo, lo que hace que el huevo se lo piense bien antes de romperse.

O...

Poner el huevo en agua fría y esperar a que hierva.

Hay que tener preparada una cuchara y una huevera para comérselo de inmediato, porque el huevo sigue cociéndose dentro de su cáscara. Se sirve con tostadas, mantequilla, sal y pimienta.

Estaba segura de que mucha gente se alegraría de ver mi respuesta. Cómo se hace un huevo pasado por agua es algo que a muchos les da vergüenza preguntar. Karel tuvo el valor de plantear la pregunta en público sin tapujos. Tenía grandes esperanzas puestas en él.

Acababa de ponerme a examinar otro pequeño sobre azul cuando sonó el teléfono. Contestó Hattie.

—El teniente —dijo en voz baja. Me guiñó el ojo al pasarme el teléfono—. Para ti.

—Maria al habla —respondí.

—Anna Pretorious ha sido detenida —me informó el Kannemeyer—. No quiere llamar a un abogado. La quiere a usted.

—¿Detenida?

—¿Puede venir a la comisaría? —me preguntó.

—¿Por pegarle a usted en la mandíbula?

—Por asesinato, señora Van Harten.

—¿Es que ha matado a ese hombre que intentó dispararle?

Sé que me estaba costando entenderlo, teniendo en cuenta

que habíamos hablado de ello el día anterior. Pero me resistía a creerlo.

—Por el asesinato de Martine van Schalkwyk.

Aquella era una mala noticia.

Sin embargo, mirando el lado positivo, podría aprovechar para entregar los dos pedazos de pastel a la vez.

18

Dejé el coche a la sombra de un árbol del caucho en el aparcamiento de la comisaría. A mi lado, en el asiento del acompañante, tenía las cartas para Kannemeyer y un táper con los dos pedazos de pastel de chocolate.

Piet asomó la cabeza por la puerta de la comisaría y recorrió el asfalto polvoriento para venir a mi encuentro.

«Vaya por Dios —pensé—, podría haber traído un trozo de pastel para el agente Piet.»

El hombre me sonrió mientras yo salía del vehículo; su rostro de un color entre amarillo y marrón se arrugó aún más, y sus ojos almendrados se entrecerraron. Me acompañó hasta la comisaría, y una vez dentro me guió a través de la concurrida recepción y de un pasillo hasta el despacho de Kannemeyer, moviéndose en silencio con sus sandalias de cuero. El teniente estaba al teléfono, así que tomé asiento para esperar a que terminara. Piet se marchó, lo que quitó presión a la situación del pastel.

El teniente me saludó con la cabeza, pero siguió con la conversación telefónica. Se veía corpulento aun estando sentado. Su mesa era de teca maciza y tenía un tono rojizo brillante que quedaba bien con su bigote castaño.

—Hummm… ajá… —decía, reclinándose en su silla de cuero.

Al otro lado de la ventana de su despacho había árboles espinosos, y la sombra de las ramas caía sobre las paredes blancas y sobre su camisa y su pecho.

Mi silla también era de cuero y madera. Era un despacho cómodo, propio de un hombre que se pasaba mucho tiempo en él. Me pregunté qué vida privada tendría.

Encima de la mesa había un ventilador, y me incliné hacia él para notar el aire en mi cara. Tenía el vestido pegado al cuerpo del calor. Entre carpetas y papeles, vi una fotografía con un marco plateado. Era Kannemeyer, más joven, con el brazo alrededor de una mujer, una mujer guapa que tenía la cabeza vuelta hacia él como una flor hacia el sol. Y él irradiaba amor sobre ella.

—Vale. *Ja... ja nee.* Adiós —dijo.

Colgó el teléfono y carraspeó.

—Señora Van Harten —me saludó.

—Le he traído un poco de pastel —dije—. Y a Anna también.

Le acerqué el táper desde la otra punta de la mesa y lo abrí para que pudiera ver los dos pedazos grandes de pastel envueltos en papel encerado. Sus labios dibujaron esa lenta sonrisa suya que dejaba al descubierto unos dientes blancos y tiraba hacia arriba de las puntas de su bigote castaño.

—Gracias —dijo.

—¿Y bien? ¿Qué ocurre con Anna?

—Pues que tiene una buena causa en su contra. —El teniente se acarició el bigote—. Sus huellas estaban en el atizador que fue utilizado para golpear a Martine van Schalkwyk. En el camino de tierra de entrada a la casa había marcas de neumáticos recientes de su *bakkie*.

—¿Y ella qué dice? —quise saber.

—No quiere hablar con nosotros. Ni llamar a un abogado.

—Anna no mataría a su amiga. No tenía motivos.

—Podría ser un crimen pasional. Había fotos rotas, incluida la de la boda de Martine y Dirk —explicó Kannemeyer, mirando por un instante su propia fotografía—. Van Schalkwyk dice que Anna estaba enamorada de su esposa. Las cartas que tiene usted lo corroboran. ¿Las ha traído?

Las puse encima de la mesa, pero no quería que fueran utilizadas de aquella manera. El teniente estaba exponiendo las pruebas para inculpar a Anna. Con pulcritud, como si estuviera poniendo una mesa. Una mesa en la que no me apetecía comer.

—Las cartas muestran que el marido de Martine amenazaba con matarla —repuse—. Le rompió el brazo. Es a él a quien debe detener.

—No hay pruebas de que él la matara.

—¿Sus huellas estaban en el atizador?

—No.

—¿Y eso no es un poco raro? —pregunté—. ¿Acaso no utilizaría el atizador en su propia casa?

Saqué del táper el pedazo de pastel para él y lo puse en la mesa. El papel encerado estaba abierto por una punta, dejando al descubierto una esquinita oscura del reluciente glaseado. Kannemeyer miró el trozo de tarta y luego me miró a mí, como si me viera bien por primera vez.

—*Ja*, nos extrañó que en el mango solo estuvieran las huellas de Anna —admitió.

—Parece que alguien lo utilizó y luego limpió las huellas.

Kannemeyer se removió en su silla y miró por la ventana. Había unas cuantas nubes grandes en el cielo. Cargadas de lluvia, una lluvia que seguramente nunca caería.

—No fue solo el atizador lo que la mató —reveló al fin—. Había tomado, o le habían dado, un fuerte sedante. Luego la golpearon en la cabeza con el atizador. Después la asfixiaron. Con un cojín, con toda probabilidad. Tenía trocitos de fibra de relleno en la boca.

—¿Cómo? —dije.

—Lo siento.

El suicidio era como matarla dos veces. En cuerpo y alma. Pero de aquella manera era como si la hubieran asesinado tres veces. No podía creer que Anna hubiera hecho algo así.

—A mí no me parece que se trate de un crimen pasional —comenté—. Seguro que fue planeado.

—Yo también pienso lo mismo, Tannie Maria —reconoció el teniente.

—Entonces, ¿qué motivo hay para detener a Anna?

—Debemos obrar en función de las pruebas que tenemos. Está detenida, no condenada. Puede solicitar la libertad provisional bajo fianza. Confío en que usted pueda hacerle entrar en razón. Usted es la única persona con la que quiere hablar. Convénzala para que pida ayuda legal. Y para que presente cargos contra Van Schalkwyk.

—¿Y qué ha dicho Dirk van Schalkwyk? ¿Lo han interrogado?

—Por supuesto que lo hemos interrogado. Y lo que ha dicho es asunto de la policía. Si le cuento lo relacionado con Anna es solo porque necesita su ayuda.

—En ese caso déjeme verla. ¿Puede pedirnos un café, por favor? —dije, cogiendo el táper de la mesa y cerrándolo—. Para tomar con el pastel.

—La acompaño a verla.

Kannemeyer me llevó por un pasillo ensombrecido hasta una sala oscura con un ventanuco donde había una mesa de tablero esmaltado y dos sillas de plástico. Las paredes se veían de un blanco amarillento y con grietas, como los dientes de un fumador.

Una agente de policía hizo pasar a Anna, que iba con unos tejanos y una camisa caqui sin planchar. Su pelo corto oscuro necesitaba un cepillado. Miró a Kannemeyer y a la agente con el ceño fruncido.

Abrí el táper y lo puse en la mesa. Nos sentamos y Anna intentó sonreírme, pero tenía los labios demasiado apretados.

La agente se inclinó rápidamente hacia delante para ver el pastel. Apuesto que nunca había visto una tarta de chocolate tan bonita, pero no la probaría. Aunque Anna se ofreciera a compartirla conmigo, me negaría. Saltaba a la vista que necesitaba hasta la última migaja. Al acercarse la agente, Anna cerró aún más los labios, hasta que estos casi desaparecieron. Tendría que conseguir que se tranquilizara si quería que hablara o comiera.

—El agente Witbooi traerá café —dijo Kannemeyer desde la puerta.

—¿Puede dejarnos solas? —pedí a la agente—. Por favor.

La mujer miró a su espalda como si yo estuviera dirigiéndome a otra persona.

—Estoy aquí para su seguridad —dijo.

Miré a Kannemeyer. Este movió la barbilla para indicar a la agente que podía irse. La puerta se cerró con un ruidito seco tras ellos.

—¿Cómo lo llevas? —pregunté.

Anna me miró con esos enormes ojos marrones.

—Ay, Tannie —dijo.

Se llevó los dedos a la frente para apoyar la cabeza en su mano.

Piet apareció con el café.

—*Dankie*, agente Piet.

Cuando se fue, Anna se puso derecha y volvió a mirarme. Yo estaba añadiendo leche y azúcar a las dos tazas.

—¡Maldita sea! —exclamó, dando una patada a la pata de la mesa con la bota—. La he cagado.

El café se tambaleó y el pastel bailó un poco. El glaseado estaba derritiéndose. Le pasé su café e intenté tomar un sorbo del mío, pero aún quemaba. Anna se frotó los muslos con las manos.

—Está muerta. Muerta. Y es culpa mía —dijo.

¿Me estaría ofreciendo su confesión?

—Oh, Anna —dije, y luego guardé silencio.

Si ella estaba dispuesta a hablar, yo la escucharía.

—Llegué demasiado tarde —dijo.

Se pasó una mano por el pelo, despeinándolo aún más.

—Sabía que el muy cabrón la mataría. Y yo podría haberlo impedido. Pero ella me había dicho que no fuera a su casa y le hice caso. Tonta de mí, no debería haberla escuchado. El martes estaba dando de comer a los patos cuando de repente noté como si me dieran un puñetazo en el estómago. Fui corriendo a su casa. —Su mirada se desvió hacia la pared—. Pero ya era demasiado tarde…

84

No miraba la pintura agrietada, sino otra imagen que tenía en su mente.

—Come un poco de pastel —le sugerí.

Pero en lugar de ello tomó un sorbo de café.

—El atizador —dije—. Tus huellas estaban en él.

—Cuando encontré a Tienie muerta, me pudo el disgusto y la rabia —explicó—. Estaba cabreada con él, con Tienie, conmigo misma. Y allí estaba esa *blerrie* fotografía de boda, mirándome, mintiéndome, como siempre que iba a visitarla. Sé que fue una estupidez, pero estaba tan fuera de mí que agarré ese atizador y me lié a porrazos con esa foto de boda por toda la sala.

Tomé un sorbo de café.

—¿Golpeaste a Martine? —pregunté.

Anna puso los ojos como platos.

—Tannie Maria, yo la amaba.

Seguí mirándola.

—No —insistió—. Nunca le haría daño. Jamás. Pero Dirk... —Dio un sorbito a su café—. Va a pagar por esto.

Quité el papel encerado del pastel y se lo acerqué. Anna se puso a comer. Supe entonces que estaría bien. Ella me miró, asintiendo con la boca llena, y me hizo un gesto de aprobación con el pulgar en alto.

—¿Has presentado cargos contra él por lo que te hizo en la comisaría? —le pregunté cuando terminó de comer.

Se lamió los dedos manchados de chocolate y negó con la cabeza.

—Esto es entre él y yo.

—Anna, tienes que buscar ayuda legal. Te he traído estos números de teléfono que te envié por carta. Llama al servicio gratuito de asistencia jurídica. Pide la libertad condicional bajo fianza. —Saqué el papel que tenía guardado en el bolsillo—. Toma.

Anna rió, pero no era una risa alegre.

—Tannie Maria —dijo—, ¿crees que me importa ir a la cárcel? —Cogió la hoja de papel, pero no la miró—. ¿Crees que me importa morir? ¿Has amado a alguna vez a alguien? Me refiero a amar de verdad.

En ese momento lamenté no haber traído un pedazo más de pastel para mí. El suyo era bien grande y se lo había comido ella sola.

—No —respondí, con la taza de café en los labios.

Henk Kannemeyer vino a la puerta a buscarme, a mí y a mi táper vacío. Tenía el labio inferior manchado de chocolate.

—¿Pedirá la libertad condicional? —me preguntó mientras avanzábamos por el pasillo.

—Le he pasado unos teléfonos de asistencia jurídica gratuita —respondí—. No creo que lo haga.

—Ese pastel suyo... estaba buenísimo —dijo.

Cuando entramos en su despacho, vi que había compartido su trozo con Piet. El agente estaba observando hasta la última miga que había en su plato en busca de pistas que le permitieran descubrir cómo se había hecho una tarta de chocolate tan perfecta. El teléfono de la mesa sonó, y Kannemeyer se paró para cogerlo. Levantó la mano, indicándome que esperara un momento. Pero me apresuré a marcharme. Quería llegar a casa lo antes posible. Aún quedaba medio pastel en la cocina.

19

Cuando desperté a la mañana siguiente, me noté un poco indigesta, así que me tomé un Rennie.

Encima de la mesa de la cocina estaba el último trozo de pastel de chocolate que quedaba. El resto me lo había comido la noche anterior mientras no pensaba en lo que Anna me había dicho del amor. Me preparé un café y salí a sentarme en el *stoep* para ver cómo se hacía de día. En el Karoo ocurre de repente. En un abrir y cerrar de ojos se pasa de una tenue luz llena de sombras aún nocturnas a un sol que lo despierta todo. El Rooiberg cambia de rojo a naranja y de naranja a amarillo ocre antes de que a una le dé tiempo a terminar una taza de café.

Los pájaros e insectos cantaban y revoloteaban por los alrededores; los drongos comían las bayas moradas de los gwarries en el *veld* y los *bokmakieries* saltaban de rama en rama por los árboles espinosos.

Las cinco gallinas que tengo vinieron a saludarme, con sus crestas y barbas moviéndose de un lado a otro y sus plumas marrón óxido temblando mientras corrían hacia mí. Metí la mano en el cubo de *mielie* molido que tenía siempre en el *stoep* y les tiré un puñado de maíz.

Me tomé el café y escudriñé el horizonte en busca de nubes de lluvia, pero no había ni una sola. Llevaba puesto el vestido azul de algodón fino e iba descalza, pero ya tenía calor.

Llené una lata con *beskuits* de muesli para llevarla a la redacción. Miré el pastel que estaba encima de la mesa. Era el último trozo del que puede que hubiera sido el mejor pastel de chocolate que había hecho en mi vida. Toda una responsabilidad.

No podía comérmelo yo. Y no solo por la indigestión. Eso ya se me pasaría, como ocurría siempre. Sentía que tenía que hacer un buen uso de él.

—Me pregunto cómo podrías ayudar en el caso —dije al pastel—. Los otros trozos hicieron un buen trabajo ayer en la comisaría. Pobre Anna, espero que salga pronto. Seguro que la comida de la cárcel es malísima. —Me senté a la mesa—. Pero alguien tendrá que comérselo.

Me notaba el estómago un poco mejor después de tomarme el Rennie, así que me levanté para hacerme un huevo pasado por agua. Solo uno. Me senté a la mesa de la cocina para comérmelo con pan y mermelada de albaricoque.

—A mí me parece que es ese marido, el tal Dirk, el que debería estar comiendo comida de cárcel —dije al huevo mientras golpeaba la parte de arriba con una cucharita y retiraba la cáscara—. Creo que deberíamos tener una charla con él.

Cuando me terminé el huevo, dije al trozo de pastel que tenía delante:

—Pero tengo que ir preparada. Una no puede presentarse ante un asesino así sin más.

Recogí las cosas del desayuno e hice dos bocadillos grandes de asado de cordero con pan de campo. Uno para Dirk y otro para mí. Con mostaza, pepinillos y lechuga. Corté los dos por la mitad y los puse en un táper. El pedazo de pastel brillaba con su glaseado de chocolate al ron. Lo envolví en papel encerado y lo metí también en el táper.

El táper y la lata de *beskuits* vinieron conmigo a la redacción de la *Gazette*. Aparqué a la sombra de un jacarandá. El teléfono estaba sonando cuando entré por la puerta y Hattie me saludó con la mano mientras lo cogía. De Jessie no había ni rastro.

—Harriet Christie —dijo Hattie—. Sí, señor Marius... Por supuesto, señor Mar...

Sobre mi mesa había un sobre grueso de color crema con mi nombre y dirección escritos en una hermosa caligrafía. El matasellos era de Barrydale.

—Estamos haciendo todo lo posible, señor Marius —dijo Hattie.

El señor Marius era un patrocinador de la *Gazette*. De una agencia inmobiliaria. Hattie me puso mala cara, señalándose la lengua con el dedo para mostrarme que le provocaba náuseas. Me alegré de no tener su trabajo. Dejé de escuchar su voz mientras me sentaba y comenzaba a leer la carta:

> Tannie Maria, me gusta su estilo. Es usted una mujer valiente.
>
> Soy interiorista y abandoné Ciudad del Cabo para retirarme, o algo así, aunque uno de estos pintorescos pueblecitos del Karoo. En general es una delicia, aunque hay días en que las pequeñas mentes de la gente de aquí hacen que me entren ganas de arrancarme el pelo de raíz y pedir clemencia a gritos. Pero no quiero divagar. Este mes es el cumpleaños de mi novio, y he pensado que podría prepararle una comida especial. He comprado una vajilla de cerámica de un color turquesa claro para la ocasión, con unos platos hechos a mano preciosos. El chico ya tiene una edad y le encantan la carne y los carbohidratos, pero yo creo que la ocasión y la vajilla exigen algo más que *pap en wors*. ¿Alguna sugerencia? Algo con los sabores y colores apropiados que conjunten con estos platos. Algo especial y peleón, como mi novio. Algo con pelotas.
>
> MARCO

Cerré los ojos, e imaginé esos preciosos platos azul turquesa. Lo que veía en ellos era *frikkadelle*, *tamatiesmoor* y *mieliepap* amarillo. *Ja*, esas albóndigas especiadas, con esa salsa de tomate y con polenta, quedarían muy bien en esos platos azules. Y de guarnición podrían servirse unos trozos grandes de verduras asadas, como remolacha, calabaza y pimiento amarillo. Y feta. Oh, qué bonito...

—Eh, Tannie M. —La voz de Jessie hizo desaparecer la imagen—. ¿Con qué sueñas?

—Jessie —dije—. Qué susto me has dado. Estaba pensando en albóndigas.

—¿Cómo fue ayer por la cárcel? —preguntó Hattie mientras colgaba el teléfono.

—¿Les gustó tu pastel? —quiso saber Jessie.

—Oh, sí —respondí, levantándome para llenar el hervidor de agua—. ¿Café y té?

—*Ja* —contestó Jessie.

—Sí, por favor —dijo Hattie.

—Supongo que ya no hay más pastel de ese, ¿no? —preguntó Jessie, mirando el táper que había encima de mi mesa.

—Queda un trocito —respondí—. Pero tengo planes para él. Os he traído unos *beskuits* de muesli y suero de leche.

Les conté cómo me había ido con Kannemeyer y Anna.

—Pues sí que parece que alguien limpió sus huellas antes de que Anna agarrara el atizador —comentó Jessie, cogiendo su café y un *beskuit*.

—Y no tiene ningún sentido que Dirk limpiara su propio atizador, ya que lo normal sería encontrar huellas suyas en él —observó Hattie, aceptando el té sin hacer caso del *beskuit*.

—*Ja*, pero con lo idiota que es, sería capaz de hacer algo así —dijo Jessie.

—Creo que debemos hablar con él —sugerí.

—Pero ¿accedería él a hablar con nosotras? —preguntó Hattie—. Me parece que no es muy simpático que digamos.

—Tengo un pedazo de ese pastel de chocolate —dije—, y un bocadillo de cordero. Con mostaza y pepinillos. Eso podría hacerle hablar.

—No veo por qué tendríamos que darle pastel y cordero a ese hijo de puta —espetó Jessie—. Lo que se merece es una buena patada en los cojones.

—Ese hombre tiene una pistola —dijo Hattie—. Pero estoy de acuerdo en que es más probable que hable con una *tannie* que le lleva comida que con un par de investigadoras de la *Gazette*.

—Está bien —respondió Jessie—. Tú prueba a entrar con la comida, que yo me quedo fuera esperando. Si gritas, entraré corriendo y le daré esa patada. Y una buena dosis de gas pimienta.

Qué bien me habría venido Jessie cuando vivía con mi marido. Le di otro *beskuit*.

—Dirk está alojado en el bed and breakfast Dwarsrivier —indicó Jessie—. Vi su coche aparcado fuera y hablé con Tannie Sarie, que trabaja allí limpiando. Reservó una habitación para un par de días.

—¿Por qué no está en su casa? —pregunté.

—Es la escena de un crimen. El equipo forense de Oudtshoorn estuvo allí... los del LCRC. Precintaron toda la casa con cinta amarilla de esa.

—Hay que ver, Jess. Pero ¿tú cómo sabes todo eso? —preguntó Hattie—. ¿Es que estás saliendo con Reghardt? ¿Es él quien te cuenta todas esas cosas?

—No exactamente —respondió Jessie, enroscándose la coleta con un dedo—. Aunque hemos quedado alguna que otra vez, y he oído alguna conversación suya por teléfono. Y luego ha dado la casualidad de que he pasado con el coche por delante de la granja de los Van Schalkwyk. He vuelto directamente al ver los vehículos del LCRC.

Hattie negó con la cabeza.

—Creo que deberíamos visitar la escena del crimen por nuestra cuenta —sugirió Jessie—. Y pronto. Antes de que Dirk vuelva a casa. Los forenses terminarán su trabajo allí hoy mismo y retirarán la vigilancia policial.

—Diantre, Jess, no quiero que te metas en líos —dijo Hattie.

—Es Anna la que está metida en un buen lío, por un asesinato que no ha cometido. Tenemos que intentar ayudarla.

—No podemos infringir la ley —repuso Hattie.

—Puede que tú no —puntualizó Jessie—. Tú eres la jefa. Pero yo soy una periodista de investigación; es de esperar que infrinja la ley.

—A lo mejor podemos estirar un poco la cinta esa que hay en la escena del crimen —sugerí—, sin romperla.

Harriet suspiró y dijo:

—Chicas, chicas, no hagáis ninguna tontería, por favor.

Jessie me guiñó el ojo. Ambas miramos a Hattie con los ojos muy abiertos y cara de inocentes. Jessie apuró el café. Se llevó la mano al gas pimienta que tenía en la riñonera.

—Vamos —dijo—. Seguro que Dirk tiene hambre.

20

El bed and breakfast Dwarsrivier se hallaba a solo dos manzanas, pero el sol del verano puede dejarte frita en plena acera, así que fuimos en mi *bakkie*. Había muchos coches aparcados fuera, así que tuve que dejarla un poco apartada, calle abajo. Caminamos despacio hacia el edificio bajo la sombra esmirriada de unos árboles espinosos. Era una de esas construcciones bajas y cuadradas típicas de los años setenta, pintada de un marrón claro sin mucha personalidad. No tenía nada que ver con las primeras casas victorianas de Ladismith. Pero delante había un bonito césped bordeado de flores rosa y un banco a la sombra de un sauce del Karoo.

—Ese es el Toyota de Dirk —dijo Jessie, señalando un enorme todoterreno blanco.

Fuera del bed and breakfast también había una furgoneta Hilux, y una familia estaba descargando unas mochilas de su interior.

—No tienen pinta de excursionistas —observé.

Iban bien vestidos, y no parecían de los que se manchaban las botas de barro. En el lateral del vehículo había una foto y una inscripción.

—Adventistas del séptimo día —dijo Jessie—. Hice un artículo... —Dejó de hablar con la vista puesta calle arriba—. ¿No es Anna esa de ahí?

Sí, era ella, saliendo de su *bakkie* agrícola. Luego se dirigió al edificio a zancadas. Estaba bastante más lejos que nosotras, pero se movía rápido, con la cabeza agachada y el ceño fruncido.

—Habrá salido en libertad bajo fianza —dije.

—Ella también viene a ver a Dirk —supuso Jessie.

—Seguro que no le trae pastel —comenté.

—Anna —la llamé y le saludé con la mano. No levantó la vista. Apretamos el paso—. ¡Anna!

Nos vio, pero no pareció alegrarse. Jessie se adelantó corriendo y se plantó en la puerta de entrada para bloquearle el paso. Pero Anna no aflojó el ritmo; iba a chocar contra Jessie.

—Anna. ¡Espera!

Yo no corría, porque no soy amiga de correr, pero iba caminando muy rápido y la respiración me cortó el grito. Anna se paró y me fulminó con la mirada. Iba con sus botas de granja, unos vaqueros y una camisa blanca de hombre.

Me sequé el sudor de la frente y esperé a recuperar la voz ante de decir:

—¿Qué haces?

—Tannie Maria, no te metas en esto —dijo.

Apartó a Jessie de un empujón como si pesara menos que un merengue y fue directa a la puerta principal por el camino de cemento. Un hombre con una barba poblada le salió al paso y fue a parar a un parterre. Antes de entrar, Anna apoyó la mano en un bulto que le sobresalía por detrás de la camisa. Era una pistola, que llevaba metida por dentro de los vaqueros.

Jessie sacó el gas pimienta.

—Eso no puede con una pistola —dije.

—Ya lo sé —admitió Jessie—, pero Dirk también tiene una pistola, y puede que Anna necesite ayuda.

—Jessie, no —repuse, sin embargo ella avanzó a toda prisa por el camino y se metió en el edificio.

Yo la seguí a paso de tortuga, sin más armas que el táper que llevaba en las manos. Atravesé una moqueta oscura con un diseño moteado para llegar a la recepción, donde había unos sofás de color beis y una joven pelirroja detrás del mostrador. No vi ni rastro de Anna o de Jessie por ninguna parte.

—Llama a la policía. Ahora mismo —le pedí—. Y a una ambulancia.

La chica se me quedó mirando boquiabierta. Cogí el teléfono de su mesa y marqué el número.

—*Ma...* —dijo la joven.

Se enroscó un mechón de pelo con un dedo y comenzó a darle vueltas y vueltas. El policía que me atendió intentó hacerme veinte preguntas, pero le pedí que me pasara con el teniente Kannemeyer.

—Anna acaba de llegar al bed and breakfast Dwarsrivier, donde está alojado Dirk —expliqué al teniente—. Tiene una pistola.

—Voy para allá —dijo.

—Puede que también necesitemos una ambulancia —añadí antes de que colgara.

—¿Cuál es la habitación de Dirk van Schalkwyk? —pregunté a la muchacha.

—*Maaaaa...!* —exclamó con los ojos como platos.

Oí ruidos y vi una puerta abierta que daba a un patio. Una mujer con un vestido de flores y rulos en la cabeza tapados con un pañuelo vino caminando como un pato desde un despachito.

—*Jaaa...* —respondió a su hija.

Pero yo ya me iba afuera. Una hilera de habitaciones de huéspedes se abría a una zona con una piscina, una mesa con sillas bajo un parasol enorme y unas cuantas hamacas. Había varios niños y adolescentes nadando en la piscina y tumbados a su alrededor. Jessie estaba intentando convencerlos para que se fueran a la recepción, pero ellos no le hacían ni caso.

—Evacuación de emergencia —dijo Jessie—. ¡Moveos!

Una chica tendida boca arriba en una hamaca se puso de lado.

—Yo estaba aquí primero —repuso.

Un niño se acercó corriendo a la piscina y saltó al agua, con lo que nos salpicó a todos. Aunque eso no estuvo nada bien, agradecí las gotas frías en la cara y los brazos.

Anna seguía adelante, comprobando cada una de las habitaciones. Llevaba la pistola en la espalda. Aquellos chiquillos eran unos maleducados, pensé, pero no merecían verse atrapados en medio de un tiroteo. Me quité los zapatos, me puse en el primer escalón de la piscina y abrí el táper. Desenvolví el pastel y se lo enseñé a los críos para llamar su atención.

—Es pastel —dije—. Si vais corriendo adentro ahora mismo, habrá para todos. No salgáis hasta que yo os diga.

Se levantaron y entraron en el edificio en menos de lo que canta un gallo. Oí a la pelirroja y a su madre gritándoles al verlos pisar las alfombras chorreando. Me sentí mal por mentirles sobre la comida. Pero tenía un plan, así que en el fondo no estaba mintiendo.

—Largo de aquí —dijo Jessie, mostrando el gas pimienta a una pareja que se había asomado afuera desde una de las habitaciones.

Miraron a Jessie y a Anna y se escabulleron rápidamente.

Solo quedaban dos puertas más sin abrir.

—¡No lo hagas, Anna! —grité—. Ven a sentarte y a hablar conmigo. Tengo un bocadillo de cordero y pastel. —Estreché el táper contra mi pecho—. Por favor.

Pero ella estaba tan concentrada como una leona al acecho de su presa. Jessie la seguía de cerca.

—Vete a hacer puñetas —soltó.

Hizo girar el picaporte de la penúltima puerta, y abrió una rendija. Yo cerré el táper y retrocedí unos pasos. La cosa se estaba poniendo fea. Jessie agarró por el hombro a Anna y esta arremetió contra ella y la tiró hacia atrás. Jessie perdió el equilibrio y cayó a la piscina, con lo que nos salpicó un poco más con agua fría.

Anna empujó la puerta con el pie para abrirla del todo, sujetando la pistola con los brazos extendidos delante de ella. La habitación estaba vacía.

Entonces oí la cisterna de un váter; el ruido se hizo cada vez más fuerte a medida que se abría la puerta del baño. No fue Dirk quien salió de allí, sino una mujer con un vestido largo.

—*Voetsek* —le ordenó Anna, persiguiéndola para que saliera de la habitación.

La mujer soltó un grito y fue corriendo a la casa principal. Se oyeron más gritos ahogados en medio de un chapoteo... «¡Oh, Dios mío, Jessie! No sabe nadar», recordé.

Me tiré a la piscina y, cogiéndola de la barbilla, conseguí que la mantuviera fuera del agua. Jessie tomó aire. Le sujeté la cabeza y la llevé a rastras hasta donde no cubría, y se sentó en el escalón, tosiendo.

Anna estaba sacudiendo la puerta de la última habitación, que habían cerrado con llave. Las cortinas estaban echadas. Dio un par de pasos hacia atrás, con la pistola al lado. Me pareció ver que las cortinas se movían un poco, pero tenía agua en los ojos y no estaba segura.

Anna cogió carrerilla y golpeó la puerta con su enorme bota. Oí un crujido al astillarse la cerradura, que quedó abierta. Anna entró volando.

Entonces comenzó el tiroteo. Se oía fuerte. Muy fuerte.

Luego ya no se oyó nada. Nada en absoluto.

Unas sirenas rompieron el silencio. Cada vez estaban más cerca, hasta que por fin llegaron. Pero todo había acabado. Dirk salió tambaleándose de la habitación, con la cara y las patillas ensangrentadas, y los brazos sangrando. Tenía sangre en las manos, goteándole por la punta de los dedos. Lo vi avanzar a trompicones hacia la piscina. No veía nada.

Debería haberle avisado, para que se detuviera. Pero no lo hice.

Cayó al agua. Podría haberme tirado a la piscina para intentar rescatarlo. Pero no lo hice.

Jessie y yo fuimos corriendo a la habitación. Anna estaba despatarrada en el suelo, con los vaqueros más oscuros de la cuenta y la camisa blanca manchada de un rojo brillante.

—No —dije—. Anna...

Intenté ir hacia ella, pero unas manos enormes tiraron de mí hacia atrás para apartarme a un lado. Había hombres de uniforme por todas partes. Luego me sentaron. En una silla, fuera, creo. Anna. Me pregunté si ahora estaría donde deseaba estar. Junto a su amor. Con Martine.

Estaba todo lleno de gente. Gente y más gente.

Pero yo me sentía sola. Muy sola.

21

—¿Ya se han acabado, Tannie? *Ma* decía que eran petardos, pero *pa* ha dicho que eran disparos.

No sé cuánto tiempo llevaba allí sentada, en mi mundo, antes de que aquella vocecilla me devolviera a la realidad. El vestido azul se me había secado, y lo tenía pegado a la piel.

—Y entonces he visto a esas personas con sangre, así que tendrá razón *pa* —dijo—. Los petardos no hacen eso, ¿verdad, Tannie? *Ma* dice que son peligrosos. Había policías, Tannie, aún queda alguno.

Me miraba con unos ojos grandes y las manos juntas delante de él. Era un niño enclenque en bañador; se le marcaban las costillas. Había un agente precintando la habitación con cinta amarilla. «POLICÍA», ponía en la cinta en letras mayúsculas de color azul. Otro estaba haciendo fotos.

—¿Están muertos, Tannie? ¿Lo están?

—No lo sé —respondí.

—Mi hermana y yo hemos ido adentro, como usted nos ha dicho. Estábamos escondidos detrás del sofá.

Me di cuenta de que estaba estrechando el táper contra el pecho. Dejé de cogerlo tan fuerte y me lo puse en el regazo. El pequeño siguió la comida con la mirada.

—Tenía miedo, Tannie. Todos teníamos miedo. Pero ya ha pasado, ¿verdad?

—Sí —respondí—. Ya ha pasado.

Los adultos y algunos niños estaban volviendo ya a sus habitaciones, pero algunos críos se sentían más seguros en la casa principal, y se quedaron allí, asomándose afuera desde la puerta. Estaban asustados y necesitaban alguna cosa para que se les pasara.

—Pastel —dije, levantándome y tirándome del vestido para que quedara bien.

El pequeño fue corriendo hasta la casa delante de mí mientras decía:

—Es la *tannie* del pastel. Dice que ya ha pasado todo. Va a darnos pastel.

Me senté en el sofá beis y los críos se acercaron poco a poco a mí, o al táper. Los sofás eran de eskay; tenían un tacto pegajoso a plástico. Había una agente de policía hablando con la mujer de los rulos en el despacho.

—Niños —dije—, os he prometido pastel a todos. Y así será.

—Estábamos asustados, Tannie —dijo una niña—. Había mucho ruido, y sangre. Lo hemos visto.

—Era como salsa de tomate —dijo un niño más mayor—. Por todas partes. Menudo lío.

Señaló hacia donde la joven pelirroja estaba ocupada limpiando la alfombra moteada.

—Yo intentaba que os pusierais a salvo rápido —dije—, por eso no me he explicado muy bien. Aquí solo tengo un pedazo de pastel.

Los chiquillos se vinieron abajo como cuando la masa de un pastel se hunde por abrir el horno antes de tiempo.

Una niña pequeña comenzó a llorar:

—Tengo haaaaaaambreeeeeee.

—Pero es un trozo grande, y podréis probarlo todos —les aseguré al abrir el táper—. Y luego iré a casa a haceros un pastel y os traeré un pedazo bien grande a cada uno.

Eso pareció animarlos un poco. La pequeña dejó de llorar y alargó los brazos hacia mí y la comida.

—Vale, además podéis comeros los bocadillos —dije, aunque a mí también me estaba entrando bastante hambre—. A ver, necesitamos un cuchillo...

Una mujer pálida se acercó corriendo, pero en lugar de darme un cuchillo, me dijo:

—Un momento. ¿Qué les va a dar de comer?

Se lo expliqué. Y le conté que pensaba hacerles otro pastel y que necesitaba un cuchillo, pero ella se quedó allí plantada. A lo mejor también quería pastel, pero me pareció que eso ya era glotonería por su parte, porque estaba claro que los niños lo necesitaban más. Entonces llegó Jessie y me pasó la navaja suiza que llevaba en la riñonera, con una hoja ya sacada. La verdad es que esa chica sabía cómo echar una mano.

—He dado mi testimonio a la policía —dijo Jessie—. Querían tomarte declaración a ti también, pero antes no estabas para hablar. Le he dicho a Kannemeyer que ya te pasarías después por la comisaría.

—¿Kannemeyer estaba aquí? —le pregunté mientras cortaba el pastel en trocitos vistosos.

Jessie asintió.

—¿No te acuerdas?

—¿Ese pastel está hecho con mantequilla y huevos? —quiso saber la mujer.

—Oh, sí —contesté—, con los mejores huevos de mis gallinas. Y con suero de leche.

Puede que quisiera la receta. Pero antes de que me diera tiempo a decir nada más, apartó de mí a la niña pequeña y al niño enclenque y levantó una mano para indicarme que parara.

—Lo siento, pero no comemos carne ni productos lácteos —dijo.

La niña y yo nos quedamos con la boca abierta al mismo tiempo. Ella echó la cabeza hacia atrás y se puso a llorar. Al muchacho le temblaba el labio inferior. Hasta a mí me entraron ganas de llorar. Había sido un día muy raro.

La alfombra comenzó a temblar bajo mis pies y tuve la sensación de que las paredes se movían de un lado a otro. ¿Sería eso lo que se sentía en medio de un terremoto?

—Tannie Maria —dijo Jessie—, ¿estás bien?

Jessie me cogió el táper al ver que yo no lo tenía bien agarrado. Luego se sentó en el sofá, como si no hubiera ningún terremoto. Las madres intentaban alejar de allí a sus hijos, que lloraban y gemían, pero los niños no querían moverse del sitio.

—Podría haber sido peor —me consoló Jessie, dándome palmaditas en el hombro—. He hablado con mi madre, que está en el hospital. Siguen con vida. Han sufrido heridas superficiales y pérdida de sangre, pero no tienen ningún órgano vital afectado. Anna se ha fracturado un hueso de la pierna por un impacto de bala. Tiene las dos piernas dañadas, pero se pondrá bien. El cerdo de Dirk también está fuera de peligro, aunque tiene lesiones graves en los brazos. Es increíble que no hayan acabado los dos muertos.

Las madres llamaron a los padres y se llevaron a todos los niños. Solo quedamos Jessie, el táper y yo en el sofá.

—¿Estás en estado de shock? —me preguntó Jessie.

La sala ya no se movía, por así decirlo, pero tampoco estaba quieta del todo.

—Seguro que nosotras necesitamos esto más que Dirk o que esos críos —sugirió Jessie, mirando la comida que yo tenía en el regazo.

Tras mirarme levantando las cejas, me pasó un bocadillo y cogió otro para ella. Aún se veían tiernos, incluso después de un día tan duro como aquel.

—Mmmmmmmmm... —dijo mientras cerraba los ojos e hincaba los dientes en el pan.

Yo ya me sentía mejor. Noté el bocadillo bien sujeto entre mis manos, y el suelo firme bajo mis pies. Ooh, *ja*. Pepinillos, mostaza y cordero.

—Esa gente son adventistas del séptimo día —dijo Jessie después de tragar—. Creen que ha llegado el fin del mundo. Una vez más. Han vivido unas cuantas falsas alarmas a lo largo de los años, pero esta vez piensan que va en serio. Han venido de todas partes para reunirse aquí porque se supone que los Klein Swartberge son un lugar idóneo para la ascensión. Hay un paraje en Dwarsrivier donde las rocas tienen la forma de Jesús.

El fin del mundo. Así lo había sentido hacía un instante,

cuando aquella mujer rechazó mi comida y el suelo comenzó a temblar. Supongo que si no pudiera comer carne ni productos lácteos, podría parecerse el fin del mundo.

—Toma un poco de pastel —me ofreció Jessie cuando acabamos con los bocadillos—. Estaba pensado que… ahora que Dirk y Anna están en el hospital, sería un buen momento para visitar la escena del crimen.

El azúcar y el ron me habían calmado los nervios y el chocolate me estaba despejando la mente.

—¿Qué planes tienes para esta noche? —me preguntó Jessie.

—Diría que voy a hacer una excursioncita contigo —respondí, y ella me guiñó el ojo.

22

De camino a casa me pasé por la comisaría y presté declaración ante la joven encargada del papeleo. Mi relato pareció aburrirle. Puede que ya lo hubiera oído todo antes. No vi ni rastro de Reghardt ni de Piet o Kannemeyer. La chica me dijo que el teniente estaba en el hospital. Escribía despacio y el aire acondicionado no paraba de zumbar y vibrar. Al ver que tardaba una eternidad ya solo en tomar nota de mi nombre y dirección, le di mi versión de los hechos bien mascada.

—Nos pondremos en contacto con usted si tenemos alguna duda —me dijo una vez que hube firmado la declaración.

Estaba cansada cuando llegué a casa bien entrada la tarde. Me senté en el *stoep* con una taza de té y unos *beskuits*. Miré al cielo y bostecé. Pero no pensaba acostarme.

—No soy amiga de dormir de día —dije al té—. Te deja hecha un lío. Cuando te despiertas, no sabes si toca desayunar, comer o cenar. —Mojé el *beskuit* de muesli en el té—. Supongo que podría comer *beskuits*. En cualquier momento del día.

Levanté la vista hacia las nubes que se cernían al norte. Se veían bonitas y cargadas y confié en que lloviera. Soplaba una brisa fría y las hojas del limonero se movían.

En el Klein Karoo el cielo es inmenso. Normalmente se ve azul y despejado, pero en aquel momento ofrecía un espectáculo de lujo. Me dediqué a observar el movimiento de las nubes. No pensaba en nada en especial, pero al cabo de un rato comenzaron a acudir ideas a mi mente. En las nubes del cielo veía formas.

Un pato. Una mujer. Martine, desvaneciéndose. Anna y Dirk, hinchándose, grandes y negruzcos. Un atizador alargado, como un corte en medio del cielo.

No tenía sentido que Anna borrara las huellas del atizador antes de utilizarlo contra Martine. Pero si limpiaron el atizador, era porque el asesino iba sin guantes. Puede que hubiera más huellas. ¿Esas las borró también el asesino?

Cerré los ojos para descansar la vista y pensar con calma.

Cuando volví a abrirlos, el té se había enfriado y las nubes estaban más cerca; eran grandes y de un color azul oscuro. Todas las plantas y los árboles miraban al cielo, esperando que lloviera. Pero no se hacían ilusiones. Las plantas del Karoo tienen mucha paciencia. Se pasan esperando meses y meses sin probar una sola gota de agua. Pero no se amargan, ni se secan, ni se mueren. Aguantan sin más con la poca humedad que tienen y siguen esperando.

No creo que yo pudiera hacer eso.

23

Freí beicon e hice tostadas con el pan de campo para preparar unos bocadillos de beicon con mermelada. Los metí en un táper para que Jessie y yo nos los comiéramos aquella noche. Luego preparé otro más y me lo comí en el *stoep*, mientras contemplaba cómo el vientre preñado de las nubes pasaba del rosa a un rojo sangre. Después se volvieron grises y cada vez más grandes y oscuras a medida que se acercaban. Yo sabía que debía alegrarme, porque llevaban lluvia a alguna parte, pero se veían negras y cargadas, y sus formas me hacían pensar en rostros de hombres con malos pensamientos, encajados entre frentes hinchadas y barbas oscuras. Mi marido, Fanie, estaba muerto, pero a veces sentía como si se encontrara aún conmigo, como un mal sabor de boca. De repente, vi la expresión de su cara antes de que me pegara. Me sudaba la frente y tenía el corazón acelerado. Era como si tuviera una pesadilla, pero estaba bien despierta.

Me alegré de oír el escúter de Jessie por el camino de entrada. Me enjuagué la boca, me lavé la cara y me puse los *veldskoene* caqui.

Jessie entró en la cocina con dos cascos y una mochila pequeña. Iba con vaqueros, botas negras y la cazadora, además de la riñonera con bolsillos y cosas por todas partes.

—¿Estás segura de que no hay nadie en casa de Dirk? —pregunté.

—Pronto lo averiguaremos.

—Pero ¿seguro que la policía ha acabado su trabajo en la escena del crimen?

—Sí, han hecho fotos, han buscado huellas y todo eso. Lo que pasa es que dejan la cinta puesta unos días más. Por si acaso, ya sabes.

—¿Estás segura? Solo faltaría que echáramos a perder su investigación.

—No vamos a echar a perder nada —repuso Jessie—. Solo vamos a intentar ayudar. Dos cabezas piensan mejor que una, y más en este caso.

—No sé si debería cambiarme —dije, mirando su ropa negra y mi vestido.

—*Ja*, mejor que vayas con pantalones. Y de oscuro. Deberíamos ir en mi escúter —sugirió—, así podremos esconderlo entre los matorrales.

—¿Yo en el escúter? Pero si nunca he montado ni en una bicicleta.

—Yo conduciré. Tú irás de paquete.

—¿Es peligroso?

—No te pasará nada. ¿Tienes una cazadora para el viento?

Y allí estaba yo, montada en el escúter rojo, detrás de Jessie. Al final me había puesto los *veldskoene* marrones, unos pantalones azul marino y un impermeable verde oscuro. Y llevaba un casco y la mochila de Jessie. Las nubes se cernían sobre nuestras cabezas; se veían ya tan negruzcas y cargadas que al cielo le costaba mantenerlas en alto.

—Agárrate bien —me dijo Jessie—. Pero relájate. Si la moto se inclina al doblar una esquina, acompáñala.

Respiré hondo mientras arrancaba el escúter y salíamos disparadas.

Sentía la carretera bajo nosotras. Pum pum pum. Como los latidos de mi corazón. Cuando doblamos una esquina, pensé que la moto se iba a caer. Pero no nos pasó nada. El viento me daba con fuerza en las mejillas. Notaba el zumbido de la moto en todo mi cuerpo. Era una sensación de peligro, pero no del malo. Con Fanie, iba siempre con tanto cuidado, intentando evitar el peligro, que acababa asustándome con mi propia sombra.

Cuando subimos por una ladera hacia Towerkop, vi las luces del pueblo de Ladismith, y allá arriba, en Elandsberg, *oom* Stan se *liggie*. *Oom* Stanley de Wet había puesto aquella lucecita en lo alto de la montaña hacía cincuenta años. Un faro de bicicleta y una dinamo, que se cargaba con una cascada. Si no caía agua, no había luz, y así sabíamos que estábamos quedándonos sin agua. Más de trescientas veces subió el hombre aquella montaña con sus *veldskoene* para comprobar que el faro funcionaba. *Oom* Stan murió hace un par de años, pero su *liggie* sigue allí, brillando en la oscuridad.

Aquella lucecita me dio ánimo. De repente, un relámpago nos dejó ver la sierra de Langeberge a lo lejos, al sur.

Un conejo apareció como una flecha en medio de la carretera y Jessie se movió, aunque no nos caímos. Aminoró la marcha, pero el conejo siguió corriendo de un lado a otro de la carretera.

Jessie paró la moto y apagó el motor. Aun así, el animal no dejaba de volver al asfalto dando saltos en lugar de salir de la carretera.

—*Ag*, será tonto —exclamó Jessie.

—No es tonto —dije—. Solo está asustado.

—Asustado de su sombra.

Con las luces de la moto, cuando el conejo corría hacia el arcén, su sombra gigante se le abalanzaba de un salto, y el animal volvía a la carretera aterrado. Le daba miedo quedarse en medio del camino, porque allí estábamos nosotras, pero irse también le asustaba.

—Apaga las luces —dije.

En medio de la oscuridad el conejo salió disparado hacia los matorrales.

Una luna amarilla y mofletuda asomó por un claro abierto entre las nubes y nos iluminó la carretera, así que seguimos con las luces apagadas mientras subíamos por el camino de tierra hacia la montaña.

Jessie se detuvo ante una verja en la que había un letrero: VAN SCHALKWYK. SOETWATER.

—Sigamos a pie. ¿Ha ido bien, Tannie M.? —preguntó Jessie mientras yo bajaba del escúter.

Me quité el casco y sonreí.

—Ooh, *ja!* ¡Ha sido divertido!

Me cogió la mochila y luego empujó la moto hasta detrás de unos árboles de la abundancia muy frondosos que había junto al arcén. Atravesamos la verja y seguimos el camino de tierra que llevaba a la granja.

Más abajo había una casa de campo oscura con la luz del *stoep* encendida, y al final de la finca se veía una casita, con las ventanas amarillas a la luz de las velas.

—Ahí abajo viven un empleado de la granja y su mujer —explicó Jessie.

Caminamos hacia la casa principal situada en pleno valle. La luna volvió a taparse tras las nubes, pero a través de ellas se colaban rayos de luz que iluminaban el camino de piedra. Entre los contornos oscuros de unos áloes que teníamos delante vi un par de ojos brillantes.

—*Haai!* —exclamé.

—Solo es un chacal —dijo Jessie.

Al acercarnos, el animal huyó al trote, arrastrando su cola tupida. Nos paramos junto a la sombra negra de un eucalipto gigantesco que había detrás de la casa.

—Chissst —dijo Jessie.

Aguanté la respiración. ¿Qué era ese ruido? Pasos. Venían hacia donde estábamos nosotras.

Se me quedó atrapado el zapato en una raíz y, al tropezar, hice crujir una ramita.

Los pasos se pararon.

—¡Eh! —gritó un hombre.

Sus pisadas se acercaban. Me agarré al tronco de un árbol. Era grande y arrugado. Se vio un relámpago. Entre los matorrales se movió algo y el chacal atravesó el *veld* como una flecha.

—¡Ajá! —exclamó la voz del hombre.

Estaba al otro lado del árbol, y oímos el sonido de una cerilla al encenderse y la inhalación de un cigarrillo. Jessie y yo nos miramos, con los ojos como platos.

Retumbó un trueno. El hombre se alejó tranquilamente. Lo oímos toser y escupir mientras bordeaba la casa; luego sus pasos fueron perdiéndose a lo lejos.

Cuando quedó todo en silencio, nos asomamos a hurtadillas. Vimos el rojo brillante de la punta de un cigarrillo dirigiéndose hacia la casita. Con la tenue luz de la entrada distinguimos su silueta, de hombros caídos.

—*Sjoe!* —exclamó Jessie—, esperemos que no se mueva de ahí.

Abrió la mochila y sacó un par de guantes quirúrgicos para cada una.

—Y ahora, adentro —dijo.

Evitando en todo momento la luz del *stoep*, intentamos abrir las puertas y ventanas de la parte trasera de la casa.

—Nada —dijo Jessie, probando la puerta de atrás, que estaba precintada con un trozo de esa cinta amarilla y azul. Sacó una tarjeta y trató de pasarla por el lateral de la puerta, como en las películas—. No sirve. Está echado el cerrojo por dentro.

—Mira, esta ventana de guillotina no está cerrada —le señalé.

Jessie me ayudó a abrirla. Luego se sentó en el alféizar, se quitó las botas negras y me las dio antes de pasar al otro lado.

—Es mejor no dejar huellas —dijo.

Me quité los *veldskoene* y dejé los dos pares de zapatos al lado de una maceta grande. Jessie abrió la puerta trasera. Levantó la cinta que precintaba la escena del crimen y yo pasé por debajo. Nos quedamos allí paradas, en calcetines, mirándonos la una a la otra. En medio de la oscuridad vi el blanco de los dientes de Jessie al sonreír ella.

—Lo hemos conseguido, Tannie M. —dijo—. Estamos dentro.

Se oyó el aullido de un chacal. Un sonido salvaje y desatado. En medio de la oscuridad, devolví la sonrisa a Jessie; no tenía miedo.

24

—Cuidado —me advirtió Jessie—. Parece que hay cristales rotos. Vamos a cerrar y luego ya podremos encender las linternas.

—Yo no he traído linterna —dije.

Jessie corrió las cortinas mientras yo cerraba los postigos. Ahora sí que estaba oscuro.

—Toma —me dijo, encendiendo una linterna y pasándome a mí otra—. Es un frontal. Ponte la correa en la cabeza así. Y dale al botón para subir o bajar la intensidad de la luz.

Después de que me ayudara a colocármelo, recorrí la estancia con la mirada. Era una antigua casa de campo, más grande que la mía, pero de un estilo parecido. Al igual que en mi casa, habían quitado el tabique que separaba el comedor y la cocina. Había una mesa de madera y una pequeña despensa en la parte de la cocina, y una chimenea en la pared del comedor.

—¡Ay! —exclamó Jessie.

Yo pensaba que se había cortado, pero era lo que acababa de ver en el suelo lo que le había dolido. Se trataba de una fotografía de Martine, joven y radiante con su traje de novia, y de Dirk, que no se veía tan joven como ella pero tampoco tan mala persona después de todo. Nos miraban sonrientes, rodeados de cristales en punta.

—Esa es la foto de la que me habló Anna —dije.

Iluminé otra imagen que había entre los vidrios rotos, de dos hombres vestidos de uniforme.

—Es Dirk —supuse. De joven y sin patillas—. Y el otro puede que sea su padre.

Iban con el antiguo uniforme del ejército sudafricano. Dirk sonreía, pero el hombre más mayor tenía los labios juntos y apretados.

—Su padre tiene pinta de ser un cabrón de cuidado —comentó Jessie.

Mi marido se pasó dos años en ese ejército. No los entrenaban para ser buenos hombres.

—Mira —dijo Jessie, alumbrando una mancha marrón oscuro en el sofá—. Sangre.

Asentí con la cabeza, intentando no sentir la tristeza, intentando pensar como una investigadora. El sofá no estaba lejos de la chimenea.

—Sí —contesté. Iluminé el suelo cerca del sofá. El foco de luz dejó ver un diminuto redondel oscuro—. Y ahí hay otra gota de sangre.

Fui hasta la cocina, esquivando los cristales, y abrí la nevera. Estantes limpios. Lechuga. Queso de Ladismith. Salsas. No era para tirar cohetes, pero hizo que me entrara hambre. Aun así, era demasiado pronto para comernos los bocadillos. Antes teníamos trabajo que hacer.

—Tú sigue mirando por aquí. Yo iré a registrar el resto de la casa —dijo Jessie.

Cerré la nevera. Al lado de los fogones había un especiero, etiquetado por orden alfabético. En la despensa había estantes con latas, tarros y paquetes, todo con el nombre puesto y muy ordenado. No alfabéticamente, sino por grupos. «Verduras», «Carne», «Repostería», «Recetas». En una de las baldas había una pequeña hilera de libros de cocina, colocados por tamaño. Vi que había un ejemplar de *Cocina y diviértete*. Yo tenía la versión en *afrikáans*, *Kook en Geniet*.

Eché un vistazo por la despensa y la cocina. Había un polvo negro fino a un lado del fregadero y por los bordes de la mesa de madera de la cocina. Era ese polvo que utilizaba la policía para encontrar huellas dactilares. Me quité el frontal de la cabeza y lo alumbré desde distintos ángulos; luego acerqué la luz al polvo para examinarlo bien.

—En los dormitorios y el baño no hay mucho más —dijo Jessie, entrando en el salón—. Pero Martine tiene un estudio lleno de papeles. Y cada cosa está en su sitio. Recibos, cartas, documentos… todo perfectamente archivado. Seguro que era una buena contable.

—Fíjate en esta parte de la mesa, Jess. La han limpiado. Solo por aquí, donde las dos sillas están retiradas de la mesa.

—*Ja?*

—Solo la mitad de la mesa. Si tú la limpiaras, ¿no limpiarías la mesa entera?

—No. Solo limpiaría la parte que está sucia. ¿Crees que se ensució por aquí?

—Ah, no —respondí, negando con la cabeza—. El asesino limpió el atizador para borrar sus huellas. Lo que significa que no llevaba guantes y que podría haber dejado huellas en más sitios. Martine no era la clase de mujer que solo limpiaría la mitad de la mesa. Mira, aún hay migas pequeñas y polvo en el centro. Ella no la habría dejado así. Fíjate en su especiero.

—Vaya. *Ja*. Como su sistema de clasificación. Pero a lo mejor tenía prisa. O tiene una señora de la limpieza un poco descuidada. —Jessie alumbró el polvo negro que cubría la mesa—. La policía ha estado buscando huellas por aquí.

—Pero no habrán encontrado ninguna porque esta parte estaba limpia de antes. Creo que el asesino se sentó a la mesa con Martine —deduje, tocando el respaldo de una silla.

—¿Y tomaron té juntos?

—No, la tetera está en el estante. Seca y en alto. Pero hay dos vasos lavados en el fregadero.

—Así que podría tratarse de alguien que ella conoce. —Jessie miró la hora en su reloj—. Voy a echar otro vistazo a esos papeles.

Mientras ella estaba en el estudio, abrí todos los cajones de la cocina. Volví a ponerme el frontal en la cabeza para poder tener las manos libres. Estaba todo muy *netjies* en los cajones, los cubiertos, los paños de cocina... todo guardado con cuidado, y las bolsas de plástico dobladas en pequeños triángulos como samosas.

Rebusqué en el cubo de la basura. Dentro había un envase del Spar arrugado. ¿Por qué no estaría doblado? El brazo, recordé, Martine tenía el brazo roto. ¿Podía doblarse bien un envase con una sola mano? Lo intenté. No fue fácil, pero lo conseguí. Incluso con un guante en la mano.

Volví a abrir la nevera y miré la fecha de caducidad del envase de lechuga. Caducaba ese mismo día, viernes. En el Spar les gusta tener las lechugas frescas, así que aquella debió de comprarse en los últimos días.

—¿Cómo has llegado hasta aquí? —pregunté a la lechuga—. ¿Y cuándo? —Di la vuelta al envase que tenía entre las manos—. En el Spar no hay lechugas frescas ni los domingos ni los lunes. Así que te habrán comprado el martes o el miércoles pasado. ¿Te compró Martine el martes? El día que murió. Con el brazo roto, no creo que condujera. ¿La llevaría Dirk al súper o fue él quien te compró? —Dejé la lechuga en el estante de la nevera—. No sé qué les pasa a los hombres con las ensaladas, pero no sé de ningún hombre que compre lechuga para él. ¿La compraría otra persona por Martine?

Cerré la puerta de la nevera. Me dio pena la lechuga; estaba mustia, y es triste ver cómo se estropea un alimento en buen estado. Pero tenía que seguir adelante.

En el fregadero había una bayeta que examiné a la luz del frontal. Era blanca y de cuadros azules. En una punta había una mancha rojiza que casi no se veía. Alumbré todo el fregadero. Vi una gotita de un líquido rojo junto al grifo. Mojé la punta de mi meñique enguantado en el líquido, me llevé el dedo a la lengua y cerré los ojos.

Reconocí ese sabor dulce y metálico.

—¡Psst! ¡Jessie!

25

—Puede que tengas razón, Tannie M. —dijo Jessie—. Noto el gusto a hierro.

—Sabes que la tengo —respondí—. Me crié con un granado en el jardín de casa.

—Así que estaban comiendo granadas —dedujo Jessie.

—O tomando zumo de granada —dije, señalando los vasos.

Oímos un leve repiqueteo en el tejado de zinc del *stoep*.

—¡Lluvia! —exclamó Jessie.

Fuimos hasta la puerta de atrás y apagamos las linternas para ver caer la lluvia en la oscuridad. Una lluvia fresca y suave. Jessie y yo intercambiamos una amplia sonrisa. Por fin. La tierra suspiró aliviada. Yo respiré hondo.

—Ooh, ese olor —dije.

No hay nada como la primera lluvia que cae sobre la tierra seca y caliente. Al olor de la tierra le siguió el de las plantas. Era como si cada una de ellas diera algo de sí para agradecer la lluvia. Y todas sus fragancias juntas se mezclaron en una deliciosa sopa de aire para el placer de nuestro olfato.

—Vamos a comernos un bocadillo para celebrarlo —sugerí.

Jessie me pasó el táper que llevaba en la mochila y yo repartí los bocadillos de pan tostado con beicon y mermelada.

—Las luces de la casita están apagadas —dijo Jessie—. Deberíamos hablar con ese tipo en algún momento. Oh, Tannie, cómo está este bocadillo. *Lekker!*

—Podría hacerle unos *vetkoek* —dije.

—Con picadillo, quizá —sugirió Jessie.

—¿Has visto algún tíquet de supermercado entre los papeles de Martine?

—*Ja.*

—Busco uno con fecha del martes. Creo que alguien fue a comprar por ella, y podría haber sido el asesino.

Le expliqué lo de la fecha de caducidad de la lechuga, el envase y el brazo roto de Martine.

—Vamos a echar un vistazo —dijo Jessie.

Nos sacudimos las migas de los guantes quirúrgicos y fuimos al estudio.

—Mira qué organizado está todo —comentó Jessie—. Cartas personales, comunicaciones del banco, facturas, papeles de su hijo en el hogar ese. Tíquets de supermercado. —Iluminó con el frontal los papeles mientras los revisaba—. Aquí está... la compra más reciente que hizo en el Spar es del viernes día cinco. He mirado en su monedero, pero no he visto ningún recibo.

—Pues parece que ella no compró nada el martes...

—A lo mejor fue Dirk, Anna u otra persona... puede que tengas razón, Tannie, podría haber sido el asesino. Me pregunto si la policía habrá cogido muestras de ese zumo de granada. ¿Has encontrado la botella de zumo?

—No —respondí.

Toqué un archivador marcado con la etiqueta «Cartas personales».

—¿Guarda alguna de nuestras cartas de la *Gazette*? —pregunté.

—Aquí no hay nada —respondió Jessie—, pero quizá las escondiera en algún otro sitio. Donde su marido no pudiera encontrarlas.

—¿Y de quién son estas cartas?

—Hay un par de un hermano pesado de Durbanville. Pero la mayoría son de una prima muy interesante. Las más antiguas son de una dirección de Texas. Las de los últimos años las escribe desde Nueva York.

—*Ja?*

Jessie sacó un elegante sobre de color crema y uno barato marrón.

—La prima se llama Candy Webster, y vive en un apartamento que da a Central Park. Parece que trabaja en el mundo de la moda; viaja por todas partes y le envía postales desde lugares muy chulos. Da la sensación de que Martine y ellas están muy unidas. Se mandan siempre muchos besos y abrazos. El hermano, David Brown, le ha escrito una carta quejándose de «padre» y de su falta de reconocimiento por todo lo que él hace. —Jessie sacó una carpeta en la que ponía «Jamie»—. Estos son los informes de los médicos y los asistentes sociales de George sobre su hijo con parálisis cerebral.

La lluvia comenzó a martillear sobre el tejado y, de repente, hubo un relámpago y luego un trueno. Se oyó muy fuerte y cerca de allí. Descorrí las cortinas y me asomé por la ventana.

—¡Jessie, mira!

Entre las ramas del árbol del caucho vislumbramos un coche grande en lo alto de la colina, bajando poco a poco por el camino de entrada.

—¡Mierda! —exclamó Jessie, dando un respingo—. ¡Apaguemos los frontales!

—Creo que está dando la vuelta.

Al asomarnos otra vez a la ventana, vimos que el vehículo hacía una maniobra para cambiar de sentido en tres movimientos. Pero en lugar de alejarse, se detuvo y las luces se apagaron. La lluvia dejó de oírse por un instante, como si estuviera aguantando la respiración. De repente, hubo otro relámpago, esta vez muy grande. En ese momento distinguimos un todoterreno blanco, y enfrente un hombre, que caminaba hacia nosotras.

Llevaba una capucha impermeable, una linterna en una mano y una pistola en la otra.

La lluvia golpeaba sobre el tejado, y el trueno que siguió al último relámpago sonó como si nos dispararan desde el mismísimo cielo.

26

—*Hemel en aarde* —dije.

—*Bliksem!* —exclamó Jessie.

Pero ni el cielo, ni la tierra ni los rayos impidieron que el hombre siguiera avanzando hacia nosotras, mientras alumbraba con la linterna la fachada de la casa.

Jessie sacó el gas pimienta y fue al salón, hacia la puerta de entrada.

—Tiene una pistola —le advertí.

—No podemos salir corriendo —dijo.

Respiré hondo. No quería dejarme llevar por el pánico como un conejo asustado, pero no estaba preparada para enfrentarme a aquel hombre.

—Tenemos que averiguar quién es —comentó Jessie.

—Vamos a escondernos —sugerí. Había vuelto a parar de llover y oímos ruidos en el *stoep*—. En la despensa.

Nos metimos en la despensa a hurtadillas. Con los frontales apagados, estaba todo muy oscuro. Había una llave grande puesta por fuera en la puerta de la despensa. Conseguí sacarla, pero mis manos no atinaban a meterla en la cerradura por dentro.

Al oír cómo se abría la puerta de entrada, di un paso atrás, y choqué con Jessie, pero no hicimos ruido. Un rayo de luz partió el salón por la mitad. Noté la llave fría y quieta en mi mano.

La luz recorrió la cocina poco a poco, pasando por la rendija de la puerta de la despensa e iluminando una conserva de judías en salsa de tomate que había en el estante. Contuve la respiración.

Oímos un frufrú, como de pisadas sobre bolsas de plástico. El sonido se alejó. Al asomarnos por la puerta, vimos la luz de la linterna en el estudio. El hombre habría agradecido contar con un frontal si tenía la intención de rebuscar entre los papeles. Pero yo no pensaba dejarle el mío.

—¿Llamamos a la policía? —pregunté a Jessie en voz baja.

—Querrán saber qué hacemos aquí nosotras. Puede que sea Dirk.

—El coche parecía el suyo. Pero me extrañaría mucho, estando como está en el hospital.

—Bajo ese impermeable podrían esconderse unos vendajes. Esos malditos chiflados no saben cuándo toca descansar. O incluso podría ser Anna, ¿no?

—La verdad es que Anna tiene andares de hombre —dije.

Conseguí meter la llave en la cerradura, pero parecía absurdo que nos encerráramos en la despensa.

—Salgamos de aquí a escondidas y miremos la matrícula del coche —dijo Jessie.

Fuimos de puntillas hasta la puerta de entrada, pero al abrirla Jessie, vimos la punta encendida de un cigarrillo que se movía. Una silueta salió de la oscuridad en dirección al *stoep*.

Volvimos a escondernos en la despensa. Dejamos la puerta un poco abierta, lo que nos permitía ver una franja oscura de la pared del salón. Nos quedamos allí como estatuas, aguzando el oído. La persona que estaba fuera tosió y escupió antes de atravesar el *stoep*. Luego llamó a la puerta.

—*Meneer?* —gritó.

Era el hombre que habíamos oído un rato antes.

—*Meneer.* Soy yo. Lawrence.

Su voz se oyó más fuerte; habría abierto del todo la puerta de entrada.

—Disculpe, señor, *jammer*, es que la policía me ha pedido que vigile la casa. Me han dicho que no debía entrar nadie.

Oí cómo la lluvia suave volvía a caer sobre el tejado de zinc.

—*Jammer*, señor.

Su voz se oyó más fuerte aún, como si hubiera entrado en la casa.

—Sobre lo del otro día... no era mi intención meterle en un lío, *meneer.*

Lawrence tosió.

—*Meneer?*

Unos pasos salieron del estudio haciendo frufrú; el destello de una luz brillante se coló por un momento a través de la rendija por la que estábamos mirando.

—*Meneer?* Eh, esa luz.

¿Estarían apuntando a la cara de Lawrence con la linterna? Pum. Pum. Disparos de pistola.

Se oyó caer algo.

—¡Dios mío! —exclamó Jessie en un susurro.

Cerré la puerta de la despensa.

Aunque me temblaban las manos, conseguí echar la llave. Vi una tenue luz en la mano de Jessie mientras apretaba los botones de su móvil. Le temblaban los dedos y daba la sensación de no atinar con los números.

Los pasos vinieron directos hacia la despensa e hicieron girar el pomo. Al no abrirse la puerta, un puño la aporreó. Por suerte, era una de esas puertas antiguas macizas. Confié en que fuera de teca. Nos apartamos de ella y nos pegamos a los estantes del fondo.

¡Tiung! Un disparo.

Un sonido metálico resonó en mis oídos.

Intentaron abrir la puerta de nuevo, pero no cedió. El martilleo de mi corazón llenaba la despensa entera.

Oí una especie de gemido. Al principio pensé que era el móvil de Jessie, pero entonces me di cuenta de que era una sirena de policía. ¿Cómo podrían haber venido tan rápido? Si Jess no había llegado a llamarlos.

Se oyeron dos disparos más, tan fuerte y cerca que estaba segura de que nos habrían dado. Me toqué el estómago y el pecho, pero no me noté ningún agujero. Los pasos se alejaron. La sirena seguía oyéndose, pero no me quedaba claro que estuviera más cerca.

Noté algo suave en la piel. Como carne de gallina. Alargué la

121

mano hacia Jessie y encontré la suya. Incluso con los guantes puestos, sentí que tenía algo pegajoso en los dedos.

—Oh, no —susurré—. ¿Jessie?

Sus dedos se movieron sin fuerza.

—¿Estás bien, Jessie?

—No estoy segura —respondió—. Me siento un poco rara y me gotea algo por el brazo. ¿Se ha ido?

—Escucha.

El ruido de sirena había dejado de sonar y oímos lo que parecía un todoterreno acelerando para alejarse a toda prisa.

—¿Cómo dices que funciona la luz de este frontal? —pregunté—. Espera, ya está.

Conseguí encenderlo y alumbré hacia nosotras dos. Estábamos cubiertas de polvo blanco, y Jessie tenía algo naranja y pringoso por el brazo y la mano.

—Mermelada de albaricoque —dije, llevándome los dedos a la boca—. Y harina de repostería.

El tarro de albaricoque con un disparo y la bolsa de harina explotada estaban en el estante que teníamos encima. La harina se había esparcido sobre las conservas y los libros de cocina. Jessie chupó un poco de la mermelada que tenía en los dedos, y el azúcar le hizo efecto. Se quitó un guante y consiguió hacer esa llamada.

—Reghardt —dijo—. Soy yo.

—¿Están cerca? —pregunté cuando colgó—. Ya no se oye la sirena.

—No —contestó—. No era una sirena. Era un tono de llamada que he puesto en el móvil.

Abrimos la puerta de la despensa y miramos afuera. Había un hombre negro tendido en el suelo sin moverse, con un agujero rojo en la frente y una mancha oscura extendiéndose por el pecho.

—¿Lawrence? —dijo Jessie.

El hombre llevaba una camisa azul descolorida que estaba

raída por las mangas y el cuello. En los pantalones caqui se le veían rayas oscuras por donde le habían caído gotas de lluvia. Jessie se arrodilló a su lado.

Lawrence tenía los ojos abiertos, como si mirara al techo. Me dieron ganas de cerrárselos, pero en lugar de ello encendí la luz. Como si con eso las cosas pudieran volver a la normalidad.

Su brazo derecho yacía sobre la cabeza y el izquierdo al lado. En la palma de la mano izquierda tenía un cigarrillo a medias. Le había apretado la punta para poder fumarse lo que quedaba en otro momento.

Jessie le tomó el pulso. Luego me miró desde el suelo y negó con la cabeza.

El tiempo había llegado a su fin para Lawrence. Jessie se levantó, abrió la puerta de atrás y se quedó mirando la oscuridad. Una brisa fría recorrió la casa, desde la entrada hasta la parte trasera.

Yo había visto dos cadáveres antes de aquel. Cada uno en su ataúd. El de mi madre y el de mi marido. El tenerlos delante había hecho aflorar en mí fuertes sentimientos desde lo más profundo de mi ser y me había cortado la respiración.

Pero al tal Lawrence no lo conocía de nada, así que me sorprendió ver que volvían a surgir en mí dichos sentimientos.

Aquel hombre no estaba en un ataúd. Su sangre seguía caliente. Hacía tan solo unos instantes que había estado caminando bajo la lluvia, fumando y hablando. Estaba vivo. Y, de repente, le dispararon. Pum. Pum. Y le arrebataron la vida para siempre. El asesinato es el peor de los robos.

A Martine le habían quitado la vida. Y ahora se la habían quitado a Lawrence.

—¡Tannie Maria! —exclamó Jessie—. Nuestros zapatos. No están.

27

La tormenta eléctrica se había desplazado hacia el sur, pero seguía cayendo una lluvia suave mientras esperábamos sentadas en el *stoep*. Se vieron relámpagos sobre la sierra de Langeberge al tiempo que las sirenas de policía se acercaban.

—¿Qué vamos a decirles? —pregunté a Jessie—. No deberíamos estar aquí.

—*Jislaaik*. Ahora hay dos asesinatos. Creo que tendríamos que sincerarnos si queremos salir limpias de este lío.

—Demasiado tarde —respondí, mirando nuestra ropa sucia—. ¿Dónde están esas servilletas?

Estábamos quitándonos la harina de los pantalones cuando llegó la policía, alumbrándonos de lleno con los faros. Cuando los apagaron, vi qué hombres eran con la luz del *stoep*. Piet y Kannemeyer bajaron del furgón, y de un coche salió un joven espigado. Al lado de Piet parecía muy alto, pero no lo era tanto como Kannemeyer.

Mis pies querían salir corriendo hacia Kannemeyer, lo cual es extraño, pues como ya he dicho, no soy muy amiga de correr, y además iba en calcetines.

Cuando los hombres estuvieron más cerca, me dio la sensación de que Jessie también quería correr, pero nos quedamos las dos quietas en el *stoep*. Piet iba delante con una linterna, señalando al suelo aquí y allá. Llevaba sus pantalones caqui y sus sandalias de cuero.

—Está todo embarrado con la lluvia —dijo el joven.

Tenía la piel blanca y un pelo oscuro y suave que le caía por la frente como a un adolescente.

Piet alumbró con la linterna hacia abajo, y dijo en voz baja:

—Fíjense, esas vienen de allí. —Y señaló hacia la casita—. Y estas son distintas. Miren ahí. El tacón.

—*Ja* —respondió Kannemeyer—, es más ancho.

Piet les mostró dónde podían pisar para no alterar el rastro de las huellas.

—¿Qué hacen ustedes dos aquí? —preguntó Henk Kannemeyer, plantándose en el *stoep* con el ceño fruncido—. ¿Están bien?

Iba con unos vaqueros y una camisa de algodón blanca de manga larga. Llevaba los botones de arriba desabrochados y le asomaba el pelo del pecho de aquel color castaño.

—El hombre está muerto —dije, señalando hacia la puerta de entrada.

Kannemeyer entró y se agachó sobre el cuerpo. El joven se quedó junto a Jessie. A su lado se veía muy alto.

—Jessie —dijo.

Tenía los ojos negros y tiernos, como el centro de una rudbeckia, con unas cejas y pestañas pobladas.

—Reghardt —contestó ella, mirándolo con los ojos brillantes.

—¿Estás herida? —le preguntó él, tocándole el brazo con cuidado.

—Solo es mermelada.

Piet y Reghardt se acercaron a la puerta de entrada mientras Kannemeyer ponía los dedos en el cuello del hombre. Los tres se quedaron allí parados un rato, mirando al hombre muerto mientras la lluvia caía suavemente sobre el tejado de zinc.

—Suboficial Snyman —dijo Kannemeyer a Reghardt—. Haga las llamadas pertinentes. Pero espere unos minutos antes de avisar al EMS. Ya no pueden hacer nada por él, y quiero echar un vistazo a fondo antes de que lleguen y lo pisoteen todo.

—El EMS es el Servicio de Emergencias Médicas —me aclaró Jessie al oído.

Reghardt se fue hasta el borde del *stoep* y se puso a hablar en voz baja por el móvil. Kannemeyer hizo señas a Piet, y este entró en la casa, moviendo ligeramente ojos, nariz y manos como si pudiera percibir cosas que escaparan a nuestros sentidos. Olfateaba y probaba el aire, como un animal salvaje que hubiera llegado a un lugar nuevo.

Kannemeyer salió al *stoep* y se me quedó mirando. Parecía que tuviera ganas de gritar, pero en lugar de ello habló en voz muy baja, lo que en cierto modo era peor.

—Podrían haberlas matado —dijo.

Tenía el bigote un poco encrespado. Seguro que estaba durmiendo como un tronco no hacía ni veinte minutos. Había gotas de lluvia en sus hombros.

—¿Qué ha ocurrido? —quiso saber.

—Pues verá, hemos venido a… —dije, perdiendo el hilo de la frase al levantar la vista hacia Kanneyemer. Se veía tan grande a mi lado—. A ver…

—¿Quién ha hecho esto?

—Eh… —Las palabras se me quedaban pegadas bajo la lengua—. Pues…

—Hemos venido a investigar una historia —respondió Jessie—. Entonces ha llegado un todoterreno blanco. Serían las once y diez. No hemos podido ver la matrícula. Del coche ha bajado un hombre con una linterna y una pistola. Hemos visto su silueta con la luz de un relámpago. Era de estatura y complexión medias. Llevaba un impermeable con capucha. Nos hemos escondido en la despensa y él ha entrado en la casa. No lo hemos visto. Hacía un ruido extraño al andar, como un frufrú, y se ha metido en el estudio.

Piet y Reghardt se acercaron a escuchar a Jessie, la reportera. Piet la observó además de arriba abajo, en busca de alguna pista.

—Al cabo de un rato ha aparecido Lawrence, ese hombre de ahí. Creo que es el empleado que vive en la casita de ahí abajo. Nosotras estábamos en la despensa, así que no hemos visto nada. Pero lo hemos oído llamar al hombre desde la entrada. Lo ha llamado «*meneer*». Ha dicho que la policía le había pedido que vigilara la casa.

Reghardt asintió. Puede que conociera a Lawrence, o quizá

126

solo quisiera animar a Jessie. Piet tenía la vista puesta ahora en el *stoep*, por donde sus ojos se movían como libélulas, pasando de un sitio a otro rápidamente, para luego quedarse en el aire inmóviles sobre un lugar.

—Debería detenerlas a las dos por entrar en una propiedad privada sin autorización —dijo Kannemeyer, fulminándonos a las dos con la mirada.

Jessie continuó como si no lo hubiera oído.

—También ha dicho que lo sentía, y que no pretendía meterle en un lío.

—¿Así que conocía al asesino? —preguntó Kannemeyer.

Negué con la cabeza, y Jessie lo explicó.

—Puede que no. Quizá haya pensado que lo conocía. Pero el hombre quedaba fuera de su vista mientras él hablaba. Puede que haya visto su coche, o que esperara a alguien. Lawrence no lo veía cuando lo ha llamado. Seguro que creía que era *meneer* Dirk. Entonces hemos oído los pasos y hemos visto la linterna, y Lawrence ha dicho: «Eh, la luz». Me parece que el asesino le ha apuntado a los ojos con una luz brillante. —Jessie me miró y yo asentí—. Entonces hemos oído un disparo. Dos disparos. Hemos cerrado con llave la despensa y el asesino se ha dado cuenta de que estábamos allí y, al ver que no podía abrir la puerta, le ha pegado un tiro. Yo he puesto un tono de llamada en mi móvil que suena a una sirena de policía. —Reghardt sonrió ante el ingenio de Jessie, pero Kannemeyer no parecía impresionado—. Ha disparado dos veces más; las balas han atravesado la puerta. Luego se ha ido en el todoterreno. Al salir de la despensa, hemos encontrado a Lawrence.

Kannemeyer tenía los labios juntos y muy apretados bajo el bigote. Piet caminó alrededor de Jessie y de mí para poder vernos desde todos los ángulos.

—No deberían haber estado aquí —dijo el teniente, pasándose la mano por su pelo corto y abundante—. Podrían estar las dos muertas.

Me miré los calcetines. Oí el viento entre las ramas del árbol del caucho.

—Se ha llevado nuestros zapatos —comenté.

Kannemeyer pestañeó.

—Los habíamos dejado fuera —explicó Jessie—. Mis botas y los *veldskoene* de Tannie Maria.

Kannemeyer nos miró con el ceño fruncido y tomó aire como si fuera a decir algo, pero sacudió la cabeza de un lado a otro. Se apartó de nosotras y fue hacia Reghardt.

—Suboficial Snyman, ¿dónde está el fotógrafo de la policía? —preguntó.

—No contesta al teléfono —respondió Reghardt—. Pero el LCRC nos enviará un equipo forense a primera hora de la mañana.

—Quiero que se fotografíe la escena del crimen antes de que lleguen el forense y el EMS.

—A lo mejor... —dijo Reghardt, mirando de reojo a Jessie y luego de nuevo a Kannemeyer— Jessie podría encargarse de hacer las fotos.

Jessie sacó la cámara. Kannemeyer volvió a mirarnos con el ceño fruncido. Después hizo un gesto a Jessie para que entrara en la casa.

—Haga solo lo que le decimos. Nada de ir por libre.

El teniente entró detrás de ellos. Antes de traspasar el umbral me dijo:

—Usted quédese aquí. No...

Luego suspiró y se volvió. Desde la entrada vi que Piet mostraba a los demás cómo habían ocurrido los hechos. Jessie fotografió todo lo que Kannemeyer y él le señalaban.

Piet representó el suceso por partes. Reghardt hizo los efectos de luz con una linterna potente. Piet enseñó cómo Lawrence se había limpiado los zapatos en el felpudo antes de entrar en la casa, pero aun así había dejado pequeños rastros en el suelo. Señaló la manchita de barro que había allí donde el pie derecho del hombre había salido de golpe hacia delante al levantar él el brazo derecho para protegerse los ojos de la luz de la linterna. Y la marca más grande del resbalón de los tacones embarrados que dejó al caer al suelo de espaldas cuando le dispararon.

—Fíjense en estas huellas que hay aquí, en el polvo —dijo Piet—; el asesino llevaba los zapatos tapados con bolsas de plástico.

Reghardt apuntó al suelo con la linterna, y Jessie lo fotografió desde todos los ángulos.

—Tenía unos pies enormes —comentó Piet, separando las manos para indicar la longitud.

—Eso será un cuarenta y cinco —calculó Kannemeyer y Reghardt asintió.

—Sus pasos eran así —dijo Piet—. Tiene las piernas más largas que las mías, pero no tanto como las suyas. —Y puso la mano a la altura del hombro de Kannemeyer—. Será más o menos así de alto.

Piet siguió mostrando los movimientos del asesino.

—Al disparar la pistola ha dado un paso hacia delante, así. —Y, agachándose junto a Lawrence, añadió—: Aquí es donde ella lo ha tocado.

Jessie fotografió el rastro de mermelada en la muñeca de Lawrence; luego Piet los llevó hacia la despensa para continuar con el relato de los hechos y las fotografías.

—Hay balas aquí y ahí... y otra allí, la que ha atravesado el tarro de mermelada y se ha incrustado en la pared —explicó Piet.

—¿Cuántos disparos en total? —preguntó Kannemeyer.

—Cinco —respondieron Jessie y Piet a la vez.

—*Ja*. De calibre 38 Special —puntualizó Reghardt.

—Fotografíe esas huellas de calcetines en la harina antes de que sigamos —ordenó Kannemeyer a Jessie.

Cuando terminaron en la despensa, entraron en el estudio, donde yo no podía verlos, pero oí parte de lo que decían.

—Busque huellas en el archivador y la mesa —dijo la voz de Kannemeyer.

Poco después oí responder a Reghardt:

—No hay huellas. Parece que llevaba guantes. A ver lo que dice el LCRC.

Una vez que acabaron allí, salieron por la puerta trasera. Yo estaba sentada en una silla de mimbre en el *stoep*, desde donde contemplaba la noche bañada por la lluvia. Rayos de luz de luna atravesaban como venas las nubes oscuras.

Había dejado de soplar el viento y oí un croar áspero. El ruido se hizo cada vez más fuerte, y más rítmico. Era el canto de una rana. Con la poca luz que había pude ver entonces el estanque rodeado de juncos. Donde nadaban los patos. Fueron uniéndose al coro cada vez más ranas. Los patos estaban muertos, pero las ranas estaban vivas y cantaban. Intentando atraer a una posible pareja con su reclamo, después de la lluvia. Croando sin parar. Me pregunté si todas ellas lo lograrían. O si algunas seguirían croando en busca de pareja hasta morir.

28

—Piet es increíble —me dijo Jessie, volviendo antes que los demás—. ¡La de cosas que ve! —Apareció bordeando la casa hasta la entrada, con los calcetines manchados de barro—. Ha encontrado nuestras huellas bajo el árbol del caucho. Y también las de los neumáticos del todoterreno donde ha dado la vuelta. Se veían muy bien porque la tierra era blanda pero quedaba a cubierto de la fuerte lluvia por el árbol enorme. Piet ha dicho que eran Firestone. Se ha emocionado mucho con algo que ha visto, se ha puesto a saltar como una gacela y me ha hecho fotografiar una de las huellas de neumático por un lado y por otro. Luego se ha llevado aparte a Kannemeyer y le ha hablado de ello, pero no he llegado a oír lo que decían.

Los tres hombres se acercaron al *stoep*.

—¿Qué ha visto Piet en esas huellas? —preguntó Jessie a Kannemeyer.

El teniente negó con la cabeza y dijo:

—¿Cómo han llegado hasta aquí?

—Hemos venido en mi escúter —respondió Jessie—. Está arriba, cerca de la verja de entrada.

—Ustedes dos no tienen nada que hacer aquí —nos dijo—. Podrían haberlas matado. Suboficial Snyman, llévelas a comisaría para que firmen su declaración. Luego acompáñelas a casa. El agente Witbooi y yo nos quedaremos aquí hasta que llegue el forense.

—Podemos ir en mi moto —sugirió Jessie.

—No pueden ir en moto sin zapatos —replicó Kannemeyer.

Respiré hondo.

—Teniente —dije—, hay algunas cosas que hemos... visto, que podrían ayudar a... eh... la investigación. Hemos descubierto unas gotas de zumo de granada, en el fregadero. Y una bolsa de supermercado, sin doblar. Martine solía doblarlas, en pequeños triángulos...

Kannemeyer comenzó a ponerse rojo.

—Y la mesa, solo habían limpiado una parte... —seguí.

Se le movía el bigote.

—Había una lechuga en la nevera. Por la fecha de caducidad que te...

—¡Basta! —exclamó Kannemeyer—. Ni siquiera deberían estar aquí. ¡Esto es la escena de un crimen, no una... una... una *blerrie*... lista de la compra!

—Pero, teniente... —dije.

—Suboficial Snyman, lléveselas de aquí —ordenó Kannemeyer.

Aunque abultaba mucho más que yo, me quedé plantada delante de él, mirándolo desde abajo.

—Teniente, a lo mejor podemos ayudar —dije.

Le sonó el móvil y fue caminando hacia la oscuridad mientras contestaba a la llamada; llegó hasta el estanque de los patos, donde se quedó hablando.

Kannemeyer no quería oír lo que yo tenía que decir, pero Piet me había escuchado. Me hizo un gesto de aprobación con la cabeza y entró en la casa para mirar el fregadero, la mesa y dentro de la nevera. Luego llamó a Jessie para que fuera a hacer fotos. La oí contar a Reghardt y a él lo que yo había intentado explicar al teniente.

Kannemeyer volvió al *stoep* a grandes zancadas mientras los demás salían de nuevo de la casa.

—Vamos, Tannie —me dijo Jessie.

Al subir al coche de Reghardt con los calcetines llenos de barro, oímos a aquel chacal llamando a su pareja. Recorrí el oscuro *veld* con la mirada, pero no vi ningún animal. Lo que vi fue a alguien cruzando el césped de camino a la casa. Era una mujer envuelta en una manta fina. Me recordó a un ciervo salvaje, un kudú, con aquellos andares tan garbosos y aquella manera de llevar la cabeza y el cuello bien altos. La luz de la luna brilló a través de un claro abierto entre las nubes y su rostro se iluminó como una piedra negra pulida. Llevaba el pelo trenzado en filas perfectas por toda la cabeza.

—¿Lawrence? —dijo.

El teniente Kannemeyer hundió la frente en su mano por un instante antes de ponerse derecho e ir al encuentro de la mujer desde el *stoep*.

El chacal lanzó otro aullido de reclamo. Largo y solitario. Pero no hubo respuesta.

29

Era muy tarde cuando llegué a casa, y estaba rendida, pero me costó dormirme. Había sapos en el jardín, cantando como locos después de la lluvia. Y también estaban las ranas del arroyo. Detrás de mi casa, hacia el monte, hay un pequeño manantial y un arroyo que lleva agua cuando llueve. Pero no eran las ranas lo que me tenía en vela. Era lo que me rondaba la cabeza. Veía el cuerpo de Lawrence tendido en el suelo. Y la cara de enfado del teniente. Y a aquella hermosa mujer caminando como un kudú. Y a Kannemeyer yendo hacia ella.

Me levanté para hacerme una taza de leche caliente con miel y canela, y me senté a la mesa de la cocina en camisón. Las preguntas se agolpaban en mi mente:

«¿Quién es el asesino?».

«¿Es la misma persona la que ha matado a Martine y a Lawrence?»

«¿Tomó Martine zumo de granada con el asesino?»

Busqué lápiz y boli y comencé a poner por escrito algunas de las preguntas que se me ocurrían:

«¿Por qué no estaba doblada la bolsa del supermercado?».

«¿Dónde están nuestros zapatos?»

También escribí una lista con los nombres de las personas con las que deberíamos hablar. La llevaría a la redacción a la mañana siguiente, para comentarla con Jess y Hats. Jessie y yo habíamos quedado en vernos a primera hora, y Hattie siempre está en la *Gazette* los sábados por la mañana. Es cuando hace la contabilidad.

A medida que volcaba todos mis pensamientos en el papel, noté cómo el cansancio invadía mi cuerpo. Volví a la cama.

Me acosté y me puse a escuchar el ronco canto de reclamo de los sapos, y la lluvia que volvía a caer, goteando por las hojas del árbol que había al otro lado de la ventana. Respiré el olor a tierra mojada y hojas de alcanfor. «Eh —pensé—, si aún no es época de granadas...»

Pero mientras me quedaba dormida, lo último que vi en mi mente no fue una granada sino al teniente Henk Kannemeyer, con su camisa blanca desabrochada por el cuello, dejando atrás el *stoep*. Sin embargo, en dicha imagen no caminaba hacia la mujer que llamaba al hombre muerto. Caminaba hacia mí.

30

A la mañana siguiente me desperté con los pájaros y después de desayunar fui al pueblo. Bajé las ventanillas de mi pequeña *bakkie* y respiré el aire de fuera. Era fresco y agradable para variar. El cielo estaba más despejado que nunca después de la lluvia y se veía hasta los pliegues azules de la sierra de Lange-berge, mucho más allá de las colinas. El *veld* estaba limpio y verde.

En la redacción de la *Gazette* encontré a Jessie en su mesa. Estaba jugueteando con un zapato, que sostenía en el aire por la punta del pie, mientras sonreía para sus adentros. Al verme, su sonrisa se hizo aún más grande. Los ojos le brillaban como si también se hubieran lavado con la lluvia. Encima de la camiseta sin mangas llevaba una camisa de algodón de manga corta. De un marrón descolorido.

—Tannie M. —dijo—, Hattie acaba de irse al banco. Ya le he contado lo de anoche.

—¿Y se ha mosqueado?

—Qué va. Diría que se ha quedado más preocupada.

—Pues tú no pareces muy preocupada que digamos —dije.

No contestó, pero se llevó la mano al hombro y se acarició la salamanquesa tatuada. La camisa le iba muy grande; era de hombre. Jessie se aclaró la garganta y comenzó a teclear en el ordenador. Di unas palmaditas a las cartas que había en mi mesa.

—Con esto estaré distraída hasta que vuelva Hattie —dije.

Preparé una taza de café con un *beskuit* para cada una y me puse a trabajar. Terminé de escribir la carta y la receta de albóndigas para Marco, con su vajilla azul, y luego eché un vistazo a las cartas que me habían llegado ese día. Reconocí un sobre marrón, aunque este no estaba manchado con grasa de mecánico.

Mojé el *beskuit* en el café y le di un mordisco antes de abrir la carta de Karel.

Gracias, Tannia Maria:

¡Lo he conseguido! He enviado ese sms. Tuve que comprarme un móvil. Pero en PEP los venden por 140 rands, así que compré dos. Uno de ellos para Lucia. Le pedí a mi amigo que le diera el móvil y nos enviamos 15 sms antes de que me decidiera a verla. Fuimos al Movie Club a ver *Tierra de ángeles*. Me gustó, aunque no la entendí muy bien. Cuando la peli se puso triste, ella comenzó a temblar como un motor que necesitara una puesta a punto. La rodeé con el brazo y ella al principio dio una sacudida como si le fallara el motor de arranque, pero no tardó en pasar a un suave ronroneo. Cuando dejó de llorar, yo seguí con el brazo donde estaba.

Luego fuimos a por una hamburguesa y una ensalada y casi no hablé. Ella se comió unas cuantas patatas de mi plato y nos cogimos de la mano bajo la mesa.

No nos dimos ningún beso de despedida, pero me sonrió de una manera que hizo que el corazón me sonara como un motor V8. Cuando llegó a casa, me envió un sms y estuvimos hasta tarde mandándonos mensajes. Y también quería darle las gracias por lo del huevo. Sé a qué se refiere, porque si pones agua fría en el radiador cuando el motor está caliente, la carcasa del motor puede rajarse. Me pregunto si habrá otra cosa fácil que pueda preparar, ahora que ya sé cómo hacer un huevo pasado por agua.

Le contesté lo siguiente:

Querido Karel:

¡Bien hecho! Ahora podrías preparar un *Welsh rarebit*, que no es tan complicado como podría parecer. De hecho, no es más que una salsa de queso. Si la echas sobre una tostada con un huevo pasado por agua cortado en rodajitas por encima, está riquísima.

En Parmalat tienen de oferta el Gouda curado, que va muy bien para preparar esta salsa.

Le di la receta que a mi padre le encantaba, la que se hacía con cerveza y mostaza. Oímos llegar a Hattie. Cuando aparcaba, aceleraba el motor como si fuera una Harley-Davidson. Esperábamos ya el topetazo de rigor, pero esta vez no le dio a nada.

Al abrir la puerta del despacho, se quedó allí, mirándome con los labios apretados.

—¡Vaya dos! —exclamó al final—. En serio. Tenéis suerte de estar vivas.

Se acercó y me dio un abrazo.

—Vale —dijo Jessie—, vamos a poner por escrito todo lo que sabemos.

En la redacción había una pizarra blanca grande que a veces utilizábamos para anotar listas y planes. Jessie la limpió de arriba abajo con un trapo. Hattie abrió y cerró la boca unas cuantas veces, pero no la detuvo. Jessie escribió «Crímenes» y «Pistas» como encabezamientos. Bajo el primero puso «Asesinato de Martine» y «Asesinato de Lawrence».

—Toma —dije, entregando a Jessie la lista que había escrito la noche anterior—. Algunas preguntas a las que hay que buscar respuesta, y personas con las que podríamos hablar.

Jessie escribió un encabezamiento, «Preguntas», seguido de otro: «Personas».

Puse agua a hervir.

—Un momentito, chicas —dijo Hattie—. ¿No hablaréis en serio?

—¿Té? —le pregunté.

Jessie estaba apuntando mi lista en la pizarra.

—Esto se ha vuelto demasiado peligroso —comentó Hattie.

—¿Desde cuándo huyen del peligro los periodistas? —replicó Jessie.

—¡Han muerto dos personas! Es la policía quien tiene que hacerse cargo del asunto —respondió Hattie.

—Pero nosotras podríamos ayudarlos —dije—. Deberíamos colaborar entre nosotros.

—¡Será posible! —exclamó Hattie—. Jessie me ha dicho que no estaban por la labor. El teniente no fue muy amable que digamos.

—Pues no, no mucho —contesté—. Pero supongo que no tendríamos que haber estado allí.

—¿Ahora lo defiendes? —dijo Jessie con un guiño.

—Estaba preocupado, por mí… por nosotras —respondí—. Dijo que podrían habernos matado.

—Y qué razón tenía. Basta ya de este disparate, señoras mías. La policía pasará sus informes a la *Gazette* cuando lo estime oportuno.

—Yo tengo unos informes de la policía —dijo Jessie—, más o menos.

Jugueteaba de nuevo con la sandalia, balanceándola sobre la punta del pie.

—¿De Reghardt? —preguntó Hattie—. ¿Se puede saber qué pasa con vosotros dos, Jessie? ¿Tanto habéis intimado como para que te revele secretos policiales?

—No lo hago a propósito, en serio. Pero, claro, si él habla por teléfono y, aunque esté fuera, yo estoy al lado de la ventana del baño…

—¡Por Dios, Jessie!

—Venga ya, Hattie. Mi trabajo consiste en averiguar cosas. Maria, ¿recuerdas que anoche te hablé de las huellas de los neumáticos del todoterreno que tanto miraba Piet?

—*Ja* —dije, pasándole el café.

—Pues esta mañana he oído a Reghardt hablar con los del LCRC del tema.

—Es la gente que viene de Oudtshoorn y hace las pruebas forenses —expliqué a Hattie.

—Eran Firestone, una marca de neumáticos que llevan muchos todoterrenos —continuó Jessie—. Pero no todos los neumáticos se desgastan igual. Es lo mismo que ocurre con los animales, que cada uno tiene su propia huella, según cómo camine. Si eres un rastreador muy bueno, como Piet, puedes ver las diferencias.

—Y... —dijo Hattie.

Jessie tomó un sorbo de café.

—Piet creía que las huellas del todoterreno de anoche eran exactamente las mismas que las que vio después del asesinato de Martine —explicó—. El LCRC va a tomar huellas de los neumáticos para comprobarlo.

—¡Caramba! ¿Significa eso que Anna y Dirk se libran porque estaban en el hospital? —preguntó Hattie.

Jessie escribió otro encabezamiento: «Sospechosos». Debajo puso: «¿Dirk?», «¿Anna?».

—A lo mejor se escaparon... —sugerí.

—No, mi madre me ha dicho que estuvieron allí toda la noche. Sedados. En cualquier caso, ninguno de los dos podría haber conducido con las lesiones que tienen. Y Anna encima va enyesada... no puede ni andar.

—Así que no podrían haber sido ellos —dedujo Hattie.

—Anoche no. Puede que los resultados del LCRC tarden unos días en llegar, porque tienen que enviar las huellas de neumático a Ciudad del Cabo y suele haber una larga lista de espera. Las huellas dactilares sí que las analizan ellos, por eso es más rápido. Esta mañana he llamado al LCRC para hacerme una idea de los procedimientos policiales; nada que ver con el caso, claro está. Pero mientras tanto la policía confía en el criterio de Piet y van a buscar otros sospechosos. Si cogen a la persona que mató a Lawrence, las huellas de neumático lo relacionarán con Martine.

—Hum —dijo Hattie—, parece que la policía sabe lo que se hace.

—Pero hay muchas cosas que no está teniendo en cuenta —repliqué—. Y no podemos quedarnos de brazos cruzados sin más.

—Así es —me apoyó Jessie, y añadió «Temas pendientes» a los encabezamientos escritos en la pizarra—. Y hay pistas que han pasado por alto.

—A veces no prestan atención a pequeñas cosas que aun así son importantes —dije—, como la comida.

—¿Qué es todo eso de la lechuga y la granada? —preguntó Hattie, señalando lo que Jessie había escrito bajo «Pistas» en la pizarra—. Jessie me lo ha contado antes, pero no lo entiendo.

—En el Spar no tienen lechuga fresca los lunes —expliqué—, así que por la fecha de caducidad de la lechuga diría que la compraron el martes, el día que mataron a Martine. La bolsa de plástico sin doblar, el tíquet desaparecido, su brazo roto... todo me lleva a pensar que alguien le hizo la compra. A saber si podría tratarse del asesino. Todavía no es época de granadas, así que creo que quien fuera le compró zumo de granada. Puede que fuera esto lo que tomaron juntos. Quizá le pusieran un somnífero en la bebida.

Deseé poder haber explicado las cosas tan bien como Kannemeyer la noche anterior.

—Piet estaba desenroscando el fregadero de casa de Martine —dijo Jessie—, así que a lo mejor encuentran un poco de zumo para mandar una muestra a analizar.

—Hum, podría haber sido el marido el que hubiera hecho la compra —sugirió Hattie.

—*Ja*, Don Simpático —dijo Jessie—. Hablaré con mi amiga Sanna, que trabaja en la Agri con Dirk. Martine murió en algún momento a lo largo de la mañana y en la Agri normalmente solo salen a la hora de comer.

Jessie añadió el nombre de Sanna en la pizarra, bajo «Personas».

—¿Crees que podría haber salido antes, a comprar, y aprovechar para cargarse a su esposa? —planteó Hattie.

—¿Con quién crees que deberíamos hablar primero, Harriet? —le preguntó Jessie.

Hattie estudió las notas escritas en la pizarra.

—Yo diría que habría que empezar por la mujer que apareció anoche, llamando al hombre muerto.

—He averiguado su nombre. Se llama Grace —dijo Jessie, apuntándolo en la pizarra—. El apellido no lo tengo claro. Trabaja como empleada doméstica en casa de los Van Schalkwyk.

—Y, por supuesto, deberíais hablar con Dirk y Anna. Y con tu amiga de la Agri. Y quizá también con los compañeros de trabajo de Martine... No veo ninguno de sus nombres apuntados ahí. ¿Y la gente que cuida de su hijo con parálisis cerebral? ¿Y otros amigos, familiares y conocidos de la iglesia? Buscad un poco en su pasado, a ver si aparece alguien más.

—Menuda lista —dijo Jessie, anotando rápidamente las ideas de Hattie en la pizarra.

—Hombre, si vais a dedicaros a investigar, ya podríais hacerlo como Dios manda.

Jessie tomó un sorbo de café y me guiñó el ojo.

—Puede que algunas de estas personas no estén por la labor de hablar con nosotras —dije—. Quizá necesiten algo convincente.

—*Ja*, creo que esa idea tuya de los *vetkoek* estaba bien —me apoyó Jessie—. De picadillo al curry.

—Mmm —dijo Hattie, porque hasta los ingleses que no comen bien saben lo convincentes que pueden llegar a ser unos *vetkoek* de picadillo—. Está bien, averiguad lo que podáis. Pero tened mucho cuidado. Y cualquier artículo que escribáis, que pase por mis manos antes de ser publicado. —Hattie miró a Jessie—. Y no os atraséis con el resto del trabajo para la *Gazette*.

—Ahora mismo termino los artículos que tengo pendientes —dijo Jessie, volviéndose a poner delante del ordenador—. El de la Feria del Acolchado y el Derby de Coches de Alambre de Philipstown está casi acabado, y esta tarde voy a la fiesta de la escuela de Ladismith. —Jessie sonrió de oreja a oreja—. Me muero de ganas.

—Yo me llevo estas a casa —dije, cogiendo el resto de las

cartas que había encima de mi mesa—. Tengo que ir a comprar unas cosas al Spar y luego ponerme a cocinar.

—Tannie M., ¿puedes venir a buscarme a las cinco? —preguntó Jessie—. Y de aquí vamos directamente a ver a Grace, la mujer de Lawrence. Mi escúter sigue allí, en la granja.

—Claro —respondí.

—Luego podemos pasarnos por el hospital para visitar a Dirk y a Anna. ¿Harás *vetkoek* para ellos también? Y un par más quizá... —sugirió.

—Cuenta con ello.

Ya estaba en la puerta. Tenía mucho que cocinar. Empezando por el *Welsh rarebit*.

31

Al pasar por el bed and breakfast Dwarsrivier, aminoré la marcha. Me sentía mal por aquellos niños... les había prometido un pastel. Quizá encontrara una receta sin mantequilla ni huevos.

Me fijé en que había tres todoterrenos blancos aparcados en aquella calle. Paré un momento junto a la acera y salí a mirar de cerca los neumáticos. El primero era una *bakkie* Toyota grande, la que Jessie me había dicho que era de Dirk cuando visitamos el establecimiento. Los neumáticos eran Firestone. Estaban secos y cubiertos de polvo por arriba, por donde el vehículo los había protegido de la lluvia. Yo no era una experta, pero no parecía que hubiera circulado desde que había llovido.

El siguiente todoterreno tenía los neumáticos muy embarrados, pero no eran Firestone. El tercero era de color crema, y llevaba neumáticos Firestone. Estaban limpios. Muy limpios. ¿Los habrían lavado hacía poco? Mientras yo miraba por debajo del coche, un hombre salió del edificio. Tenía la cara roja, una barba poblada y unas cejas como orugas peludas. Las orugas se le juntaron en la frente cuando frunció el ceño.

—¡Eh! —exclamó—. ¿Qué hace?

—*Ag*, es que se me ha caído algo por aquí —respondí—. Buenos días. Soy Tannie Maria.

—Llego tarde —dijo, subiendo a su automóvil.

—¿Es usted uno de los adventistas del séptimo día? —quise saber.

Dio un portazo y se marchó haciendo un ruido infernal. Demasiado rápido.

En Ladismith la gente nunca va con prisas. Siempre tienen tiempo al menos de dar los buenos días y preguntar «¿Cómo estás?». Por lo general, les gusta darle a la sinhueso, y no es difícil pasarse el día entero en el pueblo hablando con la gente, aunque acabes de conocerlos. Aquel hombre no debía de ser de allí.

¿Adónde iría tan rápido? Supongo que con la llegada del fin del mundo habría muchas cosas que hacer.

Mientras volvía a mi *bakkie*, me pregunté qué haría yo si pensara que se avecinaba el fin del mundo. No creo en Dios, en la Iglesia ni en nada, así que me parece que no me dedicaría a rezar o a pensar en la Ascensión. Seguramente prepararía algo bueno de comer. Pero ¿qué podría ser? ¿Y a quién invitaría a degustarlo conmigo?

Recordé entonces la comida que había compartido con el teniente Kannemeyer. Ese sí que había sido un asado de primera. Y el pastel estaba riquísimo. Sin embargo, no sé si haría esos platos para disfrutar de mi última comida.

En la manzana que había antes del Spar vi cinco todoterrenos más. Y tres de ellos eran blancos. Después de aparcar, pasé por delante y me fijé en los neumáticos de todos. Había dos que los tenían de la marca Firestone y llenos de barro. Suspiré. Podía pasarme el día entero mirando neumáticos, ¿y qué demostraría con ello? Además, tenía cosas que comprar y cocinar.

Me pasé por la zapatería para comprar aceite de oliva a Elna le Grange. Su hermano tiene una finca de olivos cerca de Riversdale, y Elna me contó que su esposa estaba esperando un bebé. La vi con ganas de hablar, pero seguí mi camino. Fui a la biblioteca, donde pedí a Tannie de Jager, la bibliotecaria, que me buscara en internet un pastel vegano apetitoso. Fue un visto y no visto. Tuve la receta impresa antes de que a ella le diera tiempo a acabar de explicarme lo bien que le iba el apio para la artritis. Era de un pastel vegano de nueces y dátiles. Le di las gracias y doblé el folio para guardármelo en el bolso.

Justo antes de entrar en el Spar vi al encargado, el del bigote de batido de chocolate, subiendo a su pequeño Golf azul. También habría que hablar con él, siendo como era el jefe de Martine. Pero se fue antes de que pudiera acercarme lo bastante como para saludarlo.

No había mucha gente en el Spar, así que enseguida tuve la compra hecha. Cogí dátiles, nueces y el resto de los ingredientes necesarios para el pastel vegano. En casa tenía suficiente harina para el pastel y los *vetkoek*, pero me hacían falta algunos ingredientes para el picadillo al curry. Normalmente lo preparo yo misma, pero vi que tenían picadillo de *wildsvleis* congelado, y como iba con el tiempo justo lo compré. Me extrañó ver carne de caza en verano. Pero supongo que la tienen congelada de la temporada de caza de invierno.

Me puse en la caja de Marietjie adrede. Sabía que hablaba por los codos, pero esta vez era lo que yo quería.

—¿Cómo está, Tannie Maria?

Marietjie era una chica de color, con una cara redonda y bonita. Se había alisado el pelo y lo llevaba recogido en una rosca.

—No me puedo quejar —respondí—. Qué maravilla de lluvia.

—Ooh, *ja* —dijo mientras pasaba la carne picada por el lector de código de barras.

—Tu encargado no está mucho por aquí, ¿no?

—Es el gerente regional de todos los Spar del Karoo —me explicó, como si estuviera muy orgullosa de él.

Miré la hoja en mi reloj.

—Siendo sábado, ¿no es un poco tarde para que vaya a otras tiendas?

—Ah, a lo mejor es que ha salido temprano —dijo—. Los fines de semana le gusta ir a la granja de caza que tiene en la sierra de Touwsberg.

Marietjie metió mi compra en una bolsa de plástico.

—Con su mujer —añadió, como si me viera imaginándome cosas extrañas.

—¿Eras amiga de Martine... de la señora Van Schalkwyk? —le pregunté.

—Ooh, qué horror lo que le ha pasado —dijo Marietjie—. Su marido nunca me ha caído bien. ¿O cree usted que se suicidó? He oído que estaba deprimida.

—¿Y a ti te parece que lo estaba?

—Pues no sé. El señor Cornelius piensa que sí. Era muy suya, ¿sabe? Casi nunca salía del despacho.

—¿Su despacho es ese de ahí? —le pregunté.

—*Ja*, lo compartía con el señor Cornelius.

—Gracias, Marietjie. Adiós.

—*Totsiens*, Tannie. Que acabe de pasar un buen día.

De camino a la salida pasé por delante del despacho. Tenía un ventanal que daba a la tienda, surcado de rayas plateadas, como espejos finos. Llamé a la puerta, e intenté abrirla, pero estaba cerrada con llave. Entonces pegué la cara al cristal y miré entre los espejos delgados. Vi una mesa grande con papeles esparcidos por encima, y un envoltorio de empanada vacío. Y en el rincón una pequeña mesa desocupada con una bandeja de entrada y otra de salida cuidadosamente apiladas. Intuí que aquella debía de ser la de Martine.

De camino a casa conté otros cinco todoterrenos blancos. Nunca me había fijado en ellos antes y ahora resultaba que los veía por todas partes.

Me moría por ese *Welsh rarebit*, pero antes de nada hice la masa para los *vetkoek*. Me gusta hacerlos a la antigua, con levadura. Mientras la masa reposaba al sol en el *stoep*, me senté al lado para comerme la ansiada tostada. Le había puesto rodajas de huevo por encima antes de cubrirla con una salsa de queso espesa. Los aromas de la cerveza, la mostaza, la nata y el cheddar curado se mezclaban para darle un sabor ácido y cremoso.

Contemplé el jardín y el *veld*, que se veían limpios y verdes después de las lluvias caídas. Parecía que comenzaban a despuntar ya nuevos brotes. Hacía una tarde templada, pero el calor no era infernal. Las gallinas picoteaban la tierra a la sombra del limonero.

Mientras la masa de los *vetkoek* fermentaba al sol, preparé el picadillo especial. Después de rehogar la carne en mantequilla hasta que cogió un bonito tono marrón oscuro, añadí cebolla, cúrcuma molida, cilantro y clavo, y luego los tomates y mi chutney de tomate verde, y lo dejé hervir todo a fuego lento.

Fui a buscar la masa al *stoep*, la trabajé con cuidado y la moldeé en forma de bolas. Luego aplané las bolas, las unté con aceite y las dejé reposar para que subieran.

Con el aceite muy caliente, freí los *vetkoek* de tres en tres hasta que quedaron dorados y los dejé escurrir sobre hueveras vacías.

Por supuesto, tuve que probar uno cuando aún estaba caliente. Lo partí por la mitad, lo rellené con una cucharada de picadillo tibio y me lo comí allí mismo, sentada a la mesa de la cocina, entre la harina y las tablas de cortar. Estaba bueno. No, bueno no... estaba perfecto.

Preparar *vetkoek* con picadillo al curry es un arte que las *tannies* sudafricanas han dominado desde hace generaciones. Mientras disfrutaba de aquella exquisitez, di las gracias a todas ellas, sobre todo a mi madre, que me había enseñado a hacerlos. Y estando allí, en mi cocina, comiendo *vetkoek* con picadillo, tuve esa sensación que supongo que tendrá un creyente que va a una iglesia en la que tiene fe.

Ya he dicho que yo no creía en nada, que mi fe se fue por la ventana, pero puede que eso no fuera cierto. Creía en los *vetkoek* con picadillo al curry, y en todas las *tannies* que los hacían. Si se avecinara el fin del mundo, aquel era el plato que haría.

32

Dos tápers (cada uno con cuatro *vetkoek* rellenos de picadillo), Jessie y yo nos dirigíamos en mi *bakkie* azul cielo a la escena del crimen, a la granja de Dirk. Íbamos a visitar a Grace. Aparcamos a la sombra de unos árboles de cera, y llevamos con nosotras uno de los tápers. Pasamos por delante de la casa de campo vacía y el árbol del caucho enorme; estaba todo precintado con esa cinta amarilla de la policía. Yo iba con mis *veldskoene* caqui. Miré el lugar donde había visto mis *veldskoene* marrones por última vez, junto a la puerta trasera. Estaba preocupada por aquellos viejos zapatos que me eran tan fieles. Esperaba que estuvieran bien. Bajamos hacia la casita que se veía al fondo de la granja. El hogar de Lawrence.

—Mira —dijo Jessie cuando pasamos junto al pequeño estanque—. Aún hay plumas de pato.

Se habían quedado atascadas en los juncos que rodeaban el agua. Una rana me miró con unos ojos dorados.

—Parece que allí hay un *kraal*, al lado de los manzanos —dijo Jessie mientras seguíamos caminando—. Pero no veo animales.

—También hay otros árboles frutales —dije—. Allí, detrás de aquellos árboles espinosos. Vamos a echar un vistazo.

Las sombras se veían alargadas, pero aún hacía calor, así que no me movía tan rápido como Jessie.

—Tannie M. —dijo, llegando primero—. ¡Es un granado!

—Eso me ha parecido.

—El fruto todavía está muy verde.

Jessie tocó uno; era diminuto y estaba duro.

—Ni los babuinos se comerían esto —comenté, llegando hasta ella.

—*Ja*, aún no es época de granadas, como tú dijiste. Me pregunto de dónde saldría ese zumo. Será de Liqui-Fruit o algo así.

—Puede ser, aunque nunca he visto Liqui-Fruit de granada. Y sabía muy natural. No parecía de tetrabrik.

Bajamos hasta la casa de Lawrence por un caminito de piedra y llamamos a la puerta de madera. Oímos movimiento dentro, pero no nos abrieron. Los escalones de fuera estaban limpios y brillantes y había unos arriates pequeños a ambos lados de la puerta, con rosas rojas, geranios rosa y *botterblomme* naranja. Las rosas se veían cuidadas. Yo nunca he plantado rosas... demasiado trabajo para algo que no se puede comer. Hay que podarlas durante años para que den flores tan bonitas.

Estábamos a punto de volver a llamar cuando la puerta se abrió. La mujer llevaba un vestido azul con grabados africanos y estaba secándose las manos en un paño de cocina. Era tan guapa a la luz del atardecer como a la luz de la luna. Tenía los pómulos marcados, la piel luminosa y olía a manteca de cacao.

—Hola, *sisi* —dijo Jessie—. Esta es Tannie Maria, y yo soy Jessie.

Le sonreí.

—Bonitas rosas —comenté—. ¿Tiene mano para las plantas?

La mujer negó con la cabeza.

—Lawrence —contestó.

—Grace, trabajamos para la *Karoo Gazette* —explicó Jessie, dando un paso adelante y entregando una tarjeta a la mujer—. ¿Podemos pasar?

La mujer cogió la tarjeta pero no la miró. Lo que hizo fue mirar a su espalda rápidamente y luego otra vez a nosotras.

—Anoche estábamos aquí —dijo Jessie—, cuando dispararon a Lawrence. Lo sentimos mucho.

La mujer bajó la vista a sus pies y se le movió un nudo en la garganta, como si estuviera tragándose su tristeza.

—Hemos traído unos *vetkoek* —dije—. De picadillo.

Grace levantó la mirada.

—¿De picadillo al curry?

—Vamos a picar algo —sugerí, enseñándole los cuatro *vetkoek* rellenitos, envueltos en papel encerado.

—Tengo la casa revuelta —dijo, pero dio un paso atrás para dejarnos pasar—. Estoy ordenando sus cosas.

En una cocina diminuta había cajas abiertas llenas de cacharros de todo tipo. Vi platos y copas esmaltadas y un perro de cerámica. La seguimos hasta un saloncito. Grace fue a cerrar la puerta del dormitorio, y antes de que lo hiciera llegué a ver una maleta hecha polvo encima de la cama de matrimonio.

—¿Está haciendo las maletas? —preguntó Jessie mientras tomaba asiento en un sillón.

La mujer se sentó en una silla de madera con la espalda recta, las piernas juntas y las rodillas un poco inclinadas hacia un lado.

—Es una pena —dije—. Esto debe de ser muy duro para usted, ¿señora…?

Yo me senté en el sofá junto a una pila de ropa bien doblada y una caja de la que sobresalían utensilios, como una horca de jardín pequeña y un cuchillo para esquilar ovejas.

—Zihlangu —respondió—. Me llamo Grace Zihlangu. No estoy casada.

—¿Lawrence era su novio? —preguntó Jessie.

Grace asintió. Miró las cosas de Lawrence amontonadas alrededor de la sala. Luego soltó un suspiro, y su cuerpo pareció doblarse sobre sí mismo. Era el momento de sacar los *vetkoek*. Abrí el táper y repartí uno para cada una, junto con una servilleta.

—Gracias, *mama* —dijo Grace.

Los xhosa son como los afrikáners. Para ellos todo el mundo es pariente: tía, madre, hermana, etc.

—¿Se va, *sisi*? —preguntó Jessie.

Grace no contestó. En lugar de ello dio un mordisco al *vetkoek*. Después de unos cuantos bocados, volvió a ponerse derecha. Comimos sin hablar, pero Grace nos observaba mientras masticábamos. La luz de la tarde entraba por una ventana de guillotina. Vi motas de polvo diminutas en el aire, pero el cristal de la ventana estaba reluciente. Las paredes de la casa tenían grietas, que habían sido reparadas y blanqueadas. La mesa de centro que tenía delante, así como las otras superficies que había a la vista, estaban impecables. No había nada limpio solo a medias.

—Son los mejores *vetkoek* de picadillo que he comido en mi vida —dijo Jessie—. Qué pasada.

Cuando Grace acabó de comerse su *vetkoek*, se limpió la boca y los dedos con la servilleta y luego cogió las nuestras y las tiró todas al cubo de basura de la cocina.

—Quiero irme de aquí —dijo mientras se sentaba otra vez. Dispuesta a hablar—. A Ciudad del Cabo.

33

—¿Tiene familia en Ciudad del Cabo? —le preguntó Jessie.

—En el Cabo Oriental —respondió Grace—. Iré allí al funeral de Lawrence. Pero quiero estudiar secretariado profesional en Ciudad del Cabo. Tengo una amiga allí.

—¿Trabajaba usted en casa de Martine... de la señora Van Schalkwyk? —quise saber.

—Sí. Dos veces por semana. Miércoles y viernes.

—Así que no estaba aquí el martes, cuando la... —dije.

—No. Los lunes, martes y jueves trabajo en el pueblo para el señor Marius.

—¿Qué pensaba de la señora Van Schalkwyk? —preguntó Jessie.

—Me caía bien. Es terrible lo que ha ocurrido. Era una buena mujer. Me gustaba trabajar para ella. Ojalá trabajara solo para ella, y no...

Jessie levantó una ceja, pero Grace no dijo nada más.

—¿Resulta muy duro trabajar para el señor Marius? —le pregunté.

—No me da miedo trabajar duro —respondió Grace—. No. Es que él es...

Se acarició las manos sobre la falda.

—¿La acosa? —preguntó Jessie.

—Me mira de una manera que no me gusta. No es un buen hombre. A la señora Van Schalkwyk tampoco le gusta. Le gustaba, quiero decir.

—¿Cómo lo sabe?

—Hará cuestión de un par de semanas el señor Marius dijo que quería ver a los Van Schalkwyk y me trajo a casa en coche al final del día. Llamó a la puerta. El señor Van Schalkwyk aún no había vuelto de trabajar, y la señora Van Schalkwyk le dijo que se fuera. Le cerró la puerta en las narices. Él no estaba nada contento. Pasó con el coche por encima de las rosas que hay al lado del camino. Las rosas de Lawrence.

—¿Y qué quería? —preguntó Jessie.

—No lo sé —contestó Grace—. Yo estaba yendo hacia mi casa. No oí nada.

—¿Qué tipo de coche conduce el señor Marius? —quise saber.

—Uno blanco grande, como el del señor Van Schalkwyk. Tiene un rótulo en el lateral: INMOBILIARIA DEL KAROO.

—¿Es un agente inmobiliario? —dijo Jessie.

Asentí. Era uno de los patrocinadores de la *Karoo Gazette*, el que había causado a Hattie un dolor de cabeza.

—Sí. En el despacho de su casa hay cuadros. De casas. Del *veld*. Y fotografías hechas desde el cielo.

—¿Recibía Martine más visitas? —preguntó Jessie.

—Las de su amiga Anna. Reían mucho juntas. Era agradable. Ese marido suyo no la hacía reír.

—¿Le pegaba?

—Yo eso no lo veía, pero sí que veía los moretones. —Grace movió la cabeza de un lado a otro—. Y las cosas rotas en la basura.

—¿Alguna otra visita? —insistió Jessie.

—Un día vino un hombre. Hará cosa de un mes. Cuando se acabó el té, ella le dijo que tenía que marcharse. Que a su marido no le gustaría verlo allí. El hombre volvió una vez más, un viernes, pero ella trabaja los viernes, así que él se fue sin más.

—¿Tiene idea de quién es ese hombre? —preguntó Jessie.

—John. Lo he visto alguna que otra mañana en el pueblo. Vende cosas de granja en una mesa de madera. Huevos, verduras, plantas.

—¿En el mercado? —pregunté.

Grace asintió.

—¿De qué habló Martine con él? —quiso saber Jessie.

—No lo sé. No escucho las conversaciones de los demás.

Miré el último *vetkoek* que quedaba y pregunté:

—¿No hay nada que oyera, aunque fuera sin querer?

—Yo estaba limpiando la habitación de al lado. Ella dijo que los viejos tiempos habían acabado. Entonces él se puso a hablar de trajín. Para mí que estaba mosqueado.

—¿Trajín? —repitió Jessie.

Grace se mordió el labio de abajo y se miró las uñas de los dedos.

Le eché una mano planteándole otra pregunta:

—Si la señora Van Schalkwyk limpiara una mesa, ¿limpiaría solo la mitad?

—¡Oh, no! —exclamó—. Ella no es así. Es como yo. Nunca haría eso.

—¿Ha venido la policía a interrogarla? —le pregunté.

—Hablé con ellos la otra noche, cuando Lawrence... Pero yo no oí nada. Solo los truenos y la lluvia. No me desperté cuando Lawrence se levantó. No sé qué fue lo que me despertó, pero el caso es que me quedé esperándolo. Al ver que no volvía, lo llamé en voz alta y luego fui a buscarlo. —Se frotó los brazos con las manos—. Ya le dije a la policía que no había nadie que quisiera matar a Lawrence. Era un buen hombre. Solo estaba haciendo su trabajo.

—Lo siento —dije—. Pensamos que quien lo mató quizá sea la misma persona que asesinó a Martine.

—Tengo miedo de quedarme aquí. Quiero irme. Aunque no tengo suficiente dinero. Tendré que pedir ayuda al señor Van Schalkwyk y al señor Marius.

—¿Lawrence trabajaba aquí todos los días? —preguntó Jessie.

—Sí. Esto había sido una granja de ovejas, pero ya hace mucho tiempo que lo dejaron, antes de que yo llegara. Vendieron muchas tierras y un montón de empleados perdieron su trabajo. Pero se quedaron con Lawrence para que cuidara de la finca. Del jardín, de los árboles frutales. Se le daba bien su trabajo.

—El día del asesinato de Martine, ¿Lawrence estaba aquí?

—Sí. La policía le preguntó por ese día. Yo estaba aquí cuando vinieron a hablar con él.

—¿Y él qué les contó?

—Les contó que aquella mañana vio llegar a casa al señor Van Schalkwyk. Lawrence lo saludó con la mano, pero el *meneer* no le devolvió el gesto. La policía le preguntó si estaba seguro de que era él, y Lawrence dijo que sí.

Jessie se echó hacia delante en el sillón mientras Grace seguía hablando.

—Le preguntaron si estaba cerca, y él dijo que no, que estaba abajo, donde los árboles. —Grace señaló con la mano hacia la ventana—. Estaba podando las ramas muertas y cortando leña. Entonces le preguntaron que cómo podía estar seguro. Y le contaron que el señor Van Schalkwyk decía que no había salido del trabajo. Los empleados de la Agri aseguraban que había estado allí toda la mañana. Lawrence dijo que podría ser, que no estaba del todo seguro, pero que era el coche del señor Van Schalkwyk. Entonces le preguntaron si estaba seguro de que era su coche, o si podría haber sido un coche del mismo tipo que el suyo. Lawrence dijo que parecía el coche del *meneer*, pero que a lo mejor no lo era.

Grace se frotó los nudillos de una mano con los dedos de la otra. Yo asentí y ella siguió hablando.

—Cuando la policía se fue, le pregunté si de verdad era el señor Van Schalkwyk, y me dijo que no quería ser él quien metiera en líos al *meneer*. Yo le dije que una mujer había muerto y que tenía que decir la verdad, pero él se quedó callado y dijo que no con la cabeza. Lawrence no era un mal hombre, pero no era fuerte.

—¿Lo amaba? —le pregunté.

—¿A Lawrence? —dijo. Miró el montón de ropa de hombre bien doblada que había encima del sofá y la puerta del dormitorio cerrada—. No.

Cogí el táper y le ofrecí el último *vetkoek*.

34

Contemplé la puesta de sol mientras esperaba a Jessie, sentada al volante de mi *bakkie*, a la salida del hospital.

El largo edificio blanco estaba bordeado de vistosos parterres. Las plantas estaban bien cuidadas. Me constaba que dentro del pequeño hospital también era así, y que los pacientes estaban bien atendidos… aunque la comida dejara mucho que desear. La comida de hospital es malísima, razón por la que los *vetkoek* podrían dar muy buen resultado con Anna y Dirk.

El hospital se hallaba en lo alto de una loma situada al pie de los Klein Swartberge. Las colinas marrones se extendían ondulantes hacia el Rooiberg. El Monte Rojo, que se veía realmente rojo con aquella luz. Parecía un animal enorme que se hubiera tumbado a descansar y no quería que lo molestaran. Me pregunté si sería una buena idea visitar a Dirk en el hospital en aquel momento.

El cielo comenzaba a tener aquel tono azul verdoso claro, como el de los tubos de cobre viejos, y había franjas de nubes de color rosa y naranja.

Oí el sonido del escúter rojo de Jessie. Pero también otro ruido estrepitoso, como de truenos a lo lejos y ventanas que vibraban. Llegaba del interior del hospital. Jessie subió la loma con un zumbido y aparcó a mi lado. Luego fuimos las dos caminando hasta la entrada del hospital.

—¿Qué es ese ruido? —preguntó Jessie.

Entramos en el edificio, yo con mi táper y ella con su casco.

El estruendo y el traqueteo dejaron de oírse y comenzaron de nuevo a medida que avanzábamos hacia el ruido. Las puertas de las pequeñas salas estaban abiertas y pudimos ver a algunos pacientes. Pasamos por delante de un hombre con la cara amarilla que estaba recostado en su cama, con una joven sentada a su lado, mirando un florero. Y una anciana nos sonrió con labios temblorosos como si hubiéramos ido a visitarla. De repente, en una habitación para ella sola, vimos a Anna.

—*Haai, Tannie!* —gritó.

Intentó saludarnos con la mano, pero estaba encadenada por las muñecas a los lados de la cama. Tenía la pierna izquierda enyesada y la derecha vendada por la pantorrilla. A su lado había una silla de ruedas.

Aquel sonido extraño se oía cada vez más cerca. Como si un animal furioso se abriera paso a través de la maleza haciendo ruido.

—¡Me tienen encerrada! —dijo Anna, haciendo sonar las cadenas.

—*Ooh, gats, Anna!* ¿Estás detenida? —preguntó Jessie desde la puerta.

—*Ja*, eso también —respondió Anna—. Pero me han encadenado a la cama porque he dado con Dirk ¡y le he arrancado el gota a gota!

El estrépito se oía cada vez más fuerte. Miré al fondo del pasillo justo en el momento en que la bestia doblaba la esquina.

—*Ooh, gats!* —repitió Jessie.

Era Dirk, con un camisón de hospital verde claro, que rugía como una fiera herida, arrastrando con él un montón de chismes ruidosos. Encadenada al tobillo llevaba una barra de metal que parecía una pieza de una cama de hospital, y aferrados a sus piernas iban dos hombres vestidos de blanco. Dirk tenía los dos brazos vendados, uno en cabestrillo, y los camilleros intentaban frenarlo sin hacerle daño. Eso demostraba lo buen hospital que era.

Una enfermera corría detrás de ellos, y todos gritaban a la vez. Ella llevaba en la mano una aguja con una jeringa tan grande que parecía que fuera para caballos, pero no había manera de que Dirk estuviera lo bastante quieto como para que pudiera ponerle la inyección. Dirk se libró de una patada del camillero que estaba agarrado a su pierna derecha. El hombre salió volando por el pasillo, pero se levantó de un salto y volvió a abalanzarse sobre Dirk. No se podía negar la gran dedicación del personal de aquel hospital.

Jessie y yo intentamos bloquear la puerta, pero Dirk y el circo que traía consigo se abrió paso entre nosotras a empujones. La parte de atrás de su camisón dejaba ver que Dirk tenía el mismo pelo hirsuto en el trasero que en la cabeza y las patillas. Anna se incorporó, dispuesta a pelear, haciendo sonar las cadenas en sus muñecas mientras Dirk avanzaba hacia su cama con el ruido que lo acompañaba. Jessie fue corriendo hacia él y le echó gas pimienta en la cara antes de que le diera tiempo a llegar hasta Anna. Dirk tosió y escupió, pero aun así logró acercarse a la cama de Anna. Le arrancó el gota a gota con los dientes. Costaba respirar con aquel olor a pimienta que quemaba, y me lloraban los ojos. Dirk estaba dando patadas a la cama de Anna, intentando echarla abajo, pero la enfermera consiguió atraparlo y le clavó la aguja enorme en el muslo.

Dirk gritó como un babuino furioso, pero ya no había nada que hacer. Su cuerpo se desplomó contra la cama de Anna. Los camilleros consiguieron ponerle debajo la silla de ruedas que había allí antes de que cayera al suelo, y la cabeza se le fue hacia delante, inclinándose sobre la cama hasta quedar encima del muslo de Anna.

Fue el único que parecía tranquilo, reposando sobre el regazo de Anna mientras los demás llorábamos y tosíamos sin parar.

35

—Te hemos traído un *vetkoek*, Anna —dije—, de picadillo. Espero que el gas pimienta no le dé un gusto raro.

Los camilleros se habían llevado a Dirk y habían trasladado a Anna a otra habitación. Fuera ya estaba oscuro y en la sala había mucha luz.

—Ooh, *dankie*, Tannie —dijo.

Le habían quitado las cadenas de las muñecas y alargó las manos para coger el *vetkoek*.

Tenían moretones en los brazos, una pierna enyesada y la otra vendada, pero le brillaban los ojos y sus mejillas resplandecían. No había ni rastro de aquella mirada perdida y sombría que había visto en su cara la última vez.

—Creo que pelear le sienta bien —comenté a Jessie—. Le da fuerzas.

—*Ja*, a Dirk también —dijo Jessie—. Mira que no es tan grande, pero hay que ver cómo arrastraba a esos hombres y media cama con él.

Anna no nos escuchaba. Se estaba zampando aquel *vetkoek* como si llevara toda la semana sin comer.

—¿Deberíamos decirles que lo más probable es que sean los dos inocentes?

—Puede que las ganas de venganza los ayuden con el duelo.

—Eso si no los mata —dije.

Anna se limpió la boca con la servilleta y miró el táper. Pero tenía que responder a unas preguntas antes de poder comerse otro.

—Anna, el día que Martine murió, ¿fuiste a comprar por ella? —le pregunté.

—No —respondió con el ceño fruncido—, ese día no.

—¿Alguna vez se encargaba Dirk de hacer la compra?

—Ese *vlakvark* no ha ido a comprar una sola vez en su vida. Además, ella compraba en el Spar al salir del trabajo.

—Recuerda que tenía el brazo roto, o sea que no podía ir al trabajo en coche —dijo Jessie.

—Puede que él se sintiera culpable —sugerí, recordando la primera carta que me escribió Martine.

—¡Bah! —exclamó Anna—. Ese no siente nada.

—¿A Martine le gustaban las granadas? —le pregunté.

—*Ja* —respondió Anna—, pero lo que le volvía loca de verdad era el zumo de granada. De vez en cuando en el Spar tienen botellas de zumo congelado de Robertson. Martine me invitaba a su casa para compartirlo conmigo. Yo me tomaba solo un vasito, porque a ella le chiflaba. A mí me encantaba ver cómo lo disfrutaba.

Me guardé de contarle que Martine había tomado zumo de granada con otra persona, por si acaso le daba un ataque de celos.

Anna sonrió, y su voz se suavizó al decir:

—Cerraba los ojos mientras bebía, y yo podía mirarla sin sentirme cohibida. Daba rienda suelta a todos mis sentimientos y pensamientos cuando ella cerraba los ojos. —Anna cerró los suyos—. Amaba a Tienie, aunque fuera inglesa. Mi bisabuela, Anna Hermina Stefanus Pretorius, murió en los campos de concentración del Vaal. Los ingleses quemaron nuestras granjas hasta que no quedó ni rastro de ellas.

De la guerra anglo-bóer hacía ya mucho tiempo, pero cuando Anna abrió los ojos, nos fulminó con la mirada como si hubiera sucedido el día anterior. Llegué incluso a sentirme culpable por el hecho de que mi padre fuera inglés. Me dieron ganas de explicarle que mi *pa* tenía antepasados escoceses e irlandeses. Mi *great-ouma* era pariente de Robert Emmet, el héroe irlandés que fue ahorcado, destripado y descuartizado por los británicos.

Anna se pasó suavemente el pulgar sobre la punta de los dedos y se quedó mirando algo más allá de mi hombro, como si tuviera la vista puesta en el pasado.

—Pero Tienie era distinta —dijo—. Me hacía sentir como si volviera a ser una niña, y jugara en el río. Antes de conocerla la vida era muy complicada. Ella era como el sabor de aquella agua limpia. Dulce y fresca.

Luego miró a Jessie y añadió:

—Yo la amaba. Pero no soy tonta. Sabía que ella no me correspondía. Aunque, a su manera, me quería. —Anna desvió la mirada hacia algo que tenía en la mente—. Cuando me veía, ponía esa sonrisita suya y se le iluminaban los ojos, y yo sentía el corazón *slaan 'n bollemakiesie*, ya saben, que me daba volteretas. Y cuando pasábamos un rato juntas, tomando café o mirando cómo chapoteaban los patos, tenía la sensación de estar en medio de un torrente de felicidad.

Entonces me miró fijamente.

—Tenía la esperanza de que un día se viniera conmigo. Nunca pasaría hambre. Si llueve, el precio del *mielie* no cae, incluso tendría dinero para su ropa elegante. Lo más caro es tener a su hijo en ese hogar. Yo le dije que podría venir a vivir con nosotras, pero ella me dijo que necesitaba cuidados especiales. Ama a ese niño. —Anna volvió a poner aquella mirada perdida y sombría—. Amaba… Está muerta… ¿Cómo es posible que algo tan grande que una tiene en el corazón desaparezca?

Negó con la cabeza y se llevó la mano al pecho. Luego volvió a mirar al infinito y una llama brillante iluminó sus ojos.

—Ese cabrón no va a salirse con la suya —dijo—. Voy a hacérselo pagar. No tengo miedo. Si muero, iré con Tienie. Estaremos juntas, sin tener que preocuparnos más por hombres ni *mielies*…

—Anna —dije—. Anna. —Ella pestañeó como si acabara de despertar—. Escúchame. Anoche alguien fue a casa de los Van Schalkwyk. Lawrence, el hombre que trabajaba allí, fue a ver qué pasaba. Le dispararon. Está muerto.

—*Ag*, no —exclamó, tapándose la boca con la mano—. Pobre Lawrence.

—Pensamos que podría ser la misma persona que mató a Martine. Las huellas de los neumáticos parecen coincidir.

—Dirk no podría haberlo hecho —dijo Jessie—. Tal como tiene los brazos no puede conducir, además estuvo aquí toda la noche, sedado.

Anna miró el gota a gota y tamborileó con los dedos sobre la escayola que llevaba en la pierna.

—Puede que a Lawrence le disparara otra persona —dijo—. Dirk podría seguir siendo el asesino de Martine.

—Quizá sí —respondí.

—O quizá no —añadió Jessie.

Vi que Anna fruncía el ceño ante la duda. La cara se le hizo más pequeña y la cabeza le cayó sobre el pecho.

—La echo de menos —dijo Anna, y levantó la vista hacia nosotras con sus ojos marrones y sus pestañas mojadas—. No podéis entender lo mucho que la echo de menos.

36

Dejamos sola a Anna con su añoranza y un *vetkoek*, y buscamos la habitación de Dirk.

Lo encontramos tumbado boca arriba, roncando. Sus patillas parecían matojos del *veld*. Le salía un hilo de baba por la comisura de la boca. Al lado de la cama había una tele y una mesa blanca con una bandeja de comida de hospital que no habían tocado. Tenía el brazo izquierdo en cabestrillo sobre el pecho, y el derecho vendado desde el hombro hasta la palma de la mano; le sobresalían los dedos. Le habían esposado un pie a la baranda de la cama.

En otra cama de la habitación había un adolescente con auriculares. Sobre la cabecera tenía un letrero en el que ponía: NADA POR BOCA. Sonreí al chico porque me dio pena, pero él no nos miró porque tenía la vista pegada al televisor.

—¿Dirk? —dijo Jessie.

Sus ronquidos parecían gruñidos de jabalí verrugoso.

—*Oom* Van Schalkwyk —dije.

Tío van Schalkwyk sacudió el pie, pero no abrió los ojos. La inyección de caballo que le habían puesto lo tendría bien dormido. Lamenté no tener sales aromáticas para reanimarlo. Entonces recordé mis *vetkoek* y, desenvolviendo uno, se lo acerqué a la cara. Dirk lo olió y abrió un poco uno de los ojos.

—*Vetkoek?* —gruñó.

Movió la nariz y abrió los dos ojos, que miraron la línea marrón donde el relleno de picadillo llegaba al borde del *vetkoek*.

—¿Mamá? —dijo.

—Incorpórate, Dirkie, y cómete el *vetkoek* —dije.

—¿Cómo se suben estas camas? —preguntó Jessie, cogiendo el mando a distancia.

La tele que estaba al lado de la cama se encendió de repente a todo volumen con un anuncio de té Five Roses. Dirk parpadeó. Luego se apagó el televisor y su cama subió de golpe hasta quedar en posición de asiento.

—¡Eh! —gritó Dirk.

Y nos miró con ojos vidriosos.

Le pasé el *vetkoek*, que consiguió llevarse a la boca con los dedos de su mano derecha vendada. Como le caían migas por todas partes, cogí la servilleta de la bandeja de comida y se la metí por el cuello del camisón de hospital.

—*Lekker*... Gracias, mamá —dijo—. La comida de este... hotel es *kak*.

—Dirkie, ¿has ido a hacer la compra por Martine esta semana? —le pregunté— ¿El martes... el día que murió?

—Martiiiiiine —gimió Dirk, apartando el *vetkoek* a un lado y poniéndose a llorar—. Está mueeeeerta.

—¿Fuiste a comprar por ella? —insistí.

—No —respondió, sollozando. Le cayeron trozos de picadillo de la boca, que rodaron por la servilleta hasta el brazo en cabestrillo—. Nunca he ido a comprar por ella. Jamás. He sido un mal marido. Muy malo.

—¿La mataste? —preguntó Jessie.

—No —contestó, mirándonos con unos ojos rojos y grandes como los de los perros de caza—. Lo hizo esa mujer, esa rata. Encontraron sus huellas.

—Dirkie, escúchame —dije—. No creemos que lo hiciera Anna. Puede que a Martine la matara otra persona. Anoche alguien disparó a Lawrence.

—¿Lawrence? —dijo Dirk—. ¿Está muerto? —Al ver cómo yo asentía, Dirk miró al techo como si allí arriba pudiera encontrar una explicación—. *Ag*, no. Lawrence me caía bien...

Se le cayeron los párpados y Dirk abrió los ojos todo lo que pudo, resistiéndose a los efectos del sedante.

—Creemos que el hombre que mató a Lawrence podría ser el mismo que asesinó a Martine —dijo Jessie—. ¿Se te ocurre alguien que quisiera hacerle daño a Martine?

Dirk se miró la mano; pareció sorprenderse al ver medio *vetkoek* en ella y le dio un buen mordisco. Se limpió la boca con la parte superior del brazo vendado.

—Era una buena mujer —afirmó—. Y yo un mal marido. Le rompí un brazo.

—¿Había alguien, un hombre que...?

—Lo mataré —dijo, arrastrando las palabras—. Juro que los mataré a los dos. A él y a esa tortillera.

Volvían a pesarle los párpados. Y de repente abrió los ojos de golpe como si hubiera visto un fantasma. El muchacho de la otra cama también estaba con los ojos como platos y la boca abierta. Al darnos la vuelta, vimos a una mujer en la puerta. Parecía salida de una película de los años cuarenta. Llevaba un vestido negro corto muy elegante que realzaba sus pechos redondos y sus largas piernas, y unos zapatos de tacón alto de terciopelo negro. Tenía el pelo rubio como el sol, recogido en la nuca, y los labios de un rojo cereza brillante. Las comisuras de su boca dibujaban una leve sonrisa.

—Dirk van Schalkwyk —dijo. La cabeza de Dirk se movió con el contoneo de las caderas de la mujer a medida que ella se acercaba a nosotros—. ¡Menuda pinta tienes!

Hablaba con acento americano, pero del sur, creo, como los que salían en *Lo que el viento se llevó*. Sin embargo, había pronunciado el nombre de Dirk tal como si diría en Sudáfrica.

—Usted es la prima de Martine —dijo Jessie—, la diseñadora de moda de Nueva York.

La emoción, los *vetkoek* y el sedante de caballo al final pudieron con Dirk, que acabó desmayándose.

—Me has pillado, encanto —dijo la estrella de cine, alzando la voz por encima de los ronquidos de jabalí verrugoso de Dirk—. ¿Hay algún sitio por aquí donde una chica pueda tomarse un martini como es debido?

37

—Soy Candice Webster —se presentó la prima, ofreciendo la mano—, pero podéis llamarme Candy.

—Jessie Mostert —dijo Jessie, estrechándosela—, y esta es Tannie Maria van Harten.

Me dio la mano a mí también. La apretó con firmeza, pero tenía la piel muy suave.

—¿Sois amigas de Dirk? Me vendría muy bien algo de ayuda con el funeral, la verdad.

—Más bien de Martine —respondió Jessie—. Vamos a por esa copa.

Dejamos a Dirk roncando y al chico aún con la boca abierta, esa boca por la que no debía entrar nada.

—Dirk es idiota —dijo Candy, taconeando mientras recorríamos el pasillo del hospital—. No podría ni planear que la gravedad hiciera caer una manzana. Si no lo viera con tan pocas luces, pensaría que fue él quien la mató. Y si Martine va a tener una despedida digna, es gracias a mí. Por suerte estaba en Sudáfrica cuando me llamaron. Tengo una boutique en Ciudad del Cabo.

—¿Martine no tiene más parientes cercanos? —preguntó Jessie.

—Su padre es un tacaño y su hermano, un desgraciado. Les importan un bledo los demás. Pero como resulta que viven en la zona, puede que al menos se dejen caer por el funeral. He pensado que podríamos hacerlo el miércoles.

—Seguro que podemos echarte una mano —dijo Jessie—. Seguidme hasta el hotel Ladismith. Allí sirven un buen martini.

Estábamos ya en el aparcamiento. Candy abrió la puerta de un pequeño MG rojo que parecía salido de una película antigua.

—Qué pasada de coche —exclamó Jessie.

—Sí. Es una monada, ¿verdad? —dijo Candy—. De alquiler.

—Nos vemos allí, Tannie M.

Negué con la cabeza.

—Lo siento —dije—. Ha sido un día muy movido. Necesito ir a casa y descansar. Ya me pondré al día mañana.

Jessie me dio un abrazo y Candy besó el aire junto a mi mejilla. El MG rojo siguió al escúter rojo colina abajo, y el *vetkoek* que quedaba en el táper y yo fuimos detrás de ellas en mi pequeña *bakkie* azul. Ellas doblaron hacia el hotel Ladismith y nosotros seguimos recto hasta la salida del pueblo y luego continuamos por el camino de tierra que llevaba a mi casa.

Nos sentamos juntos a la mesa de la cocina, solos el *vetkoek* y yo, y después solo yo.

38

Caí en un sueño profundo del que no desperté hasta que el sol se veía ya grande y brillante. No es bueno comenzar el día tan tarde después de los pájaros, pero necesitaba descansar. Y, además, era domingo.

Me puse la bata y dejé salir a las gallinas, que fueron corriendo hasta el bufet que tenían servido veinticuatro horas al día, el estercolero. El sol de la mañana hacía resaltar el dorado y el rojo de sus plumas.

Me senté en el *stoep* y me tomé mi té de la mañana con *beskuits*. Ya quedaban pocos en la lata.

—Debería hacer más *beskuits* —dije al té—, y de paso también el pastel vegano que prometí a los niños.

Me vestí y me comí unos huevos pasados por agua con pan de campo, que acompañé después con mermelada de albaricoque. Luego me puse con el pastel de nueces y dátiles. Preparé masa suficiente para hacer otro pastel pequeño aparte y así poder probarlo sin tener que cortar el de los niños.

También preparé dos bandejas grandes de masa de *beskuits* con suero de leche. Tenía que reponer la lata de casa, la de la *Gazette* y quería una más para llevarla en la *bakkie*, de compañía y *padkos*. Siempre se agradece tener algo que picar por el camino.

Cuando se acabaron de hacer, saqué los pasteles y las bandejas del horno, corté el pan dulce en *beskuits*, puse el horno a temperatura baja y volví a meter los *beskuits* para que se secaran. En cuanto el pastel pequeño se enfrió, me senté a la mesa de la cocina para comérmelo.

—Mmm, pues no está nada mal —dije, después del primer bocado—. Bueno, puede que estuviera aún mejor servido con nata, pero desde luego no es el fin del mundo. —Me comí la mitad del pastel sin problemas—. Esos adventistas del séptimo día deben de tener alguna otra razón para querer ir a las montañas. Me pregunto si podría averiguar algo más cuando vaya a entregarte a los niños —dije al pastel grande de nueces y dátiles.

Mientras los *beskuits* se secaban en el horno, hice una jarra de zumo de sandía para poder estar en el *stoep* sin secarme yo. El sol estaba alto y las sombras en el jardín eran pequeñas. Miré a través del *veld* hasta el Rooiberg. Las laderas de la montaña se veían de un marrón rojizo, salpicadas de matas marrones y verdes. Allí donde la cima del Monte Rojo se juntaba con el cielo azul se veían líneas temblorosas. Hacía tanto calor que la montaña comenzaba a evaporarse.

Estuve un rato allí sentada, escuchando los sonidos del jardín y el *veld*. Las gallinas estaban calladas, pero los pájaros se llamaban entre sí con sus cantos de reclamo. El más bonito de todos era el de los *bokmakieries*. Tienen más melodías que el resto de las aves juntas. De vez en cuando oía pasar un coche por la carretera que llevaba al pueblo. Puede que fuera gente que volvía a casa a comer después de la misa del domingo.

Pero el sonido más fuerte, mayor que todos los demás juntos, era el silencio.

A veces el silencio me asusta porque me hace sentir muy sola. Pero aquel día estaba disfrutando de él. Los últimos días habían sido tan bulliciosos que tenía sed de tranquilidad. Me la estaba bebiendo, junto con el zumo de sandía.

Incluso oía mi propia respiración, y sentía los latidos de mi corazón. De repente, oí un zumbido, y miré a mi alrededor en busca de un insecto grande. ¿Sería un abejorro? No vi nada, pero el sonido era cada vez más fuerte. Un escúter. Avanzaba por el camino de tierra hacia mí, y vi a Jessie parar la moto, quitarse el casco y sacudir su pelo negro. La saludé con la mano.

Hacía demasiado calor para ponerse de pie. Ya vendría Jessie a la sombra del *stoep*.

Se sentó en la silla que había a mi lado, pero no dijo nada. Estaba pálida, como si le hubieran quitado toda la esencia.

Le serví un vaso de zumo de sandía, pero ella ni lo miró.

—Jessie —dije—, ¿estás bien, mi *skat*?

Abrió la boca, tomó una gran bocanada de aire y de repente le empezó a temblar todo el cuerpo.

—Ay, Tannie Maria...

39

Jessie cerró los ojos, pero bajo las pestañas se le escaparon las lágrimas, que le cayeron rodando por las mejillas. Yo la rodeé con el brazo y ella se inclinó hacia mí y lloró sobre mi delantal mientras yo le daba palmaditas en la cabeza y le acariciaba el pelo.

—Ag, *moederliefie* —dije.

Cuando acabó de desahogarse llorando, añadí:

—Escucha el canto de los *bokmakieries*.

Volvían a hacer unas melodías preciosas. Con la cabeza de Jessie apoyada en mi hombro, vi uno volando del gwarrie al árbol espinoso; el pájaro levantó su cuello amarillo, del que salió un hermoso gorgorito, como un arroyo capaz de cantar.

—Toma un poco de zumo de sandía —le sugerí—. Llorando como has llorado, y con este calor, estarás seca.

Jessie se puso derecha y tomó un sorbo grande.

—Ay, Tannie Maria… —repitió.

Y tragó de nuevo, aunque no tenía nada en la boca salvo mi nombre.

—¿Qué ocurre, mi niña?

—Que soy tonta —dijo.

Entonces supe que se trataba de un problema sentimental. Solo el amor podía hacer de una chica tan espabilada como Jessie una tonta.

—¿Es por Reghardt? —le pregunté.

Ella asintió y se sorbió la nariz.

—Íbamos juntos al cole, y siempre me ha hecho tilín, pero yo solo quería que fuéramos amigos. Estando en Grahamstown, lo eché mucho de menos. Añoraba a mi madre, a mi familia y a todo el mundo, pero a quien más echaba de menos era a él. Nos hemos visto de vez en cuando desde que volví aquí. Pero yo le decía que no estoy preparada para tener novio. Me gusta mi independencia.

Tomó otro sorbo de zumo y luego se abrazó, cubriéndose los tatuajes de los brazos con las manos.

—Entonces la otra noche, después del tiroteo, y después de que te dejáramos a ti, me fui a casa con él. Él había sido muy amable, y yo estaba un poco fuera de mí, y... El caso es que... La verdad es que nunca había estado con un hombre antes... —La mirada de Jessie se perdió en el *veld*—. Pero fue bonito. Muy bonito. Me abrí a él, ya me entiendes.

Asentí, aunque no estaba segura de entenderla.

—Fue muy especial. Una pasada. Él se comportó como si también lo sintiera así. Pero entonces...

Jessie miró la mesa como si buscara ayuda. Allí solo estaba mi plato con las migas del pastel. No le servía de nada.

—Anoche estaba en el bar, con su padre y sus amigos, viendo el rugby —explicó—. Casi ni me saludó, y yo me quedé en plan, *ja*, bueno, da igual, pero pensé que vendría a decirme algo en el descanso... además estaba ocupada hablando con Candy.

Quería saber lo que le había dicho Candy, pero eso podía esperar.

—Cuando llegó el descanso no vino, aunque sí que nos saludó, más o menos. Nos sirvieron unas copas de parte de unos hombres. Martinis. Candy se los tomó casi todos. Yo estaba cansada, así que me fui a casa a eso de las once. Reghardt me dijo adiós con la mano. No me besó, ni me acompañó afuera ni nada de nada. En cuanto llegué a casa, mi hermana aún estaba levantada y le conté lo que había pasado, y ella me dijo que ya debería habérmelo imaginado.

Jessie encontró una servilleta en su regazo y se sonó la nariz.

—Había olvidado lo racista que es este pueblo nuestro —dijo—. Reghardt no querría que su padre y sus amigos lo vieran saliendo con una chica de color.

—*Ag*, no, Jessie —dije.

Pero mientras lo decía sabía que podía ser cierto.

—Yo no era más que su *loslappie*... Un trapo de usar y tirar.

Yo no sabía qué decir. Entonces recordé el pastel. Cómo podía haber tardado tanto en recordar que aún quedaba la mitad del pequeño pastel que había hecho de prueba. Estaba dentro.

—Espera un momento, mi *skat*. Ahora mismo vuelvo.

La cocina olía a los *beskuits* con suero de leche que estaban secándose en el horno. Preparé rápidamente una taza de café y se la llevé a Jessie junto con el pastel de nueces y dátiles.

Jessie tomó un bocado y lo acompañó con un sorbo de café. Pero eso no sirvió para animarla.

—Y aún queda lo peor —dijo. La garganta se le movió arriba y abajo pese a no estar comiendo nada—. Esta mañana he pasado en coche por delante del hotel Ladismith. Y he visto el deportivo rojo de Candy aparcado allí. Entonces he entrado, pensando que a lo mejor había dormido en el hotel, aunque me había dicho que se alojaba en el bed and breakfast Sunshine. Total, que en el hotel he visto a Jannie, que anoche estaba de servicio en el bar. Me ha dicho que Candy no se quedó en el hotel.

La garganta de Jessie se movió otra vez como si estuviera tragando. Pero ya no había comido más pastel. Puede que sin los huevos ni la mantequilla no la consolara lo suficiente. Debería habérselo servido con nata.

—Me ha contado que Candy se fue con Reghardt —siguió Jessie—, abrazados. Y, guiñándome el ojo, ha añadido: «Esa chica estaba cañón, seguro que se la llevó al huerto».

Jessie comenzó a llorar otra vez, pero como ya no le quedaban lágrimas que derramar, su llanto era más bien una tos entrecortada.

Yo no sabía qué hacer. Ya sé que llevo un consultorio sentimental en el periódico, pero escribir una carta no es lo mismo que tener delante a una persona. Yo solo quería que se le pasara el dolor. No me parecía que valiera la pena, aquel asunto del amor. A la vista estaba cómo podía destrozar a una chica tan fuerte como Jessie. Cómo hacía que una joven espabilada se sintiera tonta.

La abracé y la besé en la cabeza. *Soentjies*. Besitos, como los que me daba mi madre cuando yo me hacía daño.

—Eso es lo que necesitas —dije—. *Soentjies*.

Cuando el cuerpo de Jessie dejó de temblar, le puse las manos en los hombros y la levanté.

—Ven adentro, Jessie —continué—. Vamos a hacer unas galletitas... *soentjies*.

La llevé hasta la cocina.

—Pásame ese bloque grande de mantequilla que tienes ahí detrás —le pedí, abriendo los armarios para coger azúcar extrafino, harina y maicena—. Necesitaremos mantequilla. A montones. Métela en el cajón calentador para que se ablande.

Jessie hizo lo que le dije, aunque se movía despacio, como una muñeca de trapo.

—Y ahora unta esta bandeja con este poquito de mantequilla —dije, dejando todos los ingredientes encima de la mesa—. Buena chica. Ahora bate la mantequilla. *Ja*... y añade poco a poco el azúcar extrafino. No dejes de batir... Así.

Vi que cogía algo de fuerza en los brazos cuando tenía las manos ocupadas. Debía conseguir que también tuviera la mente ocupada.

—Ahora tamiza todo esto junto... *Ja* —dije—. ¿Y qué, te has enterado de algo? ¿Que nos sirva para el caso? Después de hablar con la prima, digo.

Jessie tenía las manos cubiertas de harina y mantequilla.

—Bueno —respondió—, me contó un montón de cosas.

—¿Ah, sí? —dije, cascando tres huevos para batirlos después en un cuenco.

—Ese tipo del que nos habló Grace, el que se llamaba John... Candy dice que podría ser el antiguo novio de Martine, John Visser —explicó Jessie—. Tiene una granja de productos ecológicos.

—Ahora añade la harina a la mezcla de mantequilla, mientras yo echo esto. *Ja*, no dejes de remover.

—John quería casarse con Martine, pero ella le dijo que no. Candy cree que no era lo bastante estable para su prima.

—Vale, ahora mete las manos ahí dentro y trabaja la masa. O sea, que Martine prefirió quedarse con Dirk, ¿no?

Pasé los *beskuits* del horno al cajón calentador y subí la temperatura del horno a ciento ochenta grados para meter después las *soentjies*.

—Dirk le ofrecía seguridad económica, y parecía un hombre serio cuando se casaron. Candy no sabía que Dirk pegaba a Martine. Se quedó alucinada cuando se enteró, y mosqueada por que Martine no se lo hubiera contado.

Pensé en los años que viví con mi marido, y en la carta de Martine. A lo hecho, pecho, decía.

—Una no quiere que los demás sepan que tu marido te pega —dije—. Tienes la sensación de que es culpa tuya.

—Candy me dijo que Martine era muy orgullosa. Que no pedía ayuda a nadie.

Volví a dejar el azúcar en el armario y saqué el azúcar glas. Al lado vi la crema de cacahuete y pensé que podría dar un toque agradable a la receta de *soentjies* habitual.

—Podríamos probar a añadir un poco de esto —sugerí, poniendo el tarro junto a Jessie—. ¿Qué te parece?

—Ñam ñam —exclamó Jessie con los ojos brillantes—. Vienen de una familia interesante. Los padres de Martine y Candice eran hermanos y megarricos los dos. El abuelo tenía una mina de oro, literalmente. El padre de Candy la inició en el mundo de los negocios y le dejó una pequeña fortuna.

—¿Mmm? —dije, añadiendo la crema de cacahuete con una cuchara.

—Pero el padre de Martine tiene esa idea metida en la cabeza de que sus dos hijos deberían aprender a ser independientes, así que no les ha dado ni un centavo. —Jessie mezcló la crema de cacahuete con la masa—. Se ve que Martine y él riñeron hace un tiempo, después de que muriera su madre, y no se hablaban.

El hermano de Martine, en cambio, está siempre a su lado, esperando que le caiga alguna migaja, pero no hay suerte. El padre tiene ochenta y tantos años y está muy fastidiado. Va en silla de ruedas.

—Ahora haz bolas con la masa, así —dije—. Y luego las aplastas con un cuchillo.

—Y no te lo pierdas —siguió Jessie, haciendo rápidamente un montón de bolitas de masa—. ¡El hermano de Martine ni siquiera sabe lo de su hijo! Ya sabes, el niño con necesidades especiales que vive en ese hogar.

El cocinar y el hablar habían devuelto la vida a la muñeca de trapo que era Jessie. Chafó una hilera de bolas de galleta con un tenedor, pam, pam, pam, y las pasó a la bandeja de horno.

—¿Y eso? —me pregunté—. ¿Crees que le daba vergüenza?

—Candice cree que es porque Martine era muy reservada, y no se sentía muy unida a su hermano. Parece que había algún que otro secreto de familia, pero no tengo los detalles.

—Martine no tenía mucho dinero, si no habría dejado a Dirk —supuse. La bandeja ya estaba llena de galletitas aplastadas, así que la metí en el horno—. Pero dijo que tenía un plan en mente... a saber qué tramaría.

—En los extractos más recientes de su cuenta bancaria no se registran muchos movimientos. Solo pequeños reintegros y la nómina.

Jessy limpió la parte de la mesa que se había ensuciado. Luego me miró y la limpió entera.

Las *soentjies* no tardaron mucho en estar listas. Hicimos un pegamento a base de azúcar glas y zumo de limón que utilizamos para unir las galletas de dos en dos, como si se dieran un besito. Luego las pusimos en un plato y las sacamos al *stoep* con una tetera grande de rooibos.

Ahora que ya no hacía tanto calor, las gallinas rondaban por ahí, escarbando en el estercolero. Las sombras se veían alargadas en las colinas y la luz de la tarde suavizaba las formas de los matorrales y los árboles espinosos. No oí a los *bokmakieries*, pero había otros pájaros cantando.

Las *soentjies* estaban deliciosas. Crujientes y con sabor a mantequilla y frutos secos. Por fin Jessie tenía algo que tragar que valiera la pena.

—*Jislaaik*, Tannie, están de vicio —dijo, después de haberse comido cinco.

Era agradable volver a ver una sonrisa en su cara.

Su móvil cantó *I'm your man*.

Jessie sacó su BlackBerry de la riñonera y la sonrisa se borró de su cara en cuanto vio el nombre de la persona que la llamaba.

—Reghardt —dijo, y apretó un botón que paró la canción en mitad de una frase—. Voy a cambiar ahora mismo ese tono de llamada.

El teléfono volvió a sonar, y Jessie siguió sin contestar.

Esta vez cantó *By the rivers dark*.

40

Jessie se marchó sin su sonrisa, pero con un táper repleto de *soentjies*. Cuando terminé de recoger la cocina, hacía el fresco suficiente para trabajar en el huerto. Echaba de menos mis *veldskoene* marrones, pero me calcé los caqui y me puse el sombrero de paja.

—Espero que se le pase —dije a la lechuga, mientras arrancaba las malas hierbas—. Seguro que sí. Jessie es joven y guapa. —Deshierbé alrededor de los tomates—. Ya encontrará a otro.

Cogí una palada del abono oscuro que estaba al fondo del estercolero. Las gallinas marrón óxido picoteaban en la hierba que había alrededor, y se acercaron a inspeccionar la tierra en busca de comida fresca.

—Venid a por los *goggas* que se están comiendo mis verduras —les dije, pero no me hicieron caso.

Esparcí el abono entre las plantas con una pequeña horca de jardín, y saqué una babosa que había sobre el cogollo de una lechuga morada.

Con un «¡Pitas, pitas, pitas!» llamé a las gallinas, y estas acudieron corriendo.

Les lancé la babosa y la más rápida se la zampó en un santiamén. Luego se pasearon por el huerto en busca de comida. Eché abono alrededor de las caléndulas y el ajo de oso. Junto con las gallinas, dichas plantas me ayudaban a mantener alejados a los insectos.

—Estará bien —dije a las gallinas—. Nuestra Jessie encontrará a alguien a quien amar.

Una de las gallinas se me puso muy cerca y me miró con ojos brillantes y la cabeza ladeada.

—¿Yo? —pregunté, clavando la horca en el suelo para mezclar el abono—. Yo también estoy bien.

Dejé atrás la zona de las lechugas y me pasé a la de las remolachas y las patatas. Las gallinas me siguieron.

—Estoy bien.

Al anochecer, las encerré en el *hokkie*, me lavé para quitarme la suciedad del huerto y me puse el camisón. Me preparé un bocadillo con las sobras del picadillo al curry y me lo comí en el *stoep* mientras veía cómo oscurecía y el cielo se llenaba de estrellas.

—Estoy bien —dije a mi bocadillo de picadillo justo antes de comerme el último bocado.

Los pájaros se habían ido a dormir, así que estuve un rato escuchando el canto de los sapos y las ranas. Cuando me fui a la cama, seguían croando como si les fuera la vida en ello.

Al día siguiente me desperté antes que los pájaros y vi despuntar el sol por los Groot Swartberge. Tenía una sensación de vacío, como si me faltara algo... Sería porque ya tocaba desayunar.

Dejé salir a las gallinas y les di de comer (*mielie*), después comí yo (huevos revueltos con beicon, tostadas, mermelada de albaricoque y *soentjies*). Fui traqueteando hasta el pueblo en mi pequeña *bakkie* azul, con dos latas de *beskuits* moviéndose a mi lado. Una para el coche, otra para la redacción. El pastel de nueces y dátiles iba bien envuelto en papel encerado dentro de un táper. Tres pájaros grandes y negros estaban posados sobre los postes de teléfono junto a la carretera, y salieron volando a medida que me fui acercando. Cuervos. Subieron cada vez más y más, remontando hasta el cielo. No me fío de esos pájaros, no sé por qué.

Aparqué frente al bed and breakfast Dwarsrivier y caminé bajo el sol por la acera, pasando por delante de la *bakkie* de Dirk y el todoterreno de aquel hombre que iba como un loco. Las paredes beis del edificio deslumbraban con la brillante luz del día. Un jacarandá daba sombra sobre la puerta principal. Había dos mujeres sentadas en un banco del jardín bajo un sauce del Karoo, tomando té y charlando. Estaban de espaldas a mí, así que decidí quedarme allí mismo para descansar un momento.

—Simplemente no quiero pasar con él mis últimos días sobre la faz de la tierra —dijo la mujer más alta, mientras retorcía su largo pelo pelirrojo y lo sostenía sobre la cabeza.

—Pero, Emily, no puedes deshacerte de él sin más —replicó la otra mujer—. Es tu marido… y nuestro líder.

La que acababa de hablar era más rechoncha y tenía el cabello canoso y rizado.

—No me importa. Tengo derecho a un poco de diversión. Te lo puedes quedar, Georgie.

—Pero ¡qué dices! —exclamó Georgie, abanicándose con un trozo de papel—. ¿Qué pensaría Joel?

—Quédate con los dos. Tus días de placer carnal están contados.

—Nuestros placeres serán infinitos cuando ascendamos.

—He dicho carnal, Georgie, carnal.

—Ah, Emily, eres la monda.

—No, lo digo en serio. —Emily dejó caer su pelo retorcido sobre la espalda—. No soporto ni un día más con ese fanático egocéntrico. En cierto modo, ser consciente de que se acerca el fin hace que todo se vea más claro.

—Pero ¿adónde irás?

—Tengo algo de dinero ahorrado y hay algunas cosas que siempre he querido hacer…

—Pero ¿y si no vuelves a tiempo para ascender con nosotros?

—¿Qué pasaría entonces?

—Pero, Emily, ya sabes qué hará Emmanuel si se entera…

En aquel momento salió un hombre del edificio, el de la barba poblada que tenía tanta prisa.

—¡Ven aquí! —gritó desde la puerta de entrada—. Llegas tarde a desayunar.

—¡Ay, madre! —dijo Georgie agitando las manos en el aire como un pájaro asustado.

—Ya voy, querido —contestó Emily, y ambas mujeres se pusieron de pie.

El hombre me vio en la verja, frunció el ceño y dio media vuelta. Respiré hondo, sostuve el táper frente a mí y entré. Los seguí hasta el comedor. Los adventistas del séptimo día estaban sentados a una larga mesa, desayunando. La matrona que llevaba el lugar, ya con unos bonitos rizos en su pelo sin rulos, ocupaba otra mesa con su hija. Una joven de color les llevó una bandeja con salchichas calientes, beicon y huevos. La matrona le dio las gracias con un gruñido y la camarera se alejó a toda prisa para volver enseguida con tostadas, margarina y mermelada para la mesa larga.

El niño enclenque que había querido pastel estaba echándose leche de soja de cartón en un bol de muesli. Yo nunca había probado la leche de soja.

—¿Cómo se puede sacar leche de una semilla? —pregunté.

Emily, la mujer de la larga melena pelirroja, me miró y sonrió, pero no dijo nada.

—Hola —saludé—. Soy Tannie María.

—Yo soy Emily.

Nadie me invitó a que me sentara o a que me uniera a desayunar con ellos. Estaba claro que aquella gente no era de Ladismith.

—He hecho un pastel vegano de nueces y dátiles —dije, dando unas palmaditas al táper—, para los niños.

Emily me miró con el ceño fruncido, sin entender nada.

—Es vegano —repetí—. O sea, vegetariano, pero sin mantequilla, huevos ni nada por el estilo.

—Ah, vegano —dijo, pero pronunciando la «g» muy fuerte, como los alemanes.

—¿Alguno de ustedes conocía a Martine? ¿Martine van Schalkwyk? —pregunté.

—¿No es la que trabajaba en el Spar? —comentó Emily.

Georgie asintió con la cabeza y dijo:

—Un verdadero encanto.

Una mujer pálida sentada al lado de Georgie negó con la cabeza; era la misma que no me había dejado dar comida a los niños la otra vez.

—No se unió a nosotros —dijo—. No la conocemos.

El hombre que presidía la mesa seguía con el ceño fruncido. Se levantó y abandonó la sala dejando una tostada a medio comer en el plato. Quizá fuera por el olor a carne y huevos de la otra mesa.

El resto de los adventistas parecían disfrutar sin problemas de su comida vegana. Cuando los niños me vieron abrir el táper se levantaron de un salto e hicieron un corro a mi alrededor.

—Por favor, mamá, ¿podemos comer un trocito? —preguntó el niño enclenque, dirigiéndose a la mujer pálida.

—Está bien. En cuanto te termines las gachas de avena. Gracias, eh... Tannie —dijo, quitándome el táper de las manos—. Es usted muy amable.

—Si no les importa que les pregunte —dije—, ¿cuándo va a ser el fin del mundo exactamente?

Emily rió y dijo:

—El veintiuno del pasado mayo.

La mujer pálida la miró frunciendo un poco el entrecejo.

—Ya no hablamos de un día exacto. Pero creemos que será alrededor del veintiuno de diciembre.

—¿Dentro de tres semanas? —pregunté—. No queda mucho tiempo, entonces.

Negó con la cabeza mientras untaba su tostada de mermelada.

—No parece muy preocupada —comenté.

—Ah, estaremos bien —respondió antes de dar un mordisco a la tostada.

Los pequeños rizos canosos de Georgie subieron y bajaron mientras ella asentía con la cabeza.

—Estaremos ascendiendo —dijo Georgie.

—¿Quién ascenderá? —pregunté.

—¡Nosotros! ¡Los creyentes! —contestó la mujer pálida.

Sonrió. Tenía los ojos azules y brillantes. Llenos de fe. Y los dientes manchados de mermelada.

41

Una vez en la redacción de la *Gazette*, dejé la lata de *beskuits* y encendí el hervidor de agua.

—¿Vosotras en qué creéis? —pregunté a Harriet y a Jessie.

Jessie levantó la vista de la pantalla del ordenador, pero ni siquiera sonrió al verme a mí y los *beskuits*. Su coleta no se veía tan bien hecha como de costumbre. Estaba sentada a su mesa, con todos y cada uno de sus cabellos en su sitio.

Ninguna de las dos me respondió, y yo preparé las tazas: té para Hattie y café para Jess y para mí.

—Tenemos hasta el veintiuno de diciembre —comenté—. Para creer en algo.

—Oh, querida —dijo Hattie—. Has estado hablando con esos adventistas del séptimo día, ¿verdad?

—Se acerca el fin del mundo —afirmó Jessie en un tono como si le importara un comino que así fuera.

—Oh, esa gente está chalada, de verdad —opinó Hattie.

—Todos moriremos —sentenció Jessie—. Si no es el día veintiuno… será otro día.

—Supongo que sí —contestó Hattie, levantándose para servirse el té—. Quizá sea ese el motivo por el que voy a la iglesia. Por si acaso existe vida después de la muerte. Pero, si os soy sincera, no sé bien lo que creo…

—Me gustaría disfrutar de algún tipo de vida antes de la muerte —dije.

Jessie me miró desde su ordenador. Harriet levantó una ceja.

—¿Estás bien, Maria? —me preguntó Hattie.

—Perdonad, *ja*, estoy bien. No sé lo que digo. Tengo una buena vida.

Pasé el café a Jessie y ofrecí a ambas los *beskuits* de suero de leche. Me alegré de ver que Jessie no estaba tan mal como para no coger una pasta. Hattie, cómo no, los rechazó negando con la cabeza.

—Ya me tomaré uno a la hora de comer —apostilló—. Me ha dicho Jessie que habéis tenido un fin de semana ajetreado.

—Le he explicado lo de Dirk y Anna. Y lo que me ha contado Candy —me informó Jessie.

—Hay algunas pistas que seguir —afirmó Hattie.

De repente, se oyó un clic-cloc, como si se acercara un caballito por el sendero. La puerta se abrió un poco y por la rendija asomó una cabeza, con los labios pintados de naranja, unas pestañas negras largas y un sombrero de paja.

—¡Genial! —exclamó Candy—. ¡Estáis todas aquí!

Abrió la puerta del todo y entró trotando sobre sus altos tacones morados. Ese día iba con un vestido lila de algodón que daba frío solo con mirarlo. Llevaba la melena rubia suelta, balanceándose a la altura de los hombros. Jessie se hundió en su silla, encorvando la espalda. Fui yo quien hizo las presentaciones:

—Hattie, esta es Candy, la prima de Martine.

Candy se quitó el sombrero y se abanicó con él un instante antes de colgarlo en el respaldo de la silla de Jessie. Luego se sentó en un taburete junto a su mesa.

—El funeral será el miércoles por la mañana a las diez —informó—. Ya tengo un sacerdote y un lugar, pero necesito que alguien se encargue del catering. Y no me iría mal algo de ayuda para invitar a la gente.

—Podríamos anunciarlo en la edición de mañana de la *Gazette* —propuso Hattie.

—¡Eso sería estupendo! —exclamó Candy—. Y aparte deberíamos hacer algunas invitaciones en persona. He estado pensando... después de lo que me explicó Jessie sobre lo de buscar al asesino, que con la excusa de la invitación se les podría echar un vistazo. Podríamos ir juntas.

Jessie estaba pálida y se observaba las manos. Yo miraba las uñas de los pies de Candy pintadas de naranja.

No quería disgustar a Jessie haciendo algo con Candy. Por otro lado, Candy no sabía nada sobre Jessie y Reghardt, por lo que no había pretendido herirla.

Mientras Jessie y yo estábamos sumidas en nuestros pensamientos, Harriet ofreció una taza de té a nuestra visita y anotó los detalles del funeral. Como mínimo una de nosotras recordaba sus modales.

—Gracias por una noche fantástica, Jessie —dijo Candy, y dio un sorbo a su té—. Disculpa que me dejara llevar por las emociones. Creo que todavía estoy en estado de shock por lo de mi prima. Tenéis unos tíos encantadores en este pueblo, por cierto. Realmente encantadores. De hecho, uno de ellos...

Oímos pasos en el sendero. Un hombre llamó a la puerta y entró. Reghardt. Jessie se levantó de un salto.

—¡Anda, Reggie! —exclamó Candy, sonriéndole—. Ahora mismo estaba hablando de ti.

Reghardt abrió y cerró la boca como la un pez. Jessie le lanzó una mirada capaz de atravesarlo con un arpón y luego lo empujó al pasar junto a él.

—Jessie... —dijo Reghardt, siguiéndola afuera.

Pero para cuando el resto de las palabras salieron de su boca, el escúter de Jessie ya se había marchado. Reghardt regresó y se quedó en la puerta.

—*Nooit!* —exclamó—. Se ha ido...

—Vaya, he quedado con un hombre por lo del tema de las flores —anunció Candy mirando su reloj.

Dio una palmadita en la mejilla a Reghardt mientras se marchaba al trote. Él se puso rojo como un tomate y volvió a boquear como un pez.

—Reghardt —dije—, ¿habéis encontrado algo en las tuberías de los Van Schalkwyk? ¿Zumo de granada quizá?

—*Ja* —respondió—. Quiero decir, no, no puedo decirle nada

al respecto. Todavía no. Lo siento, Tannie. El teniente... Es asunto de la policía, ya sabe.

—¿Harán los del LCRC las pruebas ellos mismos para comprobar si contiene sedantes o tienen que enviarlas a Ciudad del Cabo?

—No insista, Tannie, no puedo decirle nada, lo siento. Puede preguntarle al responsable de prensa de la policía. Pero no hay nada de que informar... todavía. ¿Sabe adónde ha ido Jessie? ¿Va a volver?

—No puedo decírtelo, lo siento.

—Iré a ver si...

Bajó educadamente la cabeza en señal de despedida y se marchó. Hattie se dirigió a la puerta y echó un vistazo fuera.

—Por el amor de Dios, ¿se puede saber de qué va todo esto? —preguntó.

—De empanadas de pollo y tartas de leche —dije—. La *melktert* de Tannie Kuruman es la mejor. Ella podría encargarse del catering.

—¿Cómo? —dijo Hattie.

—Para el funeral —respondí.

Hattie se quedó en la puerta, mirando la calle y moviendo la cabeza de un lado a otro.

42

—¡Cielos! —exclamó Hattie, alisándose la falda mientras se sentaba a su mesa—. ¿Por qué se ha ido corriendo Jessie de esa manera?

—Ya volverá.

No me parecía bien explicar a Hattie la vida sentimental de Jessie. No me correspondía a mí hacerlo. Puse agua a hervir, hice té para las dos y luego me senté a la mesa con mis cartas. Abrí un sobre blanco sencillo con el matasellos de Ladismith.

> Querida Tannie Maria:
> Me preocupan dos cosas con las que quizá pueda ayudarme.
> La primera: me pregunto qué es lo que importa de verdad. Realmente. ¿La familia? ¿El deber? ¿Dios? ¿Los amigos? ¿La comida? ¿El amor?
> La otra es: ¿tiene alguna receta buena para ir de acampada? Que no lleve carne ni necesite nevera. De primer plato tengo lentejas y latas de tomate.
> Le saluda esperanzada,
>
> > Perdida Lucy

Esta sí que era una carta breve con una difícil tarea. Observé cómo la luz del sol de la mañana recorría la pared por encima de la mesa de Hattie, mientras daba vueltas a la cabeza. Mi gran problema era que nunca había ido de acampada.

Tampoco era ninguna experta en la mayoría de las cuestiones que me planteaba Lucy. No tenía familia. Mi deber había muerto con mi marido. Dios me era extraño. Tenía amigas, Hattie y Jessie, y había cocinado y comido muchos platos buenos. Pero ¿qué sabía yo sobre el amor? ¿Cómo podía saber qué era lo que importaba de verdad?

—Hats —dije—, ¿te acuerdas de aquella vez, hace dos años, cuando llovió sin parar y parte del camino que va a mi casa se lo llevó el agua y quedó inundado por un río?

—Oh, sí, estuviste aislada durante casi dos semanas.

—Viniste y te quedaste al otro lado del río, cerca de mi casa.

—Sí, pero como eres una cabezona, no me dejaste que te tirara comida fresca.

—Hattie, aquellos tomates iban a parar al agua y no podía soportar ver cómo se echaba a perder más comida, yéndose río abajo. Me las apañaba bien con las latas y los alimentos secos que tenía en la despensa. Y con algunas frutas y verduras que aguantaron bien.

—Yo no te creía. Pero cuando bajó el agua del río me acerqué a tu casa y me preparaste aquel plato delicioso… un guiso de calabaza y remolacha.

—Con aquel pan recién hecho.

—Y hasta un *crumble* de manzana. ¿No fue después de aquella inundación cuando plantaste el huerto y compraste las gallinas?

Pero no contesté. Estaba ocupada escribiendo a Lucy. Ahora que me paraba a pensarlo, tenía un montón de recetas de acampada. Escribí:

> Querida Lucy:
> Al final lo que más importa es el amor y la comida. Sin ellos pasas hambre. Y los necesitas para disfrutar de las demás cosas sobre las que me escribiste.

Luego le di dos recetas de acampada. La primera era de un plato de pasta con una boloñesa de lentejas hecha con tomates de lata, cebolla, ajo, jengibre y corteza de limón. La otra era aquel guiso que había preparado para Hattie. Mientras escribía las recetas oí unos pasos fuera, en el sendero que llevaba a la redacción. Esperaba que fuese Jessie, aunque sabía que no sería así.

Candy entró y dijo:

—Qué fuerte, acabo de verlo, en una mesa con un montón de fruta. Anda, mi sombrero.

Lo cogió del respaldo de la silla de Jessie y se lo puso. Yo me abaniqué con un sobre.

—El ex de Martine, John. Está en el mercado —añadió—. No me ha visto. —Me miró—. Vamos a hablar con él.

—Ve tú delante —dijo Hattie, haciéndome un gesto con la cabeza.

Sin embargo no me levanté de la silla. No quería herir a Jessie. Era mi compañera de pesquisas, e ir con Candy después de lo que había ocurrido... Pero Candy conocía a John, y era como un *vetkoek* a la hora de hacer hablar a un hombre.

—Supongo que podría hablar con él por mi cuenta... —dijo Candy, golpeteando el suelo de madera con un pie.

El naranja de las uñas de sus pies era exactamente el mismo que el de sus labios. Dejé mi carta y me puse de pie.

Había un asesino por descubrir.

43

Fuimos volando por la carretera en el MG rojo de Candy; el viento era tan fuerte que me echaba las pestañas hacia atrás. Tenía su sombrero de paja en mi regazo, donde ella lo había dejado. Y entonces, justo entonces, nos cruzamos con Jessie, que iba en su escúter en dirección contraria. Pasó de largo, y debió de vernos, pero no volvió la cabeza.

Había una fila de puestos de mercadillo en el aparcamiento, cerca de la acera. Por cien rands al día los vecinos podían alquilar una mesa de madera de caballetes y una sombrilla gigante que se sostenía sobre una enorme base de cemento. Sin embargo, la sombra que daba no llegaba a cubrir toda la mesa, y se iba desplazando a medida que se movía el sol, por lo que las mercancías expuestas solían apilarse a un lado de la mesa e iban recolocándose en función de la posición de la sombra. Podías comprar sombreros de vivos colores, bolsos horrendos y baratijas de plástico que se rompían antes de llegar a casa. Pero en algunas mesas se vendían productos frescos de calidad procedentes de las granjas de los alrededores.

—Ese es —indicó Candy.

Nos detuvimos frente a un puesto con dos mesas de caballetes repletas de frutas y hortalizas. Un hombre apuesto con el pelo castaño rizado, un sombrero de cuero y una camisa tejana estaba al sol, entre dos sombrillas. Había organizado sus mesas de manera que las verduras y las lechugas quedasen a la sombra, y los melones, tomates y calabazas al sol. Además, había orientado las sombrillas de modo que procurasen también un poco de sombra a sus clientes. Todo un detalle por su parte, una muestra de consideración. O quizá solo fuera una táctica comercial. Reconocí al hombre y su tenderete. Hacía unos años que vivía en la zona de Ladismith, pero todavía se comportaba como si no fuera del lugar. Estaba allí para vender, no para charlar. Me pregunté si accedería a hablar con nosotras en aquel momento.

Candy había aparcado de manera que el hombre quedaba a su lado del coche. No lo miró mientras se bajaba del mismo, pero sabía que él la estaba mirando. Se movió despacio, como si alguien estuviera haciendo fotografías de cada pose: la puerta roja del coche se abre; aparecen sus zapatos de tacón morados y sus largas piernas; ella se pone de pie, se ajusta las gafas de sol, agita su melena rubia; sus manos estiran del dobladillo del vestido lila; la tela se ciñe en torno a sus caderas y su pecho.

Los ojos del hombre estaban fotografiando cada imagen. Yo también me bajé, llevando conmigo el sombrero de Candy.

—¡Mira qué mangos tan estupendos, Tannie Maria! —me dijo, cruzando la acera en dirección al puesto.

Tenía una buena selección de frutas y verduras. Cogí un mango y lo olí. Dulce como la miel. Algunos tenían pequeños golpes. Pero eso es lo que pasa con los productos de cosecha propia. No siempre son tan vistosos como los de las tiendas, pero saben mucho mejor. Al lado de los mangos había una pila de racimos de uva negra de gran grosor.

—¿Puedo probar una? —pregunté, mirando al hombre.

Era más o menos de la misma altura que Candy con sus tacones, pero aun así la observaba por debajo de su sombrero de cuero.

—Adelante —contestó.

Oh, estaba buenísima, dulce y jugosa.

Candy también estaba probando una uva, pero se tomó su tiempo. La frotó contra sus labios, la tocó con la punta de la lengua y luego la lamió despacio. Cuando se la metió en la boca, creí que al hombre le iba a dar algo. Candy sonrió, se levantó las gafas de sol y lo miró fijamente, como si no lo hubiera visto hasta entonces.

—¡Anda! Pero si es John, John Visser.

El hombre tragó saliva y se secó la boca.

—¿No te acuerdas de mí, cielo? Soy la prima de Martine, Candice.

—¿Candy? —dijo él.

—Supongo que ya te has enterado de lo que le ha pasado a Martine —dijo ella.

El hombre frunció el ceño y puso una col en la sombra.

—*Ja*. Qué horror.

—Me preguntaba cómo podría ponerme en contacto contigo. El funeral es el miércoles a las diez de la mañana.

—Qué horror —repitió, con los brazos a los lados, ya desocupados—. Ese hombre...

—¿Su marido?

—Sí.

Las manos del hombre se volvieron puños.

—¿Crees que lo hizo él?

—No la trataba bien.

—¿La veías a menudo?

Abrió y cerró de nuevo las manos.

—Era demasiado celoso como para dejar que nadie se le acercara —dijo—. Pero seguíamos en contacto...

—¿Cuándo la viste por última vez?

—Hace un par de semanas. Nunca debería haberse casado con él.

—¿Ibas a visitarla a su casa?

—¿Qué es esto? ¿Un interrogatorio?

Candy sonrió. Me quitó el sombrero de las manos y se lo colocó coquetamente en la cabeza.

—Esta es Maria, una amiga de la familia —me presentó—. John Visser. Un viejo... amigo de Martine. Maria me está ayudando con los preparativos del funeral. John es agricultor. ¿Todavía cultivas alimentos ecológicos?

El hombre asintió con la cabeza.

—Qué bien —opiné, dando una palmadita a una calabaza—. Yo también tengo un pequeño huerto. Mis gallinas y el ajo de oso mantienen alejados a los *goggas*.

—¿Así que también es una agricultora ecológica? —preguntó.

—Nunca lo había visto así, pero no utilizo insecticidas y arranco a mano las malas hierbas.

—¿Y los fertilizantes?

—Abono vegetal y excremento de las gallinas.

—Estupendo —dijo, dando una palmada silenciosa—. Entonces es usted ecológica. Casi todos los que tienen un huerto en casa lo son. Hasta que las compañías agrícolas los bombardean con mierda. Se han cargado la agricultura de subsistencia en toda África con sus productos. Pesticidas, herbicidas, fertilizantes químicos, y ahora las semillas genéticamente modificadas. Criminales. Eso es lo que son.

Candy sonrió.

—¿Es que no podemos dejar que la naturaleza siga su curso sin más? —comentó.

—No cuando hay dinero de por medio. Beneficios. Eso es lo único que importa.

—Dinero, dinero, dinero.

Él bajó la voz y se inclinó sobre la mesa.

—Podría ser algo más que eso —aseguró—. Poder. Esos tipos son malvados. Tienen un plan.

—Siento que las cosas no funcionaran entre Martine y tú —lamentó Candy.

John dio un paso atrás y cogió un tomate.

—Tomó la decisión equivocada —dijo, lanzando el tomate al aire y recogiéndolo.

—Puede ser —contestó Candy.

—Mira cómo ha terminado todo.

John apretó el tomate. Un jugo rojo goteó entre sus dedos, con el brazo a un lado del cuerpo.

—¿A cuánto están estas uvas? —pregunté.

—A cincuenta rands la caja —respondió, tirando el tomate estrujado.

No me gustaba ver comida tratada de aquella manera.

—Me llevaré una caja —pedí—... y una bolsa de tomates.

—Y yo tres mangos de esos —dijo Candy.

—Voy a buscar una caja de uvas a mi *bakkie* —comentó—. Las conservo frescas bajo el toldo.

Se secó las manos en los tejanos. Lo seguí por el aparcamiento, mientras Candy escogía sus mangos.

—Es un poco pronto para las uvas, ¿no?

—Estas son de maduración temprana —me aseguró—. Pero tengo un invernadero. Supongo que hago un poco de trampa. Lo monté para mantener alejados a los puercoespines y los babuinos. Luego vi que podía regular la humedad y la temperatura, y a veces cosecho fruta fuera de temporada.

Su coche era un gran todoterreno. Los neumáticos: Firestone.

—¿Tiene granados?

John se comportó como si no me hubiera oído, mientras descargaba una caja de uvas. Vi una pegatina en la parte trasera del vehículo. Era grande y roja y decía: NO AL FRACKING. ¿*Fracking*? ¿Dónde había oído antes esa palabra?

—¿Qué es el *fracking*? —le pregunté.

—A ella le encantaban las granadas —dijo John en voz baja para sí mismo—. Planté todo un campo de granados para ella. Pero no me sirvió de nada.

Llevó las uvas hasta la mesa, murmurando algo que no llegué a oír.

Mientras le pagaba volví a preguntarle:

—¿Qué es esa pegatina de su coche, la del *fracking*?

—Es por esos cabrones del *fracking*, los de la Shaft. No pararán hasta que extraigan todo el carbón, petróleo y gas de la tierra. El *fracking* es una técnica de extracción del gas natural. Se abren paso a través de las capas profundas de las rocas mediante productos químicos tóxicos. Acabarán envenenando nuestras aguas subterráneas. Y por si aún fuera poco, quieren vaciar nuestros acuíferos más profundos. Será un desastre para el Karoo si lo consiguen. Un desastre total. Tenemos un ecosistema muy frágil.

—¿Quieren hacerlo aquí? ¿En el Klein Karoo?

—Sobre todo en el Groot Karoo —respondió, mientras metía los mangos de Candy en una bolsa de papel marrón—. Pero han empezado a investigar aquí también. He oído que están comprando tierras en zonas parecidas. Lo han examinado todo desde lo alto con sus dispositivos infrarrojos por satélite. Después de la sequía del año pasado, muchos agricultores lo están pasando mal y están vendiendo sus tierras muy baratas...

—¿Hablaba con Martine sobre el *fracking*? —le pregunté.

Comenzó a recolocar las sandías en la mesa.

—Esas compañías mineras son la escoria de la tierra. Tenemos que detenerlas. —Miró al cielo—. Parece que va a llover. Creo que voy a recoger.

Se estaban formando algunas nubes, pero estaba lejos de ponerse a llover. Comenzó a guardar los melones y las calabazas en cajas de cartón.

—Será en la iglesia NGK —dijo Candy—. El funeral. El miércoles. ¿Podrías ayudar a llevar el féretro?

—Qué horror —murmuró John, negando con la cabeza mientras se alejaba con una caja llena en las manos.

—A mí me parece que a ese le falta un hervor —dijo Candy de vuelta hacia el coche.

—Puede que le sobre —repliqué.

No estaba muy segura de lo que quise decir, pero sabía que era hora de comer.

44

Fuimos a la cafetería de Tannie Kuruman, donde matamos dos pájaros de un tiro: pedimos dos de sus deliciosas empanadas de pollo y, mientras las calentaban, hablamos sobre el catering para el funeral.

—¿Qué cree que deberíamos servir? —preguntó Candice a Tannie Kuruman.

Esta se ajustó el pequeño *doek* rojo que llevaba en la cabeza, y se fijó en los tacones morados de Candy y también en su vestido lila antes de mirarle a la cara. Para ello Tannie Kuruman, que era más ancha que alta, tuvo que levantar la vista bastante debido a la altura de Candy, en ese momento aumentada con los tacones. Se cruzó de brazos y volvió a bajar la mirada hacia las uñas de sus pies pintados de naranja. Puede que el aspecto de Candy la hubiera dejado muda, o que tal vez no entendiese su acento estadounidense.

Así que repetí a mi manera lo que había dicho:

—¿Qué tipo de *kossies* podríamos poner para que la gente pique? ¿En el funeral?

Tannie Kuruman se aclaró la garganta y propuso:

—¿Qué tal mis empanadas individuales? Puedo hacer las de pollo.

—*Ja* —respondí—, y puede que algunos de esos rollitos de salchicha que haces.

—Ooh, *ja*, y las *melktertjies*. Tartitas de leche. —Miró a Candy al traducirlo—. Y pequeños *koeksisters*, que son... —Y señaló a través del mostrador de cristal las trenzas de masa frita y bañada en almíbar—. Estas pastas.

Candy sonrió.

—Ya sé lo que son los *koeksisters*, cariño. Me parece estupendo. Lo que decidan entre las dos. Usted me envía la factura y listo.

—Por treinta rands por persona puedo hacer algo sencillo. Y por cincuenta, algo más especial. ¿Cuántas personas serán?

—Especial está bien —contestó Candy. Y, mirándome, añadió—: Pues seremos unas sesenta, ¿no?

—Por ahí andará la cosa. —Los funerales ya no eran tan populares en Ladismith como antiguamente—. ¿Podría hacer también algunas empanadas y púdines sin carne ni productos lácteos? —le pedí—. Por si acaso viene alguno de esos adventistas del séptimo día...

—Sí —respondió Tannie Kuruman—, ya les he dado de comer antes. Yo veo a esos niños un poco flacuchos, si quiere que le diga la verdad...

Nuestras empanadas de pollo olían de maravilla y nos las llevamos afuera para sentarnos en un banco a la sombra de un jacarandá, mirando hacia Church Street. Candy mordisqueaba su empanada, pero yo le di a la mía un buen mordisco para saborear la masa y el relleno en un solo bocado. En ese momento oí un escúter. Era Jessie, que dobló la esquina en dirección a la cafetería. Quizá viniera a coger comida. Candy la saludó con la mano, y ella nos vio allí, en el banco, a las dos juntas, con las empanadas.

La mirada de Jessie hizo que dejara de masticar.

Me entraron ganas de escupir el bocado que acababa de tomar y llamarla. Decirle que ella era mi compañera de pesquisas y la persona con la que más me gustaba comer. Mastiqué muy rápido, pero para cuando logré vaciar la boca ya había dado media vuelta y desaparecido a toda velocidad.

Esa forma de devorar la comida hizo que se me acabara demasiado rápido, lo que no fue muy inteligente por mi parte ya que me quedé con hambre. Entonces sonó el teléfono de Candy y me pasó la mitad de la empanada que le quedaba.

—Está buena —dijo—, pero no quiero más.

»¡David! ¡Cielo! —gritó al teléfono; luego, bajando la voz, añadió—: ¿Qué llevas puesto? —Rió—. ¿Has recibido mi mensaje? Sí... El miércoles. ¿Cómo está mi tío Peter?... ¿En serio? No sabía que fuese capaz de derramar una sola lágrima. ¿Estás seguro de que no se trata de una infección ocular? ¿Y de salud qué tal anda? —Se levantó y se alejó del banco—. Esta tarde... No, su abogado está aquí, en Ladismith... Sí...

A partir de ahí no pude oír lo que dijo. Pero volvió con mala cara.

—Era David —dijo—. El hermano de Martine. Espero que se ponga un traje decente para el funeral. No tiene el más mínimo sentido de la estética a la hora de vestirse.

Me sacudí los trocitos de hojaldre de las manos y me puse de pie. La había oído dos veces hablar mal de ese hombre, su primo, pero parecía muy simpática con él por teléfono. Tal vez fuese así como funcionaba la política familiar.

—A veces me pregunto qué coño le pasa a David —dijo Candy, mientras nos dirigíamos a su coche—. Hace tiempo que quiere meterle mano al dinero de su viejo. Mi tío es un tacaño de cuidado, pero hace un año que le detectaron cáncer de estómago y los médicos dicen que es demasiado mayor para que lo operen. David ha estado rondando al viejo como un buitre, a su servicio, dice él. Se lo ha llevado de vacaciones. Ahora están en Sanbona. Ya sabes, esa reserva de caza exclusiva...

Nos montamos en el MG. Los asientos estaban ardiendo.

—¿David fue a verla la semana pasada? —pregunté.

—Dice que no —respondió Candy, arrancando el deportivo para salir a la carretera—. Querían venir a verla pero no encontraban el momento.

—¿Estaba muy unido a ella?

—Lo único a lo que está unido David es a sus trajes baratos y a su afán por llevar una vida de lujo. Pero era su hermano. Me niego a creer que él, ya sabes...

—Sin embargo, con Martine muerta, todo el dinero de su padre será suyo —observé.

—Eso es lo que él cree —repuso Candy.

El viento comenzó entonces a moverse demasiado rápido para que pudiéramos seguir hablando.

Candy nos dejó a mí, mis uvas y mis tomates en la puerta de la redacción de la *Gazette*.

—El abogado de Martine me ha pedido que vaya a verlo —dijo mientras se miraba en el espejo retrovisor para pintarse los labios de naranja—. Creo que tiene que ver con su testamento. Y será mejor que me pase a hablar con Dirk sobre el funeral.

No vi el escúter de Jessie en la calle, pero entré igualmente en busca de mi amiga. Dejé la fruta en mi mesa.

—Jessie no se encuentra muy bien —anunció Hattie—. Dice que trabajará desde casa. ¿Cómo ha ido con John?

—Interesante —respondí—. Y Tannie Kuruman se encargará del catering.

La puse al tanto de nuestra conversación con John. Luego llamé a Jessie al móvil, sin suerte. También la telefoneé a casa, pero no contestaron.

—Jessie me tiene un poco preocupada —dije a Hattie.

—Mmm... —respondió—. Últimamente está muy rara.

Hattie no sabía toda la historia, pero yo seguía creyendo que no me correspondía a mí contarle de la vida privada de Jessie.

—¿Te apetece una taza de té? —le ofrecí.

Me senté a mi mesa con el té y una *beskuit* para poder pensar con tranquilidad. Entonces sonó el teléfono de la redacción.

—Era la enfermera Mostert —informó Hattie tras colgar—. La madre de Jessie. Quiere que vayamos al hospital. Ahora mismo.

45

—Vamos en mi coche —dijo Hattie una vez fuera.

—No —contesté metiéndome rápidamente en mi pequeña *bakkie*—. ¿Crees que Jessie estará bien? ¿Por qué no ha dicho su madre de qué se trataba?

Subimos la colina en dirección al hospital.

—No se le oía muy bien. Pero estoy segura de que Jessie está en perfecto estado. ¿No se puede abrir más esta ventanilla?

—Lo siento —me disculpé—. Está atascada. Espera, que giro el ventilador hacia ti.

Bajé mi ventanilla del todo y una cálida brisa recorrió el interior de la *bakkie*. Supongo que deberíamos haber ido en el coche de Hattie, pero no hubiera podido aguantar su forma de conducir con lo preocupada que ya estaba.

—No soporto cuando te llaman del hospital y no te aclaran de qué se trata —me quejé mientras subíamos la loma—. Me pasó con mi madre. Dicen que lo hacen para que no tengas un accidente durante el trayecto. Pero a mí me parece una bobada. Puede ser peor que una esté preocupada que saber lo que pasa.

—No hay ni una sombra —dijo Hattie cuando entrábamos en el aparcamiento del hospital—. Tu coche se va a calentar de lo lindo.

Un furgón policial y un todoterreno color crema se habían hecho con la única sombra que había, bajo el enorme árbol de cera.

Las cigarras cantaban. Parecían hacerlo cada vez más alto a

medida que nos acercábamos a la entrada del hospital. Pasamos junto al todoterreno. Los neumáticos eran Firestone. En uno de sus laterales ponía INMOBILIARIA DEL KLEIN KAROO en letras negras.

Parecía que las cigarras estuvieran metidas en un *jakkalsbos* del parterre que adornaba el acceso al hospital.

Al atravesar las puertas de la entrada nos cruzamos con un hombre que salía a tal velocidad que chocó contra mi hombro.

—¡Señor Marius! —gritó Hattie, y el hombre se volvió.

Pese a no ser mucho más alto que Hattie, la miró por encima del hombro, fulminándola. Tenía el pelo negro y peinado con la raya al lado y un fino bigote que le rodeaba la comisura de los labios. Su boca parecía estar masticando algo amargo. Nos miró de arriba abajo con sus pequeños ojos y luego nos señaló con el dedo índice, primero a mí y luego a Hattie.

El ruido de las cigarras cesó. Oí cómo el señor Marius respiraba por la nariz.

Abrió la boca como para hablar, pensé yo, pero en lugar de ello dio media vuelta, atravesó el asfalto hasta la *bakkie* todoterreno, encendió el motor y se alejó a toda velocidad.

—¡Ya están aquí! —exclamó la hermana Mostert.

Era una mujer bajita de cara redonda y facciones agradables. Me recordaba a un *vetkoek* envuelto en una servilleta blanca impoluta con aquel uniforme de enfermera.

—¿Está bien Jessie? —pregunté.

—¿Jessie? —se sorprendió, mirando a Hattie y luego de nuevo a mí—. No, no, esto no tiene nada que ver con Jessie. Se trata de la señorita Pretorius y del señor Van Schalkwyk. Se han vuelto a pelear. Hemos tenido que ponerles vigilancia policial. Esperaba que ustedes pudieran hablar con ellos. Convencerlos para que se dejen de tonterías.

Seguimos a la madre de Jessie por el pasillo mientras nos hablaba.

—Pillaron a la señorita Pretorious intentando echar gel de manos Dettol en el gota a gota del señor Schalkwyk mientras este dormía. Le quitamos las esposas para que fuera al baño y aprovechó para escaparse... ¡en silla de ruedas! Luego, a media noche, el señor Schalkwyk se las apañó para arrastrar su cama hasta la habitación de Anna. No sé cómo lo hizo, pero parece ser que utilizó el soporte del goteo para empujarse, como si estuviera remando en un bote por el río. La cama se atascó en la puerta, pero se liaron a patadas y se tiraron cosas antes de que pudiéramos separarlos de nuevo.

—Son como niños, la verdad —se lamentó Hattie.

—Pero más peligrosos. No podemos vigilarlos las veinticuatro horas del día. Así que hemos llamado a la policía. Reghardt ha sugerido que quizá ustedes podrían hacerles entrar en razón. ¿Dónde está Jessie?

—No se encuentra bien. Se ha ido a casa —contestó Hattie.

—En el móvil no la localizo —comentó la hermana Mostert—. Espero que esté bien.

—No es nada serio —añadió Hattie—, un ligero dolor de estómago. Cuando nos ha llamado usted para que viniésemos, hemos pensado que quizá Jessie...

—Oh, cuánto lo siento. No, lo que pasa es que el detective ha llegado justo mientras yo hablaba con ustedes, y no me ha dado tiempo a explicarlo todo.

—¿Kannemeyer? —pregunté—. ¿Está aquí?

—*Ja*, quiere tomarles declaración a los dos, para poder hacer un requerimiento legal o algo así.

—¿Un interdicto? —dije, recordando mi conversación con los del servicio de asistencia jurídica.

—*Ja*, para mantenerlos separados unos cuantos metros.

—¿Qué hacía aquí el señor Marius? —preguntó Hattie.

—Visitar al señor Van Schalkwyk —respondió.

Estábamos ya en la habitación de Anna y vi al teniente Kannemeyer junto a su cama. Seguro que mi pelo tenía un aspecto horrible. No me lo había peinado desde que había ido en el coche de Candy. Me pasé la mano por encima, pero lo que necesitaba era un espejo.

—Voy un momento al lavabo —anuncié a Hattie.

Demasiado tarde. Anna nos había visto.

—¡Tannie Maria! —me llamó—. Ven y explícale a este policía el significado de la palabra «no».

Respiré hondo y entré.

—*Nee*, no, *hayi khona*, maldita sea —exclamó Anna.

El teniente iba elegante, con su camisa de algodón de color crema y su corbata granate, como si hubiera estado sentado en una oficina con aire acondicionado en vez de en un coche deportivo expuesto al viento y al sol. Nos saludó con la cabeza y dio un paso atrás mientras la enfermera Mostert colocaba una almohada bajo el pie de Anna, que sobresalía de la escayola, y giraba la manivela del gota a gota, que estaba junto a la cama.

Anna tenía el pelo aún más alborotado que yo y la bata verde de hospital que llevaba puesta estaba arrugadísima, pero sus mejillas se veían sonrosadas. Sonrió y dio unas palmaditas en un costado de la cama, pidiéndonos que nos acercáramos. La enfermera me guiñó un ojo y se marchó.

El teniente Kannemeyer se aclaró la garganta. Llevaba en la mano una tablilla sujetapapeles con varios folios y un bolígrafo.

—La señorita Pretorius dice que no presentará cargos contra Van Schalkwyk —dijo—. Ni siquiera piensa prestar declaración sobre lo sucedido.

Anna apretó los labios.

—Pero Anna —dije—, entonces Dirk te echará la culpa de todo.

Negó con la cabeza, miró a Kannemeyer e hizo un ademán, girando la mano.

Él suspiró y dijo:

—Van Schalkwyk tampoco va a hacer nada.

—No ha sido más que un accidente —declaró Anna.

—Eso es lo que dice él también —añadió Kannemeyer, dando golpecitos en la tablilla sujetapapeles con el dedo—. Le advierto que ambos serán acusados de alterar el orden público y de disparar armas de fuego. Además, el hospital va a presentar denuncia por ese disparate del Dettol, y no está libre de culpa del cargo de intento de homicidio...

—¿Me has traído algún *vetkoek*? —me preguntó Anna.

—No, lo siento —respondí.

—Tannie Maria. Señora... eh... —dijo Kannemeyer, bajando la vista hacia Hattie.

—Harriet —contestó ella—, Harriet Christie.

—Tannie Maria y señora Christie, espero que puedan hacer entrar en razón a esta mujer. Conseguir que entienda la seriedad de sus acciones.

—¿Y pastel? —preguntó Anna.

—Ni siquiera una uva —respondí—. Lo siento mucho.

Kannemeyer miró el folio de la tablilla sujetapapeles. Estaba en blanco. Se dio un golpecito con ella en el muslo y se dirigió hacia la puerta. Antes de salir recordó sus modales y se volvió.

—Buenas tardes, señoras —dijo.

46

—¿Qué pasa, Anna? —pregunté—. ¿Por qué no vas a presentar cargos?

Anna resopló.

—No pasa nada —contestó—. No es asunto de nadie más. Esto es entre Dirk y yo.

—Pero Anna, ya te lo dijimos —insistí—. Es muy probable que él no matara a Martine.

—Puede que lo hiciera, o puede que no. Pero hasta cuando ella estaba viva, ese hombre era un cerdo apestoso. Y siempre estaba por medio. —Se recostó en las almohadas—. Martine debería haber estado conmigo.

—El señor Marius acaba de estar aquí —dije—. Visitando a Dirk. ¿Te dijo Martine algo sobre él?

—¿Quién? —preguntó Anna, con la mirada perdida en algún lugar dentro de su cabeza.

—El agente inmobiliario —dijo Hattie.

—A ella no le gustaba —dijo Anna—. Se ve que discutieron o algo así.

—¿Martine estaba en trámites de vender o comprar alguna propiedad?

—No lo sé —contestó Anna—. No me dijo de qué se trataba. Tienie era muy reservada. No contaba nada de sus asuntos personales. Pero cuando se reía conmigo, se abría como una *veldvygie* al sol.

—¿Te contó algo acerca de John Visser?

Parpadeó y miró alrededor de la habitación como si acabara de llegar.

—Su ex novio —insistí.

—¿Tenía un novio? ¡Lo mataré!

Miré a Hattie y moví la cabeza de un lado a otro.

—Me voy a ver a Dirk —anuncié—. Intenta hacerla entrar en razón. Que no se meta en líos.

No sé si se puede hacer entrar en razón a alguien. La razón, se tiene o no se tiene.

El suboficial Reghardt Snyman, que custodiaba la habitación de Dirk, me preguntó:

—¿Está Jessie aquí?

Negué con la cabeza.

—No se encuentra bien —añadí.

—No contesta a mis llamadas. Le he pedido a la hermana Mostert que las llamara. He pensado que quizá ustedes podrían...

Señaló con la mano a Dirk, que estaba esposado a la cama.

—Haremos lo que podamos —dije.

—¿Tannie Maria? —preguntó Reghardt, con los ojos abiertos como los de un cachorro.

Esperé mientras él echaba un vistazo al pasillo del hospital para escuchar lo que quería decirme. Los suelos y las paredes estaban impolutos y brillantes. No era un buen lugar en el que dar con las palabras adecuadas.

—No importa —murmuró.

La hermana Mostert se encontraba junto a la cama de Dirk ajustándole el cabestrillo del brazo izquierdo. La cara del hombre parecía un césped cortado por un borracho, con aquella hierba rala que crecía entre sus espesas patillas. Sin embargo el cabestrillo y los vendajes estaban blancos y muy bien puestos.

208

—Vamos a afeitarlo y s asearlo ahora mismo —dijo la hermana Mostert, como si me hubiera leído el pensamiento.

Dirk me miró y frunció el ceño como si no estuviese del todo seguro de quién era yo. Supongo que se encontraba bajo los efectos del sedante de caballo la última vez que nos habíamos visto.

—Esta es Tannie Maria —dijo la enfermera—. Ha venido a hablar con usted.

La hermana Mostert anotó algo en el gráfico de Dirk y nos dejó a solas.

—*Oom* Van Schalkwyk —dije—. Usted y Anna deben dejarse de peleas. Eso no va a ayudar a coger al asesino.

—Ella mató a Martine.

—No, Dirk. No lo creo. Probablemente lo hizo el hombre que disparó a Lawrence.

Dirk me miró con los ojos entrecerrados y dijo:

—¿Sabe que soñé con eso? Vi a mi madre, que me daba *vetkoek* y me hablaba de Lawrence y del hombre que mató a los dos. —Miró el techo—. Mi madre murió hace mucho tiempo. Hacía los mejores *vetkoek* del mundo. —Cogió un pañuelo que tenía a un lado de la cama y se sonó la nariz—. Resulta que era verdad. Lo de Lawrence.

—Sí, es cierto. Y Anna estaba aquí, en el hospital, la noche en que le dispararon. Ella no lo hizo.

—Esa *blerrie* Anna. No le hacía ningún bien a Martine. Yo siempre notaba cuándo había venido a visitarla. Martine me dejaba fuera, como si yo no estuviera allí. Me cerraba la puerta con llave, a mí, ¡a su propio marido! Anna había comenzado a apartarla de mí antes de que muriera...

Dirk tenía la mano del brazo vendado cerrada en un puño.

—Puede que le cerrara la puerta por lo mal que usted la trataba —dije.

—¿Cómo?

Se puso rojo.

—Usted le pegaba —afirmé.

—¿Quién se piensa usted que es?

Se le estaban hinchando las mejillas, como si fueran un globo. Pero yo me quedé mirándolo, sin moverme del sitio.

Dirk suspiró y soltó un poco del aire que llenaba aquel globo rojo.

—Tiene razón, Tannie —admitió—. Era una porquería de marido. Ahora ya es tarde…

—Anna era una buena amiga de Martine. Si le importa su esposa, debería tratar a Anna con respeto.

—La gente cree que yo la maté. A veces me vuelvo loco. —Se incorporó y se inclinó hacia mí—. Pero no fui yo. Yo no la maté. Tiene que creerme.

—No creo que lo hiciera usted. Ni tampoco Anna.

—¿Es usted de la policía?

—No, investigo el caso para la *Klein Karoo Gazette*. Nos vimos involucradas cuando Martine nos escribió poco antes de que muriera.

—¿Quién lo hizo, Tannie? ¿Quién es el hijo de puta que la mató?

—Todavía no lo sabemos. Pero si deja de pelearse con Anna, quizá pueda ayudarnos a descubrirlo.

—No sé quién sería capaz de hacerle algo así a Martine. Me vuelve loco de remate.

Me hizo señas con el brazo vendado para que me acercara. Arrimé una silla de plástico y me senté a su lado. Dirk estaba dispuesto a responder a mis preguntas; tan solo esperaba acordarme de todas.

—Lawrence dijo que lo sentía… que no pretendía meterlo en líos —dije—. ¿Qué quería decir con eso?

—¿Líos? Oh, *ja*, Lawrence le contó a la policía que yo estaba allí la mañana que mataron a Martine. Pero eso es una patraña. Estuve trabajando hasta la hora de comer. Todo el mundo me vio allí. No sé por qué dijo eso.

—¿Es posible que viera a alguien conduciendo un coche como el suyo?

—*Ja*, podría ser… Lawrence no era de los que dicen mentiras.

—Puede que el asesino supiera que Lawrence lo había visto.

—¿Cree que le dispararon por eso?

—También podría ser que Lawrence lo sorprendiera cuando estaba en su casa aquella noche.

—¿Qué estaría haciendo el muy cabrón en mi casa? —preguntó.

—Rebuscando papeles en el estudio de Martine.

Dirk se frotó la barbilla rasposa con la mano.

—¿Qué estaba haciendo aquí ese tal señor Marius? —quise saber.

—Conoce a alguien que quiere comprar nuestras tierras. —Tragó saliva—. Mis tierras.

—¿Va a venderla?

—*Ag*, no lo sé. Me ofrece el doble de lo que valen, así que sería una estupidez decir que no. Pero Martine no quería venderlas. Decía que Marius tramaba algo. Sin ella, no sé... Marius quiere que firme un contrato. Pero es demasiado pronto. No he estado ni un minuto en casa desde que...

Miró a su alrededor como si hubiera perdido algo. Su mirada se posó en la jarra de agua que había junto a la cama.

—¿Quiere un poco de agua?

Negó con la cabeza, pero siguió mirando la jarra como si esta lo entristeciera.

—¿Quién es el comprador? —pregunté.

Su cara reflejó confusión, como si hubiera olvidado lo que estábamos hablando.

—El interesado en comprar sus tierras —insistí.

—No lo sé. Marius quiere mantenerlo en secreto...

—¿Martine era una persona religiosa?

—Era una buena mujer. Muy honrada.

—¿Tenía algo que ver con los adventistas del séptimo día?

—¿Los qué? Ah, esa gente. Los del fin de mundo y todo eso. No lo sé. Una vez dijo... vaya, no lo recuerdo... no siempre la escuchaba. No fui un buen marido.

—¿Conocía a John Visser, el amigo de Martine?

—Esa basura inútil. ¿Cómo que su amigo? —Su cara volvió a inflarse como un globo rojo—. ¿Los vio juntos? ¿Dónde?

—No, no, solo lo pregunto. He oído decir que estuvieron juntos hacía tiempo.

—Ella lo abandonó. De eso hace mucho. ¿Y sabe qué? ¡Tiene una *bakkie* blanca! La he visto. Se parece mucho a la mía. Fue él... ¡Lo mataré!

47

Salieron olas de calor al abrir las puertas de mi *bakkie* aparcada al sol. Me alisé el vestido bajo las piernas para que la piel no estuviera en contacto con el asiento.

—¡Santo cielo! —exclamó Hattie—. Deberías ponerte un aire acondicionado, Tannie Maria.

—Cuesta más de lo que pagué por el coche —contesté.

—Este calor podría matarte —se quejó—. La próxima vez vamos en mi coche.

Llevé a Hattie de vuelta a la *Gazette*, recogí las uvas y los tomates y me dirigí a casa. Las colinas de color marrón se veían rodeadas de calima a causa del polvo y el calor. Sobre la carretera se formaban unas líneas temblorosas que tenían el aspecto de charcos de agua. Espejismos. Es curioso que el calor seco pueda hacer que algo parezca agua fresca. Es como si el aire deseara tanto algo que simplemente se lo inventara. Ese es el problema de querer algo demasiado, que te puede hacer enloquecer.

Llegué al camino de entrada de casa con el vestido pegado al asiento del coche. Tenía ganas de tomarme un buen vaso de limonada con hielo. Aparqué a la sombra del árbol de cera y salí de la *bakkie*. Me llevé las uvas y los tomates, que estaban sudando dentro de la bolsa.

—Ahora mismo os meto en la nevera —dije.

Estaba todo en silencio. Demasiado. Puede que a los pájaros les diera pereza cantar con aquel calor, pensé, pero ¿y los insectos? Oía con claridad mis propios pasos mientras recorría el sendero de camino a casa.

«¿Y las gallinas, dónde están las gallinas?», me pregunté. No estaban escarbando en el estercolero ni tampoco las veía tumbadas a la sombra.

Entonces me paré en seco. Había algo en el *stoep*, encima del felpudo. ¿Qué era aquello?

Di un paso al frente.

Mis *veldskoene* marrones.

Por un instante me alegré de volver a verlos; mis *veldskoene* caqui y yo apretamos el paso para darles la bienvenida tras su largo camino de vuelta a casa. Entonces recordé cuándo habían desaparecido. La noche del asesinato de Lawrence.

Cada uno de los zapatos estaba partido en dos, como si los hubieran cortado con un cuchillo de pan.

Solté la caja de las uvas. Oí un grito áspero que creí que era mío, pero cuando miré hacia arriba vi un cuervo batiendo las alas en el cielo. Quise ponerme a cubierto. Rodeé las uvas desparramadas por el suelo y los difuntos *veldskoene*, y abrí la puerta de casa. No estaba cerrada. Casi nunca lo hago. La cerré tras de mí e intenté echar la llave, sin embargo esta había desaparecido. La casa estaba muy silenciosa. Tan solo se oían los latidos de mi corazón.

Guardé los tomates en la nevera y me acerqué al teléfono. Quería ver a Henk Kannemeyer. Llamé a la comisaría y pregunté por él. El hombre con el que hablé tenía una voz pastosa de dormido.

—No está —dijo—. ¿Puedo ayudarla en algo, *mevrou*?

—Envíe un coche patrulla a mi casa.

Di mi nombre y dirección. Tardó mucho en deletrearlo y escribirlo.

—¿Qué problema tiene, *mevrou*?

—Necesito a la policía.

—¿Han entrado en su casa?

—No estoy segura. La llave ha desaparecido.

—¿Ha perdido las llaves? —preguntó.

—Un asesino ha estado aquí.

—¿Han matado a alguien? —quiso saber.

—A mis *veldskoene* —respondí—. Las han cortado por la mitad.

—¿Que han matado a sus *veldskoene*? —dijo el hombre—. Señora, ¿está usted de broma?

—No —contesté—. Necesito ponerme en contacto con el teniente Kannemeyer. ¿Tiene móvil?

—No facilitamos el teléfono privado del teniente.

—¿Y Piet? ¿Está el agente Piet Witbooi?

Se hizo el silencio.

—Tengo que hablar con él. Esto es grave.

El teléfono se quedó mudo. No estaba segura de si el hombre había colgado o había ido a buscar a Piet, pero oí un ruido de fondo y seguí a la espera.

Por fin se oyó una voz al otro lado de la línea:

—Hola. Agente Piet Witbooi al habla.

—Piet, soy yo, Tannie Maria. Mis *veldskoene* marrones, los que llevaba la noche en que dispararon a Lawrence, están en mi puerta. Cortadas por la mitad.

—Vamos de camino.

Llamé a Jessie al móvil. No hubo respuesta. Llamé a su casa y contestó una chica, una de sus hermanas o primas, supongo. Tenía una familia numerosa.

—Soy Maria van Harten. ¿Puedo hablar con Jessie, por favor?

—¡Jessieeeeee! —gritó.

Oí sus pasos mientras se alejaba. Mi corazón latía cada vez más rápido mientras contenía la respiración.

—No quiere hablar, Tannie —me informó la chica cuando volvió—. Dice que está indispuesta.

—Pero ¿está bien? —pregunté, soltando el aire.

—*Jaaaa* —respondió la muchacha.

—Ve a mirar a la puerta de tu casa; dime si hay algo —le pedí—. Unas botas.

—¿Cómo? —se extrañó la joven.

—Sé buena chica y ve a mirar —insistí.

Se alejó con paso pesado y luego volvió.

—No hay nada, Tannie.

La llamada se cortó.

Entonces oí unos golpecitos y casi me muero del susto.

Era un pajarito. Estaba picoteando su reflejo en la ventana. Peleando con su propia sombra.

48

—Piet —dije—, gracias por venir.

Me alegré de verlo. Iba acompañado de un joven policía que se presentó como el sargento Vorster. Tenía el pelo sedoso y rizado, y la piel morena y suave como la de un bebé. Piet, en cambio, la tenía tan arrugada como la de un viejo, pero se movía como un muchacho. Pisó alrededor de las uvas y se agachó para mirar con atención y desde distintos ángulos las *veldskoene* que yacían sobre el felpudo. Examinó también el polvo que cubría el suelo del *stoep*. Hizo señas con la mano a Vorster para que se echara atrás y despejara el paso.

Limonada, pensé. Debería servir un poco de limonada con hielo para todos. Para eso había vuelto a casa, no para encontrarme con mis zapatos muertos. Vorster respondió a una llamada del móvil.

—Sí —dijo—, estamos aquí. —Guardó el teléfono—. El teniente Kannemeyer está *op pad*. Ya viene.

—Disculpen —me excusé.

Necesitaba refrescarme. Ponerme un vestido limpio al menos. El que llevaba estaba todo sudado. Del armario de mi habitación cogí aquel tan bonito estampado con rosas moradas —hacía tiempo que no me lo ponía, pero me gustaba— y me metí en el baño. Me quité el vestido pegajoso y lo tiré al cesto de la ropa sucia. No tenía tiempo de darme una ducha, pero me lavé la cara y me sequé con una toallita. Oí llegar un coche y luego un portazo.

Me puse el vestido de rosas moradas por la cabeza y tiré de él hacia abajo. Pero me iba muy ajustado y no me pasaba por los hombros. ¿Qué le sucedía? Nunca me había ocurrido algo parecido. Tiré con más fuerza, aunque ni por esas. Decidí quitármelo, y no hubo manera. Mis brazos se quedaron levantados en el aire, sin poder moverse. Sentí pasos en el *stoep*.

Di unos saltitos, tirando de la tela. No cedió ni un milímetro. El vestido estaba atascado en mi cuerpo.

—Agente Witbooi —llamó Kannemeyer desde la entrada—. ¿Puedo pasar?

Me retorcí como pude dentro del vestido. Tenía la boca llena de tela, así que me costaba respirar. Piet y Kannemeyer estaban dentro de mi casa, hablando. Oí cómo se iba una camioneta. Sería Vorster, que se marchaba. Se me estaban cansando los brazos y me sentía mareada. Me apoyé en la pared para tomar aliento.

Al forcejear contra el vestido noté que se desgarraba un poco y seguí haciendo fuerza para romperlo un poco más hasta que por fin pude sacármelo y liberarme.

¡Uf! Me senté en la tapa del váter. Primero, mis *veldskoene* cortados en dos; y ahora, mi vestido desgarrado.

Me miré en el espejo. Tenía la cara roja como un tomate y volvía a estar pegajosa tras mi lucha con la prenda. Me tuve que secar de nuevo la cara y el cuerpo con la toallita.

Alguien llamó a la puerta del baño.

—Perdone, señora Van Harten. —Era la voz de Kannemeyer—. Solo quiero saber si está usted bien.

—Sí, ahora salgo —contesté.

Saqué mi vestido del cesto de la ropa sucia. Además de sudado, ahora estaba completamente arrugado por haber estado hecho un rebujo allí dentro. Intenté estirarlo, pero fue inútil. Piet y Kannemeyer estaban justo al otro lado de la puerta; no tenía manera de llegar a mi habitación. Sostuve en alto el vestido de rosas moradas. Los desgarrones solo estaban en la espalda. Me lo puse. Esta vez entró sin problemas y me pude subir la cremallera. Cuando me di la vuelta vi dos rasgones grandes en el espejo, pero por delante se veía bien. Me cepillé el pelo y me pinté los labios. Tomé un sorbo de agua que no alivió mi sed. Limonada, necesitaba limonada.

Salí del cuarto de baño y pegué la espalda a la pared. Estaban cerca, examinando mi ventana de guillotina.

—Esta no cierra —dijo Kannemeyer a Piet, frunciendo el ceño.

—Teniente —saludé—. ¿Una limonada?

Me miró y sonrió; las puntas de su bigote se curvaron hacia arriba. Caminé de lado como un cangrejo para que no me vieran la espalda.

—Parece que no ha pasado de la puerta de entrada —dedujo Kannemeyer.

Había metido mis *veldskoene* marrones dentro de una bolsa de plástico. Una bolsa diminuta para cadáveres. Seguí caminando como un cangrejo hasta el escurreplatos, de donde cogí tres vasos.

—¿Tenía la puerta cerrada? —preguntó Kannemeyer.

—No —dije—. Y la llave que estaba en la cerradura de dentro ha desaparecido.

Kannemeyer negó con la cabeza y tiró de un extremo de su bigote.

—¿Podría quedarse en casa de alguien durante un tiempo? —preguntó.

Me dirigí hacia la nevera caminando como podía.

—Todo está bajo control, señora —dijo—. El agente Witbooi ha comprobado el suelo, puede usted caminar con normalidad por su casa.

—No quiero irme —dije, abriendo la nevera por detrás de mí.

Kannemeyer frunció el ceño. Palpé el estante de la nevera a mi espalda en busca de la jarra de limonada. Piet se acercó, la cogió y me la tendió. Llené los tres vasos y me las arreglé para caminar de lado hasta un sillón que no quedaba muy lejos de la mesa de la cocina. Ah, por fin, limonada fresca. Piet se tomó la suya de un tirón, pero Kannemeyer no cogió su vaso.

—Creo que no se da cuenta de lo serio que es esto, señora Van Harten. El agente Witbooi ha revisado las marcas de neumáticos y de zapatos. Se trata del mismo hombre que mató a Lawrence. Quizá también a Martine. No es ninguna broma.

—Esta es mi casa —dije.

—Será solo un tiempo, hasta que lo atrapemos.

—¿Cómo van a hacer eso? ¿Tienen alguna pista?

—Aquí no está a salvo. Sus ventanas ni siquiera cierran.

—¿Algún sospechoso?

—Maria, esos zapatos, cortados de ese modo, son una amenaza de muerte.

Tomé un sorbo de limonada y miré los *veldskoene* caqui que estaban a salvo y enteros en mis pies.

—Debemos de estar acercándonos —dije—, o no estaría amenazándome.

—¿Acercándonos? ¿Qué quiere decir con que están acercándose? Les dije que se mantuvieran al margen.

—Beba un poco de limonada, teniente.

Kannemeyer no paraba de caminar de un lado a otro.

—Otra vez vuelve a meterse en problemas. Y mire. Mire adónde le ha llevado. Espero que esto le sirva de advertencia.

Tomé otro sorbo; me fijé en una zona del techo en la que la pintura estaba desconchándose. Me preguntaba a quién habríamos estado sacando de sus casillas aparte de Kannemeyer.

—Teniente, ¿sabe la gente que Jessie y yo estuvimos en la casa la noche que asesinaron a Lawrence?

—No se lo he contado a nadie pero estoy seguro de que ya lo sabe medio pueblo. *Mevrou* Gouws se lo estaba contando a todo el mundo en el CBL Hardware.

—Si el asesino quisiera matarme, ¿por qué hacer lo propio con mis *veldskoene*? Está intentando asustarme. Pensará que sé alguna cosa...

—Esta... no... es... su... investigación.

—No, es la suya. Pero si quiere encontrar al asesino debería escuchar a la gente que tiene algo que contarle.

Kannemeyer se sentó a la mesa de la cocina. Se pasó la mano por el pelo y se bebió la mitad de la limonada. Pareció calmarse un poco.

—De acuerdo —dijo—. Dígame lo que sabe.

—Creo que necesitará papel y boli —comenté.

Sacó un bolígrafo y una pequeña libreta. Hizo un gesto con la cabeza a Piet, que también se sentó.

—Sírvase más limonada, Piet —le ofrecí.

Así lo hizo, y de paso llenó también nuestros vasos mientras yo les contaba todo lo que sabía acerca de Grace, John, el señor Marius, el hermano de Martine, Candice e incluso sobre los adventistas del séptimo día.

Cuando terminé añadí:

—Quizá ahora pueda explicarme lo que sabe usted.

Kannemeyer movió la cabeza de un lado a otro.

—No se rinde nunca, ¿eh? Este es un asunto policial. Pero lo que le voy a contar es que tenía razón sobre el zumo de granada. Contenía somníferos. Les hemos pedido a los del supermercado Spar que intenten recordar a quién vendieron ese zumo.

—Serán muchas personas. Las cajeras no se acordarán.

—No tantas. Solo había seis litros en la caja que les llegó la semana pasada.

—Y, como le dije, quizá John sea capaz de conseguir que las granadas maduren antes de tiempo. Puede que también tenga su propia provisión de zumo congelado…

—Lo comprobaremos. Pero, por favor, manténgase al margen, Maria. Por favor. No queremos que también usted pierda la vida.

Mi último trago de zumo contenía pedacitos de limón. Los mastiqué.

—Jessie también podría estar en peligro —comenté.

—¿Sus zapatos también han vuelto a casa?

—No. Bueno, no cuando la he telefoneado antes.

—Tenemos que buscarle un lugar seguro —dijo.

—Teniente. No pienso salir huyendo de aquí. ¿Quién daría de comer a mis gallinas?

—Podríamos poner a alguien aquí para que vigilara la casa unos días. Por si vuelve quienquiera que sea que ha venido. El policía podría encargarse de dar de comer a sus gallinas.

—Y ¿quién dará de comer al policía? Me quedo aquí.

49

—Me preocupan mis gallinas —dije a Piet. Kannemeyer se había marchado—. Suelen estar en el jardín de delante.

Piet dejó los tres vasos en el fregadero y salió. Encontré una vieja camisa de algodón de mi marido que me sirvió para tapar los rasgones del vestido; luego seguí a Piet hasta el jardín de atrás. Estaba en cuclillas junto a las gallinas, haciendo ruiditos de pájaro. Ellas estaban acurrucadas bajo un arbusto del cáncer detrás de la casa. Las flores rojas del *kankerbos* parecían grandes gotas de sangre. Cuando las gallinas me vieron, se acercaron corriendo.

Una, dos, tres, cuatro, cinco. Estaban todas allí, y se les veía bien.

—Clo clo, clo clo —dijeron.

—Pitas, pitas, pitas —contesté, y me siguieron hasta el *stoep*.

Miré las uvas que se me habían caído al suelo.

—Lo siento —me disculpé, y me agaché a recogerlas.

Tiré las chafadas al jardín para que se las comieran las gallinas. El resto estaba en buen estado, así que las lavé y las guardé en la nevera. Las gallinas seguían esperando, de modo que les eché un puñado de *mielie* triturado y miré cómo picoteaban los trocitos amarillos en la hierba. Piet se paseó por el jardín y el camino de la entrada observando cosas diminutas como hormigas y polvo.

Un poco más tarde un furgón policial vino a buscar al agente

Piet y a dejar al sargento Vorster. Este se sentó en el *stoep* y observó cómo cambiaba la luz en el Rooiberg. Las sombras crecían en las colinas y una fresca brisa se llevaba el calor que habíamos soportado a lo largo del día. Habíamos acabado con la limonada, pero le serví café y galletas.

—Gracias, Tannie —dijo.

—¿No debería ir de incógnito? —pregunté.

Frunció el ceño.

—Ya sabe —añadí—. Vestido de paisano y escondido. Por si vuelve.

Negó con la cabeza.

—Estoy aquí para protegerla —respondió, y tomó un sorbo de café.

Preparé la cama de la habitación de invitados. Serviría una cena sencilla de tostadas con queso derretido. Salí a coger algunos huevos del gallinero. Cuando pasé junto a Vorster de vuelta adentro, pensé que sería mejor preguntarle por la cena. Quizá fuese un adventista del séptimo día o algo así.

—¿Come huevos y salsa de queso? Para la cena.

—Iré a comer a casa. El teniente Kannemeyer hará el turno de noche a partir de las siete de la tarde.

Según el reloj de la cocina, eran las cinco en punto. Dejé los huevos en un bol sobre la encimera. Decidí que podían esperar hasta el desayuno. De repente, me entraron ganas de preparar un estofado de cordero con tomate y una tarta espiral de miel y tofe. La masa de levadura tarda un rato en subir, pero si la ponía ya al sol de la tarde no habría problema. El estofado de cordero, en cambio, debía estar al fuego todo el día. Volví a mirar el reloj, pero no me dio más tiempo, de hecho quedaba menos. En el congelador tenía un poco de guiso de cordero cocinado a fuego lento. Podía añadirle el tomate y las especias sin más. Debía trabajar rápido para poner en marcha la cena. Una vez que tuve el cordero descongelándose al fuego en una olla de hierro y la masa subiendo en el *stoep*, herví las patatas, escaldé y pelé los tomates y busqué las especias. Me alegré de tener pimienta de Jamaica y macis, porque me gustaba mucho cómo quedaban en el *bredie* de tomate. Añadí los ingredientes al cordero que tenía al fuego y en cuanto este comenzó a hervir, lo tapé bien y lo metí en la caja caliente para que siguiera cocinándose lentamente.

Me hallaba en el *stoep*, comprobando el estado de la masa del pastel, cuando oí llegar el coche. Tenía las manos manchadas de harina y llevaba puesto el delantal por encima del vestido y la camisa, pero no iba a cambiarme otra vez. Llevé adentro la masa del pastel, me arreglé un poco el pelo y puse agua a hervir. Luego enrollé la masa en una especie de salchicha gruesa y larga y la coloqué en la bandeja del horno enroscada en forma de una espiral holgada.

El teniente llamó a la puerta, aunque estaba abierta.

—Qué bien huele.

Tenía las puntas de su bigote afiladas, como si les hubiera puesto cera. Se había cambiado de ropa; iba con unos tejanos y una camisa de algodón blanca, que se veía suave y un tanto descolorida, como si se la hubiera puesto mucho. Llevaba la pistola en la cadera y en las manos una maleta pequeña y unas bolsas de plástico.

—¿Café? —le pregunté mientras vertía la salsa de miel y almendras sobre el pastel.

—Sí, por favor —respondió—. Con leche y una cucharada de azúcar.

Dejó las bolsas en una silla de la cocina y la maleta en un sofá del salón. Se tomó el café de pie al tiempo que observaba la puerta de entrada. Me llegó el olor a cardamomo del pastel de miel mientras lo metía en el cajón calentador para que subiera.

—Tendrá que ponerse una cerradura nueva —comentó.

Dicho esto, sacó varias herramientas de una de las bolsas de plástico y colocó un cerrojo grande por delante y por detrás de la puerta.

—De momento tendrá que pasar con esto. Aquí tiene el candado y las llaves del cerrojo de delante.

Los dejó encima de la mesa, junto a un paquete de harina.

En la ventana que no cerraba bien puso un pestillo más pequeño. No le expliqué que me gustaba dejar la puerta y las ventanas
abiertas.

—¿Tiene hambre? —pregunté.

—He traído unas tartas saladas —dijo, señalando una de las
bolsas que había dejado en la silla.

—Ah, vale —respondí, lavándome las manos, que me sequé
en un trapo de cocina—. He hecho *tamatiebredie*, teniente.

—Llámame Henk.

—Y pastel espiral de miel y tofe.

No me salía su nombre de pila.

—*Sjoe*. Supongo que mañana podré comerme esas tartas al
mediodía.

Señaló mi cara.

—Tienes un poco de harina. En la mejilla.

Me la limpié con el dorso de la mano.

—Sigue ahí —comentó.

Volví a intentarlo.

Negó con la cabeza y se acercó. Sentí la calidez que desprendía su cuerpo, como si acabara de salir del horno. Era mucho
más alto que yo. Vi el vello rojo y cobrizo que tenía en el pecho.
Su mano rozó mi mejilla al lado de mi boca.

—Ahora —dijo.

Olía como a pan de canela recién hecho y miel. Dio un paso
atrás. Me noté la boca seca. Me serví café con las manos temblorosas. Al coger la taza, el café se me derramó en la mano.

—¿Estás bien?

Dejé la taza y me limpié las manos en el delantal.

—Ha sido un día muy movido —dije.

—Siéntate —me pidió.

Me senté. Apoyé los codos en la mesa y descansé la frente en
las manos.

—¿Tienes algún *brandewyn*? —preguntó.

Señalé el armario de arriba. Sacó la botella de brandy de detrás de la esencia de vainilla y echó un poco en un vaso; luego
añadió una cucharada de azúcar y me lo puso delante. El *bran-*

dewyn estaba dulce y calentito y encendió una pequeña hoguera en mis entrañas.

—Para que se te pase el susto —dijo.

Se refería a los *veldskoene* que habían aparecido en la puerta de mi casa. Y es cierto que eso daba miedo. Pero lo que hacía que todo mi cuerpo se estremeciera era la impresión que me daba el hecho de que un hombre me tocara la cara. Con ternura.

50

Quizá fuera por el brandy, ya que apenas bebo, pero toda aquella noche pasó como un sueño.

Henk Kannemeyer limpió la mesa de la cocina, buscó platos y cubiertos y los colocó en su sitio con esmero. Estuvo pendiente del arroz que cocía al fuego, y cuando este estuvo listo, lo puso en la mesa.

—Huelo a *bredie*, pero no lo veo —dijo.

Señalé la bolsa de cocción lenta, y tras llevar el estofado a la mesa, lo sirvió en los platos, primero en el mío y luego en el suyo.

—Come —ordenó.

Me quedé mirando el guiso y la mesa con los ojos como platos. Nunca antes había visto a un hombre poner la mesa y servir la comida. Me pareció agradable. El olor del estofado de tomate llegó a oleadas hasta mí y me puse a comer.

—¿Cuándo hay que sacar el pastel? —preguntó.

No podía creer que hubiera olvidado el pastel. Me había acordado de meterlo en el horno, pero no de sacarlo. Miré el reloj.

—Dentro de dos minutos —respondí.

Y volví a olvidarme de él, pero Kannemeyer no.

Cuando terminamos el estofado, puso el pastel espiral de miel y tofe en la mesa, con un par de platos y tenedores pequeños. Los platos que había cogido eran los de ensalada, no los de postre, pero no importaba.

—Tienes buena mano para la cocina, Maria. Hacía tiempo que no comía tan bien.

Me sonrió. Pero tenía la mirada triste.

El brandy me animó entonces a preguntarle:

—¿No tiene esposa, teniente?

La tristeza de sus ojos se convirtió en dolor y entonces apartó la mirada.

—Era muy buena cocinera —respondió, y tragó saliva—. Murió hace cuatro años. Cuatro años y tres meses.

—Lo siento —dije.

Lo cual no era del todo cierto. Me alegré tanto de que no estuviera casado que el corazón me dio un pequeño vuelco, aunque al cabo de un momento me sentí fatal por alegrarme. Percibía su dolor incluso desde el otro lado de la mesa.

—Lo siento, Henk —repetí, y esta vez lo dije en serio.

Corté un buen trozo de pastel y lo puse en su plato. La crema de tofe de miel se había filtrado bien por la costra crujiente, y la almendra estaba tostada y caramelizada. Cuando terminamos el pastel nos quedamos un rato allí sentados, escuchando las ranas.

Henk se quedó quieto, mirando la mesa mientras yo recogía y fregaba los platos.

Fue una velada tranquila. Y aunque no hablamos mucho, daba la sensación de que se habían dicho muchas cosas.

Entonces, estando allí de pie, en el fregadero, con las manos en el agua jabonosa, aquel hombretón sentado a la mesa detrás de mí y el estómago lleno de una buena comida y brandy, sucedió una cosa de lo más extraña. Sentí una forma distinta de felicidad. Una felicidad diferente a la que experimentaba cuando hacía un buen pastel, veía a mis gallinas o Hattie venía a verme.

Estaba paladeando el sabor de algo que siempre había ansiado comer pero nunca había sabido cómo preparar. Después de todo, puede que acabara teniendo una vida de verdad antes de morir.

El teniente Kannemeyer recorrió toda la casa cerrando puertas y ventanas. La de guillotina de mi habitación permitía dejar un

228

poco abierto por arriba y me alegró ver que había dejado un resquicio para que corriera el aire fresco.

Extendió un saco de dormir en el sofá.

—He preparado una cama en la habitación de invitados —dije.

—Oigo mejor desde aquí —comentó—. Puede que intente entrar por la puerta principal.

Salió al exterior y dio una vuelta por la finca con una linterna. Deshice la cama del cuarto de invitados y puse las sábanas y almohadas en el sofá. Un saco de dormir daría demasiado calor en una noche tan calurosa como aquella y con una simple sábana bastaría.

Me cepillé los dientes y me puse el camisón, la bata y un poquito de pintalabios. Luego fui a darle las buenas noches.

—Tengo el sueño ligero —dijo—, pero si oyes algo, cualquier cosa, despiértame.

Cuando me acosté, me sentí un poco mareada. Puede que fuera por la evaporación del brandy. A través de la puerta de mi habitación, que había dejado entornada, oí cómo iba al baño y me pregunté si habría traído el pijama y el cepillo de dientes.

Luego lo oí tumbarse en el sofá. Escuché cantar a las ranas y a un búho llamar a su pareja, que respondió a su reclamo. Entonces percibí un gruñido grave. Me incorporé. Pero no tuve miedo... parecía un ruido propio de un animal, no de un asesino. Salí de la cama y me dirigí a la puerta. El gruñido se oyó más fuerte. ¡Era dentro de casa! A punto estuve de llamar a Kannemeyer cuando me di cuenta de que conocía ese ruido. Era el sonido de un hombre roncando. Fui de puntillas hasta el salón. Henk estaba tumbado sobre las sábanas, completamente vestido, con la boca un poco abierta, roncando de manera pausada. Me quedé allí un momento, observando cómo subía y bajaba su pecho.

De repente, se movió y se incorporó de golpe, pistola en mano.

—¿Maria?

—Perdona —me disculpé—. He oído un gruñido, pero eras tú roncando. Había olvidado…

—*Ag*, lo siento —dijo—. Me pondré de lado.

—No. No lo hagas —le pedí—. Me gusta.

Se echó a reír. Con una risa grave y cálida, un sonido mejor aún que el gruñido. Seguía mirándome.

Entonces me di cuenta de que la luz de la luna brillaba a mi espalda. Y el camisón que llevaba puesto era de un algodón fino.

Me puse colorada. Tanto que me ardía la cara. Caminé hacia atrás, tropecé con la pared y regresé a toda prisa a mi habitación.

Cerré la puerta y me metí de un salto en la cama. Ni siquiera mi marido me había visto desnuda. Incluso cuando, bueno, cuando intimábamos, me cubría con la sábana. Henk Kannemeyer me había visto. Con todas mis formas, iluminada a contraluz por el brillo de la luna.

El rubor me recorría todo el cuerpo. Mis pechos, mis muslos… los notaba tan calientes que tuve que tocarlos para asegurarme de que no estaba ardiendo.

51

Hacía calor y no podía dormir, ni siquiera cuando me destapé y me quedé solo con el camisón. Deseaba abrir la ventana hasta arriba del todo, pero no quería hacer ningún ruido que pudiera despertar a Kannemeyer.

Escuché los ruidos de la noche y el suave gruñido de Kannemeyer. No se oía muy fuerte, pero lo sentí por todo el cuerpo. Los ronquidos pararon al cabo de un rato. Las ranas seguían croando. Entró una fresca brisa, pero no trajo consigo el sueño. Luego callaron las ranas y solo quedaron los grillos, y el ruido lejano de algún camión que pasaba de vez en cuando por la R62. Hasta que ya no se oyó nada. Solo el silencio.

Caí en el profundo silencio del Klein Karoo.

Me desperté enredada en el camisón. El sol brillaba y los pájaros habían terminado de darse los buenos días hacía ya un buen rato. Cerré la puerta y me puse los *veldskoene* y un vestido marrón. No era muy bonito, pero me quedaba bien. Fui al baño a refrescarme. Me cepillé el pelo y me pinté los labios antes de dirigirme al salón. Lo encontré vacío. Las sábanas estaban dobladas con cuidado encima del sofá.

El cerrojo de la puerta principal estaba descorrido y me asomé afuera.

—Buenos días, *mevrou* —saludó Vorster.

—Hola, sargento Vorster —dije—. ¿Dónde está Kannemeyer?

—En el trabajo.

—¿Café? —ofrecí.

—Sí, gracias.

Pues claro que había ido a trabajar. Consulté la hora en el reloj de la cocina. Eran las ocho en punto. Miré a ver si había dejado alguna nota. «¿Por qué iba a hacerlo? —me pregunté—. Es un policía, no un...» lo que fuera que estuviese imaginando. Aunque como responsable de mi vigilancia, bien podría tener entre sus obligaciones la de despedirse o comprobar cómo me encontraba.

Recordé entonces la puerta de mi habitación. Por la mañana se hallaba entreabierta y yo estaba convencida de que la había dejado cerrada. Seguro que había llamado y, al no responderle yo, habría visto que estaba bien.

Así pues, me había visto a plena luz del día, casi desnuda, en la cama.

Se me puso mal cuerpo. Puede que la luz de la luna le hubiese mostrado mis formas, pero la luz del sol le habría enseñado sin duda lo peor de mí. La masa cruda de mis piernas. Mi pelo revuelto. Mis pechos sin sujetador.

Preparé café y llevé a Vorster su taza y un poco de pastel de miel. Me senté a la mesa de la cocina y mojé un *beskuit* en el café, pero no me apetecía darle un mordisco. Dejé la pasta blanda en el platillo. Era la hora de desayunar, sin embargo no tenía hambre.

—Puede que esté pillando algo —dije al *beskuit*—. Me noto raro el estómago.

Me tomé el café y eché *mielie* a las gallinas. Luego metí casi todo el pastel de miel y tofe en un táper para Jessie y me dirigí al pueblo.

Hattie estaba en la oficina de la *Gazette*, pero Jessie no. Guardé el pastel en la nevera.

—Dios mío, Tannie Maria —dijo Hattie—, qué mala cara traes.

—Ya lo sé —contesté.

—¿Has pillado lo mismo que Jessie?

—Puede que sí —dije—. ¿Cómo se encuentra?

—Hoy no vendrá, pero no puede estar muy mal porque le ha cundido mucho en casa. Ha redactado un artículo sobre el *fracking* que acabo de publicar en nuestra página web. Y otro muy bonito sobre Grace Zihlangu, la empleada doméstica de los Van Schalkwyk. Ambos escritos son bastante provocativos, pero así es nuestra Jessie.

Hattie encendió el hervidor de agua que estaba en mi mesa.

—Déjame prepararte un té, para variar —se ofreció—. Aquí tienes tu correo. La carta de encima la he encontrado metida bajo la puerta esta mañana.

¿Quién la habría entregado de ese modo? Cogí el pequeño sobre blanco. Ponía «TANNIE MARIA». En mayúsculas y subrayado. Nada más escrito ni por delante ni por detrás.

Dentro había una hoja de papel A4 rayada y doblada en cuatro. Me senté y la desplegué delante de mí.

> Querida Tannie Maria:
> Por favor, ¿podría ayudarme? No sé qué hacer. La cosa va de una chica. Incluso cuando era joven sabía que ella era para mí.

Suspiré. No había manera de escapar del mal de amores. Hattie puso leche y azúcar al té y me lo pasó.

—Gracias, *skat* —dije.

Me ofreció *beskuits*, pero negué con la cabeza.

—¡Santo cielo! —exclamó Hattie—. Pero ¿qué sucede, Maria?

—Creo que es la barriga —dije.

—Nunca te había visto así.

—Me duele un poco...

—Parece lo mismo que tiene Jessie.

—Me pondré bien —aseguré.

Hattie se llevó su té a la mesa y yo volví a mi carta.

Nunca hemos sido más que amigos. Luego se fue y volvió, más inteligente que nunca, pero para mí seguía siendo la misma chica y esta vez parecía que yo le interesaba, en ese sentido, ya me entiende. Pero me dijo que no quería tener novio, que quería ser independiente y todo eso. Pero entonces una noche sucedió. Estaba en mis brazos y... ya sabe.

Tomé un sorbo de té. No estaba mal. A Harriet se le daba mucho mejor preparar té que café.

No tengo palabras para explicarlo. Lo único que puedo decir es que fue increíble. Me pareció que había sido especial para los dos, en serio. Recordé ese rollo suyo de la independencia y no quise presionarla, y decidí esperar a que me llamara ella, pero no lo hizo. Entonces, al día siguiente por la noche, estaba viendo rugby con los amigos y apareció con una amiga. Me saludó pero no se mostró muy amable, así que pensé, «Vale, quizá no quiera que nadie se entere de lo nuestro». Yo tenía muchas ganas de que la cosa funcionara entre nosotros, así que ya me iba bien lo que ella quisiera. No me invitó a sentarme con ellas. Aceptaron un montón de bebidas de otros tíos. Y yo me dediqué a ver el rugby, sin más.

Sonó el teléfono y Hattie respondió.

—Harriet Christie —dijo—. Hola, señor Marius.

Mi amiga permaneció callada un buen rato, como si el hombre hablara sin parar. Harriet decía «Pero...» o «Señor Marius....», como si intentara meter baza, pero él no le dejara. Continué con mi carta.

No se despidió de mí cuando se fue. Aunque yo seguía esperando que fuera mi novia y arregláramos las cosas. Al día siguiente la telefoneé varias veces, pero no respondió a mis llamadas. Entonces fui a verla al trabajo el lunes. Me miró como si me odiara y se marchó.

No sé qué hacer. Supongo que debería darla por perdida, porque está claro que aquella noche no significó nada para ella y no quiere que la vean conmigo. Pero la cuestión es que no puedo darme por vencido.

¿Puede ayudarme?

El remitente no firmaba la carta. Pero intuía de quién se trataba.

52

—Señor Marius —dijo Hattie al teléfono—, si me dejara hablar... —Tenía la cara pálida, salpicada de manchitas rosa en las mejillas—. Este es un periódico independiente. Que nos patrocine no significa que sea nuestro dueño...

El señor Marius estaba hablando tan fuerte que incluso yo podía oírlo. No las palabras; solo el sonido de las mismas. Parecía un mono enfadado. Hattie sostenía el auricular apartado de la oreja.

—Tenemos un código ético periodístico... —dijo Hattie, aprovechando una pausa entre tanto vocerío.

Entonces volví a oír al mono, y esta vez también las palabras que gritaba:

—¡Lo lamentará!

Hattie miró el teléfono.

—¡Será posible! —exclamó—. Me ha colgado.

Chasqueé la lengua.

—Qué maleducado —dijo, dando golpecitos con el lápiz en la mesa y con el pie en el suelo.

Cogió el té y le dio un sorbo. Por la cara que puso debía de estar frío, así que puse agua a hervir.

—Se trata de los artículos de Jessie —explicó—. El del *fracking* y el de Grace. Demasiado políticos, dice. Quiere que los retiremos de nuestra web y que no los imprimamos en papel.

—No me gusta nada ese hombre —confesé.

—Es el presidente de la Cámara de Comercio de Ladismith

—recordó Hattie, suspirando—. No podemos perder el apoyo de esa gente.

Hattie era como un árbol alto y fuerte. Ahora estaba inclinado; como si un viento de tormenta la azotara. Pero no estaba rota.

Preparé otra taza de té para cada una y eché una cucharada más de azúcar en la suya para que le volviera el color a la cara.

—Echa un vistazo a nuestra página web —pidió—. Dime qué te parecen los artículos de Jessie. Voy a hacer algunas llamadas y a intentar hablar con otros patrocinadores nuestros.

Me senté frente al ordenador de Jessie, hice clic en la imagen de la *Gazette* y se abrió la página web. Las webs me parecen confusas, como un centro comercial con luces brillantes en lugar de un buena tienda de barrio. Pero me las arreglé para dar con los artículos de Jessie.

Jessie escribe de un modo mucho más inteligente de lo que habla, aunque sus artículos no resultan difíciles de leer. Siempre están llenos de vida, de historias y de citas. El que iba sobre Grace se titulaba «Al final del día». Contaba su historia, pero también se refería a las empleadas domésticas en general. Lo duro que trabajan y los escasos derechos laborales que tienen. Conseguía que te importara aquella mujer, Grace, su vacío y sus sueños. No lo decía abiertamente, pero era evidente que Jessie pensaba que si el jefe de Grace no estaba dispuesto a ayudarla, debía de ser un mal hombre. Supongo que el señor Marius se habría tomado eso como un insulto personal.

—¡Oh, mierda! —exclamó Hattie, colgando el teléfono—. El gerente del Spar, Cornelius van Wyk, está de acuerdo con el señor Marius. Se queja de que nuestros periodistas se dedican a investigar en lugar de informar sin más. Dice que la Cámara podría retirar su patrocinio.

—Oh, Hats —me lamenté.

—Voy a llamar a la señora Van der Spuy, la secretaria —dijo Hattie.

La señora Van der Spuy era la propietaria de la tienda de muebles Mandy's, situada en la esquina.

—Pregúntale si tiene miel —pedí.

Tenía colmenas propias.

Empecé a leer el artículo sobre el *fracking*. Se titulaba «No al *fracking*»; lo mismo que decía la pegatina del coche de John. No era tan personal como el artículo sobre Grace, pero contenía buenas citas. Un hombre que había nadado con osos polares tenía mucho que decir al respecto. Describía lo dañino que había acabado siendo el *fracking* en otras partes del mundo y explicaba lo perjudicial que podía ser para el Karoo y toda Sudáfrica. Los productos químicos que se utilizaban en el *fracking* podían envenenar nuestros suministros de agua y nuestros depósitos gigantes de agua subterránea. Y lo peor era que el gobierno apoyaba a las empresas mineras, como Shaft, porque tenían mucho dinero.

—Madre mía —dije.

Jessie también hablaba sobre el cambio climático y las energías renovables, como el sol o el viento, que podrían funcionar mucho mejor que el gas, el petróleo o el carbón. Sin embargo, resultaba más difícil obtener beneficios de dichas fuentes alternativas porque nadie poseía los «derechos» del sol y del viento, a diferencia del gas y el carbón, sobre los que sí se hacían valer unos derechos de propiedad. Al final todo parecía tratarse de una cuestión de dinero, no de lo que era mejor para el Karoo.

No comprendí todo lo que explicaba, pero entendí lo suficiente como para preocuparme por el agua envenenada y lo que eso significaría para la gente y las plantas del Klein Karoo. Y para los *bokmakieries*, los chacales y las ranas. También me hizo pensar que quizá John no estuviera tan loco como parecía. Tal vez valiera la pena manifestarse en contra del *fracking*. No estaba segura de por qué Marius estaba tan enfadado por el artículo. Si le importaba el Karoo, debería querer que la gente de aquí se enterara de los peligros del *fracking*.

—Tiene miel —anunció Hattie, poniéndose de pie y cogiendo un *beskuit*—. La señora Van der Spuy, digo. Y sigue apoyándonos, gracias a Dios. Dice que yo debería asistir a la próxima reunión de la Cámara de Comercio. Marius o Van Wyk podrían retirar sus anuncios, pero la financiación de la Cámara de Comercio no puede interrumpirse sin una mayoría de votos de todos los negocios.

—No todos pueden estar tan chalados como Marius —comenté—. ¿Crees que Shaft puede estar comprando su apoyo?

—¿Quién sabe? Ese tipo aceptaría dinero del mismísimo diablo. Si es que no lo es él.

—Estos artículos son muy buenos, Hattie.

Apagué el ordenador de Jessie.

—Van a imprenta tal como están —aseguró ella.

Hattie volvía a caminar con la espalda recta, como si hubiera amainado el viento. Pero tuve la sensación de que no había pasado la tormenta.

53

Regresé a mi mesa y cogí la carta que habían dejado bajo la puerta de la redacción.

—Creo que ya es hora de que Jessie vuelva al trabajo —dije.

—Me pregunto qué le pasará —comentó Hattie.

—Que le han roto el corazón —contesté—. Pero puede arreglarse.

Llamé a la comisaría y pregunté por Reghardt, pero no estaba allí y no pensaban darme su número de móvil.

—¿Reghardt? —dijo Hattie, arqueando una ceja—. Yo tengo su número de móvil. ¿Es él el rompecorazones?

—Él también tiene el corazón roto —respondí.

Llamaron a la puerta.

—¡Yuju! —saludó Candice, entrando en la redacción.

Como llevaba unas sandalias de piel, no habíamos oído su taconeo habitual. Iba con un vestido de color crema que le quedaba clavado. Olía a azahar de limonero y tenía los labios y las uñas de los pies pintados de un rosa nacarado. Seguro que era guapa hasta durmiendo.

—¿Maria? —dijo Candice.

—Perdona, estaba pensando en mis cosas —respondí—. ¿Qué has dicho?

—Que ya está todo listo para el funeral de mañana. ¿Cómo os va a vosotras? ¿Os puedo echar una mano?

—La noche que saliste con Jessie y te emborrachaste... ¿dónde dormiste? —le pregunté.

Harriet me miró con el ceño fruncido.

—¿Quieres un té, Candice? —le ofreció.

—Cómo no, gracias —contestó Candy—. Estaba demasiado borracha para conducir. Ese joven tan majo, el policía, me llevó a casa. Al bed and breakfast Sunshine, donde me alojo.

—¿Reghardt?

Asintió.

—Es importante que me digas la verdad, Candy —dije—. Nos ayudaría mucho con la investigación.

—Eso es lo que pasó, en serio. No iba tan ciega como para no acordarme. Hicimos un poco de jaleo al entrar y el dueño se levantó.

—¿Así que Reghardt fue a la habitación contigo?

Candice se echó a reír.

—¡Qué va! Solo me ayudó a llegar hasta ella. Me costaba caminar. El dueño, el señor Wessels, nos puso mala cara y dejó salir a Reghardt.

—O sea, que no pasó nada entre Reghardt y tú, ¿no?

—¡Pues claro que no! —exclamó Candice—. Es un jovencito encantador, pero no es mi tipo. Ni yo el suyo. Tiene novia.

—¿Eso te dijo?

—Sí, y parece estar muy orgulloso de ella. No me dijo su nombre.

—Es Jessie —dije.

—Oh, maldita sea —contestó—. ¿No pensará ella que...?

Asentí. Candice se sentó y Hattie le pasó una taza de té.

—Pobrecita mía —dijo Candy.

—¿Podrías darme ese número de teléfono, Hats? —pedí.

Reghardt contestó al primer tono.

—¿Jessie?

—Soy Tannie Maria —dije—. Me ha llegado una carta de un joven al que me gustaría ayudar. Estaba pensando que quizá tú pudieras aconsejarme qué decir...

Reghardt se quedó callado.

—Su novia no le hace caso porque cree que él pasó la noche con otra mujer —le expliqué.

—Pero ¿por qué pensaría eso?

—Pues porque ha oído decir que él se fue del bar abrazado a la otra mujer.

—¿Cómo?

—Una mujer muy guapa que iba borracha.

—Ah, eso. Había bebido demasiado para conducir.

—*Ja.*

—Y la llevé… la llevó, quiero decir, a su casa.

—*Ja,* ¿y…?

—¿Y? Y nada. ¡Oh, no! Ella piensa que… *Ag, nee!*

—Está muy disgustada. Ese hombre es alguien especial para ella.

—¿Ah, sí?

—No creo que él deba darla por perdida.

—¿Ah, no?

—¿Qué debería decirle que hiciera?

—A lo mejor él podría pedirles a las amigas de la chica que le cuenten la verdad. ¿Cree que ellas harían eso, Tannie?

—Si ella se siente muy dolida, puede que tampoco quiera escuchar a sus amigas. Creo que él debería escribirle una carta, contándole lo que sucedió realmente y lo que siente por ella. Y luego debe ser él quien vaya a su casa en persona. Si ella no quiere verlo, él puede dejarle la carta.

—*Ja,* es un buen consejo, Tannie. Debería decirle eso.

—Y no estaría mal llevarle unos *koeksisters*. Le gustan mucho.

En cuanto colgué el teléfono, volvió a sonar y lo cogí. Era la enfermera Mostert; llamaba desde el hospital.

—Se han ido —me dijo—. Anna y Dirk. Estaban desayunando y, de repente, han desaparecido.

—¿Y los policías que los vigilaban?

—No se lo va a creer, pero se han hecho amigos. Me refiero a Dirk y a Anna. Dejaron de pelearse, así que los policías se marcharon.

—¿Y a Dirk y a Anna no les habían dado el alta?

—No. Y otra cosa. Ha desaparecido una ambulancia. La han robado.

—¿Cree que han sido ellos?

—¿Y quién conduciría? Ella va con una pierna escayolada, y él con un brazo en cabestrillo... No lo entiendo. He llamado a la policía. Pero he pensado que ustedes también debían saberlo.

—¿Qué pasa? —preguntó Candice cuando colgué.

—Dirk y Anna... han desaparecido. Y también una ambulancia.

—En su estado... —dijo Hattie.

—Entre los dos suman un par de brazos y piernas en buenas condiciones —comenté—. Si se coordinaran, podrían valer por una persona entera. Aunque ¿serían capaces de robar una ambulancia?

Hattie se echó a reír.

—¿Esos dos coordinados? ¡Por favor! —exclamó.

—La hermana Mostert dice que han hecho las paces. Ahora son amigos.

—¿Adónde irían? —preguntó Candice.

—A buscar venganza —respondí—. Y creo que es culpa mía. Para una vez que me escuchan... Candice, ¿podríamos coger tu coche? Es más rápido. Vamos a la finca de John.

—¿Crees que lo culpan a él del asesinato de Martine? —dedujo Hattie.

Asentí con la cabeza.

—¿Tienes móvil? —pregunté a Candy.

—Sí.

—Hattie, te llamaremos cuando lleguemos allí, pero mientras tanto avisa a la policía. Cuéntale la historia a Kannemeyer y pídele que envíe un furgón a casa de John.

El deportivo tenía la capota puesta, así que no nos daba ningún vendaval en la cara; eso sí, íbamos rápido. Muy rápido. Pero no pasaba nada... Candy conducía bien. Mientras nos marchábamos del pueblo a toda velocidad, me fijé en las flores moradas y amarillas que estaban saliendo por todo el *veld*. Candy también las vio.

—Qué bonito —comentó.

—Es por la lluvia —dije—. Salen cuando llueve.

—Qué bonito —repitió.

—¿La belleza es algo con lo que se nace? —le pregunté, mirando su cutis de seda y su cabello dorado—. ¿O puede crecer en una misma como las flores? ¿Cómo lo haces tú?

Candy sonrió.

—La belleza es mi profesión.

—Yo no podría ponerme esa ropa que llevas tú —dije.

—No. Tendrías que dar con la que va contigo. La que realza lo mejor de ti.

—Bah. Yo no tengo de eso.

—Bobadas. Tu cara, tus caderas y tu pecho están perfectamente proporcionados. Tienes unas curvas estupendas. Y unas manos y unos tobillos monísimos. Tengo muy claro cuál es tu estilo. Si quieres, puedo llamar a mi tienda para que manden algún modelito. ¿Qué talla usas, una cuarenta y dos? ¿Y qué número calzas, un treinta y nueve?

Asentí y me fijé en el vestido marrón y en los *veldskoene* caqui que llevaba puestos. Eran prácticos, pero hasta yo me daba cuenta de que no era el estilo que más me favorecía. Antes de casarme tenía la talla treinta y ocho, luego pasé a la cuarenta y ahora tenía la cuarenta y dos.

—Yo no puedo llevar esa ropa tan elegante de Nueva York —dije.

—Invita la casa.

—No servirá...

—¡No digas tonterías! Eres preciosa. Y tienes la piel muy bien, para el calor y la sequedad de aquí. ¿Qué te pones?

—Aceite de oliva.

—Y a medida que nos hacemos mayores hay que vigilar la dieta y hacer un poco más de ejercicio.

—¿Ese es tu secreto?

—¿Secreto? Yo no tengo ningún secreto.

Pasamos junto a una arboleda de *spekboom* de un verde brillante.

—Supongo que hay un secreto que he aprendido con el tiempo —dijo—. La ropa, la piel, el maquillaje, todo ayuda. Pero si una mujer se ve guapa, brilla por sí misma con una belleza especial.

—*Ja*, es posible; pero aunque se lo crea y brille y todo eso, ¿verá un hombre su belleza?

—Los hombres no son tan tontos como parecen, Maria.

—Mira, un *bokkie* —dije.

—¿Cómo?

—Un cervatillo, allí, a la sombra del *spekboom*. Cerca de esas rocas grandes. Es un *steenbokkie*.

Pero Candy no lo veía. Es fácil ver flores de vivos colores, pero hay que tener la vista adecuada para distinguir a un animal marrón en la sombra.

Puede que yo encontrara a un hombre con la vista adecuada.

54

—Ahí está el letrero —dije—. «Finca de productos ecológicos».

Candice dio un volantazo para meterse por el camino de tierra. Una mangosta se escondió en las matas. Subimos hacia la casa de campo situada en la falda de la sierra de Swartberge. El *veld* se veía verde y sano en aquella zona. Había hierba alta y flores creciendo entre los arbustos y los árboles. Una hilera de acacias espinosas y otros árboles seguía la pendiente de un *kloof*, lo que hacía pensar que allí podría encontrarse el lecho de un río. También se veían viejos gwarries y *spekbooms* por todo el *veld*.

—Frena un momento —pedí a Candy.

Pasamos por delante de un terreno plantado de árboles, rodeado de una extraña valla.

—Son granados —dije—. Pero el fruto es pequeño y está verde.

—Parece una valla eléctrica —comentó Candy—. Conectada a paneles solares.

Tenía razón; había dos paneles al final del campo, atrapando la luz del sol.

—¿Qué son esos gritos? —preguntó.

—Babuinos —respondí, confiando en que no fueran Dirk y Anna.

Pero sí que eran babuinos. Al girar por una curva del camino los vimos salir corriendo de un invernadero. Iban a la carrera, cargados de cosas, como clientes sin modales en rebajas. Sentado en el tejado de cristal había un babuino comiéndose un racimo de uvas negras.

Delante de nosotras apareció la casa de campo.

—Ahí está la ambulancia —dijo Candice.

—¿Y tú móvil? —le pregunté.

Aparcamos al lado de la ambulancia. Candy me pasó el teléfono y llamé a Hattie.

—La ambulancia está aquí —le informé.

—¡Dios mío! ¿Va todo bien?

—Aún no lo sé. Vamos a entrar ahora. ¿Ya viene la policía?

—Me ha costado, pero al final he conseguido hablar con Kannemeyer. Ahora mismo sale para allá. Lo llamaré otra vez para confirmar que la ambulancia está ahí. Maria, ten mucho cuidado, por favor.

Candy y yo salimos del coche y fuimos caminando hasta una silla de ruedas que yacía tumbada de lado al pie de los escalones del *stoep*. Parecía la de Anna. Pero ¿dónde estaría ella?

El *stoep* era grande y amplio, con un tejado de chapa ondulada y los bordes adornados con *broekie-lace* de hierro forjado. Era una antigua casa de campo de las auténticas. La habían pintado con una buena mano de cal, pero tenía grietas polvorientas allí donde hacía falta reparar los gruesos muros de adobe. En el *stoep* había una mujer delgada vestida con un mono azul, mirando al interior de la casa a través de la puerta de entrada.

—¡Dejadlo en paz! —gritó.

Candice pasó a su lado a toda prisa y yo la seguí.

—Cuidado —nos dijo—, están locos.

—¡No os acerquéis! —gritó Anna al vernos entrar—. O lo mataremos.

—Anna —dije.

—Dirk —dijo Candice con las manos en jarras.

Anna y Dirk nos miraron como si fueran dos perros a los que habíamos pillado haciendo algo que no debían. Pero no soltaron su presa. John estaba tumbado boca abajo, con Dirk sentado en su espalda, inmovilizándolo en el suelo con una mirada de loco. Aún llevaba los brazos vendados y uno en cabestrillo, pero tenía bien agarrado a John con las piernas. Su culo peludo asomaba por la raja del camisón verde de hospital. Anna estaba sentada en el suelo al lado de John, con el camisón bien cerrado. Tenía la pierna vendada bajo el trasero y la enyesada estirada delante de ella. Con una mano sujetaba un tubo de metal largo, apretándolo sobre el cuello de John, y en la otra tenía una jeringa enorme clavada bajo su oreja.

El tubo parecía el soporte de un gota a gota de hospital. Anna tenía las mejillas sonrosadas y el pelo enmarañado. Como el de un animal salvaje, pensé.

—¿Qué estás haciendo, Anna? —le pregunté.

—¡Ah...! —gritó John.

Anna resopló y le apretó aún más el cuello con el soporte y la jeringa.

—Tiene aire dentro —explicó la mujer del mono azul desde la puerta—. Ella ha dicho que se lo inyectaría en la sangre y lo mataría si entro o llamo a la policía.

Candice acercó dos sillas y nos sentamos. La mujer entró, se hizo con otra silla y nos pusimos las tres juntas, en primera fila delante de ellos.

—¿Son unos locos que se han escapado? —nos preguntó.

Candice asintió. Yo negué con la cabeza.

—Sabemos que lo hizo él —dijo Anna—. Pero no suelta prenda.

—¿Hacer qué? —quiso saber la joven del mono.

—Matar a Tienie —respondió Anna.

—Acostarse con mi mujer —contestó Dirk al mismo tiempo.

—¿Qué pasa aquí, John? —preguntó Monoazul.

—¡Ah... yu...! —chilló John.

—Estas tres personas estaban enamoradas de la misma mujer —explicó Candice—. Martine, que ha sido asesinada. Ellos dos culpan a John de su muerte.

—Lawrence vio tu coche aquel día —dijo Dirk—. Por eso lo mataste.

—¿Martine? —preguntó Monoazul—. ¿Esa mujer de las fotos? ¿Seguías viéndola?

A John le faltaba el aire.

—Encontré fotos de esa mujer —nos contó Monoazul a las dos que estábamos en primera fila con ella—. Las guardaba dentro de un libro, al lado de la cama. ¡Y eso que ya llevamos un año juntos! —Se volvió hacia John—. Me prometiste que no la verías nunca más.

La lengua de John asomaba entre sus labios.

—¿Volviste a verla? —le preguntó Monoazul.

John pareció intentar decir que no con la cabeza, pero no estaba en la mejor de las posturas para hacerlo.

—Anna —dije—, ¿cómo va a hablar si le aprietas el cuello de esa manera?

Anna soltó el tubo metálico, pero no movió la jeringa de donde estaba. John tomó un poco de aire.

—¡Ayuda! —exclamó.

Monoazul se cruzó de brazos.

—¿Volviste a verla?

—No he hecho nada malo —contestó John.

—Dijiste su nombre en voz alta, John. Justo en el momento más inoportuno. Yo hice como si no me hubiera enterado. Martine, dijiste, cuando deberías haber dicho Didi. Mi nombre. Didi.

—¿Visitaste a Martine? —le pregunté.

John resopló. Anna volvió a apretarle el cuello con el soporte, y él hizo un ruido como cuando estrangulan a una gallina. Anna soltó un poco el tubo.

—No me mates, por favor —le rogó él.

—Di la verdad, John —le exigió Didi Monoazul.

—Sí que fui a verla. Pero no porque la amara, sino por la jodienda del *fracking*.

—¡Lo sabía! —exclamó Dirk.

Rebotó con todo su peso sobre la espalda de John y me pareció oír un crujido.

—¡No! —gritó John—. No es eso. Me refiero a la fracturación hidráulica, una técnica que utilizan las empresas mineras para buscar gas. Están comprando todas las fincas y creo que Marius trabaja para ellos. Para Shaft. Él quería comprar vuestras tierras, y yo fui a decirle a Martine que no vendiera. El *fracking* destruirá el Klein Karoo.

—*Ja*, es muy malo, eso del *fracking* —aseguré—. Ya lo veréis en el artículo de Jessie de la *Gazette* de mañana.

—O sea, que aún la quieres —dijo Didi.

—No. Te quiero a ti, Didi. Ella era parte de mi pasado. Ahora necesito tu ayuda.

—¿Le llevaste alguna vez zumo de granada? —le pregunté.

—No —respondió—. No.

—¿Tienes zumo de granada? —pregunté a Didi.

—No es época —contestó ella—. Maduran en marzo.

—¿Y congelado?

Didi negó con la cabeza.

—¿Ni tampoco en el invernadero, donde maduráis las cosas antes de tiempo?

Didi miró a John.

—Allí tienes un granado, ¿no, John? ¿Están maduras las granadas?

—No —respondió él—. Están verdes. Dejad que me levante, por favor. No puedo respirar.

—Y el señor Marius ese... —dijo Dirk, cambiando de posición para volverse hacia Anna—. ¿Crees que lo hizo porque Martine no quería vender?

John gimió bajo los movimientos de Dirk.

—Dirk —dije, Anna y tú deberíais estar en el hospital para recuperaros. Mañana es el funeral.

—A mí el tal señor Marius no me da ninguna confianza —comentó John—. Si trabaja para Shaft... Y quería esas tierras para hacer *fracking*... ¿Qué sería capaz de hacerle a una mujer como Martine que se interpusiera en su camino?

Anna dejó de apretarle con el tubo y le sacó la aguja de la jeringa del cuello. Estaba mirando hacia un rincón de la sala. Dijo algo en voz baja que casi no se oyó. Pero Dirk y John sí que la oyeron, y ambos asintieron con la cabeza. Yo sabía de qué se trataba porque ya la había oído decirlo antes: «Lo mataré».

Dirk se quitó de encima de John y se sentó en un sillón. Anna dejó a un lado el soporte metálico y metió la jeringa bajo el cojín de una silla. Se ayudó de los brazos para apartarse un poco de John y estiró junto a la escayola la pierna sobre la que estaba sentada. John se puso boca arriba y se masajeó las costillas.

—Ese maldito cabrón del *fracking. Blerrie donder!* —exclamó Dirk.

—Lo cogeremos —dijo John.

John miró a Anna, y esta a su vez a Dirk. Eran miradas muy distintas a las de odio y miedo que se habían dirigido hasta entonces. Ahora eran como críos traviesos con un plan secreto entre manos.

Se oyó un coche acercarse a toda velocidad por el camino de tierra.

—Es la policía —anuncié.

—¿Les apetece un té? —sugirió Didi, poniéndose en pie.

El espectáculo había terminado. Fui a echar una mano en la cocina.

Kannemeyer y Piet aparecieron entonces por la puerta. El teniente carraspeó. Candice se levantó de la silla y le dedicó una sonrisa radiante. Una de esas sonrisas que realzaban sus largas piernas y sus uñas de los pies nacaradas.

—Hola, grandullón —dijo.

No se dirigía a Piet.

55

Kannemeyer sonrió a Candy y luego nos puso mala cara al resto. A mí me miró con el ceño más fruncido que a los demás.

—A ver, ¿qué pasa aquí? —preguntó.

—*Niks nie* —respondió Anna, moviendo los dedos de los pies.

—Nada —repitió John, sentándose mientras se abrazaba las costillas.

Dirk no dijo nada.

—Qué buena pinta tienen estos *beskuits* —dije a Didi mientras llevaba las pastas a la mesa de centro del salón junto con las tazas—. ¿Los has hecho tú?

—Llevan muesli ecológico —explicó, dejando la bandeja del té en la misma mesa.

Kannemeyer me miró como si todo fuera culpa mía y negó con la cabeza.

Piet se movía entre nosotros como una mangosta a través de la hierba. Se fijó en la nuca de John, donde tenía un puntito de sangre. Encontró la jeringa bajo el cojín, pero no la tocó. Luego puso las manos sobre los cojines de las sillas colocadas en fila.

—Que cada uno se sirva leche y azúcar a su gusto —dijo Didi, vertiendo el té en las tazas.

Candice echó leche en una, y leche y dos cucharadas de azúcar en otra.

—Para mí café —pidió Dirk, poniéndose bien la bata verde para estar presentable.

—*Ja*, yo también quiero café, gracias —dijo Kannemeyer.

Anna y John se apuntaron a la segunda opción con un gruñido. Didi dejó la tetera y fue a la cocina a hacer café.

Candice llevó un *beskuit* y el té con azúcar a Kannemeyer, que le dio las gracias. Observé cómo él bebía un sorbo y cómo ella sonreía mientras se tomaba su té. Era difícil no mirarla. Ella sabía lo bien que le quedaba aquel vestido de color crema y brillaba, toda radiante.

Piet llevó aparte a Kannemeyer para explicarle lo que había pasado. Por el modo en que movía las manos mientras relataba su versión de los hechos, vi que tenía una idea muy aproximada de la verdad.

Yo también quería café, pero me parecía una falta de educación dejar todo aquel té sin tocar, así que me serví una taza y me quedé junto a la puerta de la cocina. Estaba abierta y me asomé a un jardín donde había unos alcanforeros enormes. No tenía hambre, pero volví al salón para coger un *beskuit*, solo para que me acompañara. Kannemeyer escuchaba a Piet y miraba a Candy. Yo salí al jardín con el té y la pasta y me puse a la sombra de un alcanforero.

Estaba entre un *buchu* y un *bitterbos*. El cielo se veía inmenso y de un azul brillante. Demasiado brillante. Yo, en cambio, lo veía todo gris.

Tomé un poco de té y miré hacia el invernadero. Los babuinos se habían ido. Me terminé el té y dejé la taza junto a un *slangbos*.

—Tenemos un asesinato que investigar —dije al *beskuit*, que no me había comido.

Tenía buena pinta, pero no tanto como los *beskuits* de muesli de mi madre, y yo seguía sin tener hambre.

Nos dirigimos a pleno sol hacia el invernadero, el *beskuit* y yo. Pisé algunas matas de pasto llorón con los *veldskoene*. Las *vetplantjies* y *vygies* estaban floreciendo después de la lluvia caída. Puse el pie encima de una pequeña uña de gato y sus pétalos iridiscentes quedaron aplastados bajo el tacón del zapato.

Lamenté haber pisado la flor de aquella planta suculenta, así que fui con más cuidado. Encontré una vereda y la seguí hasta el invernadero. No era un largo trecho, pero hacía calor. Me alegré de llegar a la sombra de un árbol de cera que había a la entrada del invernadero.

—*Blikemmer* —dije al *beskuit*—. Qué desastre.

Estaba claro que una panda de babuinos había correteado por allí a sus anchas. Había macetas con tierra volcadas, plantas rotas y cosas rojas y verdes chafadas en el suelo que quizá en otro momento fueran frutas o verduras. En un rincón vi lo que buscaba.

—Un granado —dije al *beskuit*—, pero no tiene fruto. Ni siquiera verde y diminuto.

Caminé entre manchas rojas y moradas. Tomates y uvas, pensé.

—Pero antes sí que tenía —dijo una voz.

Di un respingo y miré el *beskuit* que tenía en la mano. Por un momento creí que había acabado volviéndome loca, y que la pasta me hablaba. Pero de repente Piet apareció a mi lado.

—*Jinne*, Piet, camina usted como un gato —comenté—. No lo he oído.

Piet pasó los dedos por las puntas de una rama del granado.

—Fíjese... lo han arrancado de aquí.

—¿Estaba maduro? —pregunté.

Se encogió de hombros.

—Esos malditos babuinos —dije.

—Vamos a preguntarles —sugirió.

Y señaló la huella de una pata de color tomate en el suelo. Caminé detrás de Piet mientras él seguía el rastro hasta fuera del invernadero, para luego atravesar un campo y continuar por el cauce seco del río. Incluso yo era capaz de vez las pisadas de los babuinos en la arena. A la sombra de las acacias espinosas y los acebuches, levanté la vista hacia el *kloof*, a donde señalaba Piet.

Los árboles estaban floreciendo, y el aire estaba lleno de abejas y de los efluvios de las flores. Piet echó a andar delante de mí por el lecho de arena. Cada dos por tres se paraba para observar las hormigas, lo que me permitía alcanzarlo. Yo también me paraba para mirar las hormigas y de paso recuperar el aliento. Formaban filas por las que caminaban de un lado a otro, llevando polen y flores.

Remontamos el río seco hacia la montaña. Me alegré de ir con mis *veldskoene*, tan prácticos para andar por la arena y las piedras. Cuando llegamos a un gwarrie enorme, Piet lo saludó con la cabeza como si fuera una anciana y luego se puso en cuclillas bajo su sombra. Yo me quedé de pie a su lado, al fresco, dejando que mi respiración se hiciera más lenta. Piet posó la mano sobre una de las ramas del árbol. Su piel, de un tono moreno claro, se veía áspera y seca como la corteza oscura del gwarrie, y tenía la cara arrugada como sus hojas. Los gwarries crecen muy despacio, y aquel tenía un tronco grueso... seguro que era milenario. El pueblo de Piet, los bosquimanos, llevaban viviendo en aquellas tierras miles de años. Piet dijo algo al árbol que no llegué a oír antes de que volviéramos al lecho del río sombreado.

Piet se dio unos golpecitos en la oreja, y yo agucé el oído. Los babuinos gritaban desde dentro del *kloof*. No tardamos en estar a la sombra de la montaña, cerca del barranco. Piet señaló hacia arriba, a una higuera gigante que había en el *kloof*, cuyas raíces grises cubrían unas piedras enormes.

Los babuinos estaban dándose un festín en el árbol. Al acercarnos nosotros, subieron a unas ramas más altas. Dos jóvenes se perseguían, peleándose por unas uvas. Otro de corta edad estaba agarrado al vientre de su madre, con un tomate rojo en la boca.

Piet miró alrededor del pie del árbol. Encontró un trozo de corteza de melón y algunas hojas verdes, pero no habían dejado mucho más.

Señaló un babuino grande, que tenía algo en una mano y se rascaba la barriga con la otra. El animal nos enseñó los dientes. Creo que quería mi *beskuit*. Se lo di a Piet. Este lo mordisqueó y miró al babuino, que gruñó y mostró los dientes de nuevo.

Cuando Piet terminó de comerse la pasta, cogió una piedra blanca del cauce del río.

Dio unos pasos atrás y gritó:

—*Jou skollie!*

Luego le tiró la piedra y le dio de lleno... ¡paf!... en su panza peluda.

Al babuino no le hizo ninguna gracia que lo llamaran pillo, porque gritó muy fuerte y lanzó algo a Piet. Su gesto fue seguido por una ruidosa tormenta de gritos y una lluvia de comida que cayó sobre nosotros. Algo duro me dio en la cabeza. Me dolió.

—*Bliksem!* —exclamé, frotándome la zona donde había recibido el golpe.

Los babuinos saltaron del árbol al despeñadero entre gritos y gruñidos de descontento. Les habíamos arruinado el festín. En la arena que nos rodeaba había uvas, cortezas de melón y tomates. Piet tenía la cara manchada de tomate y sonriente.

A mis pies estaba la cosa que me había golpeado en la cabeza: ni más ni menos que una granada madura a medio comer, con sus granos rojos y brillantes como piedras preciosas.

56

—¿Cómo es que siempre la encuentro en medio de todos los líos, señora Van Harten? —preguntó Kannemeyer.

Estábamos ya de vuelta, en el *stoep* de la casa de campo. Piet le pasó la granada. El teniente miró primero la fruta, luego a Piet y por último a mí. Desde dentro de la casa me llegaron los quejidos de John, y los mimos de Didi.

—Los babuinos... la cogieron del invernadero —le expliqué.

—Buen trabajo —dijo Kannemeyer a la granada—. ¿Han ido tras los babuinos?

—Piet los encontró —respondí—, en una higuera.

—Esa mujer, Candice, ha llevado a Anna y a Dirk a George a ver al chico de Martine. A contarle lo de su madre.

—Ah.

—Ya les he dicho que no era un buen momento para ir. Pero aquí la gente no me hace ningún caso.

Piet estaba observando las hormigas en la otra punta del *stoep*.

—¿Podrías llevar la ambulancia al hospital? —me pidió Kannemeyer—. Y de paso a John. Necesita que le miren las costillas.

—¿Te han contado lo que ha pasado aquí?

—No. Pero lo hemos deducido. —Y, negando con la cabeza, añadió—: Naturalmente, nadie quiere presentar cargos.

—Al menos Anna y Dirk han dejado de pelearse —dije.

—Entre ellos quizá.

—¿Qué vas a hacer con respecto a eso? —le pregunté, mirando la granada que tenía en la mano.

—Hablar con John.

—Mejor cuando no esté ella delante —sugerí.

Kannemeyer asintió. Miró las laderas azules de la montaña.

—Esa mujer, Candy —dijo—... tú eres amiga de ella, ¿no?

—Más o menos —respondí.

Ahora resulta que la llamaba Candy.

Piet nos miró, primero a mí, luego a Kannemeyer y después de nuevo a mí, como si intuyera que iba a pasar algo.

—¿Qué sabes de ella? —me preguntó el teniente.

—Ya te hablé de ella ayer. Es la prima de Martine.

El día anterior no me había preguntado por ella. Pero ahora que la había visto, lo quería saber todo sobre ella.

—Cuéntame más cosas —me pidió.

Yo me encogí de hombros.

—Bebe —dije. Luego me sentí tonta—. A veces. Estaba afectada por lo de Martine.

Kannemeyer se arregló las puntas del bigote.

—¿Por qué me lo preguntas? —quise saber.

—Me interesa, sin más —respondió.

Hattie vino a buscarme al hospital con su Etios. Cuando subí al coche, me pasó un sobre marrón con matasellos de Riversdale.

—Lo han enviado por correo urgente —me dijo—. Así que he pensado que correría prisa.

En un principio me había propuesto bajar a pie hasta la *Gazette*, en vez de pedir a Hattie que viniera a recogerme, pero mis piernas estaban cansadas de caminar y hacía demasiado calor. Al menos su coche tenía aire acondicionado. Respiré una buena bocanada de aire fresco mientras cruzábamos el aparcamiento dando sacudidas.

—Y bien, Maria, ¿qué te has encontrado?

Hattie circulaba en sentido contrario, y rozó un muro bajo para no chocar con un coche que venía de frente.

Le conté con pelos y señales el número que se había montado en casa de John y lo de los babuinos y la granada. Ella negó con la cabeza, chasqueó la lengua e hizo preguntas justo cuando tocaba. Se le daba muy bien escuchar, aunque conducir se le diera muy mal.

—Estarás sin comer, ¿no? —dijo mientras bajábamos por Hospital Hill a toda velocidad.

—*Ja* —respondí.

—Yo también —dijo—. He pensado que podíamos ir a por una empanada de pollo.

—No tengo hambre —comenté.

Pegó un frenazo y se detuvo en el arcén, donde chocó con el tronco de un jacarandá.

—Maria, ¿me vas a contar de una vez lo que te pasa?

Vi cómo caían unas flores de color púrpura en el capó del coche. Se habrían soltado con el golpe.

—Me ha llamado el teniente —dijo Hattie—. Y me ha contado lo que ha sucedido. Con tus zapatos.

En el árbol había un insecto que hacía un ruido chirriante, como una puerta que necesitara aceite.

—No quería preocuparte —respondí.

—Por amor de Dios, no seas tonta. ¿Por qué no te vienes a casa unos días?

—¿Te ha dado él esa idea?

—El hombre está preocupado por tu seguridad —dijo Hattie—. Y a mí me preocupa algo más que eso. No eres tú misma.

El insecto chirriaba ahora el doble de rápido, intentando atraer a una posible pareja, supongo.

—Estoy cansada —dije—. Anoche no dormí bien.

—Ahora dices que estás cansada. Antes, que te dolía la barriga, y que te pasaba lo mismo que a Jessie, que al final resulta que no está enferma. Bueno, puede que esté enferma de amor.

Entonces oí como si otro insecto contestara al primero. Cric, cric, cric.

—Bueno, yo nunca... —empezó Hattie—. Tannie Maria, ¿no estarás enamorada?

Resoplé y me crucé de brazos. El insecto y su pareja comenzaron a cantar juntos.

—¡Madre mía! Del teniente hombretón, ¿verdad? —preguntó.

—No digas tonterías, Hattie.

—Me ha contado que anoche te pusieron vigilancia policial en casa. ¿Se quedó a dormir él?

Observé cómo la sombra de las ramas se movía a través de la piel de mis manos.

—Maria van Harten. Te estás poniendo roja. —Hattie sonrió y me dio un golpecito con el codo—. ¿Qué pasó?

—Nada. No pasó nada. Ni va a pasar. Aquí hace mucho calor, vámonos.

Fuimos hasta la *Gazette* en silencio. Bueno, en silencio íbamos nosotras, pero el coche no paraba de hacer ruido con los acelerones y frenazos de costumbre.

Hattie paró a solo unos centímetros de mi *bakkie* azul.

—Nos vemos mañana en el funeral —dijo—. A primera hora de la mañana iré a hablar con la señora Van der Spuy sobre la Cámara de Comercio.

—Buena suerte —le deseé mientras salíamos de su coche—. Gracias por traerme.

—Está como un tren —dijo Hattie—. Y se nota que está por ti... llamándome como me ha llamado.

—Solo hace su trabajo —repuse, montándome en mi *bakkie*.

El interior de la camioneta era como un horno, pero me puse en marcha sin bajar las ventanillas. No quería oír nada más de lo que Hattie tenía que decir. Sus palabras me hacían daño, no sé por qué. Tal vez porque me hacían tener esperanzas. Y la esperanza duele.

Cuando llegué al final de la manzana bajé las ventanillas. Soplaba una brisa cálida y el cielo se veía cada vez más lleno de nubarrones. Esperaba que lloviera. Esa clase de esperanza no dolía tanto.

57

Mis gallinas y Vorster me saludaron cuando llegué a casa.

—Pitas, pitas, pitas —dije a las gallinas mientras les tiraba un poco de *mielie*.

—¿Limonada? —ofrecí a Vorster, que estaba en el *stoep*.

Me serví un vaso a mí también y fui a sentarme en la silla metálica del jardín, a la sombra del limonero. Observé cómo crecía la sombra del Rooiberg y los nubarrones, y me sentí sola. Fui adentro y me preparé una taza de té y un *beskuit*, cogí aquel sobre marrón y papel y boli y me lo llevé todo a la silla del jardín.

Miré el gwarrie enorme que había en medio del *veld*. Era el que tenía más cerca, y estaba separado del resto. Había envejecido allí solo durante miles de años.

Incluso con el té, el *beskuit*, las gallinas y Vorster, seguía sintiéndome sola. Supongo que yo no era la compañía más adecuada para mí misma.

Comí un poco de *beskuit*, no porque tuviera hambre sino para recordar a mi cuerpo que era real. Lo que no parecía real era mi mente; la notaba un poco alocada. Había que ser tonta para tener la esperanza de enamorarse a mi edad. Con mi cuerpo. Y de un hombre como Henk Kannemeyer. Pero, aun así, podíamos ser amigos.

Decidí hacer *bobotie* de cena para los dos. Pero primero abrí el sobre marrón. Como esperaba, era del mecánico del huevo pasado por agua.

Escribía:

Gracias, Tannie:

Qué maravilla de salsa de queso. Hecha con cerveza está *lekker*.

No estaba seguro de si las cucharadas de la receta eran colmadas o no, pero luego he visto que tanto daba siempre y cuando estuvieran igual de llenas. Las tostadas con queso derretido por encima están buenísimas y a veces me las hago para cenar. Con un filete frito para acompañar.

Las cosas están saliendo a pedir de boca, y Lucia es ahora mi novia de todas todas. Ya he conocido a sus padres y todo. No les importa que yo no hable mucho; se alegran de que tenga un buen trabajo y quiera a su hija.

Qué cosas, acabo de utilizar la palabra querer. Y es que cuando estoy con Lucia no puedo parar de sonreír. Y parece que a ella ya le va bien que sonría en vez de hablar. Si tenemos algo importante que decirnos, echamos mano del sms.

Este fin de semana viene a cenar a casa. Hace buen tiempo para estar fuera y mirar las estrellas, así que he pensado que podría hacer un *braai*. Tengo una *boerewors* de kudú muy buena. Cenaremos los dos solos, ya sabe, y quiero que sea algo especial. ¿Qué más podría hacer de comer? No creo que el *Welsh rarebit* pegue mucho.

Necesito ayuda.

KAREL

Me alegraba de que las cosas le fueran bien con su chica. Me abaniqué con el sobre. Hacía bochorno; la lluvia estaba atrapada en las nubes. Escribí una receta muy sencilla y sabrosa de un *potjiekos* hecho con *boerewors*. Y también mi receta de pan de campo, un pan facilísimo de hacer con el que impresionaría a su novia. Iba a darle también algunas recetas de ensalada, pero pensé que eso sería ya demasiado.

Escribirle hacía que me sintiera menos sola. Era agradable tener a alguien a quien podía llevar de la mano pasito a pasito.

Preparé el *bobotie*, y luego me arreglé. Me puse el vestido de color crema con florecillas azules. Vorster me gritó adiós desde fuera y lo oí alejarse por el sendero al tiempo que se acercaba un coche. Me llegaron los pasos de Kannemeyer mientras este se acercaba a la casa. Fui a abrir la puerta de entrada con una sonrisa de bienvenida.

Era Piet quien me encontré en el *stoep*.

Seguí con la sonrisa en mi cara.

—Buenas tardes, Piet.

Piet me saludó con la cabeza y dijo:

—El teniente Kannemeyer tiene una reunión. Esta noche me quedo yo.

Sonó el teléfono.

—Disculpe, Piet —dije, y fui a cogerlo.

—¡Tannie Maria!

—Jess.

—Siento mucho haber desaparecido del mapa como lo he hecho, Tannie. Te he echado de menos.

—Yo también, mi *skat*.

—Reghardt me ha dejado una carta en casa en la que me lo explica todo. Y una caja de *koeksisters*. Ha comido toda mi familia.

—Me alegro, Jessie. Yo te he dejado un trozo de pastel espiral de miel y tofe en la nevera de la *Gazette*.

—Qué pasada. Gracias, Tannie M. He hablado con el dueño del bed and breakfast Sunshine y me ha dicho que es verdad, que Reghardt no se quedó allí aquella noche.

—Esa es mi chica.

—Solo soy una buena periodista —dijo—. Contrasto la información.

—Yo también he hablado con Candice, y dice que no pasó nada —le expliqué—. Que no es su tipo.

—¡Tendrá jeta! —exclamó Jessie—. ¿Y quién es su tipo?

—¿Ya has visto a Reghardt? —le pregunté.

—He quedado con él en la cafetería Route 62 —respondió—. Estoy entrando por la puerta ahora mismo. Solo quería darte las gracias, Tannie, y pedirte disculpas. Ah, ahí está. Pues nada, Tannie, nos vemos. Espera un momento. *Nooit...* a que no adivinas quién más está aquí. En un rinconcito. El bombón de Candy. Con el teniente Kannemeyer...

58

Llovía a lo lejos, en la sierra de Langeberge, pero el *veld* que me rodeaba seguía seco. Hubo rayos y truenos en mitad de la noche, aunque no cayó ni una gota. Con los relámpagos veía el vestido nacarado de ella, y con el estruendo de los truenos oía la voz de él.

Cuando llegué a la iglesia para asistir al funeral de Martine a la mañana siguiente, el cielo estaba despejado. Adiós a la esperanza de que lloviera. Candy estaba hablando con Kannemeyer, con la mano apoyada en su brazo. Él iba con una camisa azul y una corbata oscura. Ella lucía un sombrerito con velo, un vestido negro corto abrochado de arriba abajo por delante con botones de nácar. Yo llevaba puesto mi vestido de algodón marrón.

—Gracias a Dios que estás aquí, cielo —dijo, acercándose a mí dando saltitos con sus zapatos de tacón alto y terciopelo negro.

—Hola, Candice —la saludé.

Me dolían los zapatos. Era el calzado más elegante que tenía, pero el más incómodo.

—Necesito tu ayuda —me dijo.

Señaló hacia la iglesia. La Nederduitse Gereformeerde Kerk es un edificio blanco, alto y de aspecto nada acogedor. Yo iba mucho allí con mi marido, Fanie. En la otra punta de la escalinata blanca había un corro de personas.

—No he caído —dijo Candice—. Les dije a los familiares y

amigos más allegados que vinieran pronto, pensando que podrían echar una mano. Pero fíjate.

Henk había desaparecido. Había un señor mayor en silla de ruedas y un hombre a su lado, vestido con un traje azul brillante que parecía quedarle pequeño. Anna también iba en silla de ruedas, con la pierna escayolada en alto, apoyada sobre una plataforma metálica que venía a ser una prolongación del reposapiés. Vestía unos tejanos con una pernera cortada por encima del yeso; la otra le tapaba los vendajes. Llevaba una elegante blusa negra y unos zapatos negros blandos. Incluso desde lejos me percaté de que volvía a tener aquella mirada sombría en sus ojos. La saludé con la mano, pero no me vio.

También estaba Didi, con John, colocándole en su sitio los vendajes de las costillas. Y Dirk, con un brazo en cabestrillo y la americana del traje oscuro que vestía puesta por encima de los hombros. Se había afeitado los cuatro pelos de la barba y las patillas, y tenía la cara tan blanca como los vendajes.

—Toda esta gente necesita ayuda para subir por las escaleras —dijo Candy—. No hay una maldita rampa. Gracias a Dios que Henk Kannemeyer está aquí. Él será uno de los portadores del féretro.

Jessie apareció a mi lado con su chaleco negro habitual, pero con unos elegantes pantalones azul marino.

Se aclaró la garganta y dijo:

—Yo también puedo echar una mano.

—Gracias, cielo. Eres un encanto. A Tannie Kuruman le está costando poner la comida en el vestíbulo, porque la gente se le echa encima. —Señaló hacia el vestíbulo, donde vi a Tannie Kuruman con una bandeja de plata en las manos, abriéndose paso a empujones a través de un corrillo de gente. Me pareció reconocer a alguna persona—. Pero nuestro mayor problema es el sacerdote. Se ha puesto enfermo, y el predicador laico se ha ido a Riversdale. ¿Se os ocurre algo?

Miré a Candy, cuya piel y cabello brillaban como los botones de nácar de su vestido, e intenté hablar pero mi voz se perdió de algún modo por el camino.

—Reghardt y yo subiremos las sillas de ruedas por las escaleras —se ofreció Jessie.

Tragué saliva y dije:

—Yo me ocupo de lo de la comida y el sacerdote.

—Sois dos ángeles, gracias. Ay Dios, ahí viene James —dijo Candy—. El chico de Martine. Tengo que presentarle al abuelo Peter y a tío David. No se conocen. De hecho, David se acaba de enterar de que existe.

Se alejó dando saltitos hacia un muchacho en silla de ruedas, que un hombre vestido de enfermero empujaba por la acera.

Al chico le colgaba la cabeza, como si tuviera el cuello de goma. Candi se agachó para hablar con él. Estaban demasiado lejos para que pudiéramos oírlos, pero vimos cómo el muchacho levantaba la cabeza y se le descolgaba la mandíbula en una gran sonrisa.

El vestido de Candy se veía mucho más ceñido y corto al estar en cuclillas. Dirk se acercó a ellos con paso tambaleante, y apoyó la mano vendada en el hombro de su hijo.

—El del traje brillante y la corbata rosa debe de ser David, el hermano de Martine —dijo Jessie.

Iba empujando la silla del anciano hacia el chico. El *oupa* hizo girar las ruedas más rápido con sus propias manos y dejó atrás a David.

Candice se puso de pie y ayudó a colocar juntas las sillas de ruedas, de modo que Jamie acabó rodilla con rodilla con su abuelo. Al chico le colgaba la cabeza a un lado. Seguía sonriendo. El *oupa* iba con una camisa negra almidonada, pero tenía la piel del cuello y la cara blanca y arrugada. Era pequeño como un pájaro, demasiado para la ropa que llevaba.

El abuelo miraba a Jamie con los ojos desorbitados, como si hubiera visto un fantasma; el muchacho tenía el cabello rubio y la nariz afilada de Martine, igual que la suya. Jamie sonrió de oreja a oreja, moviendo la cabeza de un lado a otro. El enfermero le limpió la comisura de la boca.

Jamie tendió la mano a su abuelo, agitándola en el aire; el anciano alargó la suya y se la estrechó.

La luz dio en las mejillas del viejo y vi que las tenía mojadas.

—Está llorando —observó Jessie.

Candy se secó los ojos con un pañuelo y puso los dedos en el brazo de David, que estaba detrás de la silla de ruedas de su padre. Todos contemplaban al muchacho, que agarraba la mano de su abuelo.

—Mira a tío David —dijo Jessie.

El hombre tenía el rostro crispado por lo que parecía ira, o incluso odio. Su mirada se iluminó con una luz sombría ante el chico. Luego sonrió con los labios, pero sus ojos estaban vacíos, como una linterna apagada.

El muchacho levantó la vista hacia David y un instante después la cabeza se le cayó como una flor marchita. Jamie soltó a su abuelo, y las manos le cayeron hechas un ovillo en el regazo como si fueran unos ratones dormidos.

Dieron todos media vuelta y se encaminaron hacia la iglesia. Dirk y el anciano se quedaron cerca del chico. David y Candice fueron un poco por detrás.

—Así que existe de verdad —dijo David, al pasar junto a nosotras—. Bueno, o algo así.

59

—Tannie, Tannie —dijo el niño enclenque mientras venía corriendo hacia mí—, ¿tiene pastel?

—Lo siento —respondí.

Yo estaba en lo cierto; la gente que había a la salida del vestíbulo eran adventistas del séptimo día. Iban muy acicalados para ir a la iglesia, con corbata, elegantes sombreros y demás.

—Mi madre me ha dicho que aquí hay cosas que podemos comer. —El pequeño parecía tener más hambre de lo normal—. Estamos guardando nuestra comida para las montañas, Tannie. Nos vamos de cámping.

La mujer pálida que no me había dejado dar comida a los niños se acercó y se puso al lado del pequeño. Llevaba un sombrero azul.

—Sí, hay comida vegana —dije, dirigiéndome a los dos—, pero tendrán que esperar a que acabe el funeral. Y sin sacerdote no hay funeral. ¿Tienen alguno que pueda ayudarnos?

—Bueno, tenemos a Emmanuel, pero no está aquí —contestó la señora del sombrero azul.

—Se ha ido a buscar a Emily, su mujer —añadió Georgie, sumándose a nosotros.

Llevaba un sombrero rosa sobre sus rizos canosos.

—Georgina es una predicadora laica —explicó la mujer del sombrero azul.

—¡Ay, madre! —exclamó Georgie—. No, no. Yo nunca he predicado fuera de los adventistas.

—Ha oficiado funerales —insistió la otra mujer—. Dos.

Georgie negó con la cabeza tan rápido que parecía que las rositas de color rosa le fueran a salir volando del sombrero.

—Seguro que podríamos pagarle algo —dije.

Georgie miró a su amiga y luego a mí.

—¿Cuánto?

—Un pastel de espinacas ahora para ustedes y doscientos rands después —le ofrecí.

—Ahhh —dijo Georgie—. Trato hecho.

Fue llegando más gente, tanto a pie como en coche, todos vestidos de domingo. Candice y David estaban en la puerta, saludándolos a medida que entraban. El grupo de los que iban vendados y en silla de ruedas se acomodaron en primera fila. Yo me senté en el medio, junto a los empleados del Spar. Casi todos ellos iban aún con la ropa de trabajo, pero Marietjie se veía muy arreglada, con un vestido y unos zapatos de tacón. Estaba sentada junto al encargado, el señor Cornelius van Wyk, que debía de ponerse una especie de pegamento en el pelo para llevarlo peinado de lado de aquella manera. Los adventistas del séptimo día se sentaron al fondo.

La luz entraba en la iglesia por unas ventanas situadas a gran altura, y daba la sensación de que estábamos bajo el agua. Cuando los bancos estuvieron casi llenos, comenzó a sonar la música, y apareció el féretro a hombros de los portadores. Reghardt, Piet y Jessie estaban a un lado del ataúd, y Kannemeyer, David y Didi al otro. Supuse que Didi habría perdonado a John. Quizá no fuera celosa. Seguro que no sabía nada de la granada madura. Jessie y Henk se sentaron delante, al lado de Candy. Grace también estaba cerca de la primera fila, con la espalda muy recta y un tocado de tela *shweshwe* azul. Hattie llegó tarde y se quedó al fondo, con los adventistas. A mi lado había un sitio vacío, y el fantasma de Fanie, mi marido, vino a ocuparlo. Intenté ahuyentarlo, pero su pesada presencia siguió allí.

Georgie hizo un buen sermón. Habló de que nuestras vidas

llegan todas a su fin y nos dio una pequeña charla sobre Dios y el cielo. Aprovechó para sacar el tema del fin del mundo, pero no nos propuso ir con ellos a las montañas el gran día. Luego invitó a hablar a los miembros de la familia. Dirk se levantó, pero cuando se vio delante de todo el mundo, las palabras se le quedaron trabadas en la garganta, así que volvió a sentarse. Candy se puso de pie y dedicó unas palabras amables a su prima y a la buena gente de Ladismith.

El fantasma malhumorado de Fanie continuaba sentado a mi lado. No se hizo mención alguna del marido que pegaba a Martine ni de la persona que la asesinó. Los funerales siempre son impolutos. Cantamos el himno «Todas las cosas bellas y relucientes».

Mientras entonábamos el salmo «El Señor es mi pastor», los portadores se llevaron el féretro por el pasillo. Kannemeyer tenía cara de tristeza, y su bigote se veía caído. Cuando pasó a mi lado sentí algo extraño en el estómago, como si me lo estuvieran amasando. Me levanté para unirme al cortejo fúnebre y dejé al fantasma enfadado de Fanie en el banco de la iglesia.

La familia y todos los asistentes en silla de ruedas iban detrás del ataúd: Candice llevaba al abuelo, el enfermero a Jamie, Anna se empujaba a sí misma y Dirk los seguía a paso lento. Luego bajaron a cuestas el féretro por la escalinata, seguido de las sillas de ruedas.

Después nos dirigimos todos, a pie, renqueando o sobre ruedas, al cementerio, situado detrás de la iglesia, donde habían cavado un hoyo muy profundo. Delante de todo, en la parte más llana de la tumba, se pusieron las sillas de ruedas, con Anna, el *oupa* y Jamie. La gente se colocó en filas detrás de ellos: Dirk y el enfermero, David, Candice y Kannemeyer, John y Didi, Jessie, Reghardt y Piet. Incluso Hattie estaba a ese lado, con todos ellos.

Yo me puse al otro lado de la sepultura, con los adventistas del séptimo día y algunos trabajadores del Spar. Justo cuando pensaba que ya estábamos cada uno en su sitio, y Georgina daba el último adiós a Martine con unas palabras de despedida, vi que la silla de Jamie rodaba hacia delante. El enfermero intentó agarrarla, pero no pudo, y la silla se quedó colgando en el borde de la tumba. Piet se lanzó hasta la primera fila y consiguió cogerla antes de que cayera. Luego tiró de ella hasta depositarla en tierra firme mientras David retrocedía un par de pasos.

—¡Ay, madre! —exclamó Georgina.

—Si estaban los frenos puestos —dijo el enfermero, cogiendo la silla por detrás—. No sé qué ha pasado.

El *oupa* alargó la mano hacia Jamie y le dio unas palmaditas en la rodilla. Candice se agachó a su lado, pero el chico parecía estar bien, y tarareaba para sus adentros, intentando agarrar la mano de su abuelo.

Cuando la sacerdotisa Georgie dijo en voz baja «Polvo somos y en polvo nos convertiremos», unos hombres vestidos con un mono de trabajo utilizaron unas cuerdas para bajar el ataúd hasta el fondo del hoyo. Luego comenzaron a echar tierra encima a paladas. La cogían de un montón grande que tenían allí mismo. El funeral había sido impoluto, pero aquella tierra lo deslucía todo.

Hizo un ruido suave y pesado al caer sobre la tapa de la caja.

Martine no volvería jamás.

Cogí un puñado de tierra y la tiré en su tumba.

«Haré cuanto pueda, Martine —le dije—. Haré cuanto pueda para descubrir quién te hizo esto.»

60

Ya en el almuerzo que se ofreció después del entierro, me senté con Hattie al lado de la comida. Un corrillo de hombres, incluido Henk, se apiñaban alrededor de Candy como si buscaran el calor de su fuego. Su vestido, sin una sola arruga, se ceñía a sus curvas a la perfección. Mi vestido marrón estaba hecho un higo después de la larga mañana.

—¿Esa que está hablando con Jessie es Grace? —me preguntó Hattie, sacudiéndose del regazo una miguita de empanada de pollo.

Asentí. Grace llevaba un vestido azul oscuro a juego con el tocado *shweshwe*.

—Parece una princesa —dijo Hattie—. Maria, ¿no vas a comer nada?

Negué con la cabeza. Henk posó la mano sobre el brazo desnudo de Candy y se le acercó para decirle algo al oído. Luego se marchó. A mí no me dijo ni hola ni adiós.

David cogió una taza de té y un trozo de tarta de leche para su padre, que estaba parado junto a la silla de ruedas de Jamie, no muy lejos de Candy. Al anciano le temblaron las manos cuando se llevó la taza a la boca. Tenía una cara flácida y triste. Su nieto parecía contento mientras el enfermero le daba un poco del pastel de espinacas vegano. Debía de ser un profesional muy entregado a su trabajo para haber conseguido un trozo de aquel pastel, ya que los adventistas se habían abalanzado sobre él para devorarlo.

—Me pregunto si entiende que su madre ya no está —dije.

Candy se agachó sobre él y le acarició el pelo. Jessie se reunió con Hattie y conmigo, con un montón de *koeksisters* en el plato.

—Grace dice que Dirk le ha entregado algo de dinero —nos contó.

—Estupendo. A lo mejor no es tan cerdo después de todo —comentó Hattie.

—Hum —dijo Jessie—. Un cerdo es un cerdo. No va a librarse de esta por soltar unos cuantos billetes. En fin, que con el seguro de vida de Lawrence y lo que le ha dado Dirk ya tiene suficiente para instalarse en Ciudad del Cabo.

—Mmm. ¿Así que ella era la beneficiaria del seguro de vida de Lawrence? —preguntó Hattie.

—Venga ya, Hattie, no sigas por ahí. Grace no ha matado a nadie.

—A menudo son los seres más queridos y cercanos —señaló ella.

—¿Marius le ha dado algo? —pregunté.

—Ni un centavo —respondió Jessie—. Grace me ha dicho que le ofreció dinero si «hacía algo» por él.

—Marius sí que es un cerdo —afirmó Hattie—. Esta mañana he ido a ver a la señora Van der Spuy y me ha contado que Marius está haciendo una dura campaña en nuestra contra. Si perdemos el apoyo de la Cámara, la *Gazette* no tendrá fondos suficientes para seguir adelante.

—Oh, Hats —dije.

—Esta noche voy a la reunión de la Cámara. Cruzad los dedos. ¿Dónde se habrá metido el tal señor Marius? Lo he visto por aquí antes...

—Hace un momento Dirk, Anna y John estaban yendo a por él ahí fuera —explicó Jessie—. Fijaos en ellos —dijo, señalando con la cabeza hacia donde estaban sentados los tres juntos, al cuidado de Didi—. Aun con vendajes y sillas de ruedas por medio lo han atacado. Reghardt y Kannemeyer han intervenido y Marius ha salido por patas.

Expliqué a Hattie y a Jess lo que había ocurrido en la finca de John, y el motivo por el que Dirk y Anna habían dejado de torturar a John para conchabarse contra Marius.

—*Jinne!* —exclamó Jessie—. Un agente inmobiliario al servicio del *fracking*. Tras las tierras de Martine.

—Madre mía —dijo Hattie—. Si Marius trabaja para Shaft, eso explicaría el berrinche que cogió con tu artículo, Jess. Pues más le vale que se ande con cuidado con el terrible trío.

—¿Te refieres a ellos? —preguntó Jessie, señalando a John, a Dirk y a Anna con el *koeksister* que tenía en la mano—. ¿O a nosotras?

—Lo que quería contaros también —añadí— es que no estamos en época de granadas, pero encontramos una madura en la finca de John. Tiene un invernadero.

—¿Y piensas que a lo mejor él...? —dijo Hattie.

—Él estaba enamorado de Martine —respondí—, y a ella le encantaba el zumo de granada.

—¿Eso lo sabe su novia? —preguntó Jessie, mirando a Didi, que estaba dando de comer a John una empanada de pollo.

Asentí con la cabeza.

Hattie arqueó las cejas y dijo:

—No existe furia en el infierno como la de una mujer despechada.

—Me pregunto si los del Spar han hecho algo con lo del zumo de granada —comenté.

—Le preguntaré a mi primo Boetie, que trabaja allí —dijo Jessie.

Hattie recorrió el vestíbulo con la mirada. Era más alta que nosotras y tenía una buena vista de toda la gente de Ladismith y de fuera: de los familiares y amigos de Martine, de sus compañeros de trabajo y de los adventistas del séptimo día.

Luego nos miró a nosotras y dijo:

—Cualquiera de las personas que hay en esta sala...

Jessie terminó la frase:

—... podría ser el asesino.

Bajo el rumor de voces de la gente oímos un largo gemido quedo.

—¿Qué era eso? —preguntó Jessie.

—Es el abuelo —respondió Hattie.

El anciano estaba doblado hacia delante, agarrándose el estómago. En el regazo tenía la taza y el plato con la tarta de leche a medias, que se escurrían hacia el suelo.

Candice corrió a su lado y nosotras la seguimos, abriéndonos paso a empujones entre la gente que se apiñaba a su alrededor.

—Ayuda —dijo el *oupa* con la cara verde—. Me han envenenado.

61

Las tres chicas de la *Gazette* entramos en acción como un equipo. Jessie se puso delante de la silla de ruedas del abuelo, como los guardaespaldas de las películas. Hattie se colocó detrás de la silla, como un árbol espinoso fuerte y anguloso que daba sombra y cobijo. Yo llegué demasiado tarde para salvar la tarta de leche de Tannie Kuruman, que acabó pisoteada en el suelo, pegándose a la suela de los zapatos de los adventistas del séptimo día.

—Llama a Kannemeyer —dije, pero Jessie ya estaba hablando por el móvil.

—Vienen para aquí —me informó.

—Necesitamos una ambulancia —comentó Hattie.

—Será más rápido ir en mi coche —repuso Candice.

Hattie se hizo a un lado para dejar pasar la silla del anciano empujada por Candy.

Jessie avanzó junto a ellos, despejándoles el camino.

—Apártense. Dejen pasar —pedía a la gente a su paso.

Candice llevaba la silla de ruedas como si fuera un coche deportivo, pero su tío parecía poder soportarlo. Hattie y yo íbamos a la zaga y nos quedamos atrás. David también los seguía, pero no se dio prisa para alcanzarlos.

Vimos a Candice, a Jessie y al anciano alejarse zumbando en el MG rojo.

—Estás paliducha —me dijo Hattie, dándome unas palmaditas en el hombro.

—He pasado mala noche —respondí.

—¿Por qué no te vas a casa a descansar un rato? Ya me quedo yo aquí y me ocupo de que se vaya todo el mundo.

—Gracias, Hats. Los funerales me agotan.

Recorrí a pie la manzana que había de la iglesia a mi *bakkie*. La calle era llana, pero tenía la sensación de estar subiendo una de esas *koppies* del Karoo.

Ya al volante de mi *bakkie*, salí del pueblo entre las colinas que parecían animales enormes durmiendo bajo un cielo azul y cálido. Me entraron ganas de parar en el arcén y tumbarme a su lado. Pero conseguí llegar hasta casa. Incluso hice café para Vorster y eché de comer *mielie* a las gallinas. Luego me quité los zapatos, me acosté en la cama y caí en un agujero negro de sueño.

No soñé con nada.

Al despertar, me asomé a la ventana pestañeando mientras miraba los nubarrones que había en el cielo y me di cuenta de que era de noche. Debía de haber dormido durante horas.

Oí un sonido metálico en la cocina. Me noté el corazón en el pecho como un conejo en plena espantada. Entonces me enfadé. No quería estar asustada en mi propia casa. Si tenía que pasarme algo, que me pasara. No pensaba ser ese conejo temeroso de su sombra. Miré a mi alrededor en busca de un arma. Lo único que encontré fue el cepillo del pelo, así que lo cogí.

Me dirigí a la cocina, descalza y armada. Allí estaba Henk Kannemeyer, poniendo una sartén en el fuego. Retrocedí por el pasillo y utilicé el cepillo con mi pelo.

—¿Maria? —preguntó.

—Ya voy —dije.

Me metí corriendo en el baño. Al verme en el espejo me pegué un susto. Tenía la mejilla arrugada de dormir y los ojos hinchados. Hice lo que pude, me puse un vestido azul limpio y fui a la cocina.

—Espero que te gusten los huevos revueltos —dijo Kannemeyer, batiendo los huevos en un cuenco.

Aún iba con la camisa azul del funeral, pero sin la corbata y remangado.

—No tengo mucha hambre, la verdad.

Algo estalló y di un respingo. No era más que el pan en la tostadora. Henk lo sacó y puso dos rebanadas más antes de seguir batiendo los huevos.

—Es lo único que sé hacer —dijo—. Y cuando he metido las gallinas en el *hok* he visto unos huevos ahí, esperando.

Abrió la nevera. ¿Cómo era posible que aquel hombre se manejara con tanta soltura con el *hok* de mis gallinas, con mi cocina, con mi nevera?

—¿Tienes yogur?

—No —respondí.

—Aquí hay un poco. —Añadió una cucharada a los huevos batidos—. No he encontrado los cubiertos. Para poner la mesa.

—Ya me encargo yo.

Se me cayó un cuchillo al suelo y ambos nos agachamos a cogerlo; nuestros brazos se rozaron mientras estábamos boca abajo. Yo me aparté, con el cuchillo en la mano. Lo lavé y lo puse en la mesa.

Él sirvió las tostadas y los huevos en los platos y untó de mantequilla su tostada.

—Tengo que hablar contigo —dijo, mirándome con sus ojos de color azul tormenta—. De Candice.

Yo me quedé mirando la tostada seca que había en mi plato.

—No me resulta fácil —comentó—. Sé que te llevas bien con ella. —Dejó el cuchillo—. Seguro que confías en ella.

—No tienes por qué hacerlo, teniente —dije.

—Me preocupo por ti... —respondió.

—No tienes ninguna... —¿cómo se decía eso?— obligación para conmigo.

—A lo mejor no debería decirte esto...

—No, no deberías. No tienes que explicarme nada. Puedes hacer lo que quieras.

—Quizá ya te lo imagines. Lo de ella.

—Sí. No soy tonta.

—¿Y ya vas con cuidado?

Lo miré extrañada mientras se ponía los huevos revueltos sobre la tostada. Una brisa hizo vibrar la ventanilla de guillotina.

—Temo por tu seguridad —dijo.

—¿Por mi seguridad?

—Maria, Candice podría ser el asesino.

62

—¿Cómo? —dije.

—No quiero que estés a solas con ella.

—¿Cómo? —repetí—. Tú cenaste con ella.

—Candice tiene un móvil para haber cometido el crimen, los medios y la oportunidad.

—No lo entiendo —dije—. No lo creo.

—Va a heredar mucho dinero. Martine la hizo fiduciaria para que administrara los bienes de su hijo.

Coloqué bien el cuchillo y el tenedor en la mesa, poniéndolos en paralelo.

—Martine no era rica —repuse—. Era Dirk quien pagaba el hogar donde vivía su hijo. Ella no tenía dinero suficiente para dejar a su marido.

—El padre de Martine tenía dinero en fideicomiso para ella.

—Sí, he oído que tenía mucho dinero, pero que no pensaba darles nada a sus hijos. Que tenía la idea de que debían ser independientes o algo así...

—Preferiría no contarte la historia entera, pero puede que sea la única manera de que llegues a creerme. —Henk comió un poco antes de empezar con su explicación—. Hace tiempo Martine sufrió un aborto que le afectó mucho. Su padre le dijo que solo le daría el dinero que le tocaba cuando tuviera un hijo. Él pensaba que eso podría ayudarla, por extraño que parezca, pero Martine no lo veía así.

—¿Y le dio el dinero cuando Martine tuvo a su hijo?

—No, porque cuando por fin tuvo un hijo, no permitió que su padre lo viera. Así que él la excluyó del testamento, pero dejó su parte a su nieto en un fondo fiduciario. Sin embargo, ahora mismo Jamie solo heredaría si muriera su abuelo. Se trata de mucho dinero.

—Sigo sin entenderlo —dije—. Aunque sea cierto lo que dices, Candy es muy rica. No necesita ese dinero.

Kannemeyer negó con la cabeza.

—*Era* muy rica. Se ganaba bien la vida como modelo y además su padre, el tío de Martine, le dejó una fortuna. Pero se casó con un hacendado petrolero de Texas que la perdió casi toda por culpa de un mal acuerdo. Él la engañó, y ella sacó algo de dinero en el divorcio, lo suficiente para montar su negocio de ropa. No le va mal... pero no tiene nada que ver con lo que le caería.

—¿Y al abuelo no le importaría que ella robara a un chico enfermo?

—Le parece bien que Candy sea la fiduciaria. Hay dinero de sobra para los dos.

—¿Cómo sabes todo eso?

Kannemeyer se tiró de una punta del bigote.

—Cuando no estamos ocupados sacándote de algún apuro —dijo—, trabajamos un poco.

—Pero Candy ni siquiera estaba aquí cuando Martine murió —observé—. Acaba de llegar.

Me sentí extraña al defender a Candy. Pero una cosa era verla como una quitahombres, y otra muy distinta pensar que podría quitar la vida a alguien. Asesinar a su propia prima.

—Por el alquiler de su coche sabemos que lo tiene desde hace una semana.

—Y el asesino es un hombre. La noche que mataron a Lawrence vimos a un hombre.

—¿Estás segura? Es una mujer más bien grande, y podría haber llevado zapatos de hombre.

—Pero no camina como un hombre.

—Visteis por un momento la silueta de alguien en medio de una tormenta.

—Tú la has visto, teniente. No camina como un hombre.

Kannemeyer suspiró y dijo:

—Podría estar trabajando con alguien más.

—Con un hombre que también sale ganando con la muerte de Martine... —dije—. ¡El hermano! No andaba muy lejos. La semana pasada estaba en la reserva de caza de Sanbona.

—No le des más vueltas. Solo quería avisarte que tengas cuidado. No pienso hablar de este caso contigo.

Kannemeyer había terminado de comer y colocó el cuchillo y el tenedor juntos. Abrí la ventana que hacía ruido para dejar entrar la brisa fresca, que se coló por toda la casa.

—¿Hay algo más de lo que se pueda hablar contigo? —pregunté, sentándome otra vez—. ¿Qué tal hoy?

Podíamos hacer como si no fuera mi guardaespaldas, como si solo hubiera venido a visitarme. Unté la tostada con mantequilla. Me volvió el hambre de golpe, como un perro perdido que regresa a casa.

—Pues... —Se retorció la punta del bigote con los dedos. Aceptó el juego—. Viniendo hacia aquí he visto un *bokkie*.

—¿De qué tipo?

—Era un raficero.

—Son difíciles de ver —dije entre bocado y bocado—. Se quedan quietos en la sombra.

—Tienen la misma pareja de por vida —comentó Kannemeyer—. Y también he ido al Spar.

—¿Y si la pareja muere?

—No, entonces buscan otra. A menos que sean muy mayores.

La brisa trajo consigo el olor a tierra húmeda. Puede que estuviera lloviendo en la sierra de Swartberge.

—¿Qué has comprado en el Spar? —le pregunté.

Los huevos revueltos estaban deliciosos. Ligeros y esponjosos.

—No he ido a comprar. Están desapareciendo cosas de los estantes. Latas y alimentos secos, lentejas, arroz... ese tipo de cosas.

—¿Y te han llamado para que te pasaras por allí?

—El encargado cree que podría ser algún trabajador. Los empaquetadores.

—¿Por qué piensa eso?

—Pues no sé, seguro que es porque pasa una y otra vez. Cada día roban algo pequeño.

—No me parece que les valga la pena. Podrían perder su empleo. En un pueblo pequeño como este, es difícil conseguir otro trabajo.

Kannemeyer se encogió de hombros.

—Les he dicho que no pierdan de vista a la gente que va a comprar allí cada día. Los que van a buscar cosas para la hora de comer, patatas fritas y pasteles salados.

Asentí con la cabeza y pregunté:

—¿No tienen cámaras de seguridad?

—Son muy caras. Más que las latas y el arroz.

Rebañé el plato con lo que me quedaba de tostada y me metí el pan en la boca. Kannemeyer comenzó a recoger la mesa y yo lo ayudé, apilando los platos en el fregadero. Luego le serví el último pedazo de la tarta espiral, que olía a miel, como él.

—¿Y tú? —me preguntó.

La tarta tenía buena pinta, pero no había suficiente para los dos.

—Yo estoy llena —respondí.

—Me refiero a qué tal te ha ido el día.

—¿A mí?

Volvíamos a estar sentados a la mesa. Kannemeyer se comió la tarta de miel y tofe con los dedos. Tenía sus ojos azul grisáceo puestos en mí, dispuesto a escucharme.

Me producía una sensación extraña tener a un hombre sentado enfrente dispuesto a escucharme. Supongo que era algo que siempre había deseado y ahora que lo tenía no sabía qué hacer con ello.

—Los funerales me agotan —dije—. No sé por qué.

—Te entiendo.

—Se me hacen pesados, como si llevara a cuestas un peso muerto.

Kannemeyer asintió con la cabeza. Me vino a la mente su cara de tristeza mientras portaba el ataúd sobre los hombros.

—Pero siento como si hubiera más de un peso muerto —seguí—. Es como si todas las muertes de antes también estuvieran ahí.

Él bajó la mirada a su plato y apretó las migas que quedaban con la yema de los dedos. Aunque se le despegaban de los dedos, las apretó una y otra vez.

Oí las primeras gotas de una lluvia suave en el tejado del *stoep*.

63

A la mañana siguiente me levanté antes que los pájaros y preparé el desayuno para los dos. Como no quedaba muy bien hacer huevos revueltos, los hice escalfados —lo que mi madre llamaba huevos «de ojos de becerro»—, con tomate y salchicha de ternera frita. También hice una tanda rápida de bollos de queso al horno y una olla de *mieliepap*. Kannemeyer dobló las sábanas sobre el sofá en el que había dormido y luego me ayudó a llevar afuera el desayuno. Había mantequilla y mermelada de albaricoque para el pan, y leche y azúcar para las gachas de maíz. Y un platito de uvas de John, que aún estaban negras y firmes.

Mientras desayunábamos sentados en el *stoep* contemplamos cómo el Rooiberg se volvía rojo y cómo se iluminaban luego las cimas de las ondulantes colinas de color marrón. Estaba hambrienta, pero después de meterme en el cuerpo un bollo de queso y un huevo escalfado con un trozo de salchicha, me quedé bien. Cuando terminé de comer y contemplar los cerros teñidos de rojo por el sol, me dediqué a mirar cómo comía Kannemeyer. Necesitaba un afeitado, pero tenía el bigote muy arreglado. Era un hombre con apetito, y picó un poco de todo lo que habíamos puesto en la mesa. Cuando hubo acabado con los platos calientes, cogió un puñadito de uvas, que fue comiendo poco a poco mientras miraba el jardín y a mí.

Para entonces ya estaban despiertos los pájaros, y se llamaban entre ellos, así que no nos hizo falta hablar. Luego oímos un coche acercarse desde la R62 por el camino de entrada a mi casa.

—Ese será el sargento Vorster —dijo Kannemeyer, pasándose los dedos por el bigote por si tenía migas.

—¿Te pones cera en el bigote? —le pregunté.

—A veces. Solo en las puntas —respondió—. Cera de abejas. Eso explicaba por qué olía a miel.

—Será mejor que vaya tirando —dijo.

—El anciano, que está en el hospital —comenté, y luego negué con la cabeza—. No importa.

Sabía que no me contaría nada y no quería estropear el juego que habíamos empezado.

—Que pases un buen día —le deseé.

—Hasta luego —me dijo, poniéndose de pie.

Kannemeyer se echó hacia delante, acercándose a mí, con su aroma a miel y canela, y por un instante pensé que me iba a dar un beso de despedida. Pero, naturalmente, se había inclinado sobre la mesa para recoger los cuencos y platos del desayuno, que llevó a la cocina. El juego había terminado.

—Ya me encargo yo —dije—. No te molestes.

Puse el resto de las gachas en un plato para Vorster.

Kannemeyer se fue y yo me acerqué al césped para echar de comer a las gallinas mientras escuchaba el sonido cada vez más lejano de su coche.

64

Sonó el teléfono. Pensé que sería Hattie, que me llamaba para contarme cómo le había ido la reunión con los de la Cámara de Comercio. Pero era Jessie.

—Hay un abogado. En el hospital.

—¿El anciano está bien?

—Está vivo, pero débil.

—¿Y Candy está ahí?

—*Ja*, y el hermano. Candy les ha pedido a mi madre y al policía que está de guardia si podían firmar un documento como testigos, pero han dicho que no.

—Me pregunto si será el testamento del abuelo —dije—. ¿La policía no puede hacer nada para impedirlo?

—No están haciendo nada ilegal —comentó Jessie.

—Pues tendremos que impedirlo nosotras —dije.

Dejé mi *bakkie* azul al lado del escúter rojo de Jessie en el aparcamiento del hospital, compartiendo la sombra del árbol del caucho. El calor ya apretaba y las cigarras cantaban con su chirriar monótono.

Jessie estaba en la entrada del edificio, caminando de un lado a otro. Llevaba unos pantalones caqui y lo que parecían unas botas militares, e iba armada con papel y boli. Yo iba con mis *veldskoene* caqui y un táper con uvas. Estábamos preparadas para la batalla.

Me alegraba de volver a tener a Jessie a mi lado. Entramos en el hospital con paso firme y nos reunimos con la enfermera Mostert, que llevaba su uniforme tan blanco y limpio como siempre.

—Hola, mamá —la saludó Jessie, dándole un *soentjie* en la mejilla.

—Os enseñaré dónde están —dijo la hermana Mostert.

Una mujer policía vigilaba la entrada de la habitación.

La enfermera Mostert nos dejó pasar al tiempo que anunciaba:

—*Oupa* Brown, tiene visita.

Pero los tres nos bloquearon el paso.

Candy volvía a vestir de color crema, con su piel de seda y su sonrisa radiante. El hermano seguía con su traje brillante, ya arrugado, como si hubiera dormido con él puesto. Nos miró con el ceño fruncido, como si hubiera un mal olor en el aire, pero yo solo olía a desinfectante.

Identifiqué al abogado por su maletín y su corte de pelo caro. No sonrió ni frunció el ceño, tan solo nos miró como si intentara calcular nuestro peso y altura. Creo que estaba sopesando si podíamos serle útiles o no.

—Maria, Jessie —dijo Candy—. Cuánto me alegro de veros por aquí.

—¿Qué tal está tu tío? —le pregunté.

—Mucho mejor, como podéis ver.

Pero yo no podía verlo porque me impedían el paso, colocados uno a cada lado y el tercero a los pies de la cama. Abrí mi táper y les mostré las uvas, que utilicé para esquivar a Candice y avanzar hacia el anciano.

—Traigo unas uvas dulces para *oupa* —dije.

El hermano se volvió, retorciéndose, y Jessie aprovechó el hueco para sortearlo. Al final conseguimos ponernos una a cada lado de la cama. El abuelo estaba pálido y viejo, y parecía que apenas nos veía. Pero alargó la mano para coger las uvas. La mujer policía que estaba haciendo guardia en la puerta se acercó y se las quitó. El anciano gruñó.

—No —dije.

Aquellas eran las últimas uvas negras en buen estado que me quedaban.

—Lo siento, señor, y señora —dijo la agente—. No se permite consumir comida que no sea del hospital. Es por su propia seguridad.

—Veneno —susurró el anciano a Jessie—. Me intentaron envenenar.

—Habéis llegado justo a tiempo para hacer de testigos —dijo Candy.

El abogado sostuvo en alto una tablilla sujetapapeles con un documento.

—Solo necesitamos que den fe de que el señor Peter Brown está firmando, en efecto, estos documentos.

Yo abrí los ojos extrañada, como si no supiera nada del tema. Jessie me hizo un guiño con disimulo.

—¿Sabe lo que pone en este documento, señor Brown? —preguntó Jessie.

—¡Será posible! —exclamó David—. Ya hemos pasado por esto dos veces. ¿Podemos zanjar el asunto de una vez?

Jessie no le hizo caso.

—¿Señor Brown?

—Es mi testamento —dijo el anciano—. Con algunos cambios.

—¿Ha leído y entendido los cambios? —le preguntó Jessie.

—No encuentro las gafas. Pero Candy me los ha explicado —respondió el abuelo.

—Solo hace falta que sean testigos de que firma —intervino el abogado, poniendo el bolígrafo en la mano del anciano—. El resto de los detalles no son relevantes.

El viejo hizo una firma alargada y movida como esos rastros de caracol que una encuentra a veces en el fregadero por la mañana. El abogado pasó entonces el boli a Jessie, e indicó con el dedo el lugar del folio donde debía firmar.

—¿Dónde? —preguntó ella, mirando el papel, aunque él ya se lo había señalado.

—Firme aquí —respondió él.

A Jessie se le cayó el boli.

—¡Ay! —exclamó.

El abogado se agachó para cogerlo, pero el boli fue a parar a la otra punta de la habitación. Puede que alguien le diera con el pie. El aire acondicionado había comenzado a zumbar.

—¡Por el amor de Dios! —dijo David.

Mientras David y el abogado iban tras el boli, Jessie leyó el documento. Era como una máquina de leer. Cuando el abogado volvió con el boli, ella estaba pasándome ya la tablilla con el folio. Él alargó los brazos para cogerla, aunque se le quedaron cortos. Pensé que Candy intentaría quitármela, pero no lo hizo.

El abogado llamó a alguien con su móvil, y le dijo que se pasara por el hospital cagando leches para atestiguar la firma de un documento.

Yo leía despacio, y el escrito estaba redactado con un lenguaje enrevesado, lleno de esos palabros tan largos que utilizan los picapleitos, pero veía lo que decía.

—Mi ayudante está de camino —anunció el abogado—. Pueden irse.

—Un momento —dije.

Cuando acabé de leer, levanté la vista hacia Jessie y ambas asentimos con la cabeza. Primero firmé yo y luego ella hizo lo propio.

—¡Alto! —gritó una voz.

Era Kannemeyer. Yo no lo había oído entrar, y cuando lo vi ya estaba a los pies de la cama, mirándonos. Su bigote temblaba como la cola de las ardillas cuando estas se ponen como locas.

—Candice Webster y David Brown. Necesito que se personen en la comisaría para ser interrogados. Ahora mismo.

—Mis clientes no están obligados a responder a ninguna pregunta —advirtió el abogado.

Candy se llevó una mano a la cadera y ladeó la cabeza.

—Vaya, teniente Kannemeyer —dijo—. Justo el hombre que quería ver.

Ella le sonrió, pero no con esa dulce sonrisa que ponía siempre, sino con una sonrisita extraña, como si le doliera algo. El teniente no le devolvió el gesto.

—Puede que esto responda a sus preguntas —añadió Candy mientras le pasaba la tablilla con el documento.

Vi cómo Kannemeyer leía los cambios introducidos en el testamento. No leía tan rápido como Jessie, pero tampoco tan despacio como yo.

Lo que ponía en el testamento modificado era que la parte que correspondía a Martine del fideicomiso de su padre se destinaría al cuidado de su hijo. El remanente pasaría a la institución que se hacía cargo de él. El control del dinero sería responsabilidad de un consejo de administración integrado por miembros de dicho organismo, así como por Candice, que no podría hacer un uso personal del dinero. También se incluía un párrafo en el que se decía que si el anciano moría por causas «antinaturales», su hijo David Brown no heredaría nada.

Cuando Kannemeyer terminó de leer, nos miró a Jessie y a mí y luego a Candy.

Ella evitó su mirada, y estiró las sábanas de la cama de su tío mientras decía:

—Y ahora puede seguir buscando al asesino de Martine sin perder un segundo más de su valioso tiempo con nosotros.

Entonces apareció el doctor, un hombre muy negro con una chaqueta blanca. Quizá fuera de Zimbabue, con esa piel tan negra. Tenía los ojos y los dientes tan blancos como la ropa que llevaba, y le brillaban cuando sonreía.

—¿Qué pasa aquí? ¿Están de fiesta? —preguntó—. Espero que no haya helado para comer. Ya tenemos los resultados de las pruebas, señor Brown. La buena noticia es que el cáncer de estómago sigue en remisión. La mala es que es usted alérgico a la leche. Y tiene una úlcera de estómago provocada seguramente por dicha alergia.

—Sí, sí, lo del cáncer ya lo sé —dijo el anciano.

—Eso no me lo habías dicho —protestó David—. Me contaste que te estabas muriendo.

—Pero lo de la leche... —continuó el viejo, sin prestar atención a su hijo—, siempre he tomado leche. Es buena para la salud.

—Me temo que no —repuso el doctor—. Aunque la mayoría de los médicos estarían de acuerdo con usted, por eso ni siquiera se molestan en hacer las pruebas de alergia a la lactosa. Lo cierto es que hay muchas personas que no digieren bien la lactosa y en algunos casos se desarrolla una grave alergia, la cual puede empeorar con la edad, y sin duda en situaciones de estrés. En su caso, es posible que la quimio haya agravado la alergia. Si puede librarse de esa úlcera eliminando de su dieta la lactosa, tendrá muchas más posibilidaddes de que el cáncer de estómago siga en remisión.

—O sea, que no lo han envenenado —dijo David, dirigiéndose esta vez al doctor.

—No. A menos que una tarta de leche pueda considerarse veneno.

—¿Veis? —dijo David—. ¿Veis? Después de todos estos años, y así... así me lo agradecen.

—Vamos, David —repuso Candy—, nadie ha dicho que tú...

—¡Y un cuerno! —exclamó David—. Él lo ha dicho. Hasta en el testamento lo pone, por el amor de Dios. Es insultante. —Le salían perdigones de la boca al hablar—. Después de todo lo que he hecho.

David salió airado de la habitación y Kannemeyer se volvió como para ir detrás de él, pero luego se pasó la mano por la frente y se quedó en el sitio.

—Fue él quien me dio esa tarta de leche —dijo el anciano.

Yo no podía quedarme sin hacer nada mientras acusaban a un inocente.

No pensaba permitir que nadie hablara mal de la *melktert* de Tannie Kuruman.

—Las *melkterte* eran muy buenas —dije—, y una tarta de leche se hace con leche. Eso es impepinable.

65

Kannemeyer y yo estábamos uno a cada lado del anciano. Todos los demás se habían ido.

—Otra vez te encuentro en medio de un lío —me dijo, mirándome con ese ceño fruncido que ponía él.

Pero no parecía tan enfadado. *Oupa* estaba comiendo las uvas que la agente le había devuelto.

—¿Cómo es que siempre andas siguiéndome? —repliqué.

Kannemeyer sonrió y negó con la cabeza. Con esa sonrisa suya.

—¿Y ahora qué? ¿Le vas a pedir perdón a Candice? —le pregunté.

—¿Por qué?

—Por sospechar de ella.

El anciano se metió otra uva en la boca mientras nos miraba a ambos, moviendo la cabeza de un lado a otro como si estuviera viendo un partido de tenis.

—Sospechar de la gente forma parte de mi trabajo —respondió Kannemeyer—. Y es posible que haya hecho todo esto porque sabe que sospecho de ella. El móvil podría seguir siendo el que era en el momento del asesinato.

—*Ag*, ¿no pensarás en serio que lo hizo ella? —dije.

No contestó.

—Candy es una buena chica —comentó el anciano—. Una buena chica.

—Creo que han herido sus sentimientos —dije.

—Está acostumbrada a salirse con la suya —sentenció Kannemeyer.

—¿Se ha cruzado usted en su camino? —preguntó el viejo, ofreciéndole unas uvas.

Kannemeyer negó con la cabeza, y contestó, dirigiéndose a mí:

—No como ella quería.

—Son unas uvas muy dulces —dije.

El anciano asintió con la cabeza.

—He desayunado muy bien —comentó Kannemeyer, sin apartar la mirada de mí.

Le sonó el teléfono, y se retiró de la cama para contestar.

—Van Wyk —dijo—. *Ja...?* Hum. Mmm. Vale. Voy para allá.

—¿Era Van Wyk, el encargado del Spar? —quise saber.

Kannemeyer se dirigía ya hacia la puerta con paso firme.

—No te metas en esto —dijo, señalándome con el dedo en un gesto de advertencia. Su rostro pasó entonces de la seriedad a la tristeza—. Por favor.

—Demasiado tarde —repuse—. Ya estoy metida.

Pero Kannemeyer había salido ya de la habitación y solo me oyeron *oupa* y la última uva, que el anciano se metió en la boca.

66

Mientras bajaba con mi *bakkie* por Hospital Hill, pensaba en la llamada que había recibido Kannemeyer del Spar. Yo tenía mis propias ideas sobre los robos del supermercado. Sabía que el teniente me diría que no era asunto mío. Pero robar en un pueblo pequeño hace que todo el mundo se mire raro. Y los trabajadores del Spar lo estaban pasando mal con el encargado, lo cual no era justo...

Me dirigía a la *Gazette*; quería que Hattie me contara cómo le había ido la reunión con la Cámara de Comercio. Pero antes de llegar a Eland Street, mis brazos decidieron girar el volante hacia la calle que llevaba al bed and breakfast Dwarsrivier. Cuando llegué allí, mis pies pisaron el freno y me detuve bajo la sombra de un enorme árbol del cepillo cuajado de flores rojas.

Me limpié los labios pintados con un pañuelo de papel y me alboroté el pelo con las manos. Cogí el pintalabios que guardaba en un rinconcito y crucé la verja del jardín del Dwarsrivier.

Georgie estaba sentada sola en un banco del jardín de delante, como si estuviera esperándome. Llevaba un vestido blanco con rayas azul claro que le quedaba bien con el pelo cano y le hacía parecer un poco menos baja y rolliza de lo que era. Me pregunté dónde podría encontrar un vestido con rayas como esas.

—Tannie Maria —dijo, y se desplazó un poco para dejar que me sentara a su lado en el banco.

Me di unas palmaditas en el pelo, arreglándomelo.

—Gracias por el sermón de ayer, Georgie. Hiciste un buen trabajo.

Georgie sonrió y agachó la cabeza.

—¿Podría utilizar vuestro baño, para asearme? —dije.

—Cómo no —respondió Georgie.

—Es que voy al Spar —le expliqué—. He oído que han puesto cámaras ocultas por todo el súper.

—¡Ay, madre! —exclamó.

—Se ve que ha habido unos cuantos robos... de latas y cosas así. Así que ahora tienen un sistema de seguridad de primera.

Georgie miró el césped.

—No quiero que me graben comprando con esta pinta —comenté.

Georgie se arregló los rizos canos con la mano. Entré en el edificio y me metí en el lavabo de señoras. Me arreglé el pelo, me lavé la cara y me pinté los labios. Cuando volví a salir al jardín de delante, vi que Georgie se había ido. Pasé de largo la recepción hasta la parte de atrás, donde estaban las habitaciones, que daban a la zona de la piscina, y la encontré en una de ellas, hablando en voz baja con varias mujeres. Cuando me vieron en la puerta, se quedaron calladas.

—Buenos días, señoras —las saludé, mirando todas las caras vueltas hacia mí.

—Hola —dijo Emily.

Había vuelto a su redil; llevaba su larga melena pelirroja enroscada alrededor de la cabeza como una corona.

Me pregunté cuál de ellas me habría escrito la carta pidiéndome recetas de cámping.

—Gracias. Hasta la próxima —dije.

Sonreí y me despedí de ellas con la mano.

—Adiós, Tannie Maria —respondió Georgie.

—Gracias —dijo Emily.

Mis piernas me llevaron hasta el coche, y mis brazos me condujeron al volante hasta la *Gazette*, a la vuelta de la esquina.

—Anoche fui a la reunión de la Cámara de Comercio —dijo Hattie antes de que me diera tiempo a entrar en la redacción. Jessie estaba en su mesa, de espaldas a mí—. Les di un discursito sobre la independencia de la prensa, y luego votaron para ver si seguían apoyándonos o no.

—¿Y...? —pregunté con la mano en la puerta.

—Votaron diez contra dos.

Mi cara y mi mano se vinieron abajo.

—¡A favor! —exclamó Hattie—. Diez a nuestro favor.

Jessie se volvió y vi su sonrisa de oreja a oreja.

—¡Y cuando Marius cogió un berrinche, los de la tienda de muebles de Mandy dijeron que ellos podían patrocinar la web a partir de ahora!

Abracé a Hattie, aunque no me resultó fácil ya que ella estaba dando botes, y yo no soy amiga de dar botes. Preparé té y café para las tres y, como aún quedaba un poco de tarta de miel y tofe en la nevera, lo añadí a la celebración.

—Por mí Marius se puede ir a freír espárragos —comentó Hattie, agitando un trozo de pastel en el aire.

—*Ja,* que le den por culo —soltó Jessie.

—Bueno, bueno —dijo Hattie, pero seguía sonriendo.

Encima de mi mesa había un montón de sobres, que miré por encima. Uno de ellos tenía una manchita marrón. Me pregunté si sería otra carta de aquel mecánico tan majo. Pero la mancha no parecía de grasa y mi nombre estaba escrito a máquina: TANNIE MARIA. No ponía la dirección. Y lo habían entregado personalmente.

—¿Ha venido alguien a traer este sobre? —pregunté a Hattie, sosteniéndolo en alto para que lo viera.

—Estaba en tu mesa cuando he recogido el correo —respondió—. Pensaba que te lo habías dejado.

Abrí el sobre. Dentro había un folio tamaño A4, con el mismo tipo de mancha, pero mucho más grande. Estaba un poco pegajoso y lo despegué con cuidado.

El olor me llegó al fondo de la garganta y vi la forma de un rojo oscuro que cubría el papel blanco.

En la parte de arriba había cuatro palabras escritas a máquina:

DÉJELO ESTAR O MORIRÁ.

El folio doblado había convertido la forma roja en una mariposa.

Una mariposa de sangre.

67

A la gente le dan imágenes como aquella cuando van al psicólogo. Les preguntan qué ven, y en función de eso deciden qué tipo de locos son.

Sentí muchas clases de locura mientras miraba aquella mariposa emborronada en el papel.

Vi una mujer intentando escapar de sí misma. Sus piernas corrían a toda prisa y tenía los brazos extendidos, pero no llegaba a ninguna parte, porque estaba unida por la cadera a la misma mujer que corría en dirección contraria.

Quise decirle que también era una mariposa y que si dejaba de intentar huir de sí misma, quizá pudiera volar.

Luego pestañeé y la mujer desapareció; la imagen se convirtió entonces en una criatura atropellada en la carretera, aplastada y llena de sangre. Oí un sonido, como un gemido de dolor de un animal.

—¿Estás bien, Tannie Maria? —me preguntó Hattie.

Jessie y ella se encontraban a mi lado. Aquel gemido de animal lo hacía yo. Sostuve en alto el folio para que lo vieran. Me temblaban las manos, y las formas que había en el papel cobraron vida. Parecían llamas. Llamas de un fuego que podía destruirlo todo.

—¡Oh, Dios mío! —exclamó Hattie.

—No lo toques —ordenó Jessie—. A lo mejor podemos conseguir las huellas dactilares del hijo de puta.

—Ay, Maria —dijo Hattie.

Tuve la sensación de que me iba a caer, pero tenía a Jessie y a

Hattie a mi lado, así que no lo hice porque sus caderas me mantenían en pie. Una mujer a cada lado de mí, una mariposa de mujeres.

La imagen seguía en mi mano, que no dejaba de temblar. Parecía un ave grande, como esas que surgen de las llamas y las cenizas. Como un dragón. Volando.

Luego todo se volvió negro.

—Toma un sorbo, Tannie Maria —dijo la voz de Jessie.

Abrí los ojos. Hattie estaba poniéndome en la mano una taza de té.

Me la acerqué a los labios. Caliente y dulce.

Para el shock. Había sufrido un shock. ¿Qué había ocurrido? Me habían atropellado. Había sido Fanie. Pero él está muerto, eso ya terminó. Tomé otro sorbo. Yo estaba bien. Viva. Ni siquiera me habían llevado al hospital. Estaba en la redacción. En mi mesa de la *Klein Karoo Gazette*. El ventilador giraba poco a poco en el techo.

Vi el papel en mi mesa, y lo recordé.

DÉJELO ESTAR O MORIRÁ.

—Quizá deberíamos parar un tiempo —sugirió Hattie.

—No podemos dejar que el asesino se salga con la suya —replicó Jessie.

—¿Qué ave es esa que resucita? —pregunté.

—La policía puede cogerlo —dijo Hattie—. Voy a llamarlos ahora mismo.

Puso la mano en el teléfono.

—Pero ¿lo harán? —repuso Jessie—. Al cincuenta por ciento de los asesinos no consiguen atraparlos. Y el número de asesinatos en nuestro país es cinco veces mayor que la media mundial. Decenas de miles de criminales quedan impunes. Nos está amenazando porque está nervioso. Estamos a punto de dar con él. Ahora no podemos rendirnos.

—Surge de las llamas... —dije.

El cerebro no me funcionaba bien; no lograba encontrar la palabra exacta.

—El asesino sabe que vosotras dos estabais allí la noche que mató a Lawrence —comentó Hattie—. A lo mejor deberíamos irnos las tres, desaparecer de Ladismith durante un tiempo.

—Sale volando de las cenizas... como un dragón, pero no es un dragón —añadí.

—Podríamos quedarnos en la finca de mi primo en Oudt-shoorn —sugirió Hattie mientras buscaba un número en su agenda telefónica—. Y hacer desde allí la edición especial de la *Gazette* por vacaciones. Es un fénix, Maria, el Ave Fénix.

—¿Te refieres a que hagamos lo que dice el muy cabrón? ¿Que lo dejemos estar? —preguntó Jessie.

—Nos enfrentamos a un asesino, Jessie —replicó Hattie, cogiendo el auricular y marcando varios números en el teléfono—. Ya ha matado a dos personas. Y ahora ha empezado con las amenazas de muerte. No vale la pena seguir con esto.

Apuré el té y dejé la taza al lado de la hoja de papel, junto al fénix rojo que había sobre mi mesa.

—Yo no pienso huir —dije—. Si el fin del mundo está al llegar, que llegue. Pero yo no voy a salir corriendo.

68

Piet se movía por la redacción de la *Gazette* como un perro rastreador. Kannemeyer estaba detrás de mí. Cogió el fénix con las manos enguantadas y lo metió en una bolsa de plástico.

—Solo lo ha tocado ella —dijo Jessie.

Kannemeyer no me observaba a mí, pero inspeccionó todo lo que había a mi alrededor, y alrededor de mi mesa. Incluso miró dentro del hervidor de agua. Dio vueltas por la sala hasta que se quedó parado, con los ojos clavados en la pizarra blanca. Se tiró de una punta del bigote mientras leía las notas que habíamos escrito sobre el caso. Negó con la cabeza y se volvió para mirarme fijamente. Yo sabía que nos llevaríamos una buena reprimenda, pero ya no me daba ningún miedo. Tenía la fuerza de un Ave Fénix. Podía morir y volver a nacer. Ya nada me asustaba.

En su mirada no vi el enfado que esperaba, sino tristeza. Y miedo tal vez. ¿Podría ser que me tuviera miedo? Su silencio se me hizo grande y pesado y deseé que hablara.

Agitó su largo brazo en el aire, señalando los nombres apuntados en la pizarra, y dijo:

—¿Sospechosos? ¿A cuál de estas personas han estado acosando?

Intenté responder, pero no me salió nada.

—No hemos acosado a nadie —contestó Jessie.

—¿Le apetece un té, teniente? —le ofreció Harriet, poniendo agua a hervir.

—Pues perseguir, investigar o como quieran llamarlo —dijo él, y ahora sí que parecía enfadado.

—¿Por qué no se sienta? —sugirió Jessie.

—¿Han discutido con alguien recientemente? —preguntó Kannemeyer.

Negué con la cabeza.

—No somos de discutir —dijo Hattie—. ¿Prefiere un café?

—¿Han estado molestando a las personas que tienen en esa lista de sospechosos?

—Teniente, si toma asiento, podríamos hablar del caso con usted —dijo Jessie—. Quizá podamos trabajar juntos para encontrar al asesino.

Kannemeyer puso cara de querer escupir, pero se sentó. Hattie le sirvió un café y Jessie le explicó las notas de la pizarra. Él la escuchó un buen rato, mientras ella hablaba. Piet estaba fuera en aquel momento, observando con detenimiento el sendero del jardín. Jessie era una excelente reportera, y Hattie añadió un par de cosas más. Yo me limité a mirar, como si estuviera viendo una película.

—¿Y ustedes qué pueden contarnos? —preguntó Jessie, cuando terminó de hablar—. ¿Tienen algún sospechoso? ¿O más datos sobre alguna de estas personas?

Kannemeyer se volvió hacia mí y dijo:

—¿Tiene algún sitio donde quedarse lejos del pueblo?

Pestañeé.

—Tannie Maria —dijo—. Su vida corre peligro. Ha recibido dos amenazas de muerte. Y esta es más grave incluso que la primera. Nos falta personal para ponerles a cada una guardaespaldas las veinticuatro horas del día, cosa que no necesitarían si hubieran dejado que la policía hiciera su trabajo sin entrometerse. Se lo pido por favor. ¿Puede irse del pueblo? Solo será un tiempo.

Negué con la cabeza. Su cara se puso roja y se le movió el bigote, pero no dijo nada. Se levantó de la silla y salió de la redacción.

Yo pensaba que se había marchado, pero asomó la cabeza por la puerta y preguntó:

—¿Alguna de ustedes sabe dónde está Anna?

—¿Anna Pretorius? —dijo Jessie.

Yo volví a negar con la cabeza.

—¿No está en su casa? —quiso saber Jessie.

—No —respondió Kannemeyer—. Si tienen noticias de ella, avísenme.

—¿Está en apuros? —preguntó Jessie.

Kannemeyer volvió a entrar y nos miró a las tres. Cogió aire, como si fuera a hablar; se le levantó el bigote. Pero luego suspiró y cerró la boca. Dio media vuelta y echó a andar con paso firme por el sendero.

Todo se volvió negro de nuevo; creo que me quedé dormida un momento. ¿Qué me pasaba? Sacudí la cabeza rápidamente, como si tuviera agua en los oídos y quisiera sacármela. Jessie y Hattie estaban discutiendo.

—Pero, Hattie, solo estaremos seguras si lo cogemos —dijo Jessie—. Si la policía lo consigue, genial... podremos estar tranquilas... pero mientras tanto no pienso quedarme de brazos cruzados sin hacer nada de nada.

—Tenemos un periódico del que ocuparnos, por el amor de Dios —repuso Hattie.

—*Ja*. Y este material es de plena actualidad. Déjame investigar los vínculos de Marius con Shaft. Si está relacionado con los del *fracking*, tendría un móvil para matar a Martine.

Harriet suspiró y dijo:

—No hay quien te pare, de verdad. Haz el favor de no meterte en líos y no publicar nada en la web que no haya revisado yo antes.

Me hacía falta una buena comida. Eso me pondría bien.

—Voy al Spar —dije.

Hacía que me sintiera tranquila, el mero hecho de estar en el supermercado, mirando aquellas pilas de frutas y verduras frescas. Plátanos, albaricoques y melones. Ese agradable aroma a *spanspek* maduro. Pelé un plátano y me lo comí. Noté cómo empezaba a despejarme, así que fui a la panadería, compré cuatro donuts y me comí uno. Iba a pagarlo todo en caja, pero me alegré de que en realidad no hubiera cámaras de seguridad.

Ahora que ya volvía a pensar con claridad, caí en la cuenta de que no había ido allí solo por la comida.

Quería averiguar por qué habría llamado Van Wyk a Kannemeyer. ¿Sería por lo de las latas robadas? ¿O tendría que ver con el zumo de granada?

Me hice con un carrito y busqué unas cuantas cosas más. Vi que aún tenían carne picada de caza congelada, así que cogí dos paquetes. También eché al carrito varias hierbas, tomates y pasta para preparar unos ricos espaguetis a la boloñesa. Luego esperé hasta que no hubo nadie en la caja de Marietjie y me dirigí hacia allí. Puse el carrito detrás de mí para ahuyentar de aquella cola a otros compradores. Aquel día Marietjie llevaba el pelo recogido en un pequeño moño en la nuca, con un lazo rosa en el moño y un brillo rosa en los labios, lo que le hacía parecer una quinceañera.

—Buenas tardes, Marietjie.

—¿Cómo está, Tannie Maria?

—Así que la policía ha estado hoy aquí, ¿no?

Saqué las cosas del carrito una a una. Marietjie se frotó los labios brillantes uno contra otro y se inclinó hacia mí. Olía a cerezas.

—*Ja*. He sido yo... tengo la foto. En mi móvil.

Se lo sacó del bolsillo y me lo enseñó, moviéndolo en el aire.

—Mmm —dije, como si supiera de qué me hablaba.

—Ha comprado las seis botellas. Seis de golpe.

—¿De zumo de granada?

Asintió con la cabeza.

—*Ja*. El policía que ha venido, ese del bigote, la ha reconocido enseguida. En cuanto ha visto la foto que le he hecho en la silla de ruedas, ha dicho «Es Anna Pretorius». Y Cornel... el señor Van Wyk, ha dicho que estaba seguro de haberla visto aquí antes. Y que la foto serviría para que las cajeras hicieran memoria. Tiene muchas ganas de ayudar, ¿sabe?

—¿Y qué han dicho las cajeras? —pregunté, pasándole la carne picada.

—*Ag*, son inútiles. No recuerdan nada. Pero yo la he visto aquí antes. Segurísimo. La vi saludar a la señora Van Schalkwyk en el despacho.

—Pero ¿ella compró zumo de granada el martes pasado?

—Eso creo. Estoy segura de que sí.

—¿Qué le has contado a la policía?

Eché hacia atrás los tomates.

—El señor Cornelius tenía muchas ganas de ayudarlos.

—Así que les has contado que era ella.

—Ha sido el señor Van Wyk quien ha hablado casi todo el rato...

—Marietjie, esto es serio. No querrás que encierren a la persona equivocada, mientras un asesino anda suelto por ahí.

—Pero ella ha comprado seis botellas de ese zumo. Las seis de golpe. El señor Cornelius ha dicho que es muy sospechoso. Seguro que había comprado alguna más antes. Yo no he dicho que haya matado a nadie, solo que ha comprado las seis botellas, y ahora que la miro, sí que me acuerdo de ella... compró una botella aquí la semana pasada.

Pasó los tomates rápidamente por el lector de código de barras.

No miré a Marietjie mientras metía la comida en las bolsas del Spar porque no quería que viera lo enfadada que estaba. Me fijé en aquellas bolsas de plástico. Pensé en las que había encontrado en el cubo de la basura de Martine. Alguien había comprado por ella allí, en el Spar, el día de su muerte.

—Gracias, Marietjie —conseguí decir.

—Que acabe de pasar un buen día —me deseó ella.

69

—Ñam ñam —dijo Jessie al ver los donuts que había comprado en el Spar.

Guardé la carne picada en la pequeña nevera de la *Gazette* y preparé té y café para acompañar los donuts. Luego me senté y les conté lo que me había dicho Marietjie.

Jessie y yo nos comimos los donuts a bocados mientras que Hattie picoteó el suyo.

—Anoche hablé con mi primo Boetie —dijo Jessie—. Creo que sabe algo de lo del zumo de granada del Spar, pero iba demasiado colocado como para entenderlo. Es un poco *daggakop*, pero su madre dice que solo fuma después del trabajo, así que hablaré con él en otro momento.

—Tenéis que admitir que hay bastantes pruebas de peso contra Anna —dijo Harriet.

—Pero no son más que chorradas —repuso Jessie.

—Sus huellas dactilares están en el arma homicida. En su caso se dan los medios, el móvil y la oportunidad —aseguró Hattie.

—Como en el caso de muchas otras personas.

Pasé una servilleta a Jessie para que se limpiara el azúcar glas de la boca.

—Quizá deberíamos avisarla —sugerí—. Para que se busque un abogado.

—No coge el teléfono de casa —dijo Jessie—. Y no tiene móvil.

—Es posible que Dirk sepa cómo dar con ella —supuse.

—Sanna, de la AgriMark, me ha dicho que ya ha vuelto a su casa —comentó Jessie—. No me importaría ir a echar otro vistazo.

—*Ja*, la última vez nos fuimos de allí deprisa y corriendo.

—Tengo su número de teléfono —dijo Jessie—. ¿O nos presentamos *maar* sin avisar?

—Nos pasamos por allí sin más.

—Queridas, os suplico que tengáis cuidado —nos pidió Hattie, poniéndose de pie y dejando el donut sin acabar en mi mesa—. Y antes de que os vayáis otra vez por ahí, quiero que terminéis vuestros textos para la página web y la edición en papel de esta semana.

Jessie y yo nos comimos el resto de su donut en un periquete y nos lavamos las manos para ponernos a trabajar.

Miré los sobres que había encima de mi mesa. Pensé en la carta ensangrentada del asesino anónimo. No merecía una respuesta por mi parte. Y desde luego no merecía una receta.

Revisé todas las cartas y decidí abrir las dos que tenían el matasellos de Oudtshoorn, una población situada a un centenar de kilómetros al este de Ladismith, famosa por las cuevas Cango y las granjas de avestruces.

La primera decía lo siguiente:

> Tengo una granja de avestruces. Sé preparar *biltong* y bistec de avestruz, pero necesito un cambio. Mi mujer sabía hacer todo tipo de platos *lekker* con carne. Pero ya no está aquí. Durante un tiempo la eché tanto de menos que no se me ocurría hacer nada. Ahora me ha dado por picar parte de la carne que tengo, pero la verdad es que no sé qué hacer con ella. ¿Podría ayudarme? Gracias.

Antes de contestar leí la otra carta de Oudtshoorn. Era de una mujer que tenía demasiados boniatos:

De repente, después de un año casi sin nada, tengo el huerto hasta los topes de boniatos y no sé qué hacer con ellos. He hecho buñuelos, y hasta mermelada de boniato, pero vivo sola y tampoco soy muy golosa que digamos, y mis hijos viven lejos y no vienen mucho por aquí. He pensado regalarlos, pero la verdad es que no tengo tanta confianza con mis vecinos y desde el accidente me siento un poco cohibida. Las cicatrices ya no tienen tan mala pinta, pero sigo notando que la gente me mira.

Decidí ofrecer a ambos una sola receta. Un pastel de carne picada de avestruz cubierto con un puré de boniato. Les escribí:

¿Por qué no quedan en la Cooperativa Agrícola los sábados a las diez de la mañana? Podrían cambiarse carne por hortalizas...

—Maria —dijo Hattie—, me acaba de llegar un email para ti. Pone que es urgente. Ven, léelo en mi ordenador. Te dejo el sitio un momento.

Se levantó y ocupé su silla.

El email decía:

Oh, Tannie Maria:

Muchísimas gracias, el *braai* fue muy bien. Tenía razón, el pan era fácil de hacer y ella se quedó impresionada. Dijo que era un cocinero excelente. ¡Ja, ja!

Disculpe que le escriba un email en vez de una carta, pero se trata de una emergencia. Ojalá tuviera a alguien más a quien preguntarle, pero no es así, y necesito ayuda.

Lo hemos hecho, ya sabe. Tres veces ya. Es increíble tenerla tan cerca y poder olerla, sin necesidad de decir nada. Nos sentimos muy a gusto juntos. Demasiado. El problema es que me excito tanto que para mí se acaba todo en dos minutos y ella no siempre tiene la oportunidad de, bueno, ya sabe...

¿Hay algún tratamiento médico para mí?

Karel, el mecánico (necesitado de unos buenos frenos)

A Jessie le sonó el móvil: *I'm your man*. Contestó con una sonrisa y fue a hablar afuera. Yo le di vueltas a la cabeza en busca de un consejo para Karel. Pero ¿qué sabía yo de unas buenas relaciones sexuales? Siempre he imaginado que sería algo parecido a una tarta realmente buena. Eso me dio una idea.

Le escribí lo siguiente:

> Se me ocurre una manera de que puedas ir más lento. Apréndete de memoria una buena receta y luego dila para tus adentros si ves que te excitas más de la cuenta. Eso debería distraerte lo suficiente como para que la cosa dure más, sin dejar de tener la atención puesta en algo delicioso.

Entonces le di una receta de una tarta de chocolate. No la que hice para Kannemeyer, sino una de mousse de chocolate muy esponjosa, hecha con chocolate negro. Era una receta que requería su tiempo para batir los huevos con el azúcar hasta que la mezcla quedara muy densa y espumosa, y llevaba una cobertura de nata y bayas.

Jessie y yo recorrimos el camino de tierra hasta la finca de Dirk en mi pequeña *bakkie* azul. Ya era por la tarde y había unas nubes gordas sobre nuestras cabezas. Pero en lugar de refrescarnos, solo retenían el calor. Llevábamos las ventanillas bajadas del todo, y con el ruido del viento y los tumbos que daba la camioneta, no hicimos el intento de hablar. Qué gusto estar de nuevo con Jessie en nuestras correrías. De vuelta en la escena del crimen.

Los *klapperbos* estaban floreciendo; los farolillos rojos parecían adornos navideños. Y había puñados de *reëngrassie* despuntando entre la grama que crecía a los lados del camino. Jessie señaló un pájaro sol de un verde brillante que estaba posado sobre la flor de un áloe, y reduje la velocidad para verlo bien.

—¡Cuidado! —exclamó Jessie al ver que una mangosta venía directa hacia nosotras, corriendo por el camino.

Frené y el animal se metió entre la hierba como una flecha.
Entonces oímos un montón de estallidos seguidos.
—Son disparos —dijo Jessie.
Pero seguimos avanzando en dirección a la casa de campo.
El sonido de los tiros se hizo más fuerte.

70

Pasamos por delante de la casa y el enorme árbol del caucho y vimos la *bakkie* de Anna aparcada detrás del todoterreno de Dirk.

Pum, pum, oímos otra vez.

Silencio.

Por encima del techo de los coches vimos a Dirk en un campo, con el brazo izquierdo aún en cabestrillo. Tenía un revólver bien agarrado con la mano derecha vendada y disparaba sin apuntar.

Pum. Pum. Pum.

Al pasar por delante del todoterreno, vimos que también estaba Anna, en su silla de ruedas. Levantó una escopeta de dos cañones y disparó. ¡Pum! ¡Pum! Más fuerte que el arma de Dirk.

Pero no se disparaban entre sí, por suerte. ¿A quién o a qué estarían disparando?

Jessie y yo bajamos de la *bakkie* y fuimos hacia ellos. Había algo tendido en el suelo. Al acercarnos un poco, vimos qué era...

Un árbol muerto yacía en el suelo. No lo habían matado ellos, ya hacía tiempo que había muerto. Estaba gris y pelado, y en los huecos habían metido latas brillantes.

Aun con sus brazos lesionados, Dirk intentó volver a cargar el revólver, y cogió la caja de munición a Anna, que estaba en la silla de ruedas, con una escopeta apoyada en la escayola y medio vaso de líquido rojo en la mano. Tras agacharse para dejar la bebida en el suelo, Anna lo ayudó a cargar las balas.

Luego abrió la escopeta, de la que salieron los cartuchos usados, y volvió a cargarla.

Nos saludó, agitando el arma en el aire.

—*Haai!* —gritó.

Dirk gruñó. Nos quedamos quietas.

Disparó al árbol. Pum. Pum. Pum.

—*Kolskoot!* —exclamó Anna, al dar Dirk a una lata vacía de judías con tomate.

Anna cogió el vaso y lo levantó hacia él antes de tomar un buen sorbo. Luego volvió a dejarlo y disparó contra una lata de tomate. ¡Pum! ¡Pum!

—¡Venid! —gritó—. Estoy utilizando la escopeta de Dirk. Él está con mi revólver.

Por la forma en que pronunciaba las eses, intuí que la bebida roja del vaso no sería solo zumo de fruta.

—Esperaremos —respondió Jessie.

—Por aquí veo unas rosas que hay que regar —dije.

Había una hilera de rosales que echaban de menos a Lawrence. Las hojas estaban secas y las flores mustias. Vi un grifo al que había conectada una manguera.

Pum. Pum.

Dirk se acercó de nuevo a Anna para volver a cargar, pero al parecer se había acabado la munición.

—*Blikemmer!* —exclamó ella, tirando la caja vacía hacia el árbol.

Pero no llegó tan lejos como las balas.

Anna se agachó y apuró lo que le quedaba de bebida con un sorbo ruidoso para luego pasar el vaso a Dirk. Después se apoyó la escopeta entre las piernas, poniéndose los cañones sobre el hombro, y vino hacia nosotras atravesando el campo lleno de baches en su silla de ruedas.

—Esa silla de ruedas es todoterreno, ¿eh, Anna? —dijo Jessie, yendo a su encuentro.

Yo seguía regando las rosas.

—Qué va, es una silla de mierda —contestó.

Llevaba la escayola sucia, con manchas de mugre y gotas de

aquel zumo rojo. Dirk iba tambaleándose, con el vaso y el revólver en la mano derecha.

—¿Os gusta nuestro árbol de Navidad? —preguntó Anna mientras señalaba el árbol caído, adornado con latas y balas—. Venid a tomar un trago.

Se dirigió hacia la casa, empujándose ella sola. Yo cerré el grifo y la seguí hasta el *stoep*. Dirk caminaba un poco torcido, y Jessie lo llevó hacia nosotras.

Antes de que la alcanzáramos, Anna dejó la silla de ruedas al pie de los escalones del *stoep* y los subió a rastras con la escopeta bajo el brazo.

—*Eina! Jou ouma se groottoon!* —soltó mientras la escayola chocaba contra los escalones.

Le cogí la escopeta y la dejé en un rincón del *stoep*. Jessie levantó la silla a pulso y ayudamos a Anna a que volviera a sentarse en ella.

Dirk se tambaleaba de un lado a otro, pero consiguió subir los escalones sin caerse.

—Voy a mear —dijo Anna—. Servíos vosotras mismas. Ese zumo de granada está *blerrie lekker.*

Dirk eructó como muestra de conformidad.

—Dirk, pásales unos vasos, por amor de Dios.

De camino a la puerta de entrada Dirk se dio en el muslo con la mesa.

—*Donder!* —soltó.

En la mesa había botellas vacías de un zumo de color rojo oscuro y vodka. Y también botellas llenas.

Dirk trajo vasos limpios, pero por mucho que se concentró, su habilidad para servir dejaba mucho que desear.

—*Ag, fok* —dijo al ver que el zumo caía fuera del vaso.

Jessie le cogió el zumo de granada y sirvió un vaso a cada una, sin vodka. Yo cerré los ojos y lo paladeé en la boca antes de tragármelo. Estaba dulce y rico y sabía a la tierra de mi niñez.

Anna volvió y echó un buen chorro de vodka en su vaso y en el de Dirk antes de rellenarlos con zumo. Luego se tomó el suyo de golpe como si fuera un refresco. Dirk se movía con torpeza al intentar levantar el brazo vendado para beber. Agachó la cabeza para acercar los labios al vaso. Se le derramó un poco de líquido por el brazo en cabestrillo, pero una buena parte acabó en su boca. Los vendajes, que hasta no hacía mucho eran de un color blanco hospital, se le veían ahora mugrientos, con topos de un rojo granada.

—Anna, en el Spar me han dicho que fuiste tú quien compró el zumo de granada —dije.

—*Ag, Dirk, jou sissie se vissie!* —exclamó Anna—. No lo desperdicies, tío. Anda, ponte derecho.

Fue hacia él en la silla de ruedas y le acercó el vaso a los labios. Dirk se lo bebió todo de un trago y eructó.

—No hoy, sino la semana pasada —aclaré—. El día del asesinato.

Anna resopló. Se sirvió otro lingotazo. Con el vodka tenía mucho pulso, pero no todo el zumo fue a parar al vaso.

—Kannemeyer anda buscándote —dijo Jessie.

—Pues que venga —contestó ella.

—Anna, estamos preocupadas por ti —comenté—. Deberías buscarte un abogado.

—Lo que debería buscarme a lo mejor es más munición —repuso—. Dirk, ¿tienes más cartuchos para esta escopeta?

Quien me preocupaba ahora era Kannemeyer.

Dirk tenía la mirada puesta en el césped y el estanque vacío.

—Echo de menos a esos patos —dijo en *afrikáans*.

Entonces se puso a cantar, con su voz ronca como la de una rana grande:

> *Ek wonder wat my hinder!*
> *Daar's onrus in my hart,*
> *of daar 'n bange vlinder*
> *sag huiwer in sy smart.*

> ¡Qué será lo que me pasa!
> Siento de nuevo esa desazón,

y como una mariposa asustada
estoy temblando de dolor.

Anna se sentó junto a Dirk y se unió a él:

> ... *of daar 'n bange vlinder*
> *sag huiwer in sy smart.*

> ... y como una mariposa asustada
> estoy temblando de dolor.

Ambos se balanceaban despacio mientras cantaban. Dirk contemplaba el estanque sin patos y Anna tenía los ojos medio cerrados.

Jessie ladeó la cabeza y nos levantamos para ir adentro. La cocina estaba hecha un asco, con platos sin fregar y hormigas por todas partes que se llevaban los trocitos de comida de las encimeras. Grace ya se habría marchado. Me pregunté cómo habría ido el funeral de Lawrence, y si ella ya estaría en Ciudad del Cabo.

Por las ventanas de guillotina se colaba la luz, que iluminaba el fregadero metálico y la mesa de madera de la cocina. No había rastro ya del polvo negro que utilizaba la policía para encontrar huellas dactilares, pero la mesa estaba llena de migas recientes y polvo del Karoo. Resultaba extraño ver el lugar a la luz del día, desordenado pero normal, sin asesinos ni muertos. Parecía un poco más grande, con la cocina abierta al salón, donde estaba el sofá en el que Martine había perdido la vida, y la despensa, cuya puerta se veía llena de agujeros de bala. Me asomé adentro; habían recogido la mermelada y la harina, y las latas y los libros de cocina volvían a estar en sus estantes, limpios y ordenados. Pasé el dedo por el lomo de *Cook and Enjoy* y me entristeció pensar que Martine no leería aquel recetario nunca más. También habían recogido los cristales rotos que había en el salón. La fotografía de la boda de Martine y Dirk estaba sola en una mesita, con su marco y sin el vidrio.

Fuimos al estudio. Había papeles esparcidos por la mesa y el suelo, donde también había libros abiertos.

—¿Qué ha pasado aquí? —dijo Jessie—. Esto no está como lo dejamos.

—¿Le daría tiempo al asesino a revolverlo todo tanto? —pregunté—. Creía que la policía lo habría ordenado. O Dirk.

—Quizá haya sido él quien lo ha dejado todo patas arriba —dijo Jessie—. No habría nada de malo en poner un poco de orden —sugirió—, sabiendo que la policía ya ha hecho todo lo que tenía que hacer aquí.

Jessie volvió a guardar los papeles en el archivador de Martine, mientras yo cogía los libros del suelo y los ponía de nuevo en la estantería. Los sacudí en el aire uno a uno, por si escondían algún papel. Puede que fuera una tontería por mi parte, pero seguía preguntándome si Martine habría guardado nuestras cartas de la *Karoo Gazette* en algún sitio para que no las viera su marido. No encontré nada, aunque, de repente, del interior de un libro sobre el Klein Karoo salió un recorte de periódico que cayó al suelo. Era una receta de un guiso de avestruz. La leí por si pudiera ser de interés para el hombre de la granja de avestruces que me había escrito. Se parecía mucho a un *bredie* de tomate, pero llevaba mucho más cilantro. El cilantro queda muy bien con el *biltong* de avestruz, así que tenía sentido.

Mientras nosotras hojeábamos los libros y papeles, Dirk y Anna seguían cantando fuera:

> *'n Tortelduif se sange*
> *het in my siel gevaar.*

> El canto de una tórtola
> se adentró en mi alma.

Anna levantó la voz, interrumpiendo la canción:

—Eres un puto cabrón, Dirk. Lo sabes, ¿no? Debería haberte matado.

—*Ja* —dijo él.

—¿Por qué pegabas a Martine?

—La he cagado —contestó Dirk—. A veces me vuelvo *bossies*... no sé por qué.

—Deberías pedir ayuda.

—¿Y quién me ayudaría? ¿Tú lo harías?

—Yo no... no soy tu puta niñera. *Haai, jou sissie se vissie!* Que lo estás derramando otra vez. Espera, que te lo aguanto. No, tío, haz terapia, métete en un grupo de esos con más gilipollas como tú.

—¿Dónde?

—Búscalo, tío. Pregúntale a tu médico o métete en el puto *vleisbroek* o Facebook... No puedo creer que te cargaras a esos patos.

—Ya sé que no me creerás, pero les disparé porque pensaba que eran el enemigo. Son cosas de cuando estuve en el ejército. Creía que eran terroristas escondidos entre los juncos.

—¡Joder! O arreglas eso que te pasa o te mato, va en serio. Por Martine.

Se quedaron callados un momento. Oí cómo una brisa movía las hojas del árbol del caucho.

—La echo de menos —dijo Dirk.

—Y yo mucho más que tú. La echo de menos un huevo.

Dirk se puso a cantar otra vez:

> 'n Tortelduif se sange
> het in my siel gevaar.

Jessie negó con la cabeza y dijo:

—Me pregunto si los hijos de puta como él tienen solución. —Luego señaló el archivador que tenía enfrente—. Bueno, parece que aquí está todo igual.

—¿No falta nada? —quise saber—. ¿De cuando miraste por última vez?

—No que yo sepa —respondió Jessie—. Lo que está más revuelto es lo que tiene que ver con sus asuntos económicos.

—¿Alguna pista de mi carta de la *Gazette*? —pregunté.

—No —contestó—. Hay un recorte de periódico sobre los del *fracking* que no vi la última vez.

Oí unos golpes lentos cada vez más cerca. Anna iba chocando en la silla de ruedas contra las paredes del pasillo mientras se dirigía al baño. Estaba tarareando la canción de la tórtola. A la vuelta, se asomó al estudio para ver qué hacíamos.

—Solo estamos ordenando —dijo Jessie, cerrando el archivador.

—*Ag*, no vale la pena —repuso Anna—. Volverá a quedar todo patas arriba. Dirk dice que es el fantasma de Martine, pero eso son *twakpraatjies*. Yo he limpiado la cocina de arriba abajo y he visto cómo la desordenaba con mis propios ojos.

Desde el *stoep* llegó la voz de rana solitaria de Dirk:

> *'n Tortelduif se sange*
> *het in my siel gevaar.*

A Anna se le empañaron los ojos y se dirigió en su silla de ruedas hacia Dirk y la canción:

> *'n liedjie van verlange*
> *wat glad nie wil bedaar,*
> *'n liedjie van verlange*
> *wat glad nie wil bedaar.*

> Un canto de nostalgia
> que no se olvidará,
> un canto de nostalgia
> que no se olvidará.

71

Llevé a Jessie de vuelta a la *Gazette*, cogí la carne picada de la nevera y me fui a casa, con la lata de *beskuits* de *padkos* a mi lado, en el asiento del acompañante. El cielo estaba gris, cubierto de nubarrones, pero seguía haciendo calor. La cima de Towerberg se veía iluminada por el sol de la tarde; el resto estaba en sombra. Me puse a pensar en los espaguetis a la boloñesa que iba a hacer para cenar.

Puede que al tener la mente ocupada con el plato de pasta no viera a los cuervos hasta estar casi encima de ellos. Eran dos y estaban picoteando una cosa roja y plana. Al dar un volantazo y frenar, perdí por un momento el control del coche pero enseguida lo recuperé y paré en el arcén para respirar con calma.

Miré por el retrovisor y vi a los cuervos danzar alrededor de algo que había en la carretera, arrancándole trozos.

—Debería ir a ver si lo que sea está muerto —dije a la lata de *beskuits*—. Y apartarlo a un lado.

Di la vuelta para retroceder hasta allí, paré de nuevo en el arcén y bajé de la *bakkie* para acercarme a los cuervos que rodeaban al animal atropellado.

—¡Fuera! —dije.

Pero los cuervos se me quedaron mirando con sus brillantes ojos negros.

Di una patada en el suelo y volví a decir «¡Fuera!», pero esta vez los pájaros siguieron picoteando la carne roja.

Cogí un palo y una piedra del arcén.

—*Voetsek!* —grité, tirándoles la piedra.

Se apartaron un par de metros dando saltitos, dejando el cuerpo en el asfalto. Era un despojo cubierto de sangre. Pero por sus orejas, largas y peludas, intuí lo que era.

Utilicé el palo para empujar al conejo muerto hasta el arcén y dejarlo a los pies de un *groot-wolfdoringbos*. Cerca de allí había unos árboles espinosos dorados del Karoo y cogí unas cuantas flores amarillas para echárselas por encima.

—Era un conejo —dije a los *beskuits* cuando subí al coche—. Estaba más que muerto. Me he despedido de él.

Cuando llegué a casa vi el furgón de Kannemeyer. Dejé la lata de pastas de viaje en la camioneta y recorrí a pie el sendero hasta el *stoep*, donde lo encontré sentado tomando una taza de café. Deduje que sería más tarde de lo que pensaba. Le sonreí como si no llevara el pelo pegado a la frente y el vestido sudado. Y él me dio las buenas tardes como si viviera allí.

—*Koffie?* —me ofreció.

Ningún hombre me había hecho nunca café en mi propia casa, pero le dije «Sí, gracias», como si fuera lo más normal del mundo.

Entré en casa y fui a lavarme. Me puse un vestido limpio, me quité los *veldskoene* y volví descalza a la cocina. Preparé los espaguetis a la boloñesa mientras me tomaba el café.

Kannemeyer se quedó en el *stoep*. A través de la puerta vi sus piernas, firmes y quietas. Estaba mirando los colores cobrizos y encendidos de la puesta de sol. Aquellos nubarrones realzaban la inmensidad del cielo.

La salsa estaba macerando bien en la bolsa de cocción lenta. Eché los espaguetis en el agua hirviendo y salí al *stoep*.

Kannemeyer lanzó un pequeño resoplido cuando me senté, y contemplamos juntos el final de aquel atardecer espectacular.

Las nubes rojas representaron su último acto en una lenta danza. Me recordaron las manchas de sangre que había visto aquella misma mañana. Ahora se parecían más a un conejo muerto que a un fénix. Cuando el rojo se apagó, cayó el oscuro telón. La función había terminado.

Cenamos en el *stoep*.

—Mmm, *lekker* —dijo Kannemeyer.

Los grillos cantaban y los espaguetis a la boloñesa estaban deliciosos. Debería haberme sentido tranquila, pero intuía que algo pasaba. Y no era una nimiedad, como que faltara sal, o algo más grave, como que la pasta hubiera cocido demasiado. Era un problema de verdad.

Así que cuando sonó el teléfono, supe que no llamaban para dar una buena noticia.

Era Reghardt.

Jessie había desaparecido.

72

—No está en su casa —dijo Reghardt—. No la encuentro por ninguna parte.

Me senté poco a poco al tiempo que sujetaba con fuerza el auricular.

—Yo la he dejado en la *Gazette* a eso de las seis o seis y media —le dije.

—He estado allí. He estado en todas partes. Había quedado en ir a buscarla a su casa a las siete y media. Iba a venir a cenar a mi casa.

—Puede que lo haya olvidado.

—No. Sabía que iba a prepararle *bobotie.*

—¿No te habrás peleado con ella o algo así?

—No. Nada de eso.

Kannemeyer entró en casa y se quedó en la cocina.

—Henk, es Reghardt. Jessie ha desaparecido.

—Pero antes me ha llamado, al móvil —dijo Reghardt—. Yo estaba en una visita a domicilio por una llamada de emergencia. La señora Kromberg pensaba que había un ladrón, pero al final ha resultado ser una mangosta. Le he dicho a Jessie que la llamaría en cuanto pudiera, y cuando lo he hecho, el teléfono no daba señal.

—¿Qué te ha dicho ella exactamente?

—Me ha dicho: «Tengo que hablar contigo. ¿Estás en la comisaría?». Y yo le he dicho: «No, estoy en una visita a domicilio por una emergencia, ahora te llamo». Y ella ha dicho: «¿Dónde estás? Mierda. Mi teléfono». Entonces he oído un pitido y se ha cortado la línea. Supongo que se le habrá acabado la batería. Tiene uno de esos móviles tan modernos que se quedan sin batería cada dos por tres. El mío solo hay que cargarlo una vez cada tres días.

—Reghardt —dije al ver que se desviaba del tema.

—La he llamado hace dos minutos. Pero solo me ha salido su mensaje de voz.

—¿A qué hora te ha llamado ella?

—A las seis y cincuenta y tres —respondió—. Me sale en el móvil. Yo estaba un poco preocupado, pero sabía que la vería más tarde. Y que ya lo aclararíamos entonces.

—¿Parecía disgustada? ¿O enfadada contigo?

—No, enfadada no. Pero parecía importante. Jessie es así, se emociona con las cosas.

—Me pregunto si habrá descubierto algo sobre el caso que tenemos entre manos. Una pista, un hilo del que tirar.

—Los asesinos. Eso es lo que a mí me preocupa. Después de esas amenazas...

—Solo lleva desaparecida dos horas —le dije para hacer que se sintiera mejor.

Pero a mí no me hizo sentir mejor.

—Déjame hablar con él —me pidió Kannemeyer, y le pasé el teléfono.

Escuchó un momento a Reghardt antes de empezar a darle órdenes en *afrikáans* a toda velocidad. Luego llamó a la comisaría. En cinco minutos había organizado que se vigilara a Hattie, que un agente visitara la casa de Jessie y que alguien fuera con una foto de ella por todos los restaurantes y bares y recorriera las calles en busca de su escúter. Era un pueblo pequeño. No habría muchos sitios abiertos.

Cuando colgó el teléfono, llamé a Hattie.

—Jessie ha desaparecido —le dije—. Van a enviar a alguien a vigilar tu casa.

—¡Virgen Santísima! —exclamó—. Rezaba para que esto no ocurriera.

—Están buscando por todas partes. Solo hace dos horas que no se sabe nada de ella.

Kannemeyer estaba llevando a la cocina los platos de fuera.

Hattie y yo nos quedamos calladas, cada una a un lado de la línea. Yo oía los grillos fuera y un zumbido sordo por el teléfono. Esperábamos recibir palabras de consuelo por parte de la otra, pero no dábamos con ninguna.

—Virgen Santísima —repitió Hattie antes de que ambas colgáramos.

—Será mejor que te vayas —dije a Kannemeyer, quitándole una olla vacía de las manos.

—No pienso ir a ninguna parte —repuso.

—Tienes que ir a buscar a Jessie —repliqué—. Es tu trabajo.

—Mi trabajo esta noche es asegurarme de que no te pase nada a ti —contestó.

—Henk —dije—. Tienes que ir a buscarla.

—No voy a moverme de aquí.

Me entraron ganas de gritar, pero en lugar de ello me puse a fregar los platos, haciendo más ruido de lo normal.

—¿Así que prefieres que no hagamos nada? —le pregunté, subiendo la voz por encima del ruido de platos—. ¿Mientras ella podría estar en manos de ese... de ese monstruo?

Henk cogió el paño de cocina para secar lo que yo acababa de lavar. Cuanto más ruido hacía yo al fregar, más silencioso era él secando.

—Tenemos que hacer algo, Henk —dije, plantando una olla en el fregadero.

—Estamos haciendo todo lo que podemos. Están buscándola por todas partes. Podrían llamarnos en cualquier momento para decirnos que está bien. No sirve de nada que nos alteremos.

Le sonó el móvil. Dejó el paño de cocina y contestó.

—Teniente Kanneyemer. *Ja... Ja...* ¿Y en el hotel también? Vale. Sigue buscando el escúter. Cuando hayas mirado todo el *dorp*, ve a las fincas que hay fuera del pueblo.

Me volví hacia él.

—Nada —dijo—. De momento.

Metí las manos en el agua jabonosa caliente, cerré los ojos y respiré hondo.

Henk tenía razón. De nada servía alterarse. Lo que sí serviría sería encontrar al asesino. Preparé una cafetera y la llevé al *stoep* con una lata de *beskuits*. Encendí la luz de fuera. Luego fui a buscar mi libreta y un boli.

—Ven —le dije—. Es hora de que hablemos.

Henk sirvió el café.

—Supongo que no te planteas irte del pueblo ahora, ¿no? —me preguntó.

—Ya es tarde para que nos pidas que no nos impliquemos. Tenemos que trabajar juntos.

Kannemeyer arqueó una ceja. El café estaba demasiado caliente, y sopló.

Hacía bochorno por los nubarrones, y la luz del *stoep* atraía a los insectos.

—Henk, nada de lo que digas será publicado en la *Gazette* hasta que nos des permiso, te lo prometo. Pero hay dos personas muertas, y ahora Jessie ha desaparecido. Sé que no soy policía, pero, te guste o no, estoy implicada en el caso. Si trabajamos juntos, tal vez podamos salvar una vida. La de Jessie.

Henk se retorció una punta del bigote y dijo:

—Está bien, Maria. ¿Qué quieres saber?

—Todo —respondí, abriendo la libreta—. Nosotras te hemos contado lo que sabemos. Ahora te toca a ti.

Estuvimos hasta las tantas, hablando de sospechosos, posibles móviles e investigaciones. La luz de la luna se coló por un hueco entre las nubes e iluminó el enorme gwarrie en medio del *veld* mientras Henk me contaba lo que había estado haciendo la policía.

—Piet inspeccionó los neumáticos de John en su finca. No coinciden. Además tiene una coartada de su novia para los dos asesinatos.

—Pero ¿ella no podría estar mintiendo por él? —pregunté.

—Es posible —respondió Kannemeyer—. Quin Crush nos ha traído un montón de arena a la comisaría. Estamos pidiendo

327

a la gente con neumáticos Firestone que pase por encima de la arena con su vehículo. Cuando hayamos mirado las ruedas de los sospechosos, podremos ponernos también con una lista de las ventas del representante de la marca en esta zona, HiWay Tyres.

—No olvides a los adventistas del séptimo día —dije—. Y al señor Marius, cómo no.

—Marius había quedado en pasarse hoy a hacer la prueba de los neumáticos, pero no lo ha hecho, así que mañana a primera hora iré a buscarlo a su casa.

—¿Qué has averiguado de él?

Cada vez había más insectos alrededor de la luz. Polillas grandes, una mantis religiosa verde y otros bichos más pequeños revoloteando cerca.

—Shaft es su cliente, y quieren hacer *fracking* en esta zona. Marius no tiene coartada para la mañana en que Martine fue asesinada. Para la noche en que mataron a Lawrence sí que tiene. De su esposa. Pero he visitado su casa y me da la sensación de que duermen en habitaciones separadas.

Las polillas se lanzaban a la luz. Al lado estaba la mantis. Al acecho.

—¿Tiene un sótano o algún sitio donde podría esconder a alguien?

—No que yo viera. Pero si Jessie sigue desaparecida, conseguiré una orden de registro mañana mismo. Y podría interrogar a su mujer. Algo me dice que sabe algo. Parece tener miedo de él.

Serví más café para los dos.

—¿Qué más has averiguado? —quise saber.

—Entre los últimos movimientos de las cuentas de Martine hay un ingreso de cuarenta mil rands.

Fruncí el ceño y dije:

—No vimos… Supongo que aún no le habían llegado los extractos bancarios más recientes.

—El banco nos ha pasado los extractos de los tres últimos años.

—¿Crees que podría tratarse de un ingreso por la venta de su propiedad? —pregunté.

—Podría ser. Era un depósito en efectivo —explicó Henk—. Realizado en una sucursal de Standard Bank de Riversdale. En el comprobante de la operación figuraba el nombre de «V. Niemand».

—O sea, «V. Nadie», un nombre falso. Martine me contó que tenía un plan para escapar. Me pregunto si eso formaría parte de su plan.

—Es posible. Hasta ahora el único ingreso que ha recibido es su nómina del Spar.

Una pequeña salamanquesa gorda estaba bajando por la pared en dirección a los insectos. Me llevé la mano al brazo, y me acaricié el punto justo donde Jessie tenía su tatuaje.

—¿Y el zumo de granada, con los somníferos? —pregunté.

—Pensamos que fue el asesino con toda seguridad quien se lo llevó. La cajera dice que Anna lo compró. Aunque no estamos seguros de que su testimonio sea fiable. Sí que creemos que Anna ha comprado las seis botellas hoy, pero no tiene por qué ser necesariamente ella quien lo hiciera el día que mataron a Martine.

—Menos mal, pensaba que le tomaríais la palabra.

—No somos tontos. Solo intenta complacer a su jefe. Y las otras cajeras no se acuerdan.

—¿Qué ha pasado con esos pequeños hurtos en el Spar?

—No hemos pillado a los ladrones, pero parece que no ha habido más. —Henk me miró—. ¿Qué? ¿Qué sabes de eso, Tannie Maria?

Abrí los ojos como platos y negué con la cabeza.

—¿Quién más sabía que a Martine le gustaba el zumo de granada? —pregunté—. ¿Anna, Dirk, David? ¿Candice?

—Podemos estar seguros de que Dirk y Anna estaban en el hospital la noche que asesinaron a Lawrence. Y Dirk tiene la coartada del trabajo para el día que mataron a Martine. Estamos comprobando las otras coartadas.

—¿Y el equipo forense ha descubierto algo? —quise saber—. ¿Qué hay de las *veldskoene* que me devolvieron partidas por la mitad? ¿Y de la carta que me han enviado?

Cuando la salamanquesa estaba justo detrás de la mantis, esta dio un salto en el aire y aterrizó al otro lado de la luz. Ahora había aún más polillas revoloteando a su alrededor, golpeando el globo con sus alas.

—Los del LCRC de Oudtshoorn han hecho pruebas en busca de huellas y no han encontrado nada. Para otro tipo de exámenes tenían que enviar los zapatos al laboratorio forense de Ciudad del Cabo. Aún no hay resultados.

—¿Por qué no? ¿Es que no saben que es urgente?

—El laboratorio forense de Ciudad del Cabo trabaja para ciento cincuenta comisarías. Y en la ciudad se cometen muchísimos más crímenes. Tardaremos un mes en tener los resultados, con suerte. Los fluidos sí que se analizan aquí, en Oudtshoorn. La sustancia roja de la carta era sangre. Sangre fresca. Pero no era humana. La han enviado al laboratorio veterinario para que la analicen. Todo requiere su tiempo.

—No tenemos tiempo —repuse.

Kannemeyer miró la hora en su reloj y dijo:

—Tenemos que dormir un poco.

—Aún no hemos terminado.

—Mañana.

Le saqué una sábana y una almohada para el sofá y me fui a la cama. La preocupación por Jessie me mantuvo en vela, tumbada en medio de la oscuridad, incluso después de que los grillos se durmieran. Las ideas daban vueltas y vueltas en mi cabeza como las polillas alrededor de la luz.

73

Me despertó un trueno. Me incorporé en la cama. ¿Dónde estaba Jessie?

Era de día. Había dormido más de la cuenta. La última vez que había oído truenos fue con Jessie, la noche que mataron a Lawrence. Los pensamientos que daban vueltas en mi mente se centraron de repente como un animal en su presa:

¿Qué estaría haciendo el asesino aquella noche? ¿Qué andaría buscando en el estudio de Martine? ¿Encontraría lo que quería?

Anna me dijo que el estudio volvería a quedar patas arriba. Dirk pensaba que era el fantasma de Martine, y Anna creía que era Dirk. Pero ¿y si fuera el asesino? ¿Que seguía buscando?

Y si no encontraba lo que quería, ¿dónde podría estar?

El trueno retumbó, pero no llovía. Me asomé por la ventana. Los nubarrones se veían oscuros y cargados. Parecían a punto de reventar.

En el despacho del trabajo, pensé. Martine también tendría papeles allí.

Me vestí y fui al salón.

—¿Henk?

Con un trueno y un relámpago el cielo se abrió y descargó sobre mi casa. La lluvia cayó con fuerza en el tejado.

Miré afuera. No era Kannemeyer a quien vi en el *stoep*, sino Vorster. Me dijo algo, pero con el ruido de la lluvia no pude oírlo.

Me acerqué y le pregunté:

—¿Alguna novedad? Sobre Jessie, digo.

Negó con la cabeza. Me quedé en el *stoep*, mirando cómo diluviaba. La cortina de agua tapaba la vista de las colinas y las montañas. Solo alcanzaba a ver el enorme gwarrie.

Estaba bien que lloviera, pero no sentí ninguna alegría. Estaba demasiado preocupada por Jessie. Recé para que se encontrara bien, si es que a aquello se le podía llamar rezar. Envié mi sentimiento de nostalgia, tan fuerte como una flecha clavada en mi corazón, directo al cielo:

«Lluvia que caes sobre Jessie. Mantenla a salvo. Llévame hasta ella».

Me puse bajo la lluvia. El agua me alisó el pelo, me corrió por la cara y me mojó la ropa. Vorster debió de pensar que estaba loca, pero no me importaba.

«Ayúdame a encontrar a Jessie —pedí a la lluvia—. Viva.»

Como ya estaba mojada, di la vuelta a la casa para ir a echar un vistazo a las gallinas. Estaban todas, acurrucadas al abrigo del *hok*.

Me dieron un par de huevos calientes, que cogí con las manos mojadas. Los *veldskoene* que llevaba puestos aguantaron bien el agua, pero necesitaba cambiarme de ropa. Me puse el vestido azul claro abotonado por delante y me hice los huevos fritos para desayunar. Luego telefoneé a Hattie a la redacción.

—Maria —dijo—. ¡Oh, Dios mío! Ahora mismo iba a llamarte. Se acaba de ir la policía.

Sentí el corazón latiéndome en la garganta.

—¿Es Jessie...?

—Sus botas... me las he encontrado en la puerta al llegar. Destrozadas. Quemadas.

—¿Quemadas?

—El agente Piet cree que las han frito. Están negras y aceitosas.

Me quedé sin palabras. La lluvia caía ahora con más suavidad.

—Piet cree que las han dejado aquí de madrugada —dijo

Hattie—. Al estar protegidas por el alero, no se han mojado mucho y ha podido ver alguna señal, no me preguntes cómo.

—¿Y no hay rastro de Jessie o su escúter?

—No. Siguen buscando. Le he prometido a Kannemeyer que te llamaría.

—Tenemos que encontrarla.

—El pobre Reghardt está destrozado. Antes de esto existía una remota posibilidad de que hubiera otra explicación... incluso yo tenía la esperanza de que Jessie estuviera investigando algo. Ya sabes lo sabueso que es cuando sigue la pista de algo. Pero ahora, con lo de las botas...

—Voy ahora mismo para la redacción, Hats. De camino solo pararé un momento en el Spar. Luego te lo explico.

Llamé a Kannemeyer, pero no contestó al móvil, así que le dejé un mensaje. Le dije que ya sabía lo de las botas, y lo que se me había ocurrido con los papeles revueltos en el despacho de Martine. Y que pensaba pasarme por el Spar de camino a la *Gazette*.

—Un momento —dijo Vorster al verme salir—. ¿Adónde va?

—A trabajar —respondí—. Puede ir a buscar a Jessie.

Vorster asintió con la cabeza, pero se quedó sentado. No iba a aceptar órdenes de mí. Recorrí el sendero con cuidado, procurando no meter el pie en un arroyo o un charco.

La lata de pastas de viaje hizo ruido a mi lado mientras conducía. El *veld* y las fincas se veían borrosos con la lluvia suave.

—Voy a encontrar a Jessie —dije a los *beskuits*.

Cuando llegué al Spar ya no llovía. Llamé a la puerta del despacho, pero no hubo respuesta. Miré a través de las tiras de espejo y no vi a nadie dentro, pero volví a llamar. Se me acercó un joven.

—¿Puedo ayudarla, *mevrou*?

Tenía una cara pálida y chupada, con los huesos marcados, y llevaba una camisa de manga corta con rayas verdes impecable.

—¿Está el encargado?

—Hoy viene un poco más tarde, señora —respondió con educación el joven cadavérico—. Yo soy el jefe de planta. ¿En qué puedo ayudarla?

—Necesito mirar los papeles que tenía la señora Van Schalk-wyk en su despacho. Es importante.

—Me temo que para eso necesitará el permiso del señor Van Wyk.

—¿No tienes las llaves? Es muy importante. Una cuestión de vida o muerte.

—Necesitará su permiso, señora.

—¿Puedes llamarlo?

El joven me miró con el ceño fruncido y se alejó unos pasos. Habló por el móvil y luego volvió a acercarse.

—Ya viene para aquí, señora. No tardará mucho.

Recorrí los pasillos del supermercado de arriba abajo, espe-rando que eso me calmara, como suele pasarme cuando veo tan-ta comida junta. Pero ese día no me sirvió. Me acerqué de nuevo al jefe de planta con la cara huesuda.

—¿Viste a Jessie aquí ayer pasadas las seis de la tarde?

—¿A Jessie? —preguntó.

—Una chica guapa, periodista, que trabaja en la *Gazette*.

El joven negó con la cabeza y dijo:

—Lo siento, no la conozco.

—Su primo trabaja aquí. ¿Cómo se llama? Boetie. ¿Puedo hablar con él?

—Lo siento, señora; Boetie ha llamado para decir que estaba enfermo.

Pasé por delante de los embutidos, la mantequilla y los yogu-res. Yogur con sabor a rooibos. Ese era nuevo. Vi a Marietjie en una de las cajas.

—Marietjie, ¿viste a Jessie ayer por la tarde?

—Hola, señor Van Wyk —dijo Marietjie, mirando más allá de mí.

—Señor Van Wyk —dije—. Me alegro de que ya esté aquí.

El señor Van Wyk estaba sonándose la nariz. Tenía los ojos rojos e hinchados. Se había alisado el pelo de un lado al otro de la cabeza, pero no lo había hecho bien y se le veía una calva.

—Disculpe —dijo—. Estoy resfriado. Nada grave.

Yo lo veía bastante mal, pero no iba a dejar que unos cuantos microbios me frenaran.

—¿La viste, Marietjie? —insistí—. ¿Ayer, pasadas las seis?

Marietjie negó con la cabeza y, abriendo su caja, comenzó a ordenar el cambio. El señor Van Wyk tosió.

—¿En qué puedo ayudarla? —me preguntó.

—¿Podemos ir a su despacho? —le pedí.

El señor Van Wyk fue delante, y por el camino se alisó el pelo de lado, intentando ponérselo en su sitio. Llevaba la camisa arrugada, como si no tuviera a nadie que se la planchara.

—Necesito echar un vistazo a los papeles de Martine van Schalkwyk —dije.

No me invitó a sentarme. Se limpió su bigote de batido de chocolate, pero no se le fue.

—¿Qué busca? —quiso saber.

—Pues... no estoy segura —respondí—. Lo sabré cuando lo encuentre.

—La policía ya ha revisado sus papeles —comentó.

Me senté a la mesa ordenada de Martine.

—¿Le importaría que volviera a mirarlos? —le pregunté.

—No veo que sea asunto suyo, la verdad —dijo.

Él estaba de pie, mirándome con los brazos cruzados.

—Es parte de la investigación de la *Klein Karoo Gazette* sobre el asesinato de Martine —le expliqué—. Yo soy Maria van Harten, periodista y amiga de Martine.

—Mire, no creo que usted deba andar metiendo las narices en los asuntos de la policía, pero naturalmente quiero que cojan al asesino de Martine. Así que voy a dejar que mire sus papeles. Incluso voy a ayudarla.

Arrimó una silla a la mía y comenzamos a registrar el cajón de la mesa de Martine y las bandejas, marcadas con las etiquetas de ENTRADA y SALIDA. La ayuda del encargado me sobraba, pero me alegré de que no me pusiera trabas. Encima de la mesa había una pila grande de libros, llenos de columnas con números.

—¿No se hacen las cuentas por ordenador hoy en día? —pregunté.

—Por supuesto —respondió—, pero el auditor necesita también una copia impresa. El ordenador de Martine está ahí. —Era un pequeño portátil blanco—. ¿Quiere echarle un vistazo? La policía se ha llevado una copia del disco duro.

—En otro momento —dije.

Si el asesino había estado buscando entre sus papeles, es que lo que buscaba era un papel. Abrí un libro marcado con el nombre de LADISMITH. Estaba lleno de columnas y códigos con números y signos de visto. Yo no entendía nada de aquello, y creo que Van Wyk se dio cuenta.

—Llevaba un registro de las ventas —me explicó—. También tomaba nota de todas las existencias que entraban y salían. Esos códigos se refieren a artículos en stock.

Se echó hacia delante para señalarlos. Olía raro. Como a especias pasadas. Demasiada pimienta. Me pregunté si le cocinaría su mujer. Marietjie había mencionado que tenía esposa.

—¿A su mujer le gusta cocinar? —le pregunté.

El encargado estornudó.

—Se ha largado —dijo—. Está con su hermana en Durban. Me cuido solo.

«Pues no le vendría mal un recetario de cocina», pensé.

Hojeé el libro de cuentas mientras él se sonaba la nariz. Había otro libro en el que ponía REGIONAL.

—¿Y en ese qué hay? —quise saber.

—Llevaba un resumen de las ventas y los gastos de todos los Spar de la zona, porque yo soy el gerente regional. Los contables de las otras tiendas le enviaban su información por email, y ella la juntaba toda.

Asentí con la cabeza. Cogí un libro muy grande en el que ponía NÓMINAS, que parecía recoger los datos relacionados con el sueldo de todos los empleados de todas las regiones, sus cotizaciones al seguro por desempleo, la pensión y todo lo demás. A los trabajadores no se les pagaba mucho.

Había demasiados libros y demasiadas páginas. Yo buscaba una hoja de papel suelta. Algo que Martine pudiera haber escondido en alguna parte. No tenía tiempo de mirar todas las páginas, así que puse los libros de lado y los agité en el aire. Pero no cayó nada.

—¿Ha revisado los papeles que hay en su casa? —me preguntó Van Wyk, que comenzó a sacudir los libros como yo.

—Sí —respondí.

—¿Y no ha encontrado nada?

Negué con la cabeza.

—¿Qué tipo de papel busca? —quiso saber—. ¿Tiene alguna idea?

—Pues podría ser algo que tenga que ver con dinero —respondí—. Una venta quizá.

Tenía en mente aquel depósito en efectivo.

Saqué los otros libros que había en un estante situado encima de la mesa y los sacudí. Dos de ellos eran de contabilidad y el otro, una novela. Revisamos todos los papeles sueltos que había en el cajón de la mesa y las bandejas. Metí la mano hasta el fondo del cajón y encontré un recibo de la luz y una lista de la compra, en la que ponía «Codillo de cordero», lo cual me hizo acordarme de aquella receta de cordero al curry que le había enviado.

Entonces se me ocurrió una idea. Fue como si de repente me dieran un manotazo en la frente y tuve que apretar los labios para no gritar. ¿Cómo podía haber sido tan tonta?

—Gracias por su ayuda, señor Van Wyk —dije—. ¿Podría utilizar su teléfono?

—¿Qué ocurre?

—Oh, nada —respondí—. Es que tengo que ir tirando.

Busqué un número en la guía telefónica, lo marqué y pregunte por Dirk van Schalkwyk.

—Ahora mismo está reunido. ¿Quiere que le diga que la llame? —dijo la señora de la AgriMark.

—No, no se preocupe —contesté.

Estaba segura de que a Dirk no le importaría que me pasara por su casa.

74

Aparqué bajo el enorme árbol del caucho que había en la finca de Dirk. La casa estaba muy tranquila.

—Tal vez no era el mejor momento para venir aquí —dije a los *beskuits* de viaje—. Pero tengo que encontrar a Jessie. —Abrí la puerta de la *bakkie*—. No tardaré mucho.

El sol había evaporado las nubes y estas iban disipándose en el inmenso cielo azul. La tierra aún estaba fría y húmeda de la lluvia. Di la vuelta hasta el *stoep* y llamé a la puerta. Mientras esperaba a que no me abriera nadie, me quité el barro de los zapatos en el felpudo.

Tanteé la puerta; al ver que no estaba echada la llave, entré.

—¿Dirk? —dije en voz alta.

Sabía que estaba en el trabajo, pero me parecía de buena educación. El silencio se hacía notar como algo pesado en aquella casa, algo que estuviera al acecho, esperando el momento oportuno para aparecer de un salto. En el fregadero de la cocina había una pila de platos sucios.

Fui derecha a por lo que había ido a buscar. Los libros de cocina. La lista de la compra de Martine con los ingredientes de mi receta me había hecho pensar; de repente, me vinieron a la memoria los recetarios que había visto en su despensa. Un libro de cocina es precisamente el lugar privado donde yo guardaría algo importante.

Puse sus cuatro recetarios encima de la mesa de la cocina y los abrí uno a uno, sacudiéndolos con cuidado. En el primero,

Cocina con Ina Paarman, había una hoja suelta con una receta escrita a mano de un pastel de queso y calabaza. En el segundo y tercer libros, *Cocina del Karoo* y *Un homenaje a la cocina sudafricana*, no encontré nada. El cuarto y más voluminoso de todos era *Cocina y diviértete*. Al agitarlo en el aire, salió revoloteando un papel. Era mi respuesta a su carta, publicada en la *Gazette*, con la receta de cordero al curry. Estaba allí guardada, en su recetario, igual que yo tenía la suya en la versión *afrikáans* del mismo libro, *Kook en Geniet*. Era una sensación que ponía los pelos de punta. Como si nuestros libros de cocina pudieran hablar entre sí después de morir ella.

Y entonces las encontré, en medio de *Cocina y diviértete*. Eran dos hojas: una llena de cifras, la otra escrita a mano con la letra diminuta de Martine. Me senté con los papeles delante. Una mosca chocó contra una ventana. Se oyó un coche, y por un momento pensé que podría ser Dirk, que volvía a casa. Me levanté para guardar los libros en su sitio, pero no oí que el vehículo se acercara. Iría a otra parte.

Me senté de nuevo. Reconocí el primero de los papeles. Era como las hojas de los libros de contabilidad que había visto en el Spar. Tenía un título, PENSIONES REGIONALES, y listas de números y códigos que costaba entender. Así pues, leí primero el otro papel, en el que Martine había escrito lo siguiente:

> Estimado señor Van Wyk:
> Los datos sobre pensiones que ha estado pasándome durante los últimos tres años son una mentira.

Había tachado «una mentira» y había escrito «incorrectos».

> He encontrado un informe correcto en su mesa, lo que me ha alertado sobre lo que ha estado haciendo.

A continuación, había unas cuantas columnas de números, y luego seguía escribiendo:

Según mis cálculos, ha robado usted como mínimo 900.000 rands.

Había más correcciones. Aquel debía de ser el borrador de la carta y a él le habría enviado la versión final. Continuaba así:

No lo denunciaré. Pero quiero el 33 por ciento del dinero que ha robado. 40.000 rands ahora y 260.000 rands a final de mes.

Tiene que dejar de sustraer parte de los fondos en un plazo de tres meses. El nivel actual de pérdidas quedaría cubierto en estos momentos por Old Mutual, que financia el plan de pensiones. Sin embargo, si sigue haciendo lo mismo, Spar no podrá asumir el pago de las pensiones que deba cubrir en los próximos años, y los trabajadores sufrirán las consecuencias.

Destruiré las pruebas de su delito únicamente cuando me haya abonado los pagos en su totalidad.

Leí la carta dos veces. Sus «pruebas» serían aquella hoja de un libro de contabilidad sobre las pensiones regionales. Resultaba extraño que participara en el robo, pero que al mismo tiempo intentara garantizar que los trabajadores no sufrirían las consecuencias. Puede que incluso entre ladrones se den distintos tipos de fechorías.

Pero no era el momento de plantearme reflexiones morales. Aquellos papeles demostraban que Van Wyk tenía un motivo de peso para matar a Martine. Seguro que él también sabía que le encantaba el zumo de granada, y podría haber sido quien se lo llevara, junto con más cosas compradas en el Spar.

Me pareció oír algo, pero me dije que serían los nervios. No debería haber ido allí por mi cuenta. Volví a oír un ruido, como un crujido quizá. Me levanté para utilizar el teléfono que había en el estudio. El corazón me latía más rápido de la cuenta. Descolgué el auricular. No había línea.

Volví a la cocina y puse los libros en el estante de la despensa. Cogí las dos hojas de papel para llevármelas. Pero antes de que me diera tiempo a llegar a la puerta de entrada, esta se abrió.

Cornelius van Wyk apareció ante mí. El pelo peinado al lado se le había alborotado, de modo que su enorme calva brillaba como un cuenco de porcelana. En la mano llevaba una pistola, una pistola que apuntaba directamente a mí.

75

Me quedé quieta, con los ojos como platos, mientras me apuntaba con la pistola. Mi cuerpo y mi mente iban cada uno por un lado. Me temblaban las piernas, pero mi cerebro se alegraba de haber llegado al final del rompecabezas.

—Así que es usted —dijo mi boca, hablando por mi cerebro, no por mis piernas.

Van Wyk avanzó unos pasos y me quitó los papeles de las manos.

—Los ha encontrado —dijo.

Con el arma me señaló a mí, y luego la puerta.

—Vamos —me ordenó.

«¿Por qué ir con él? —dijo mi mente—. Si te va a matar, que lo haga aquí.»

Sus ojos eran de un azul claro frío, pero tenía la cara roja y el bigote de batido de chocolate retorcido en una mueca de desdén. Era un hombre que se regodeaba con el sufrimiento ajeno.

«No discutas, haz lo que te dice —dijeron mis piernas—. Camina.»

Pero tenía los pies pegados al suelo.

—¿Busca a Jessie? —dijo, encogiendo una aleta de la nariz.

Mi corazón hizo que moviera los pies. Iría con él.

Subimos a pie un trecho del camino hasta el lugar donde había aparcado su Golf. La tierra aún estaba húmeda, y la pisé a conciencia, haciendo fuerza con los pies para dejar las huellas de mis *veldskoene*, un rastro que Piet pudiera interpretar. Van Wyk no dejó de apuntarme con la pistola mientras conducía. Me llegó de nuevo ese extraño olor a especias.

—No haga ninguna tontería o disparo —me advirtió—. Si se porta bien, la llevaré con Jessie.

Se limpió la nariz con el dorso de la mano que tenía libre y se sorbió los mocos. Ese olor no era de comida. Era pimienta... el olor de Jessie, defendiéndose.

—Le ha echado gas pimienta, ¿verdad? —dijo mi boca.

—El olor de las mofetas es mucho peor —respondió él—. Soy cazador.

Puse las manos planas sobre mi regazo para que no viera que me temblaban. «¿Se supone que debería estar impresionada? —dijo mi mente—. Fíjate en ese bigotito tan ridículo que lleva. Hasta un colegial podría mejorarlo.» Echaba de menos a Kannemeyer.

Me alegré de que mi boca se mantuviera callada con respecto al bigote.

Van Wyk se dirigía a las afueras del pueblo, hacia Barrydale. Cogió un camino de tierra en dirección a la sierra de Touwsberg. Redujo la velocidad al pasar por unos charcos de barro. Al cabo de un rato llegamos a una puerta metálica con un letrero en el que ponía RESERVA NATURAL DE KRAAIFONTEIN y se paró.

—Ábrala —me ordenó.

Al salir del coche aún me temblaban las piernas, pero mi mente se percató de que había ramas partidas de alquequenje a los lados del camino. Las flores rojas se veían pisoteadas en el barro entre las huellas de un ciervo grande. «Seguro que es un eland —dijo mi cabeza—, les gusta romper las ramas con los cuernos.»

Mientras Van Wyk pasaba con el coche por la verja abierta, un ratoncillo se metió corriendo entre los arbustos. «Corre», dijeron mis piernas. Pero aunque mis pies hubieran sido amigos de correr, mi mente sabía que yo no podría ir más rápido que una bala. Avanzamos poco a poco por la pista llena de baches hasta que llegamos a un pequeño refugio donde había aparcado un todoterreno blanco.

Mientras subíamos a la *bakkie* grande, me fijé en que los neumáticos eran Firestone y estaban embarrados. Nos dirigimos hacia la alta sierra de Touwsberg. Unos nubarrones enormes se cernían en medio de un radiante cielo azul. Una sombra violeta cubría los *kloofs*. A nuestro alrededor había lomas pedregosas pobladas de gwarries y ciruelos silvestres. Asustamos a una manada de cebras, que huyeron al galope colina arriba. Mi corazón galopó con ellas. «Estamos en medio de la nada. Va a matarme.» Pero mi mente dijo entonces: «Aún estás viva. Y vas a ver a Jessie».

—¿Qué ha pasado con Jessie? —preguntó mi boca.

—Descubrió lo del zumo de granada. Ese maldito empaquetador, Boetie, le contó que yo había cogido una botella del almacén. Dice Marietjie que es su primo o algo así.

El primo que había llamado para decir que estaba enfermo, pensé. ¿Sería verdad?

—¿Marietjie está metida en esto? ¿En lo de los asesinatos? —quise saber.

—Oh, no. Solo es leal, pobre chica. Me cuenta cosas. Yo sospechaba que los pequeños hurtos podían ser cosa del personal, así que me han acusado de robar.

—¿Jessie lo siguió?

Había un kudú en el camino. El sol parecía brillar a través de sus grandes orejas mientras el animal nos miraba con sus enormes ojos negros.

Van Wyk no redujo la velocidad. El kudú se apartó de un salto, justo a tiempo, y cayó sobre un arbusto espinoso. Mi boca tomó aire de golpe. Van Wyk se echó a reír.

—Solo le he dado una vez a uno de esos —dijo—. Queda todo hecho un asco. Y te destroza el coche. Prefiero hacerlo con arco y flecha.

—¿Y Jessie? —insistí.

—Yo la seguí a ella —dijo—. Estaba saliendo del pueblo; iba a verla a usted. Le di en el camino de tierra que lleva a su casa.

—¿Le dio?

—La atropellé.

—¿La atropelló?

Mis preguntas parecían el eco de su voz, pero no podía evitarlo. Necesitaba saber qué había sido de Jessie.

—Pero no le pasó nada, solo estuvo inconsciente un par de minutos. Aunque se hizo un poco de daño en la pierna. Una lástima. Esperaba que saliera corriendo.

—¿Corriendo?

Mi mente estaba molesta por el eco de mi voz. Puede que Van Wyk también lo estuviera. Nos pasamos un rato sin hablar. Aparcó bajo una cochera con una cubierta de cañizo, junto a una casa cuadrada con un amplio *stoep*. Las paredes estaban pintadas de un verde sucio.

Me hizo caminar delante de él hasta un salón con unos grandes sofás de cuero y un suelo de cemento cubierto de alfombras hechas con pieles de animales salvajes. En las paredes había cabezas disecadas de animales de cuernos largos mirándome con ojos vidriosos. Por la rendija de una puerta vi una cocina con grandes encimeras metálicas. Van Wyk apartó una piel de cebra con el pie. Debajo había una trampilla de madera.

—Ábrala —me ordenó.

Mis manos cogieron un tirador de latón y levantaron la trampilla cuadrada. Apareció una escalera gris que bajaba hasta una puerta oscura. Van Wyk se sacó una linterna del bolsillo y alumbró los escalones. La puerta era una gruesa placa de metal gris.

—Abajo —dijo.

Negué con la cabeza. Esta vez mi cuerpo y mi mente estuvieron de acuerdo.

—¿No quiere ver a Jessie? —me preguntó, apuntándome al corazón con la pistola.

Avancé hacia los escalones y él volvió a poner aquella horrenda sonrisa.

—Hay que ver cómo es la gente… —dijo para sus adentros.

Me siguió por la escalera y abrió la puerta con una llave

grande. La puerta era gruesa y pesada, pero no hizo ningún ruido al moverse. Salió una bocanada de aire helado, como si estuviéramos abriendo una nevera gigante.

Se oía un débil zumbido y había una tenue luz azul en un rincón de la sala. No veía bien. Van Wyk me empujó adentro, y tropecé con algo grande y helado.

La puerta se cerró de golpe a mi espalda, y oí a Van Wyk subir por la escalera y cerrar la trampilla con un ruido sordo.

Mis ojos se abrieron y se cerraron, confiando en adaptarse a la falta de luz. Solo entreveían el perfil de una forma grande, que parecía estar colgada del techo, sin tocar el suelo. Pero fue mi olfato el que me confirmó lo que era. Olía a carne. Había una masa de carne fría colgando delante de mis narices. Mi garganta gritó al tiempo que mis pies retrocedían.

—¿Jessie? —dijo mi vocecilla.

Naturalmente, no hubo respuesta. Aquella no era una sala para seres vivos.

76

A medida que la vista se me acostumbró a la oscuridad, vi la forma de la carne que colgaba del techo. Pequeña y maciza. Me acerqué un poco. Era un ciervo. Respiré aliviada. Lo sentía por el animal, pero me alegraba de que no fuera Jessie.

Le toqué la paletilla. El cuerpo estaba muy frío, pero no congelado. Era un pequeño *klipspringer*. ¿Qué clase de hombre mataría a un *klipspringer*?

Me rodeé con los brazos, agradeciendo cada gramo de grasa que tenía en el cuerpo. Mientras recorría la nevera gigante, me froté las manos y me soplé aire caliente en los dedos. Con la poca luz que había vi seis cuerpos más colgando del techo. Se me hizo un nudo en el estómago, pero me obligué a mirarlos todos.

Un joven kudú, con los cuernos que ya empezaban a curvarse.

Un eland hembra.

Dos raficeros, un macho y una hembra. Me pregunté si serían pareja.

Una cría de cebra.

Y una mamá cebra, que me pareció preñada.

No soy una experta en el mundo de la caza, pero conozco algunas reglas, y a aquel hombre le traían sin cuidado. Además, estaba matando animales en verano, cuando la temporada de caza era en invierno.

Bajo el kudú había un charco de sangre oscuro. Parecía haberse desplazado un poco y me agaché para verlo de cerca. En el suelo de cemento había una huella de mano hecha con la sangre del kudú, y al lado, unas pequeñas iniciales oscuras: J. M. Jessie Mostert había estado allí. Pero ¿dónde estaría ahora?

Mi corazón la llamó en voz alta: «Jessie. ¿Dónde estás?».

Me imaginé su cara, sonriéndome, como si se alegrara de verme. Ver su rostro en mi mente provocó un dolor cálido en mi pecho frío que me hizo seguir adelante mientras registraba la sala. Había un congelador grande pegado a la pared, con una franja de luz azul debajo. Aún no estaba preparada para mirar allí dentro, así que examiné el suelo y las paredes por si Jessie había dejado más mensajes. No vi nada.

Me acerqué al congelador. Tenía un candado grande en la tapa, pero no estaba cerrado. Levanté la tapa. Dentro había luz, y vi bolsas de plástico con carne. Salchichas, bistecs, carne picada. No estaba envasada, pero se parecía mucho a la carne de caza que había comprado en el Spar. No vi rastro alguno de Jessie.

Oí un fuerte golpeteo. Eran mis dientes, que castañeaban. Sentí náuseas. Cerré la tapa del congelador, apoyé los brazos cruzados encima y agaché la cabeza.

Volví a ver la cara de Jessie, esta vez mirándome con el ceño fruncido. «No te rindas, Tannie M.», me decía.

Noté de nuevo aquella sensación de calor en el pecho y mis pies comenzaron a patalear mientras mis manos me frotaban los brazos.

—Voy a encontrar a Jessie —dije a la carne congelada.

Oí unos pies en la escalera de fuera. Cuando se abrió la puerta y una linterna me iluminó la cara, fui directa hacia ella.

—¿Qué ha hecho con Jessie? —pregunté.

Pero no estoy segura de si las palabras salieron de mi boca por la fuerza con la que tragué saliva al ver el enorme cuchillo que llevaba Van Wyk en la mano.

77

—Necesito su ayuda en la cocina, Tannie Maria —dijo.

Su silueta, con el cuchillo en la mano, se perfilaba en la entrada.

Di un paso atrás y me golpeé la cabeza con un raficero.

Van Wyk se echó a reír.

—Me alegro de que aprenda algo de respeto —dijo. Y blandió el cuchillo en el aire—. Solo es para cortar carne. —Vi un destello plateado en la hoja de metal, así como unas manchas oscuras de sangre—. Vamos, ¿es que no tiene frío aquí abajo?

No podría hacer nada por Jessie si me moría de frío, así que lo seguí escaleras arriba. Van Wyk llevaba la pistola sujeta a la cintura. Por mi experiencia con Fanie, sabía que lo mío no era luchar. Me faltaba fuerza y rapidez. Lamenté no haber hecho clases de defensa personal, o aprendido a utilizar un arma o algo por el estilo. Seguro que Jessie sabía un par de cosas sobre cómo defenderse. Puede que hubiera escapado, y que estuviera bien.

Van Wyk me hizo caminar hasta la cocina. Sobre las grandes encimeras plateadas había todo tipo de utensilios y maquinaria de carnicería, incluidas una picadora y una embutidora.

Arriba hacía más calor, pero mi tiritona fue a más. Estaba temblando como una hoja.

—¿Qué le ha pasado a Jessie? —pregunté mientras me castañeaban los dientes.

—Puede que cocinando un poco entre en calor —dijo Van

Wyk—. No he comido como es debido desde que se fue mi mujer, y me consta que tiene usted mano para la cocina.

Sobre los fogones había una sartén grande de hierro fundido y al lado una tabla de madera con tres filetes de carne. También había un tarro de remolacha y una ensalada de judías del Spar.

—Ande, prepare esos bistecs —dijo—. Esa carne es fresquísima.

Intenté encender uno de los fuegos de la cocina de gas, pero me fallaban las manos. Las tenía entumecidas del frío.

—Deje que la ayude —se ofreció Van Wyk todo educado y soltó el cuchillo para encender el fuego.

Odiaba a aquel hombre, a aquel asesino, pero permití que lo hiciera. Cogí la sartén con una mano a cada lado. Tenía los dedos amoratados. Al calentarse me dolieron, pero al cabo de un rato comenzaron a responder y eché un poco de aceite en la sartén.

Cuando estaba a punto de poner la carne al fuego, empezaron a fallarme de nuevo las manos. Pero esta vez no era por el frío, sino por mi corazón.

«No puedo cocinar con odio —aseguró mi corazón—. No puedo.»

«Cocinabas para Fanie —me recordó mi mente—. Y lo odiabas.»

«No, no lo odiaba —contestó mi corazón—. Simplemente no lo amaba. Pero me encantaba cocinar.»

Me aparté de la cocina.

—No pienso cocinar para usted —dije.

—Ya lo creo que sí —repuso Van Wyk, sacando la pistola.

—Cocinar es algo que debería hacerse con amor —repliqué.

Mi cuerpo entero creía en aquellas palabras mientras salían de mi boca, pero mi mente dijo: «¿Estás loca? ¡Te matará!».

Me crucé de brazos y esperé a que me disparara.

Pero en lugar de ello, Van Wyk se echó a reír. Con una risa fría y seca.

—Hay que ver cómo es la gente, con esa… tontería del amor —dijo con aquella sonrisa socarrona—. Lo débiles que les hace.

Me quedé allí plantada, con todo mi cuerpo tiritando de frío, pero con un rechazo ardiente en mis entrañas.

—Si cocina para mí —dijo con una voz edulcorada—, le diré lo que le ha pasado a Jessie. Se lo prometo.

Su promesa no valía nada, por descontando, pero si existía una posibilidad por pequeña que fuera de averiguar algo... cocinaría, por amor a Jessie.

Puse los bistecs en la sartén. El aceite me salpicó, pero mis manos se apartaron, dando un respingo. Van Wyk volvió a reír.

—¿Ve lo fuerte que me hace su debilidad? —dijo, metiéndose de nuevo la pistola en el cinturón—. No estaría metida en este lío si pasara de todo. Mire adónde le ha llevado su preocupación por una desconocida, alguien a quien ni siquiera había visto en toda su vida. Es que es antinatural... totalmente antinatural.

—Usted sí que es antinatural —repuse—. Está enfermo.

Puede que cocinara para él, pero no pensaba darle la razón.

—Para nada —replicó—. Soy más fuerte que nadie. Un depredador. Me cuido solo.

Sacó un peine del bolsillo y se peinó los pocos pelos que tenía de una punta a otra de la cabeza.

—Sin afecto ni amor no es usted nada, solo un hombre solitario —dije, dando la vuelta al bistec.

—Me gusta estar solo. Aunque echo de menos a alguien que cocine bien —dijo, guardándose el peine—. Y cuando necesito... ¿cómo lo llama la gente? —Su mirada saltaba de un lado a otro mientras hablaba, sus pupilas moviéndose como escarabajos de agua sobre una charca—. Cercanía, intimidad, entonces... cazo.

Sirvió la ensalada de judías con remolacha en dos platos. Yo añadí un bistec frito en cada uno de ellos. Dejé el tercero, el más grueso de todos, en la sartén para que se mantuviera caliente.

—¿Ha matado a mucha gente? —quise saber, como si estuviera preguntándole si quería salsa de tomate.

—Oh, es un deporte totalmente nuevo para mí —respondió—. Hasta ahora solo cazaba animales. No era consciente de que la gente podía ser tan... satisfactoria.

Puso los platos en la encimera con cuchillos y tenedores y comenzó a comer, de pie.

«Tu cuerpo necesita combustible —me dijo mi cerebro—, para entrar en calor.»

Arrimé una silla y me obligué a comer.

—Pero la caza en sí, el perseguir una presa, es muy importante —añadió—. Matar... pum pum y estás muerto... da placer, pero no es lo mismo. —Cortó la carne—. Por supuesto, intento que el tiro sea limpio, pero cuando un animal queda herido y tengo que ir tras él, entonces la caza es aún mejor. —Masticó—. Siempre doy con él, ¿sabe? Normalmente lo encuentro ya muerto, pero a veces está débil, esperando que le pegue el tiro de gracia para dejar de sufrir. Y eso es lo que hago.

Sonrió. Su mirada se veía vacía como el hielo. Mientras se comía el filete, le salió un poco de sangre por la comisura de la boca.

—Mmm, no cocina usted mal —dijo—. Nada mal.

No me gusta hacer demasiado un bistec. La carne estaba tierna y gustosa. No reconocía el sabor, pero tenía las papilas gustativas frías y confundidas. Confié en no estar comiendo *klipspringer* o algo parecido. Dejé el filete y probé un poco de ensalada, que sabía a comida envasada, pero me obligué a tragar las judías y la remolacha.

—¿Qué le ha pasado a Jessie? —quise saber.

—El arco y la flecha... esa sí que es una gran arma. Muy precisa si tienes buena puntería. Y silenciosa. Ni se enteran de qué les ha dado. La falta de adrenalina hace que la carne tenga mejor sabor. El ruido de los disparos no te delata si cazas fuera de temporada.

—Jessie —insistí—. Me ha prometido que me contaría lo que le ha pasado.

—Es lo que estoy haciendo.

Aparté el plato de mala gana. El nudo que tenía en el estómago no me dejaba seguir comiendo.

—¿Ha disparado a Jessie con una flecha?

—Con esa pierna que le dolía, la caza habría sido muy aburrida. Así que decidí dejar que cogiera el escúter. No sin antes vaciarle casi todo el depósito. —Masticó un bocado de judías—. Eso no se lo dije, por supuesto, así que cuando la alcancé, estaba intentando arrancar la moto, desesperada. No me vio llegar.

—¿Le dio?

—Oh, nunca fallo.

—¿Dónde está?

—No muy lejos —dijo mientras pinchaba el último trozo de bistec que quedaba en su plato. Lo agitó poco a poco en el aire—. Muy cerca, seguro, muy cerca.

Miré la carne pinchada en su tenedor y la de mi plato. Me entraron ganas de vomitar.

—Me comeré ese último filete, Tannie Maria. Si usted no lo quiere, claro está. Veo que no se ha terminado el suyo.

Van Wyk se metió el trozo de carne en la boca.

Me acerqué a los fogones y cogí el mango de la pesada sartén con las dos manos. Luego fui hasta la encimera y le pegué con ella. Van Wyk intentó esquivarla, pero aun así lo golpeé fuerte. No estoy segura de si le di en la cabeza o en el cuello. Cayó al suelo y no esperé a ver si se levantaba. Me moví tan rápido como pude; salí de la cocina y fui directa a la puerta principal, atravesando el salón con las pieles de animales muertos. Una vez fuera, bajé hacia una hilera de árboles. Parecía que se me iba a salir el corazón por la boca. Miré detrás de mí y vi mis huellas claramente en la arena húmeda.

78

Un pájaro carpintero estaba martilleando un árbol junto al lecho del río. Sonaba como mi corazón. Pum pum, pum pum. Lo mío no era correr, pero mis piernas hacían lo que podían. Seguían moviéndose sin parar, una delante de la otra, alejándome de aquel hombre, y de aquel último bistec que había caído al suelo cuando le di con la sartén.

El cielo se había cubierto de nubarrones, y oí un estruendo.

«Que llueva —rogué—. Lluvia, cae sobre mí. Borra mis huellas. Mantén a salvo a Jessie.»

Mi barriga se quejó. Confié en que no fuera un trozo de Jessie lo que se quejara. No hay que hacer ejercicio justo después de comer. Pero mis piernas siguieron adelante, llevándome al abrigo de los árboles.

Cuando ya casi había llegado, se oyó un estallido y di un respingo. Mi corazón latía con la misma fuerza con la que el pájaro carpintero batía sus alas. Pero no me habían disparado. Era un relámpago.

Entonces la noté. La lluvia. Caía con fuerza, corriendo en regueros por mi cara.

«Gracias. Gracias, gracias.»

Me resguardé bajo los árboles que bordeaban el lecho del río. El viento rugía entre las hojas y sacudía las ramas. Desde la casa no se me podía ver, y me apoyé en un alcanforero para recuperar el aliento. Me temblaban las manos y me castañeaban los dientes. Me froté los brazos con las manos.

«Bien hecho, Tannie Maria —dijo mi mente—. Sigues viva. Y puede que Jessie también.»

El trueno retumbó a la vez que me sonaron las tripas. Mis piernas volvieron a ponerme en movimiento. Caminé por el estrecho cauce del río, y la lluvia fue borrando las huellas a mi paso. Me dirigí al sur, confiando en que por allí se llegara a la verja metálica.

Un conejo salió disparado de debajo de un *groot-wolfdoringbos*. Vino corriendo hacia mí y yo me quedé quieta para no asustarlo. Me esquivó y siguió subiendo por el lecho del río.

Entonces vi lo que le había asustado tanto.

A unos diez metros delante de mí Van Wyk salió de debajo de un árbol espinoso que estaba cubierto de cabellos de diablo amarillos. Tenía el pelo despeinado y el bigote retorcido en aquella mueca suya de desdén. Llevaba el arco y las flechas colgados al hombro.

Me gritó. Costaba oírlo con el ruido de la tormenta, pero volvió a gritarme:

—¡Corra, Tannie, corra!

Mi cuerpo tiritaba de miedo, pero yo no era amiga de correr. Y menos aún para hacer un favor a un asesino que lo que quería era un blanco en movimiento.

Se acercó a un arbusto de limo y me ahuyentó con la mano. Pero yo me quedé plantada frente a él mientras la lluvia corría por mi cara y me empapaba la ropa. Van Wyk sacudió la cabeza de un lado a otro y levantó el arco y la flecha, agitándolos en el aire para amenazarme.

Al ver que no me movía, retrocedió unos pasos. Diez metros era demasiado fácil para él. Cuando dobló la distancia que le separaba de mí, volvió a levantar el arco, colocó la flecha en su sitio y tiró de la cuerda hacia atrás.

En aquel breve instante en el que sus dedos soltaron la flecha, mi mente, mi cuerpo y mi corazón se coordinaron y ocurrió algo extraño. Resulta difícil describirlo, pero voy a intentarlo.

El frío y el miedo me habían hecho temblar como una hoja, pero cuando vi que echaba el brazo hacia atrás, me quedé completamente inmóvil.

No había tiempo, pero había todo el tiempo del mundo. Vi cómo caía una gota de lluvia.

Al ver que soltaba la flecha, no corrí.

Volé.

Volé hacia arriba y al lado.

Pensé que estaría muerta, pero estaba viva. Volé como el Ave Fénix.

Y lo que me hizo volar fue un fuego de amor que sentí en mi corazón. Eso fue lo que me hizo más fuerte que Van Wyk. Lo que a mí me dio poder, y a él se lo quitó por completo.

Amor. Sentí amor por mi vida. Amor por Jessie, Hats y mis gallinas. Y por Kannemeyer.

El amor me levantó del suelo. Me dio alas.

Volé al lado y caí. No fue un aterrizaje muy suave. Me estrellé contra el suelo. Con un ruido sordo. Pero no noté ningún dolor. Una parte de mí seguía volando.

Entonces vi a Van Wyk de pie sobre mí, enseñando sus dientes pequeños y mezquinos.

—Lo hace usted interesante —dijo. Había gotas de lluvia en su bigote esmirriado—. Siento tener que terminar antes de tiempo, pero me espera otra caza.

La lluvia había aflojado. Ahora caía con suavidad sobre mí. Van Wyk puso una flecha en el arco, tiró de ella hacia atrás y me apuntó. Directamente al corazón.

—Me pregunto si la flecha la atravesará a esta distancia —dijo—. Es usted muy... maciza.

Cerré los ojos para no tener que ver su horrenda sonrisa. Imaginé a Jessie y a Hattie tomando té y comiendo *beskuits*. Y vi a Kannemeyer, con su bigote poblado y aquella sonrisa suya tan atractiva.

No tenía miedo.

79

Oí un fuerte estallido, seguido de un ruido sordo. ¿Sería la flecha la que había hecho aquel ruido al atravesarme el corazón?

Pero yo continuaba sin sentir dolor. ¿Podría haber sido el chasquido de un rayo? Abrí los ojos. No vi ninguna flecha clavada en mi cuerpo, pero sí la cara que había estado imaginando. La del bigote castaño. Así que supe que estaba muerta.

—Maria —dijo, arrodillándose a mi lado—, ¿estás bien?

Me puso la mano en la frente. Había dejado de llover, pero mi cara seguía mojada. Me di impulso para incorporarme. No estaba muerta, pero tiritaba de mala manera.

—Tengo frío —dije.

Los dientes me castañeaban tanto que no sé si llegó a oírme, pero me entendió. Se desabrochó la camisa, se la quitó y me la echó por encima de los hombros.

—Trae algo caliente —pidió a Piet, que salió corriendo hacia la casa.

Van Wyk yacía en el suelo, tendido en el lecho del río. Inmóvil. Con una mancha roja cada vez más grande en la camisa.

—Le has disparado —dije.

Kannemeyer me ayudó a ponerme de pie. Tenía aquel vello castaño en el pecho. Me agarró y me rodeó con sus brazos. Me acordé de cuando había sujetado a Anna mientras ella forcejeaba. Yo no forcejeé. Su cuerpo desprendía calor, como el pan recién hecho. Mi piel lo absorbió todo, pero aun así no podía dejar de temblar.

—Tenemos que hacer que entres en calor —dijo.

Me rodeó con un brazo y me ayudó a subir por la orilla del río. Me volví para mirar a Van Wyk.

—Me ha metido en una nevera gigante —expliqué. Seguía tiritando, pero si mantenía la boca un poco abierta, evitaba que los dientes chocaran entre sí—. A Jessie... creo que le ha disparado. Con un arco y una flecha. Cuando iba en su escúter. Van Wyk me ha dicho...

Mientras caminábamos hacia la casa, Reghardt y Piet se acercaron corriendo. Piet tenía una piel de kudú grande con la que Kannemeyer me envolvió.

—¿Jessie está aquí? ¿La ha visto? —preguntó Reghardt.

Estaba pálido y sus ojos oscuros se veían llorosos.

—No. Pero... —Mi barriga gruñó y sentí náuseas.

—¿Qué? —quiso saber Reghardt.

—Ha estado aquí. He visto la huella de su mano hecha con sangre, y sus iniciales escritas en el suelo. La nevera está llena de animales muertos. Colgados.

—¿Dónde? ¿De qué está hablando? —preguntó Reghardt.

—Debajo de la piel de cebra hay una trampilla. Con unas escaleras que bajan hasta una nevera grande.

Reghardt comenzó a subir hacia la casa.

—Está cerrada con llave —dije.

—Registra a Van Wyk, a ver si lleva las llaves encima —ordenó Kannemeyer a Reghardt, que bajó entonces hacia el lecho del río.

—Ha habido una pelea —comentó Piet—. Con una sartén. ¿Lo ha golpeado usted?

Asentí con la cabeza.

—Me ha hecho prepararle unos bistecs, y luego ha dicho... Ha dicho... Ha dado a entender que la carne era de Jessie. Que nos la estábamos comiendo. Hay un filete en el suelo de la cocina. Y en mi plato.

Piet fue corriendo a la casa.

—Tienes que bañarte con agua caliente —dijo Kannemeyer mientras nos acercábamos al *stoep*.

Las tripas se me retorcieron y gruñeron al ver la casa.

—No pienso volver a entrar ahí —dije.

Reghardt me trajo un manojo de llaves y señalé la larga, que abría la puerta del congelador. El teniente Kannemeyer gritó una serie de órdenes a Piet y a Reghardt. Refuerzos, registros, ambulancia.

—Ahora vuelvo —dijo en voz alta, mirando hacia atrás mientras me llevaba hasta el furgón policial—. Suboficial Snyman, telefonee a Harriet Christie y dígale que vaya a casa de Tannie Maria. Agente Witbooi, busque el rastro del escúter.

El furgón estaba aparcado en un ángulo extraño junto a la cochera que proyectaba la sombra a rayas del cañizo sobre el todoterreno de Van Wyk. Kannemeyer me ayudó a subir al vehículo y me arropó con la piel. No me pidió que le devolviera la camisa.

Ya nos íbamos cuando Piet vino corriendo hasta nosotros.

—Los bistecs —dijo—. Sé de qué son. Es carne de *aardvark*.

Mi barriga dejó de gruñir y se calmó aliviada.

80

—Maria, cuéntame lo que ha ocurrido —me pidió Kannemeyer.

Íbamos dando botes por el camino de tierra, con la calefacción a tope. Notaba que la piel se me calentaba por fuera, pero tenía el frío metido en los huesos.

Le conté mi historia desde el principio.

—Esta mañana me he despertado pensando en el despacho en casa de Dirk —comencé.

Le hablé de lo que se me había ocurrido sobre los papeles de Martine, de mi visita al Spar y de la brillante idea que había tenido con lo de los libros de cocina. Me daba igual que Kannemeyer se enfadara conmigo por hacer tonterías. Lo que importaba era encontrar a Jessie. Viva o muerta.

No se enfadó; me escuchó sin más, haciéndome preguntas de vez en cuando. Seguía con el pecho al descubierto y olía a tierra, lluvia y nuez moscada.

Nos detuvimos frente a la verja de entrada a la reserva natural y dijo:

—Mira ese *steenbokkie*.

El pequeño raficero estaba tumbado a la sombra de un gwarrie, con sus grandes orejas levantadas. Cuando Kannemeyer bajó del furgón para abrir la verja, el cervatillo echó a correr por el *veld*.

Atravesamos los charcos que había en el camino antes de volver al asfalto. Conté a Kannemeyer lo del olor a pimienta, lo del bigote esmirriado de Van Wyk y los animales muertos y lo que yo había dicho al asesino sobre el amor. Y cuando llegué al final de mi relato, le expliqué incluso cómo había volado. Pero no le dije que fue el fuego de amor que sentía en mi corazón lo que me había hecho volar como un fénix. O que, cuando pensaba en él y en su bigote castaño, no tenía miedo.

En lugar de ello le pregunté:

—¿Cómo me habéis encontrado?

—Supongo que gracias a Boetie —respondió—. Y a Harriet. Por lo visto estaba mirando vuestras notas en la pizarra blanca cuando recordó que Jessie quería hablar con su primo en el Spar. Al ver que tú también tardabas más de la cuenta en llegar del supermercado, se ha pasado por allí. Pero no te ha visto ni a ti ni a Boetie.

Se pasó la mano por el pecho. El sol asomaba ahora entre las nubes, y la luz reveló los tonos rojos y plateados del vello que cubría aquella zona de su cuerpo.

—Harriet estaba preocupada por ti —siguió—, y se ha pasado por la comisaría. En ese momento estaba allí Marius, dejando la huella de sus Firestone en la arena. Piet ha dicho que no había nada sospechoso en el rastro de los neumáticos, pero igualmente estábamos a punto de ir a registrar su casa. Harriet nos ha convencido de que buscáramos primero a Boetie. Ha hecho que me preocupara por ti.

Me miró y yo bajé la vista a mis manos, que seguían temblando.

—Es extraño que aún las tenga tan frías —dije—. ¿Y habéis dado con Boetie?

—*Ja*. Se había ido a Suurbraak a colocarse con los amigos. Aún estaba *gerook*, pero lo hemos espabilado y nos ha contado la historia. Hoy no ha ido a trabajar porque temía haber cabreado a su jefe.

—Me alegro de que Boetie esté bien. Pensaba que a lo mejor Van Wyk había ido a por él...

—Boetie le contó a Jessie que Van Wyk había cogido una botella de zumo de granada.

—*Ja* —dije—. Lo sé por Van Wyk. Marietjie los oyó hablar y corrió a decírselo a su jefe.

Kannemeyer siguió:

—Boetie no sabe por qué Jessie se puso tan nerviosa al enterarse y se fue corriendo. Entonces se dio cuenta de que Marietjie los había oído y la vio ir al despacho de Van Wyk justo después de que Jessie se marchara. Así que se largó del trabajo y se fue a Suurbraak haciendo dedo.

—¿Habéis hablado con Marietjie?

—Nos ha contado que el encargado tiene permiso para coger lo que quiera de su tienda. Que no es robar. Luego se ha echado a llorar y no ha dicho nada más. Hemos registrado la casa de Van Wyk en el pueblo y después su finca de caza. Gracias a Dios que hemos llegado a tiempo. Antes de que… —Kannemeyer agarraba el volante con fuerza. En los brazos tenía el mismo vello castaño y suave que cubría su pecho—. Si tú…

Me miró, y vi en sus ojos aquella tristeza que ya había visto antes. Quise alargar el brazo y poner la mano sobre la suya. Pero no lo hice.

Su mirada volvió de nuevo a la carretera mientras giraba el volante para coger el desvío hacia mi casa.

—El sargento Vorster se ha ido para participar en la búsqueda —me comentó Kannemeyer mientras aparcábamos en el camino de entrada.

—Ahí deberías estar tú —dije—. Y yo también.

—*Ja, ja.* Ahora voy para allá. Y tú tienes que entrar en calor y secarte. Harriet no tardará en llegar.

Intenté abrir la puerta del furgón, pero me seguían temblando las manos. Kannemeyer dio la vuelta alrededor del vehículo y me ayudó a salir, tapándome en todo momento con aquella piel de kudú.

Me llevó hasta casa y fue directo al baño para abrir el grifo de la bañera. Luego buscó el brandy de Klipdrift, sirvió un chupito y le echó una cucharada de azúcar. Me gustaba verlo moverse por la casa, sin camisa. Intenté no quedarme mirando la forma de su pecho ancho, con su capa de vello castaño, y los pelillos que le bajaban desde el ombligo hasta la cintura de los pantalones. Cuando se volvió, pude contemplar los músculos que se movían bajo la piel morena de su espalda. Me dio el vaso de brandy con azúcar. Entre la tiritona y todo lo demás se me derramó un poco, pero conseguí tomarme un buen trago que me calentó desde la garganta hasta el estómago.

Kannemeyer me llamó cuando el baño estuvo listo, y metí la punta de los dedos en el agua.

—*Eina!* —exclamé—. Está caliente.

Se agachó para comprobar la temperatura con el codo.

—No —dijo—, lo que pasa es que la notas caliente porque tienes mucho frío. Pero voy a echarle agua fría y tú después le añades caliente cuando estés dentro.

Después de enfriar el agua me quitó la piel de kudú, pero no su camisa.

—Estaré fuera —me dijo—. Por si me necesitas.

Salió del baño y cerró la puerta. Me quité su camisa de los hombros y me la acerqué a la cara para respirar su olor. Luego la puse en el cesto de la ropa sucia e intenté desabrocharme el vestido, pero mis manos no atinaban con los botones. Entonces probé a sacármelo por la cabeza pero fue peor, así que me lo bajé otra vez.

—Maria —dijo. Continuaba al otro lado de la puerta—. ¿Vas bien?

—Los botones —respondí.

—¿Necesitas ayuda?

Asentí.

—¿Puedo pasar?

Volví a asentir. Me costaba pedir ese tipo de ayuda en voz alta.

—¿Maria?

Llamó a la puerta y entró.

—No puedo desabrocharme los botones —dije.

El vestido aún estaba húmedo y se me pegaba al pecho. Kannemeyer dio un paso hacia mí. Me llegó su aliento. Olía como a corteza de canela y miel. Mis senos subían y bajaban al ritmo de mi respiración, aunque yo les pedía que se quedaran quietos.

—Quizá deberíamos esperar a que llegue Hattie —dije.

Él cogió mis manos frías entre las suyas calientes, y por un momento me dejaron de temblar. Me miró a los ojos.

—No creo que debamos esperar —contestó.

Me soltó las manos y me desabrochó el botón de arriba.

81

Siguió mirándome a los ojos mientras me desabrochaba los botones. Le temblaban un poco los dedos. Aguanté la respiración para que mi pecho dejara de moverse, pero comencé a quedarme sin aire y tuve que tomar un poco. La yema de sus dedos me rozaba la piel cada vez que sus manos buscaban el siguiente botón.

Sentía el calor de su cuerpo, que me llegaba a oleadas. Cuando acabó de desabrocharme todos los botones hasta los muslos, me quitó el vestido por los hombros. Me alegré de llevar puesta la ropa interior bonita. De algodón blanco.

Plantado delante de mí, tan cerca que me hacía cosquillas con los pelos del pecho, me rodeó con los brazos para desabrocharme el sostén. Me bajó los tirantes por los hombros y el sujetador cayó al suelo. Su calor corporal me atrajo hacia él y me pegué a su pecho.

Me cogió la nuca con cuidado, como si pudiera romperse. Oí que llegaba un coche. Él se apartó de mí y me tapé el pecho con los brazos. Pero entonces me di cuenta de que aquel día podría haber muerto sin que ningún hombre me hubiera visto desnuda, así que bajé las manos.

Me quedé frente a él, tan solo con las braguitas y los *veldskoene* cubiertos de barro. Me miró y sonrió. Con aquella sonrisa radiante que hacía que el corazón me diera volteretas.

—Preciosa —dijo.

Cogió su camisa, salió del baño y cerró la puerta. Acabé de desvestirme, me metí en el baño y me recosté en el agua caliente. El hielo que tenía dentro comenzó a derretirse poco a poco.

82

—Maria, cariño, ¿estás bien ahí dentro? —dijo Hattie a través de la puerta del baño.

—¡Hats! Estoy bien, mi *skat*.

—Voy a hacer té para las dos —comentó—. El teniente me ha dicho que te recuerde que te eches más agua caliente.

Oí alejarse un coche mientras abría el grifo del agua caliente. Dejé de tiritar, y el calor invadió todo mi cuerpo.

Me vestí con unos pantalones y una blusa, me puse unos calcetines limpios con los *veldskoene* y salí al *stoep*. Hattie se levantó de un salto y me abrazó como nunca.

—¡Oh, Maria! ¡Tannie Maria! —exclamó.

Para estar tan flaca, daba buenos abrazos. En la mesa del *stoep* había una bandeja con tazas, una tetera con un cubretetera y una lata abierta de *beskuits*. Serví té para las dos, como si aquella fuera una visita de viernes por la tarde normal y corriente. Las gallinas aparecieron cacareando y les tiré un puñado de *mielie*.

—Casi me vuelvo loca de lo preocupada que estaba —dijo Hattie.

Le conté mi relato, explicándole lo que ella no sabía, mientras tomábamos té y comíamos *beskuits*.

—Gracias a Dios que ese hombre horrible está muerto —comentó.

—Gracias a ti, Hats. Si no hubieras pensado en Boetie, no habrían llegado a tiempo...

—Oh, bobadas —repuso, moviendo la mano en el aire como si ahuyentara una mosca—. Todos hemos hecho lo que hemos podido. No sabes cuánto me alegro de que estés viva.

Pero no se la veía contenta. Estaba pálida y tenía mala cara. Había un gran vacío en la silla que no ocupaba Jessie. Nos quedamos mirando cómo el sol de la tarde disipaba los últimos nubarrones, pero el silencio se oía demasiado.

—No podemos quedarnos aquí sentadas sin hacer nada —dije—. Vamos a ayudar a buscarla.

—¿Estás segura, Tannie M.? ¿No necesitas descansar?

—¿Tú puedes descansar? —le pregunté, poniéndome de pie de repente.

Hattie suspiró y se levantó. Cogí la lata de *beskuits*, una chaqueta y una linterna, y nos dirigimos a su coche. El Toyota Etios estaba metido entre un árbol espinoso y un eucalipto.

—¿Por qué no conduzco yo?

—No digas disparates, Maria, después de todo lo que te ha pasado.

—Podríamos ir a casa de Dirk a buscar mi *bakkie*.

—Ya nos pasaremos después —dijo Hattie—. Cuando estés más calmada.

—Tienes razón. Cuanto antes lleguemos...

Aparte de indicarle el camino, no hablamos en todo el trayecto ya que yo me pasé casi todo el rato aguantando la respiración. Hattie conducía peor incluso de lo normal; quizá me diera esa sensación porque tenía los nervios a flor de piel o por todos los charcos y baches que había en las pistas de tierra.

La lata de *beskuits* hacía ruido en el asiento trasero. Me la puse en el regazo para que las pastas no acabaran destrozadas. Pero no pedí a Hattie que redujera la velocidad, porque quería llegar lo antes posible. Por suerte no nos matamos ni atropellamos a ningún animal salvaje por el camino. Creo que al oírla se echaban a correr por el monte.

—¡Madre mía! —exclamó Hattie mientras chocaba con el Etios contra un Combi aparcado a la salida de la casa de Van Wyk—. Menudo gentío.

—Parece que está aquí medio pueblo —dije.

La multitud inundaba el verde *stoep* y llegaba hasta el camino de entrada. Vimos un corro de familiares de Jessie, una fila de enfermeras del hospital entre las que estaba la madre de Jessie, con su uniforme blanco, muy quieta y abrazada a sí misma, un grupo de adventistas del séptimo día y los que más llamaban la atención, Dirk, Anna y John, con sus vendajes y sus sillas de ruedas.

Había policías de uniforme juntando a la gente en pequeños grupos. Kannemeyer estaba en el *stoep*, señalando un mapa que habían pegado a la pared. Llevaba la camisa puesta, hecha un higo.

—Diríjanse solo a las zonas que les indique el policía que les guía —dijo. Al verme frunció el ceño y negó con la cabeza, pero siguió hablando—. No queremos estropear las huellas presentes en los lugares que aún está inspeccionando el agente Witbooi. Nada de salir corriendo.

—Pues es justamente lo que está haciendo ese, que no para de correr de aquí para allá como una mala cosa —repuso Anna, señalando a alguien que había en medio del *veld*, moviéndose en zigzag como un chacal por la ladera de una colina.

—Ese es el suboficial Reghardt Snyman. Está trabajando con el agente Witbooi. Miren, no hay tiempo que perder. Hagan lo que les decimos o váyanse. ¿Entendido?

Algunos asintieron con la cabeza. Anna se sacó una petaca plateada del costado, echó un trago y dejó la petaca encima de la escayola.

—Bien. Ahora escúchenme con atención. El Grupo Uno viene conmigo. Les daré indicaciones en cuanto lleguemos al lugar.

Mientras él hablaba, un deportivo rojo apareció a toda velocidad por el camino y se detuvo tras dar un patinazo, arrojando gravilla.

—El Grupo Dos va con el sargento Vorster —dijo Kannemeyer—. Lo seguirán a pie, dejando tres metros de distancia entre sí. Grupo Dos, ¿me escuchan?

Pero se dio cuenta de que habían dejado de prestarle atención; sacudió la cabeza de un lado a otro y se permitió una pausa mientras la gente contemplaba la llegada de Candy.

Sus piernas parecían haberse alargado aún más, y salieron del coche con un par de tacones negro azulado. Llevaba un vestido corto azul cielo y su sedosa melena dorada suelta sobre los hombros. Incluso por aquel terreno lleno de baches se movía como una modelo de pasarela mientras se acercaba a nosotros.

Vio a Kannemeyer, pero no le hizo caso y me miró a mí.

—Tannie Maria —dijo, como si fuera yo quien dirigiera el cotarro—. He venido en cuanto he podido. ¿Puedo hacer algo?

—Ven aquí y escucha lo que está explicando el teniente —le respondí, porque a Hattie y a mí nos habían puesto en el Grupo Uno.

Candy frunció los labios, que llevaba pintados de rosa, y se puso a mi lado. Olía a azahar de limonero.

—Bien —dijo Kannemeyer, señalando una parte del mapa—. El Grupo Dos irá en coche con el sargento Vorster a la zona sur.

Había cuatro grupos, cada uno encargado de cubrir una zona distinta. Tres de ellos se marcharon con los policías que los guiaban. El Grupo Uno se quedó en el *stoep*, esperando a Kannemeyer.

—Pretorius. ¿Cómo va a recorrer el *veld* así? —dijo Kannemeyer a Anna, que iba tras el Grupo Dos en su silla de ruedas.

—Tengo unos prismáticos —contestó Anna, sacándolos de un bolsillo de la silla para enseñárselos.

—Será mejor que se queden aquí. —Kannemeyer se volvió hacia Dirk y John, que aún iban vendados y renqueando—. Los tres.

—*Ag*, maldita sea —se quejó Dirk en voz baja.

—El suboficial Smit necesita apoyo aquí, en el campamento base.

A Smit se le dispararon las cejas.

—La ambulancia está al llegar —dijo Kannemeyer al suboficial—. Para recoger a Van Wyk.

—¿Cómo? —exclamó Anna.

—¿Aún está aquí? —preguntó John.

—Lo mataré —dijo Dirk.

—Ya está muerto —repuso Kannemeyer.

—Da igual —replicó Dirk—. ¿Dónde está?

—Ya oigo la ambulancia —dijo Kannemeyer.

Una sirena gemía entre las colinas.

El teniente dijo «Lo siento» en silencio al suboficial Smit. Luego se alejó al frente del Grupo Uno.

—Vamos a ir hasta donde está el agente Piet Witbooi —nos informó.

En nuestro grupo éramos diez y los que no cupimos en el furgón de Kannemeyer nos montamos en el coche de Hattie. Delante se sentó un joven delgaducho con los ojos rojos y un gorro de lana que le tapaba las orejas. Olía a una hierba de aroma agradable. ¿Albahaca?

Georgie, la adventista del séptimo día, y Candy se sentaron atrás conmigo. Me puse en el regazo la lata de *beskuits* rotos.

—Rezamos por ella —me dijo Georgie, dándome unas palmaditas en la rodilla.

Hattie golpeó de nuevo el Combi al dar marcha atrás para salir.

—¡Ay, madre! —exclamó Georgie con voz chillona, y se puso a rezar a un ritmo cantarín.

—¿Qué tal? —dijo Hattie al joven—. Yo soy Harriet Christie.

—Ajá —respondió el chico.

—¿Y tú?

—Boetie —farfulló él.

—Ah, el famoso Boetie Mostert —dijo Hattie, bajando a toda velocidad por el camino de tierra para alcanzar el furgón de Kannemeyer.

—Veo ese brillo en ti, cariño —me dijo Candy, cogiéndose al asiento que tenía delante—. ¿Qué ha pasado?

Pensé en la escena del baño con Kannemeyer y me sonrojé.

—Puede que Jessie haya conseguido escapar —comenté—. Le echó gas pimienta.

—Te estás poniendo colorada. Eso espero. Jessie es de armas tomar. —Candy se fijó en mis *veldskoene* llenos de barro—. Tengo los zapatos ideales para ti. Te mandaré un par.

Hattie iba de un lado a otro del camino, esquivando charcos y golpeando rocas.

Cuantos más baches había, más rápido rezaba Georgie, y más agudo era el tono de sus exclamaciones.

—¡Ayyy, madreee! ¡Jesús! Oh, señor, protégenos mientras recorremos el valle de la muerte. ¡Ayyyy, madreeee!

—Ahí está Piet —anuncié.

Aparcamos detrás del furgón de Kannemeyer; no le dimos en el parachoques de atrás por muy poco. Puede que las plegarias de Georgie funcionaran.

Bajamos todos del coche en tropel y miramos el *veld* y las colinas que había a nuestro alrededor. Sobre una cresta lejana se recortaba la silueta de unas cebras. Los *beskuits* y yo estábamos lo bastante cerca de los hombres como para oírlos hablar. Piet estaba en cuclillas al lado del camino, mirando la tierra embarrada.

—¿Qué haces? —le preguntó Kannemeyer.

—Observo las hormigas —contestó Piet.

—¿Has encontrado algo?

—Llovía con fuerza.

—¿Hay huellas?

—De neumáticos de moto y Firestone. Llega un punto en el que se paran. Los Firestone dan la vuelta y se van por donde han venido.

—¿Y pisadas?

—Llovía con mucha fuerza.

Kannemeyer pasó el peso del cuerpo de un pie a otro.

Piet siguió observando las hormigas.

Kannemeyer se tiró de una punta del bigote.

—Están aquí los voluntarios para ayudar en la búsqueda.

Piet asintió con la cabeza y avanzó poco a poco, siguiendo la hilera de hormigas.

—¿Podrás decirles adónde ir? —le pidió Kannemeyer.

—Me lo están diciendo —respondió Piet, sin despegar los ojos del suelo.

—Agente Witbooi —dijo Kannemeyer.

Piet señaló.

Miramos las hormigas. Había una fila larga que iba en una dirección, y otra larga fila de vuelta.

Piet se adelantó a paso ligero. Kannemeyer y yo fuimos tras él.

Seguimos la hilera de hormigas entre unas *vetplantjies*, y luego por detrás de una planta de la leche. Piet palpó la tierra con el pie. El terreno estaba blando y removido.

—Aquí debajo hay algo que están comiendo las hormigas —dijo.

Reghardt bajó corriendo la colina hasta donde estábamos, con la cara sucia y llena de rasguños.

—¿Qué pasa? —quiso saber—. ¿Qué han encontrado?

—Ve a por la pala que hay en la parte de atrás del furgón —le ordenó Kannemeyer.

La gente del Grupo Uno se había acercado hasta el lugar y estaba a nuestra espalda. Se protegían la cara del sol de la tarde con las manos a modo de visera. Se fueron apartando al abrirse paso Reghardt entre ellos a empujones con la pala. Kannemeyer intentó quitársela, pero Reghardt no la soltó.

Piet señaló la zona en la que había que cavar. Reghardt movió la pala con rapidez pero sin hundirla demasiado, como si no quisiera lastimar lo que pudiera haber debajo.

Bajo la arena solo había más arena. El sudor le caía por los lados de la cara. De repente, golpeó algo macizo. Al oír el ruido di un respingo, y los *beskuits* se agitaron dentro de la lata.

Reghardt cerró los ojos y se quedó quieto un instante, con la cara blanca. Luego se agachó y miró dentro del hoyo. Piet estaba al lado en cuclillas. Alargó la mano y tocó lo que fuera que Reghardt había golpeado. Se llevó un dedo a la nariz y olió. Una hormiga le caminaba por la uña.

—Sangre —dijo Piet.

83

Reghardt soltó un pequeño sonido como si le hubieran golpeado en la barriga, pero luego tragó saliva y comenzó a cavar con las manos, como si fuera un animal que escarbara la tierra. Piet hacía lo propio a su lado. La mano de Reghardt agarró algo y tiró de ello.

—Es metálico —dijo—. Es metálico.

Kannemeyer y Boetie se unieron a ellos y cavaron todos juntos. Retiraron la tierra y sacaron un escúter. El escúter rojo de Jessie.

Vi las hormigas y la mancha oscura y pegajosa que había en el asiento de la moto. Piet pasó los dedos por encima y se tocó la punta de la lengua con un dedo.

—Es de hoy —dijo.

A Reghardt se le puso la cara blanquísima.

—Ha muerto, ¿verdad? —preguntó—. Dímelo.

Piet negó con la cabeza.

—No sabría decirte.

Reghardt respiraba rápido; pensé que iba a desmayarse.

Me aferré a la lata de *beskuits*. Quería darle algo que le ayudara a sobreponerse del susto. Pero Reghardt necesitaba algo más que aquellas pastas rotas. Había que darle algo que todos necesitábamos: esperanza. Nos hacía falta esperanza.

—Jessie iba en su escúter y Van Wyk le ha disparado con un arco y una flecha —expliqué—. Pero cuando él llegó hasta ella, Jessie estaba preparada. Le ha echado gas pimienta. Lo sé porque Van Wyk olía a eso. Jessie ha aprovechado que él no veía para escapar. Ha dejado aquí la moto, pero ha huido, Reghardt. Luego se ha puesto a llover y el agua ha borrado sus huellas, así que él no ha podido encontrarla.

Piet asentía con la cabeza, pero Reghardt la movía de un lado a otro en un gesto de incredulidad, conteniendo las lágrimas. Yo seguí hablando.

—Jessie era como un animal herido y él quería volver a buscarla. Entonces lo han llamado para decirle que yo estaba en su trabajo y ha venido a por mí. Esta mañana me ha dicho que le esperaba otra caza. Se refería a ella. Aún no la había encontrado. Ni lo ha hecho.

Me volví hacia las personas que tenía a mi espalda.

—Ahora él está muerto y no la ha encontrado —dije—. Pero nosotros podemos hacerlo.

—Agente Witbooi, vuelva al lugar donde se detuvo el escúter a ver si encuentra alguna pisada —ordenó Kannemeyer. Luego se dirigió al grupo—. Si Jessie estaba herida, dudo que haya podido recorrer más de dos kilómetros. Además es posible que tenga hipotermia. No aparten los ojos del suelo. Es poco probable que haya huellas con la lluvia que ha caído, pero nunca se sabe, quizá esperara a que dejara de llover para echarse a andar. Estén atentos por si hay plantas rotas, sangre u hormigas. Si ven algo extraño, levanten la mano y llámenme a mí o al agente Witbooi.

Mientras Kannemeyer hablaba, abrí la lata de *beskuits* para que la gente se sirviera. Una joven enfermera con su uniforme blanco cogió la lata y se la ofreció a los que estaban más lejos.

—Suboficial Snyman, muévase en un amplio círculo alrededor de este punto. Suba a lo alto de cada una de esas colinas que nos rodean. Y utilice los prismáticos para mirar todos los posibles escondites, como arbustos, árboles y zanjas.

Reghardt estaba allí parado, pero volvía a tener algo de color en la cara.

—¡Vamos! —exclamó Kannemeyer.

Reghardt pestañeó y salió disparado como un perro de carreras.

Cuando se fue, Kannemeyer se volvió hacia nosotros y nos dijo:

—También buscamos tierra blanda. —Dio toques en el terreno con el pie junto al escúter—. Como esta. Donde pueda haber algo enterrado.

Georgie se tapó la boca con la mano, y entre sus dedos quedó atrapado un «Ay, madre».

La enfermera me devolvió la lata y ofrecí el último *beskuit* a Kannemeyer. Mientras se lo comía me miró a los ojos, y me invadió una extraña sensación de calor.

Luego señaló hacia una colina al pie de la cual había una hilera de árboles de la abundancia.

—Vamos a ir primero en esa dirección. Síganme, dejando dos metros de distancia entre sí. Yo iré delante, rastreando la zona con la mirada puesta en lo que salta más a la vista. Ustedes muévanse poco a poco para que no se les pase nada por alto.

Me comí las últimas migas de esperanza y dejé la lata en el coche.

Nos desplegamos y caminamos detrás de Kannemeyer, sin apartar los ojos del suelo. Lo oí hablar con el suboficial Smit por radio para pedirle que hubiera una ambulancia preparada y que avisara a los otros grupos para que se nos unieran en la búsqueda. Hattie y Candice estaban cerca de mí, una a cada lado. Candy caminaba más despacio que yo con aquellos tacones que llevaba, y Hattie un poco más rápido. Pero yo apenas me fijé en ellas.

Mi vista estaba concentrada en lo que tenía delante. En busca de pistas. Vi el rastro de una serpiente después de la lluvia. Un ratón se escabuyó entre unos áloes de Navidad. Reconocí las huellas de un conejo, y las de las pezuñas en forma de corazón de un búbalo. Había montones de cacas grandes de un negro brillante, y piedras blancas, moradas y del color de la sangre seca.

El sol estaba bajo y me daba de lleno en un lado de la cara. Seguí caminando y mirando. Los otros grupos se unieron a la búsqueda. Recorrían el *veld* y las colinas dispuestos en filas. Pero yo tenía la atención puesta en los dos metros que eran míos.

Ahuyenté a un antílope jeroglífico de la sombra de un ciruelo silvestre. Miré en el cauce seco de *dongas*, torrenteras de arena donde crecía el arbusto del cáncer, con sus flores en forma de gotas rojas. Las caritas de las flores de pajarita me miraban. Observé con atención un *sterretjiebos*, ya que las vainas estrelladas secas parecían hormigas que subían y bajaban por sus tallos. Pero no eran hormigas ni me llevaban a ninguna parte.

Vi escarabajos peloteros y arañas con el vientre dorado. Vi violetas del Karoo con pétalos aterciopelados y pequeñas plantas espinosas cuyos nombres desconocía.

Pero nada de aquello mostraba rastro alguno de Jessie.

Había un sinfín de formas de vida diversas, desde plantas hasta insectos y otros muchos animales, en las que nunca había reparado hasta entonces.

«Vida. —Me vi rogando a la vida en la tierra, como lo había hecho antes al cielo y la lluvia—. Vida de la tierra. Mantén viva a Jessie. Muéstranos dónde está. Te lo suplico, Vida, mantenla viva.»

Seguimos caminando y rastreando la zona. El sol se estaba poniendo ya y las nubes iban cambiando de color. No tardaría en oscurecer. Con la caída del sol también se me cayó el alma a los pies. Si no lográbamos encontrarla antes de que se hiciera de noche… Me dolían los ojos de mirar con tanta atención, de ver tantas cosas, sin que ninguna de ellas me diera una sola pista que me llevara a Jessie. Me puse los dedos en los párpados y los cerré un momento. Acumulaba tanto cansancio que me entraron ganas de tumbarme en el suelo y llorar. Al abrir los ojos vi a Reghardt a punto de llegar a lo alto de una *koppie*. Una manada de kudús huyó de él, echándose a correr ladera abajo, pero un kudú de cuernos grandes se quedó allí parado, mirándolo fijamente, con su cornamenta brillando a la luz del atardecer, mientras los demás se alejaban al galope. Reghardt subió hasta la cima de la colina, de espaldas a ellos. Los kudús en plena huida llegaron a un gwarrie que crecía entre dos grandes rocas y se pararon de golpe. Dieron media vuelta y echaron a correr de nuevo hacia Reghardt, dejando atrás el árbol. El kudú grande bramó, y la manada volvió a lanzarse colina abajo, pero esta vez por una ladera alejada del árbol.

Levanté la mano y grité:

—¡Henk! ¡Piet!

Kannemeyer estaba más cerca. Le dije lo que había visto, que los kudús evitaban aquel árbol.

—¿Qué habrán visto u olido allí? —pregunté.

Kannemeyer se comunicó con Reghardt por radio.

—Mira el gwarrie grande que tienes al sudoeste.

Vi a Reghardt bajar por la colina a trompicones, resbalando en la gravilla suelta mientras corría. Luego desapareció detrás de las rocas donde estaba el gwarrie. Kannemeyer y Piet subían ya por la ladera a toda prisa.

Entonces vi aparecer la cabeza de Reghardt mientras este salía de detrás de las rocas. Llevaba un cuerpo en los brazos.

Estaba demasiado lejos para verlo bien, pero sabía que era Jessie.

Reghardt decía algo a gritos. La gente que rastreaba la zona al pie de la colina corrió hacia él, y también se pusieron a gritar, pero yo no oía lo que decían. Los que estaban un poco más cerca oyeron entonces los gritos, y el mensaje corrió por el *veld*, entre los árboles espinosos y las piedras, hasta llegar a mis oídos:

—Está viva. ¡Está viva!

84

Incliné la cabeza en señal de gratitud.

«Gracias, Lluvia, por borrar sus huellas.»

«Gracias, Vida, por mantenerla viva.»

«Gracias por mostrarnos dónde encontrarla.»

Me caían lágrimas por la cara cuando Hattie llegó hasta mí y nos abrazamos y lloramos juntas.

Luego se nos unió Candice, pisando entre las plantas espinosas con aquellos tacones que llevaba. Tenía las piernas arañadas y la cara llena de churretes de tierra y lágrimas, pero verla sonreír fue la imagen más hermosa de todas.

La ambulancia llegó hasta Jessie antes de que nos diera tiempo de atravesar el *veld*, y vimos a Reghardt y a Kannemeyer levantarla a pulso para meterla en el vehículo. Reghardt también subió. Una manada de cebras de montaña galopó por la llanura mientras la ambulancia se alejaba a toda velocidad, abriéndose paso con el sonido de la sirena a través del cielo del atardecer.

Mientras nos dirigíamos de vuelta a los coches, Kannemeyer se nos unió. Íbamos sonriendo, pero al ver su cara dejamos de sonreír.

—¿Qué ocurre? —le pregunté.

—No soy médico —dijo—, pero está inconsciente y pinta mal.

Un grupo de adventistas del séptimo día se pusieron a rezar, y Hattie se les sumó. Si había un dios, los adventistas y Hattie tenían su número de teléfono, así que los dejé con lo suyo. Me alejé al tiempo que miraba el cielo mientras se oscurecía. Las nubes se veían surcadas por franjas de un rojo intenso. Contemplé el *veld* a la luz del atardecer.

El cielo y la tierra. A ellos había dirigido mis súplicas y habían respondido. ¿Aún podía pedirles algo más?

¿No debería hacer algo yo también? Ayudar a Jessie a que se pusiera mejor. Yo no era médico, pero sí su amiga. Dejé que todo el amor que sentía por ella embargara mi alma. Mi amor era tan grande e intenso como la puesta de sol, y ahuyentó la preocupación y el miedo que tenía en mi interior. Cuando noté el corazón tan henchido que pensé que me explotaría, le envié todo mi amor. Tenía su número de teléfono. Le llegaría.

Noté una mano cálida en el hombro. Era Kannemeyer. Pero se volvió y fue hacia el furgón antes de que pudiera verle la cara. El resto de la partida de rescate ya estaba en los coches, esperando para irse.

—Ay, Dios —dijo Hattie—. ¿Crees que...?

—Enciende las luces —le recordé—. Nuestra Jessie es una chica fuerte.

Ya habíamos dejado a los otros pasarejos y volvíamos a estar las dos solas, conduciendo en su Toyota en medio de la oscuridad.

—Puede que haya perdido mucha sangre... —comentó Hattie, tocando el claxon sin querer al encender las luces.

—Ve más despacio —le pedí.

—Además está herida. Y puede que tenga hipotermia...

—¡Cuidado!

Un kudú atravesó el camino de tierra de un salto y Hattie metió el coche en un arbusto espinoso de un volantazo.

—¡Vamos, cariño, que tú puedes! —se dijo Hattie, dándose ánimos.

Sacó el Toyota del árbol espinoso y siguió conduciendo a la misma velocidad.

—Y bien, querida, ¿qué pasa entre el teniente y tú?

—*Pasop!* ¡La verja!

—Ya la veo. No estoy ciega.

Bajé del coche con la intención de abrir la puerta y Hattie dio marcha atrás para que tuviera espacio suficiente.

Cuando volví a montarme a su lado, me dijo:

—He visto cómo os miráis.

—No sé, Hats.

—Yo diría que te cuida muy bien. Por cierto... ¿ha sido él quien te ha preparado el baño?

—Ha sido muy amable. Pero solo hace su trabajo.

—Supongo que ya no se quedará a dormir en tu casa, ahora que...

—No. Claro que no.

—Es un hombre muy apuesto.

Y podría aspirar a algo mucho mejor que yo, pensé.

—Ya soy mayor para esas cosas —repuse.

—Nunca es tarde. ¿Ha habido alguien desde... Fanie?

Negué con la cabeza. Ya estábamos de vuelta en la carretera asfaltada, con lo que la conducción se volvió un poco más suave. Y aunque íbamos dando virajes de un lado a otro, por suerte no nos cruzamos con ningún otro coche o animal.

—¿Y no va siendo hora...? —insinuó Hattie.

—Fanie me quitó las ganas de estar con un hombre.

—Era un canalla. No todos los hombres son así, ¿sabes?

—Sí, ya lo sé. Pero es como si tuviera el corazón... cerrado.

—Dale una oportunidad, Maria.

—Ya veremos. ¿Puedes dejarme en la finca de Dirk? Tengo la *bakkie* allí. Te has dejado el intermitente puesto.

Hattie lo quitó, pero encendió las luces de emergencia. No le dije nada. Creo que era lo mejor.

La casa de Dirk estaba a oscuras.

—¿Dónde andará? —se preguntó Hattie.

—Puede que aún no haya llegado; nosotras hemos ido muy rápido.

—¿Rápido? A lo mejor está con Anna. Me pregunto si todavía conducirán entre los dos un solo coche.

—*Dankie, skat* —dije, y le di un beso en la mejilla.

—Estoy reventada, Maria. Seguro que tú también. Come algo y vete a la cama. Nos vemos mañana.

Hattie se marchó, con las luces de emergencia aún puestas.

Mi *bakkie* azul aguardaba paciente bajo el árbol del caucho. En el asiento delantero del acompañante estaba la lata de *beskuits* de viaje.

—El encargado del Spar era el asesino —dije a las pastas mientras nos poníamos en marcha—. Ha estado a punto de matarme, pero Henk le ha disparado. Está muerto. Hemos encontrado a Jessie. Está viva, pero herida e inconsciente. Podría ser grave. Ahora vamos al hospital. Y esta vez os venís conmigo.

85

Jessie se hallaba en la Unidad de Cuidados Intensivos. Me encontré la sala de espera de la UCI llena. Muchas de las personas que habían participado en la búsqueda estaban allí. Reghardt caminaba de un lado a otro, dejando su rastro en el linóleo. No vi a Kannemeyer por ninguna parte.

—¿Cómo está? —pregunté.

Reghardt negó con la cabeza y se mordió el labio. Tenía sus largas pestañas mojadas.

—El médico va a venir ahora a hablar con nosotros —me dijo.

Había un dispensador de té grande y Juanita, la hermana menor de Jessie, estaba preparando tazas de té. La ayudé a repartirlas entre los presentes. Anna sacó la petaca plateada y echó un lingotazo en la suya, y luego en la de Dirk. Entregué la lata de *beskuits* a Juanita y ella se la pasó a todo el mundo. Se vació en treinta segundos. Supongo que la mayoría no habíamos cenado. A Dirk se le fue la cabeza hacia atrás y se puso a roncar como un jabalí verrugoso. Oímos pasos que se acercaban por el pasillo, y Anna le dio un codazo en las costillas. Dirk se incorporó, dando un resoplido. La madre de Jessie se puso de pie de golpe. No llevaba puesto el uniforme, sino un vestido azul. Su ropa se veía limpia, no como la mía, manchada de barro y hecha un higo. Pero tenía la cara muy arrugada.

Cuando llegó el doctor, todos nos volvimos hacia él como flores hacia el sol. Un sol muy negro con una bata blanca.

—¿Puedo hablar a solas con la familia?

Nos levantamos casi todos y nos acercamos a él.

—Ah, bueno. Me dirigiré a todos, si les parece bien.

Miró a la hermana Mostert, que asintió con la cabeza.

—El estado de Jessie es crítico. La lesión de la pierna y la herida de flecha en el hombro no son demasiado graves. Tiene un poco de infección, pero está bajo control... de momento. El problema es la pérdida de sangre. Ha perdido mucha. Se le ha parado el corazón, pero hemos conseguido reanimarla. Sigue en coma. Si lo supera, nuestra gran preocupación son los daños cerebrales.

La madre de Jessie se llevó la mano al corazón y la cerró. El doctor comenzó a hablar en un lenguaje médico enrevesado sobre el riesgo de «conización», «sondas neuronales» y cosas que yo no entendía ni quería entender.

Cerré los ojos y envié todo mi amor a Jessie. Vi cómo fluía hacia ella, rojo como el zumo de granada. Como la sangre.

—Solo la puede visitar una persona a la vez —estaba diciendo el doctor, ya en cristiano—. Y solo los más allegados. La hermana Mostert y el suboficial Snyman controlarán quién entra. Aunque está en coma, existe una pequeña posibilidad de que pueda oírlos. Así que díganle solo cosas que le den ánimos, por favor.

La gente iba y venía de la sala de espera, pero yo seguía sentada. Me pasé un buen rato con los ojos cerrados, aunque no dormía; estaba al teléfono con Jessie:

«Jessie, cielo, te vas a poner bien, ya verás. Ese hombre horrible está muerto. Lo hemos cogido. Ahora estás en el hospital, recuperándote. Voy a hacerte la mejor tarta de chocolate que hayas comido en tu vida. ¿Y has probado mi sopa de pollo? Con ella se te pasará todo en un periquete. Y luego podrás comer lo que más te gusta, como *bobotie* y *koeksisters*».

Al abrir los ojos vi que la sala de espera estaba casi vacía. Anna y Dirk seguían allí, ella dormida en la silla de ruedas y él roncando en el sofá.

Reghardt estaba sentado derecho, con los ojos rojos y los labios apretados.

Seguí con mi llamada a Jessie:

«Cuando estés lista, te prepararé un gran festín. Habrá asado de cordero con patatas y *vetkoek* con picadillo. Y también ensaladas, de patata, de legumbres y de zanahoria con piña. Y café con *koeksisters* y tarta de chocolate. Y pan con mermelada de albaricoque, cómo no. *Lekker, lekker*. Ya verás, Jessie, te vas a poner las botas. Acabarás con la barriga más redonda que un *potjiepot*».

Oí pasos y vi a la madre de Jessie acercarse a nosotros. En la sala de espera solo estábamos Reghardt y yo. La hermana Mostert ya tenía el vestido tan arrugado como su cara. Reghardt se puso de pie de golpe.

—Ya puedes pasar —le dijo—. Yo me voy a casa a ver si duermo un poco.

Volví a cerrar los ojos. Al cabo de un rato noté una mano en el hombro y me desperté, diciendo «Henk...».

Era Reghardt.

—Kannemeyer ha estado aquí —me dijo—. No ha querido molestarla.

—¿Jessie está bien? —le pregunté.

—Igual —respondió—. Puede entrar un momento si quiere. Luego puedo llevarla a casa. Kannemeyer me ha dicho que lo haga.

—No, estoy bien para conducir. Pero sí que quiero verla, aunque sea solo un segundo.

—Está bien, luego me quedaré con ella hasta mañana. Su hermana vendrá a primera hora.

Atravesé las grandes puertas batientes de la UCI y me lavé las manos con jabón líquido. Una enfermera me llevó hasta la cama de Jessie. La tenían entubada, con un gota a gota y conectada a máquinas de esas que pitaban, con números y líneas verdes que se movían. Le habían vendado la parte de arriba del brazo izquierdo, y en la rodilla y la espinilla de la pierna derecha le habían puesto unas gasas, todo ello para reparar los daños que le había causado Van Wyk con el coche y la flecha. Una mascarilla de plástico le cubría la cara y respiraba con ayuda de una máquina.

Yacía muy quieta. La enfermera me dejó sola y me senté en la silla que había junto a la cama. Jessie se veía pálida y muy débil; me entraron ganas de arrancarle todos los cables y tubos y cogerla entre mis brazos como a un bebé. Puse mi mano sobre la suya. Estaba caliente y no se movía.

Vi cómo su pecho subía y bajaba gracias al respirador.

—Bueno, lo hemos cogido, Jessie —dije—. Está muerto. Formamos un buen equipo, tú y yo. Y Hats. La policía también ha ayudado. Reghardt te quiere de verdad, ¿sabes? Todos te queremos. Eres nuestra chica de los tatuajes de salamanquesas, ¿eh?

Miré la salamanquesa tatuada en el hombro que no llevaba vendado. Nunca la había visto tan quieta. Le di una palmadita en la mano. Su pecho subía y bajaba al ritmo de la respiración.

—Tú lo que tienes que hacer ahora es ponerte bien. Te prepararé tu tarta de chocolate preferida. —Se le movieron un poco los dedos—. Mañana mismo, en cuanto me levante.

Reghardt, que estaba a los pies de la cama, se acercó a la cabecera. Le puso la mano en la frente y le echó el pelo hacia atrás. Me fijé en la expresión de su cara mientras le acariciaba el cabello. Me partió el alma.

86

Mi casa estaba muy silenciosa y vacía. No había ningún policía haciendo guardia. Ni Kannemeyer.

Me preparé un poco de pan con mermelada y me lo llevé al sofá.

Los cojines estaban hundidos allí donde Kannemeyer se había apoyado para dormir. El sofá olía a él. Me sentía tan cansada que me tumbé, solo un momento. Me acomodé en la forma que había dejado él en los cojines. ¿Sería una tontería por mi parte pensar que él y yo...? Yo era quien había dado el primer paso en el baño, pegándome a su pecho. Pero él me había dicho «preciosa» al verme. Quizá solo fuera un comentario amable sobre la combinación de los *veldskoene* y las bragas. Puede que no quisiera decir nada con ello... Tan solo hacía su trabajo. Y ahora su trabajo había terminado.

Pero ¿cómo podía estar pensando siquiera en él, cuando Jessie estaba en el hospital, casi muerta? Casi muerta, pero con un hombre que la amaba...

Me tumbé sobre las curvas que Kannemeyer había dejado en los cojines. Encajaba bien en ellas. Me quedé dormida con la forma de su cuerpo bajo el mío.

Cuando desperté, la luz del sol entraba por la ventana abierta del salón. Estaba sonando el teléfono. Era Hattie.

—Ha vuelto en sí. Está hablando. Se va a poner bien.

No dije nada porque las lágrimas no me dejaban hablar. ¿Por qué me harán llorar las buenas noticias?

—Pregunta por ti...

Tragué saliva.

—Voy para allá.

Me di una ducha rápida para quitarme el barro y el sueño de encima. Me dolían las piernas de tanto caminar. Me cepillé el pelo, pero ni siquiera me pinté los labios ni me tomé un café.

Al llegar al hospital encontré a Jessie recostada sobre unas almohadas. Cuando me vio, una gran sonrisa llenó su cara, pero estaba tan débil que no pudo aguantarla mucho.

—Jessie —le dije, cogiéndole la mano.

—Lo hemos conseguido, Tannie Maria —dijo—. Hemos pillado a ese cabrón.

Apreté sus dedos entre los míos. Ella me devolvió el gesto y cerró los ojos.

—He soñado con tu tarta de chocolate —comentó, y por un instante se le levantaron las mejillas con una sonrisa.

Tenía un brazo apoyado en el pecho, con los dedos encima de la salamanquesa tatuada en el otro brazo. Le tocó la cabeza como si fuera a acariciarlo, pero se quedó dormida.

Fui al Spar a buscar los ingredientes que necesitaba. Mientras empujaba el carrito por el pasillo, iba pensando en qué comprar. Necesitaba harina para la tarta de chocolate, claro está. Pero también ingredientes para preparar una sopa de pollo; una persona no puede vivir solo de pasteles. Y también harina para *beskuits*. Tenía que hacer muchos más *beskuits*. Me paré para mirar un paquete de dos kilos y medio de harina molida de piedra de la marca Eureka. Lo cogí. Y entonces lo vi. A Henk Kannemeyer. Estaba al final del pasillo.

Pensé que él también me había visto, pero no debió de ser así, porque en lugar de acercarse, desapareció.

También le haría un pastel. Una tarta de chocolate bien grande para Piet, Reghardt y él. Con el paquete de harina aún entre los brazos, fui al pasillo siguiente. Allí estaba.

—Henk —dije.

Le sonreí. En ese momento lamenté no haberme pintado los labios. Pero él me había visto peor, y aun así me había dicho que era preciosa.

Él apartó la vista y luego volvió a mirarme, como si le disgustara que lo hubieran visto. Puede que estuviera allí de incógnito. No, eso era una tontería, todo Ladismith sabe quién es.

Me acerqué a él y le dije:

—Jessie está bien. Se va a recuperar.

—Sí, ya me he enterado —contestó, mirándome—. Me alegro.

—Estoy comprando los ingredientes para hacerle una tarta. De chocolate. También voy a hacer una para ti.

—Oh, no, por favor, no te molestes.

Volvió a mirar el pasillo de una punta a otra. ¿Estaría evitando a alguien? Estreché la harina contra mi pecho.

—Es que me has ayudado mucho. Cuidándome y todo lo demás. Me has salvado la vida, Henk.

—Solo hacía mi trabajo, señora Van Harten.

Vi cómo me miraba con aquella tristeza en sus ojos.

—Sí, tiene usted razón. Solo hacía su trabajo.

Di un paso atrás y choqué con las conservas que tenía a mi espalda. Dos latas de mermelada de fresa salieron rodando de los estantes y se me cayó el paquete de harina de dos kilos y medio, que se reventó en el suelo.

El teniente Kannemeyer se agachó para intentar cogerlo.

El jefe de planta con la cara huesuda vino corriendo.

—¡Vaya por Dios! —exclamó.

—Lo siento —se excusó el teniente.

—No, ha sido culpa mía —dije.

Mientras el teniente y el jefe de planta intentaban limpiarlo todo, yo me quedé allí parada, incapaz de moverme.

—Lo siento —repitió Kannemeyer.

—No se preocupe —dijo el joven cadavérico.

—Es culpa mía —insistí—. He sido una tonta.

—Ya lo recogeremos —aseguró el jefe de planta.

—Qué desastre —dije—. Lo pagaré. Qué desastre.

Kannemeyer se levantó del suelo. Tenía harina en los pantalones, las manos e incluso el bigote.

—Lo siento mucho —dijo, y se marchó.

87

Tuve que hacer dos viajes del coche a casa por lo mucho que pesaba todo lo que había comprado. Pero fui poco a poco y al final me las arreglé.

La casa estaba muy silenciosa, y yo tenía una sensación de vacío en el estómago. Puse la comida encima de la mesa y me quedé en el *stoep*.

—Pitas, pitas, pitas —dije.

Las gallinas vinieron corriendo y les tiré un puñado de *mielie*.

—Clo clo, clo clo —respondieron—. Clo clo.

Cogí algunos de los huevos que habían puesto. Ya era hora de que comiera en condiciones. Me esperaba un largo día entre fogones y necesitaba coger fuerzas.

Me freí unos huevos con beicon, salchichas y tomate, y me calenté unos bollos de queso que tenía en el congelador. Luego hice tostadas y café y lo puse todo en una bandeja con mantequilla y mermelada de albaricoque para sacarla al *stoep*.

El jardín y el *veld* se veían preciosos con la lluvia que había caído, pero yo solo tenía ojos para el desayuno. Comí sin parar. Estaba tan ocupada engullendo que ni siquiera conversé con la comida.

La sensación de vacío que tenía en el estómago solo era hambre. Tras un buen desayuno, me sentí bien.

Me pareció oír que se acercaba un coche por el camino. Luego me di cuenta de que era un camión que pasaba por la R62.

Estaba llena, sin un hueco para el vacío, pero aún me quedaba un bollo de queso con mermelada, por si acaso.

Comencé con la sopa de pollo, porque es mejor dejar que cueza lentamente un buen rato. Decidí hacer una olla grande para así poder congelarla y llevar un poco a Jessie cada día. Mientras picaba el apio, no dejaba de mirar hacia el salón y ver aquellos malditos cojines del sofá, con las curvas de la forma de Kannemeyer, y la forma de mi cuerpo encima de la suya. Me daba vergüenza.

Dejé el cuchillo y fui a dar la vuelta a los cojines.

—Mejor así —dije al apio mientras terminaba de picarlo—. He sido tonta… Una ilusa. No lo haré más. En serio, a mi edad…

Añadí las patatas, el apio, las zanahorias, los tomates y el perejil al pollo que había frito en aceite de oliva con puerros, cebolla, jengibre y ajo. Luego eché agua fría. Esto es algo importante a la hora de preparar una buena sopa. El agua debe estar fría para que el caldo vaya cogiendo gusto, e impedir que las verduras retengan su sabor.

Cuando la sopa comenzó a hervir, la metí en la bolsa de cocción lenta para que siguiera haciéndose con el calor residual. Luego saqué todos los ingredientes para la tarta de chocolate y los *beskuits*. Opté otra vez por la receta de *beskuits* con muesli y suero de leche de mi madre. La que llevaba más cantidad de mantequilla, así como muesli, semillas y pasas.

Comencé con la tarta. Solo una.

Sin embargo, mientras iba añadiendo los ingredientes al cuenco grande, decidí doblar la cantidad. Haría otra tarta para Kannemeyer y sus policías. Puede que no hubiera salvado mi corazón, pero me había salvado la vida. Y eso, desde luego, tenía su valor.

Dejé los *beskuits* de muesli secándose en el horno y salí de casa con dos tartas de chocolate y un tarro de cristal grande lleno de sopa de pollo.

Entregué la tarta en la comisaría. Kannemeyer y Reghardt no estaban allí, pero Piet me dio las gracias con una sonrisa de oreja a oreja.

Jessie estaba bien, pero la encontré durmiendo. El doctor me dijo que, cuando despertara, podría tomar un poco del caldo de la sopa, pero de momento no convenía que comiera nada sólido, y menos aún pasteles. Dejé la tarta a su madre, que pese al cansancio tenía una sonrisa que iluminaba el hospital entero.

Cuando volví a casa, me senté a la mesa de la cocina. Había sido un buen día. Jessie estaba bien. Me había cundido en la cocina. Miré los cojines del sofá. Estaban planos y sin formas.

—A veces me siento tan... sola —dije.

Lo de hablar conmigo misma era una señal de que me estaba convirtiendo en una vieja loca.

Entonces recordé los *beskuits* que tenía en el horno. Ya estarían listos. Saqué la bandeja y la dejé en la mesa.

—No estoy sola —dije—. Ni hace falta que hable conmigo misma. Os tengo a vosotros.

Sonreí. Tenían un color dorado y mantecoso, con el marrón tostado de las semillas crujientes y el tono oscuro de las pasas gomosas. Había al menos cincuenta. Y los *beskuits* son la mejor compañía que hay.

Me preparé una taza de café y fui afuera a tomármelo, con seis *beskuits*. Mientras charlaba con ellos y los mojaba en el café, contemplaba la mejor de las vistas sentada en el *stoep* de mi casa.

Estaba bien.

88

Durante las dos semanas siguientes llevé a Jessie algo de comer cada día. Tenía pendientes un montón de cartas de la *Gazette*, pero siempre encontraba un hueco para pasarme a verla y meterle en el cuerpo una dosis de medicina salida de mi cocina. Comida hecha con amor.

Al segundo día ya tomaba sopa de pollo y al tercero probó incluso un trocito de tarta de chocolate. Dejó que las visitas liquidaran el resto. No tardó mucho en poder comer alguna que otra ensalada. Cuando saboreó su primer *vetkoek* con picadillo, el médico dijo que podía volver a casa, siempre y cuando hiciera mucho reposo. Le montamos una fiesta de bienvenida alrededor de la cama. Reghardt hizo *bobotie* para todos. Estaba delicioso. Aunque su mirada lo decía todo, bastaba con probar aquel *bobotie* para convencerse de su amor por Jessie, si es que alguien dudaba de ello. Me pasó su receta. Añadía mermelada de albaricoque y almendra fileteada a la carne picada con especias, y utilizaba crema agria para la cobertura de crema. Pero eran los sentimientos que tenía en su corazón cuando cocinaba lo que daba al plato aquel toque especial a Reghardt.

Kannemeyer nunca me dio las gracias por la tarta. No es que yo las necesitara; era un regalo de agradecimiento por mi parte y tampoco era cuestión de pasarse la vida dándose las gracias. Pero era una oportunidad que él podría haber aprovechado para llamarme, si hubiera querido. Y no lo hizo.

De vez en cuando lo veía por el pueblo. Un día pasó de largo en su furgón como si no me hubiera visto. Sin embargo, Piet, que iba a su lado, levantó los dedos para saludarme.

Cuando Jessie volvió a la *Gazette* media jornada, le dije:

—Jessie, mi *skat*, aún estás demasiado delgada. Esas salamanquesas tienen poco a lo que agarrarse. Creo que ya es hora de hacer ese gran festín que te tengo prometido. Con un asado de cordero y toda la comida que más te gusta.

—Ooh, *lekker*, Tannie M. ¡Qué ganas! Mira cómo sube esta salamanquesa hacia una gran estrella. —Se volvió para enseñarme la cicatriz de la herida de flecha que tenía justo encima del tatuaje—. Mola, ¿eh?

Una enorme caja rosa con unas piernas largas apareció por la puerta. La cabeza de Hattie asomó por un lado de la caja.

—Buenos días, queridas —dijo—. Mira lo que había en la oficina de correos para ti, Tannie Maria.

Plantó la caja en mi mesa, junto con tres cartas. Me fijé en el matasellos de la caja: NUEVA YORK. Y en el remitente: BOUTIQUE DE CANDY. La abrí con Harriet y Jessie mirando por encima de mis hombros.

—¡Madre mía! —exclamó Hattie.

—¡Qué sexy! —dijo Jessie.

Envuelto en papel de seda había un bonito vestido de color crema y un par de zapatos a juego con un elegante tacón bajo. La talla y el número parecían los correctos. En la caja también había un esmalte de uñas nacarado y un fino collar de perlas.

Hattie cogió el collar y frotó una perla con los dientes.

—Me temo que son falsas —dijo—. Pero el vestido es divino.

—Pruébatelo —sugirió Jessie.

—*Ag*, no —repuse—. Ahora no me apetece.

—Pues luego, cuando llegues a casa —dijo Hattie.

Pero sabía que entonces tampoco me apetecería.

Serví para todas *beskuits* y té rooibos, una bebida que ahora tomábamos las tres porque el médico decía que era buena para Jessie. Luego me senté con las tres cartas que había recibido. La primera era de mi amigo, el mecánico. Reconocí su sobre y su letra, y me hizo ilusión abrirla.

Decía:

Querida Tannie Maria:

Muchísimas gracias por su ayuda, me ha servido de mucho. ¡El truco de las recetas ha funcionado! Y además he hecho la mejor tarta de chocolate que ha probado Lucia en su vida. Ella y yo cada vez estamos mejor.

No llevamos mucho tiempo juntos, pero sabemos que somos el uno para el otro. Nos complacería que pudiera asistir a nuestra boda en Riversdale el próximo 21 de diciembre. Nos gustaría que se sentara en primera fila, junto a mi hermano de Ciudad del Cabo. Verá el anuncio en la página tres de la *Karoo Gazette*. Mi verdadero nombre es Kobus (no Karel) Visagie, y el de Lucia, Stella Vinkness. No dude en venir acompañada, si así lo desea.

Soy sordo, pero leo los labios sin problemas. No se me da muy bien hablar, así que no lo hago mucho, por eso los sms, las cartas y la comida son para mí una buena manera de comunicarme con los demás. De todos modos, espero que pueda venir y hablar conmigo en la boda.

Le deseo todo lo mejor,

KOBUS

Sonreí y me terminé el *beskuit*. No tenía quien me acompañara, pero iría a la boda de Kobus.

La siguiente carta era de Outshoorn. Decía así:

Querida Tannie Maria:

Soy la señora de los boniatos. No se imagina lo que ha pasado. El sábado por la mañana, después de ver su carta, fui a la Cooperativa Agrícola a las diez de la mañana, tal como usted sugirió, y había un hombre rondando los sacos de calabazas que parecía estar esperándome. Era muy amable y simpático. Y luego, al cabo de un rato, aparecieron tres hombres y cuatro señoras más, cargados con cosas de sus huertos o granjas, y se pusieron a hablar de carne picada de avestruz y boniatos. ¡Habían leído las cartas en el periódico y también querían quedar para comer! Así que hemos formado un Club de Cena con Avestruz y nos reunimos todos los sábados por la noche en algún sitio. Es muy divertido. Si hay personas (mayores) solteras que quieran unirse al club, que vengan a los sacos de calabazas de la Cooperativa Agrícola los sábados a las diez de la mañana, y les informaremos del menú y el lugar donde celebraremos el siguiente encuentro. Puede que usted también quiera apuntarse algún día, Tannie Maria.

Le di las gracias y aquella receta de guiso de avestruz que había caído de un libro de Martine cuando registramos su estudio hacía ya días.

La tercera carta era de alguien que no me había escrito antes. Mientras la leía, se me agitó la respiración y el corazón se me aceleró. Era de un hombre que tenía un cordero.

89

La carta decía:

Querida Tannie Maria:
Hay una mujer especial a la que he conocido no hace mucho. Un día me preparó el mejor asado de cordero que he comido en mi vida. Y la mejor tarta de chocolate. Siento mucho decir que no la he tratado muy bien. Cuando comenzaba a haber un acercamiento entre nosotros, salí corriendo, por así decirlo.

Yo estaba casado con una mujer a la que quería mucho. Ella murió de cáncer hace cuatro años. Fue muy doloroso.

Cuando empecé a preocuparme por otra mujer, sentí como si traicionara a mi esposa. Ella también cocinaba muy bien.

El otro problema es que la mujer especial de la que hablo tiene facilidad para meterse en situaciones peligrosas. No creo que pudiera soportar que muriera ella también. No sé si sería capaz de pasar otra vez por ese sufrimiento.

Por eso me alejé de ella.

Pero todo este tiempo la he echado de menos. Mucho. No dejo de imaginarme sentado a su lado en su *stoep*, comiendo ese asado de cordero que hace ella.

Paré de leer. Me entraron ganas de estrujar la carta y tirarla a la basura. ¿Quién se creía aquel hombre que era para aparecer y desaparecer del *stoep* de una mujer cuando a él se le antojara?

Me tomé el último sorbo de té rooibos; estaba frío y tenía migas blandas de *beskuit*. Luego me obligué a seguir leyendo:

> ¿Cómo podría arreglar las cosas con ella?
>
> Se me ha ocurrido lo siguiente: mi tío Koos me acaba de dar carne fresca de su granja de ovejas. De hecho, el cordero aún está vivo. Ahora mismo se me está comiendo los geranios del jardín.
>
> ¿Cree que será una buena idea que le dé este *lammetjie* a la mujer especial?
>
> El otro problema que tengo es que no estoy seguro de si para ella seré algo más que un amigo. Hemos intimado porque nos hemos visto empujados por las circunstancias. ¿Cómo podría saber si ella tiene ese interés especial en mí?
>
> Atentamente,
>
> UN HOMBRE CON UN CORDERO

Me levanté y fui afuera.

—¿Tannie M.? —dijo Jessie, pero yo seguí caminando.

Me apoyé en un jacarandá y miré al cielo. Este brillaba tanto que bajé la vista al suelo. Me daban ganas de escribir al hombre diciéndole: «Lo que tiene que hacer es dejar tranquila a esa mujer especial para que pueda seguir con su vida, en lugar de irle con el cuento ese del ahora sí, ahora no, y causarle más sufrimiento».

—¿Qué ocurre, Maria? —me preguntó Hattie, saliendo al jardín con una calculadora en la mano.

—Nada —contesté.

—Está bien, no tienes por qué hablar de ello —dijo.

Vimos pasar un coche. Un Combi con algo escrito en el lateral.

—Esos adventistas están preparándose para subir a la montaña —comentó Hattie—. El fin del mundo es este viernes. El veintiuno.

—El fin del mundo... —repetí—. Ese día estoy invitada a una boda.

—Pues esperemos que el mundo acabe después —dijo.

—¿Cuántas veces puede hacer el ridículo una mujer? —pregunté.

—¿Cómo dices? —replicó Hattie.

Volví a entrar y me senté a mi mesa con un boli y una hoja de papel en blanco. En aquel momento ya estaba haciendo el ridículo al pensar que yo podía ser aquella mujer especial, cuando lo que tenía que hacer era mi trabajo como responsable del consultorio sentimental. Debía contestar a aquella carta como si no fuera conmigo. Puede que la mujer especial a la que se refería aquel hombre se alegrara mucho al saber de él. Y de su *blerrie lammetjie.*

Escribí:

Querido hombre con un cordero:

Hoy en día a una cocinera no le gusta matar a sus propios animales. Sería mejor que le regalara una pierna de cordero. Puede pedir en la carnicería que se encarguen del tema si no se ve usted capaz de hacerlo.

Una cosa está clara, y es que todos acabaremos muriendo. No hay mucho que podamos hacer al respecto. Lo que sí se puede es añadir amor y buena comida a la vida. Eso depende de usted.

Sé a lo que se refiere cuando habla de sufrimiento. Pero el amor no debería vivir preso en su interior. El dolor no es razón para no dejar fluir el amor. Debería darle rienda suelta.

Después de escribir esta última frase, solté el boli y suspiré hondo. Me pregunté si podría seguir mi propio consejo. Luego volví a leer su carta y continué con la contestación:

¿Cómo puede saber si es usted algo más que un amigo para ella? Eso es algo que tendrá que decirle su corazón. Pero si ve que ella se arregla un poco más de la cuenta para verlo, y tiene un brillo en la cara cuando lo mira, seguro que usted le gusta de esa manera especial.

Si usted le importaba, lo más probable es que haya herido usted sus sentimientos al salir corriendo, y tendrá que esforzarse bastante para recuperarla.

Taché «bastante» y escribí «mucho».

Tendrá que esforzarse mucho para recuperarla.

TM

Crucé los brazos sobre la mesa y apoyé la cabeza encima.

90

—*Jislaaik*, Tannie Maria. Lo tuyo es la cocina, ¿eh? —dijo Jessie mientras se ponía más ensalada de patata.

Reghardt asintió, moviendo la cabeza, con la boca llena de ensalada de zanahoria.

—Esta ensalada de legumbres es la mejor, Maria —opinó Hattie.

Era el jueves veinte de diciembre, y estábamos sentados en mi *stoep*, celebrando el festín que había prometido a Jessie mientras el sol se ponía sobre las colinas. En caso de que el mundo se acabara al día siguiente, quería asegurarme de haber hecho lo que había dicho. También era lo que más me apetecía hacer si solo me quedaba una noche. Contemplar la mejor de las vistas desde mi *stoep* mientras disfrutaba de una buena comida con mis personas preferidas.

—¿Ese vestido tan sexy que llevas es el que te envió Candy? —preguntó Jessie.

—¿Y esos zapatos? —añadió Hattie—. ¿Y llevas las uñas de los pies pintadas con ese esmalte nacarado?

—*Vetkoek*? —dije, pasando el cuenco por la mesa.

Reghardt se sirvió.

—¿Cómo lo hace para que el picadillo quede en su punto dentro de los *vetkoek*? —me preguntó—. Yo nunca lo he conseguido.

—¿Más cordero? —ofrecí a Jessie mientras cortaba una sabrosa costra de carne.

—*Asseblief* —respondió, acercando su plato—. ¿Qué lleva esa salsa?

—Zumo de granada y vino tinto —le expliqué, sirviéndole un trozo de cordero.

—Qué pasada —dijo, echándose un montón de salsa en el plato.

—¡Viva, viva! —exclamó Hattie—. Es maravilloso que vuelvas a estar en forma, Jessie.

Jessie se acarició el tatuaje del brazo antes de ponerse a comer de nuevo. Daba gusto verla fuerte y contenta.

Serví más cordero a Piet. Pese a ser un hombre pequeño, era capaz de comer mucha carne.

—¿Quiere más? —pregunté a Kannemeyer.

—Sí, gracias —contestó, y me dedicó una de aquellas sonrisas suyas radiantes.

Me concentré para que no me flaquearan las rodillas, porque no es cuestión de echarse a temblar cuando una tiene un cuchillo grande en la mano. Además, una sonrisa y una pierna de cordero no significaban que él no fuera a salir corriendo otra vez.

—*Ag*, no, Kosie —dijo Kannemeyer—. Ahora estoy comiendo.

Un cordero estaba dándole en el muslo con su suave hocico.

Kannemeyer se sacó un biberón del bolsillo y Kosie comenzó a chuparlo como un bebé hambriento.

Le rascó la cabeza, entre los pequeños cuernos, y luego el cordero se acercó al estercolero. Las gallinas se hicieron a un lado para dejar que Kosie se uniera al festín.

Estaba oscuro cuando serví el *moerkoffie*, los *koeksisters* y la tarta de chocolate.

Apagué la luz del *stoep* para que todos pudiéramos contemplar las estrellas en el inmenso firmamento del Karoo. Aquí tenemos más estrellas que en cualquier otra parte del planeta. Si uno se fija bien, verá que hay más estrellas que oscuridad.

Cuando se mira un firmamento de esa manera, nunca se puede tener miedo a la oscuridad.

Estando allí sentados, Kannemeyer alargó la mano para coger la mía. Dejé que lo hiciera, pero sentí una opresión en el pecho. Creo que era el dolor de todas las veces que me había sentido tonta.

Kannemeyer me estrechó la mano, pero yo no le devolví el gesto. Él siguió sosteniéndola entre sus dedos, con delicadeza, como si mi mano fuera un pájaro y la suya, el nido.

Todos ayudaron a recoger, pero Kannemeyer se quedó después de que los demás se marcharan y se puso a fregar.

—No te preocupes —dije—. Ya acabaré yo. Tú vete a casa.

—Ya casi estoy —repuso.

Guardé en la nevera los *koeksisters* que habían sobrado y no le ofrecí más café.

—Pues nada, será mejor que vaya tirando —dijo cuando los platos estuvieron lavados, secos y colocados en su sitio.

Me miró como si yo fuera un apetecible *koeksister* con aquel vestido que llevaba puesto, y se me acercó, pero yo di un paso atrás.

—¿Puedo volver a verte? —me preguntó.

Bajé la vista a mis pies. Las uñas me quedaban bonitas con aquellos zapatos.

—Mañana por la tarde voy a Riversdale, a una boda —le dije—. Si quieres venir, saldré de aquí a las dos.

—Aquí estaré —respondió.

91

Al día siguiente se presentó a las dos menos cuarto. El mundo aún no había llegado a su fin, pero puede que este siguiera estando cerca. Me puse mi bonito vestido de flores azules y los zapatos que Candy me había regalado. Fuimos en su coche. Yo llevaba una lata de galletas tradicionales en el regazo.

—Hueles bien —comentó Henk.

—Son las *soetkoekies* —dije—. Pero no llevo de sobra para que comamos por el camino. Las he hecho para Kobus y Stella.

Oí un balido y di un respingo. El cordero estaba en el asiento de atrás.

—¡¿Te has traído el cordero?!

—Kosie debe comer cada cuatro horas —contestó Henk—. No voy a dejarlo solo.

Me crucé de brazos para mostrar mi descontento, pero volví la cabeza hacia la ventanilla para que no me viera sonreír.

Lamenté no llevar nada de *padkos* para que pudiéramos picar durante el camino; era un largo trayecto. Atravesamos un bonito paso entre altas montañas verdes, llenas de plantas del *fynbos*. Miramos mucho el paisaje y hablamos poco.

Cuando bajábamos ya por el empinado desfiladero, me dijo:

—Te he echado mucho de menos, Maria. En serio.

—Mira ese pájaro azúcar en la protea.

—Precioso —dijo Henk.

Cuando era tan agradable, mi corazón se sentía reconfortado; pero también dolorido, como si estuviera demasiado lleno.

Henk se sentó al fondo de la iglesia con el cordero porque hacía demasiado calor para dejar a Kosie en el coche. Yo me puse delante, al lado del hermano de Kobus. Fue una bonita ceremonia. La novia estaba preciosa, y el novio tenía muy buena planta. Pero lo que lo hizo todo más bello fue el lenguaje gestual que utilizaba Kobus. En cierto modo el movimiento de sus manos transmitía más sentimiento incluso que las palabras.

Después de la ceremonia hubo un agradable banquete con comida y té en una carpa enorme al aire libre.

Henk ató a Kosie a un árbol y fuimos juntos a felicitar a los recién casados. Henk me rozó el brazo mientras caminábamos, pero yo no quería darle la mano.

Stella estaba rodeada de gente, pero conseguimos acercarnos a Kobus.

—Hola, Kobus —dije—. Soy Tannie Maria. Enhorabuena.

El joven me sonrió como si acabaran de regalarle una bicicleta nueva por su cumpleaños.

Juntó las manos sobre el centro de su pecho y luego dejó que sus dedos revolotearan en el aire, como si fueran pájaros que se alejaban volando.

—Gracias —susurró.

Recordé una frase que me había escrito en su primera carta: «Cuando me sonreía, yo sentía como si una bandada de pájaros intentara salir volando de mi pecho». Parecía que aquellos pájaros habían escapado del todo.

Sé que Kobul estaba dándome las gracias por señas, pero daba la sensación de que me decía: «Abra su corazón y deje que el amor salga volando».

Alargué la mano para coger la de Henk Kannemeyer.

«¿Por qué no? —pensé—. ¿Por qué no?»

Recetas de Tannie Maria

Las historia de amor y asesinatos han ocupado tanto espacio que no quedan muchas páginas para escribir las recetas. Así pues, he elegido algunos de mis platos favoritos de la cocina del Karoo. Hay recetas que se han colado pese a no ser de dicha zona porque están *lekker*.

Lo siento por los adventistas del séptimo día veganos, porque la mayoría de las recetas llevan cordero del Karoo, mantequilla o huevos, pero aun así hay algunas que podrían probar.

Hay que procurar que la carne y los lácteos sean de producción propia, es decir, de granja o de caza. Los animales deberían vivir al aire libre y alimentarse del *veld*.

Bolsa de cocción lenta

Una bolsa de cocción lenta, *hotbox* en inglés, es una bolsa de tela acolchada, con un relleno de bolas de poliestireno y una tapa, dentro de la cual se coloca la olla. Su uso permite ahorrar mucha electricidad y es la mejor manera de cocer lentamente un alimento, ya que se puede dejar que la comida se vaya haciendo con el calor residual durante toda la noche o mientras estamos en el trabajo.

En la actualidad existen distintos modelos a la venta. Yo me compré una en una fiesta que se celebró en nuestra iglesia hace mucho tiempo; está forrada de una preciosa tela *shweshwe* de color naranja. Mi madre solía poner la olla encima de una tabla de madera, enrollaba una manta alrededor y la tapaba con un cojín, y funcionaba igual de bien.

Es importante que el líquido cubra bien los ingredientes y que la olla esté casi llena. (Una olla medio llena conservaría el calor, pero no los cocería.) La bolsa de cocción lenta es ideal para sopas, guisos, cualquier tipo de curry, arroz u otros cereales. Basta con llevar la olla a ebullición y luego introducirla en la bolsa. La olla se mantendrá muy caliente durante al menos dos horas. En el caso de los cereales, debemos asegurarnos de no poner más agua de la cuenta para que no se cuezan demasiado.

En una bolsa de cocción lenta no se evapora el agua, de modo que es posible que haya que calentar el plato en el horno o al fuego antes de servirlo si se quiere eliminar el exceso de líquido.

Medidas

1 cucharada (sopera) = 15 ml
1 cucharadita (de café) = 5 ml
1 taza = 250 ml
Todos los huevos utilizados en las recetas son grandes.

Carne

Estos platos de carne son para 4-6 personas, según el hambre que tengan.

CARNERO TIERNO AL CURRY DE MARTINE
(CON SAMBAL)

Carnero al curry

1 cucharada de cúrcuma molida

1½ cucharada de pimentón

2 cucharadas de cilantro molido

1 cucharadita de pimienta negra molida

1 cucharadita de sal

¼ de taza de ajo picado (unos 6 dientes o 30 g)

3 cucharadas de jengibre picado (15 g)

2-4 guindillas picadas

1 kg de carne del cuello de carnero o cordero o codillo
(es decir, pierna de cordero troceada)

2 berenjenas medianas (500 g) cortadas en cuadraditos
de unos 2 cm

5 cucharadas de aceite de girasol

1½ cucharada de semillas de comino

2 cucharaditas de semillas de alholva

1 cucharada de semillas de mostaza

6 vainas de cardamomo abiertas

½ rama de canela

2 cebollas grandes peladas y cortadas en aros finos

800 g de tomates maduros grandes (unos 8), pelados y
troceados

4 patatas medianas, peladas y cortadas en cuadraditos de
unos 2 cm

1 cucharada de garam masala

1 taza de cilantro fresco picado

Esto es muy importante: hay que prepararla veinticuatro horas antes de servir. La carne tiene que cocer lentamente durante mucho rato para que quede tierna y las especias necesitan tiempo para aportar todo su sabor.

Empezar mezclando todas las especias molidas (excepto el garam masala) y la sal con el ajo, el jengibre y las guindillas. Frotar muy bien la carne con la mezcla de especias y reservar.

Salar las berenjenas con una cucharadita de sal y reservar. Calentar mucho el aceite en una olla grande que pueda ir al horno. Añadir las semillas y las especias molidas y remover hasta que su aroma invada la cocina y las semillas de mostaza empiecen a estallar. Agregar la cebolla y bajar un poco el fuego (a intensidad media-alta).

Cuando la cebolla empiece a dorarse, aclarar las berenjenas, echarlas a la olla y rehogarlas hasta que cojan un poco de color.

Añadir entonces la carne con todas las especias y remover sin parar para que estas no se peguen al fondo de la olla. Cuando el cordero empiece a estar dorado, verter una taza de agua y cubrir la carne con los tomates troceados. Llevar a ebullición y cocer durante unos 15 minutos.

Calentar el horno o preparar la bolsa de cocción lenta (véanse las instrucciones de uso en las páginas 407-408).

Al horno: cocer la carne tapada a 150 °C durante 2 horas. Luego apagar el horno y dejar enfriar. Guardar en la nevera toda la noche.

En la bolsa de cocción lenta: asegurarse de que la carne al curry esté caliente y cubierta de líquido y que la olla esté casi llena. (Si la olla no está llena, los ingredientes no se cocerán bien.) Lo mejor es utilizar una olla de hierro fundido de 24 o 26 cm. Dejar la olla dentro de la bolsa unas 4 horas o toda la noche, luego recalentar al fuego e introducir de nuevo en la bolsa. Repetir esto cada 4 horas si es posible.

Al día siguiente, más o menos una hora antes de comer, hervir las patatas troceadas en agua con mucha sal hasta que estén bien cocidas (15-20 minutos). Escurrir y añadir a la carne al curry, junto con el garam masala. Meter la olla en el horno sin tapar y cocer a 190 °C unos 50 minutos o hasta que el líquido se haya espesado.

Puede que, con el método de la bolsa de cocción lenta, la carne al curry tenga más líquido y necesite más tiempo. Tardará menos en prepararse si se pasa a una cacerola o fuente más ancha cuando se meta en el horno.

Probar y rectificar de sal o pimienta si es necesario. Adornar con el cilantro fresco y servir con arroz basmati, sambals (véase a continuación) y papadams.

Sambals

Sambal de pepino

½ taza de yogur natural
½ cucharadita de sal
1 cucharada de menta fresca picada
1 trozo de pepino de 10 cm cortado en dados
1 pimiento rojo o amarillo pequeño sin semillas y cortado
    a dados
½ cebolla roja pelada y picada fina
3 cucharadas de cilantro fresco picado
1 cucharada de vinagre

Mezclar todos los ingredientes.

Sambal de tomate

2-3 tomates troceados
2 cucharadas de zumo de limón o lima
½ cucharadita de guindilla picada fina o guindilla molida
½ cucharadita de sal
1 cucharadita de azúcar
1 cucharadita de semillas de comino tostadas
1 cebolleta picada

Mezclar todos los ingredientes.

BOBOTIE DE REGHARDT

$^1/_3$ de taza de pasas de Corinto o sultanas
1 cucharada de cilantro molido
4 cucharaditas de cúrcuma molida
1 cucharadita de pimienta negra molida
1 $^1/_2$ cucharadita de comino molido
$^1/_2$ cucharadita de canela molida
$^1/_4$ de cucharadita de jengibre molido
$^1/_4$ de cucharadita de semillas de hinojo molido
$^1/_4$ de cucharadita de semillas de alholva molidas
$^1/_4$ de cucharadita de semillas de mostaza negra molidas
$^1/_4$ de cucharadita de cayena
1 $^1/_2$ cucharadita de sal
1 pizca de nuez moscada
1 pizca de clavo molido
$^1/_4$ de taza de mantequilla (60 g)
2 cebollas peladas y picadas finas
1 diente de ajo majado
1 cucharadita de jengibre picado
500 g de carne picada (cordero, avestruz o caza)
1 taza de zanahoria rallada
1 rebanada de pan empapada en 3 cucharadas de leche,
     un poco escurrida y luego chafada con un tenedor
$^1/_4$ de taza de almendra fileteada (15 g)
$^1/_4$ de taza de mermelada de albaricoque (la mejor es la
     casera, véase la receta en la página 417)
3 cucharadas de zumo de limón o 2 cucharadas de vinagre
     de vino
1 huevo

Cobertura de crema

3 huevos
1 taza de leche
1 taza de nata o nata agria

½ cucharadita de sal
½ cucharadita de vinagre
la ralladura de ½ limón
6 hojas de limón

Poner las pasas en remojo en agua caliente y reservar.

Poner todas las especias molidas en un cuenco pequeño y mezclarlas.

Calentar la mantequilla en una sartén grande y freír la cebolla justo hasta que empiece a dorarse. Añadir entonces el ajo, el jengibre y las especias mezcladas, y rehogar un par de minutos.

Agregar la carne picada y dorarla un poco, removiendo para que no quede apelmazada. Luego añadir la zanahoria rallada y retirar la sartén del fuego.

Echar el resto de los ingredientes, incluyendo las pasas escurridas. Agregar el huevo al final para que no se cueza. Probar la carne, rectificar de sal y pimienta y pasarla a una fuente refractaria rectangular (de unos 15 × 25 cm y por lo menos 4 cm de hondo).

Para preparar la cobertura, batir los huevos e incorporar la leche, la nata, la sal, el vinagre y la ralladura; mezclarlo todo bien. Verter sobre la carne.

Introducir las hojas de limón en el *bobotie* hasta que se vean solo las puntas.

Hornear a 200 °C, entre 20 y 25 minutos, hasta que se haya dorado.

El *bobotie* está delicioso acompañado de cualquier cosa, pero tradicionalmente se sirve con arroz amarillo (arroz cocido con cúrcuma, pasas de Corinto y canela, con miel y mantequilla que se añade una vez cocido), chutney de frutas, plátano en rodajas y ensalada de tomate troceado y cebolla.

CONSEJOS
- Si no es posible utilizar mermelada casera (hecha con semillas de albaricoque), se pueden añadir dos semillas de albaricoque chafadas para dar al *bobotie* el aroma a almendra

que lo caracteriza. Es necesario romper el hueso de albaricoque con un martillo o medio ladrillo para sacar la semilla de dentro. También se pueden comprar semillas de albaricoque en las tiendas de dietética.

- Si se prepara el plato con antelación, hay que guardar la cobertura por separado hasta el momento de hornearlo.
- Si se prefieren los sabores picantes, se puede añadir más cayena, pero en ese caso conviene servir el plátano acompañado de yogur para compensar.

TAMATIEBREDIE

1 kg de tomates, pelados y troceados
5 cucharadas de aceite de girasol
1 kg de carne de cuello o codillo de carnero
    (si no se encuentra carne de carnero, puede ser
    de cordero)
½ taza de harina blanca para rebozar la carne
2 cebollas medianas peladas y picadas
2 cucharadas de mantequilla
5 clavos de olor enteros
6 granos de pimienta de Jamaica enteros
10 granos de pimienta
1 rama de canela
1 cucharadita de cilantro entero
4 cucharaditas de cilantro molido
1 cucharadita de comino molido
½ cucharadita de pimienta negra molida
1 pizca de nuez moscada molida
1 pizca de macis molida
2-3 dientes de ajo picados
2 cucharaditas de jengibre picado
100 g de tomate concentrado
2 cucharaditas de sal
2 cucharaditas de azúcar

4 patatas medianas peladas y cortadas en dados
   de 1-2 cm
1-2 cucharadas de vinagre

Hacer una crucecita en ambos extremos de los tomates. Escaldarlos en agua hirviendo dos minutos y luego sumergirlos en agua fría. Así será fácil quitar la piel. Pelarlos y trocearlos.

Calentar el aceite en una olla para horno gruesa. Rebozar la carne en harina y luego dorarla en el aceite caliente, friendo pocos trozos cada vez y procurando que la harina no se queme. Cuando toda la carne esté dorada, retirarla de la olla.

En la misma olla, freír la cebolla en la mantequilla unos minutos. Añadir las especias enteras y cocer hasta que la cebolla esté tierna. Agregar las especias molidas, el ajo y el jengibre, y rehogar un minuto más. Devolver la carne a la olla, seguida del tomate troceado, el tomate concentrado, la sal y el azúcar, y llevar a ebullición.

Preparar el horno o la bolsa de cocción lenta (véanse las instrucciones de uso en las páginas 407-408).

Dejar la olla en la caja caliente todo el día, recalentando al fuego la carne cada 4 horas si es posible para volver a meterla después en el recipiente acolchado, o bien cocer la carne en la olla tapada dentro del horno precalentado a 120 °C durante 4 horas. Retirar del horno y dejar reposar.

Hervir las patatas troceadas en agua muy salada hasta que estén cocidas (15-20 minutos).

Más o menos 1 hora antes de servir, añadir las patatas cocidas, destapar la olla y meterla en el horno a 180 °C, o bien dejarla hervir a fuego lento hasta que la salsa haya espesado. Si se calienta al fuego, hay que vigilar que el *bredie* no se pegue al fondo de la olla. La carne tiene que quedar muy tierna (debería desprenderse del hueso). Justo antes de servirla, añadir vinagre al gusto. Probar de nuevo para ver qué le hace falta. Seguramente le irá muy bien un buen pellizco de sal y pimienta negra recién molida.

Servir con arroz y judías verdes.

- Normalmente utilizo aceite de girasol para freír y cocinar al horno, pero se puede utilizar cualquier aceite que no tenga un sabor muy fuerte y soporte bien el calor.

PICADILLO PARA VETKOEK

Este es el picadillo al curry que se prepara para comer con los *vetkoek*.

La receta está en la página 429.

3 cucharadas de mantequilla
500 g de carne de ternera picada
1 cebolla mediana pelada y troceada
½ cucharadita de cúrcuma molida
1 cucharadita de cilantro molido
1 cucharadita de pimienta blanca molida
4 clavos enteros
1 hoja de laurel
2 tomates grandes pelados y troceados
1½ cucharadita de sal
2 tazas de agua
¼ de taza de chutney de tomates verdes o cualquier otro
    chutney de fruta ácida

Derretir la mantequilla en una sartén gruesa a fuego medio-alto. Añadir la carne picada y removerla para que no se apelmace. Saltear la carne, removiendo todo el rato, para que no se pegue a la sartén.

Cuando tenga un bonito color marrón, añadir la cebolla y sofreír hasta que esté tierna.

Bajar el fuego a intensidad media y agregar las especias. Rehogar unos minutos y luego incorporar el resto de los ingredientes.

Dejar cocer la carne más o menos media hora o hasta que la mezcla quede espesa y sabrosa.

Probar para ver si necesita más sal o tal vez un chorrito de zumo de limón.

Consejos

- Dorar la carne como es debido al principio lleva su tiempo, pero merece la pena porque hace que el plato quede especialmente sabroso y suculento.
- Cortar los *vetkoek* hasta la mitad y luego usar la punta de un cuchillo para acabar de cortarlos sin dañar la costra. Así serán más fáciles de comer una vez se hayan rellenado con el delicioso picadillo. También se puede añadir un poco más de chutney a los *vetkoek* rellenos de carne.

Dulces

MERMELADA DE ALBARICOQUE

1 kg de albaricoques carnosos que no estén muy maduros
1 kg de azúcar
el zumo de 1 limón (opcional, si la fruta está madura)
10 semillas de albaricoque (sacadas del interior del hueso)

Cortar los albaricoques por la mitad y retirar el hueso antes de pesarlos. Usar exactamente el mismo peso de fruta que de azúcar y mezclar. Dejar reposar toda la noche.

Poner la fruta en una olla grande y profunda. Añadir el zumo de limón (si los albaricoques están un poco maduros) y las semillas de albaricoque. Cocer a fuego lento y remover hasta que se haya disuelto el azúcar. Llevar a ebullición.

Tapar la olla 3 minutos para disolver los cristales de los lados, luego quitarle la tapa y hervir a fuego medio hasta que la mermelada comience a aclararse y se cuaje (20-25 minutos). Remover la mermelada de vez en cuando para evitar que se pegue al fondo, pero no demasiado a menudo para que no se cristalice.

Para comprobar si ha alcanzado el punto adecuado, poner una gota en un plato helado. Deberá estar espesa y pegajosa, no líquida. Si se inclina el plato, la mermelada debería quedar como un grumillo y no resbalar. Con la práctica, se verá si ya está lista por la forma en que se desprende de la cuchara.

Verter la mermelada en tarros esterilizados y comprobar que en cada tarro hay varias semillas de albaricoque. Cuando se haya enfriado un poco, sellar con cera de vela fundida y cerrar con fuerza la tapa. No es imprescindible utilizar la cera; esta sirve para que la mermelada se conserve como recién hecha durante años.

CONSEJOS

- Las semillas de albaricoque proporcionan un agradable sabor almendrado a la mermelada. Hay que emplear un martillo o medio ladrillo para romper los huesos de los albaricoques y sacar las semillas. También pueden comprarse en las tiendas de dietética. Para conseguir un sabor almendrado deberán pasar un par de meses. Mejorará con el tiempo.
- La mermelada más sabrosa se hace con fruta no madura. Es la que contiene más pectina y su sabor es más fuerte. Si se utiliza fruta madura, añadir zumo de limón (que contiene pectina extra).
- Para esterilizar los tarros, hay que lavarlos en agua caliente jabonosa y luego introducirlos en el horno a 100 °C durante 20 minutos para que se sequen. Poner la mermelada en los tarros antes de que todo se enfríe.

MELKTERT DE TANNIE KURUMAN

Base

1¼ tazas de harina de repostería
⅓ taza de azúcar glas
¼ cucharadita de sal

½ taza de mantequilla en dados (125 g) ablandada
2 yemas de huevo

Tamizar la harina, el azúcar glas y la sal juntos.

Añadir la mantequilla y las yemas de huevo, y agregarlo a la harina con un cuchillo. Amasar muy cuidadosamente la mezcla con los dedos hasta que la mantequilla quede bien incorporada. Envolver la masa en film transparente y refrigerar 30 minutos.

Estirar la masa sobre una superficie enharinada y forrar con ella un molde de 24 cm de diámetro bien engrasado.

Pinchar la base con un tenedor.

Hornear la tarta entre 15 y 20 minutos a 200 °C.

Relleno

Ingredientes A:

2 tazas de leche
1 cucharada de mantequilla
1 pizca de sal
⅔ de taza de azúcar

Ingredientes B:

1 taza de leche
2 cucharadas de harina de repostería
¼ de taza de maicena

Ingredientes C:

2 huevos
1 cucharadita de extracto de vainilla

Cobertura

azúcar a la canela

Calentar los ingredientes A (leche, mantequilla, sal y azúcar) en un cazo y remover hasta que el azúcar se haya disuelto.

Mezclar los ingredientes B (leche, harina y maicena) en un cuenco, y verter A sobre B. Mezclar bien y devolver al cazo.

Cocer la mezcla, sin dejar de remover unos 5 minutos hasta que se haya espesado y haya desaparecido el sabor a harina.

Batir los ingredientes C (huevos y vainilla) en un cuenco. Sin dejar de batir, añadir lentamente la mezcla caliente a C y remover bien. Devolver al cazo y cocer a fuego lento hasta obtener una mezcla espesa (2-3 minutos).

Verter la crema en la base horneada y dejar enfriar y cuajar. Espolvorear por encima una cantidad generosa de azúcar a la canela antes de servir.

Consejos
- Para preparar azúcar a la canela, mezclar partes iguales de canela molida y azúcar moreno.
- También se puede espolvorear la superficie de la tarta de leche solo con canela en lugar de azúcar a la canela.

SORBETE DE MANGO

2 mangos maduros pelados y troceados
Yogur o zumo de lima (opcional)

Congelar la pulpa del mango durante 3 horas o hasta que esté bastante dura pero no como una piedra.

Batir a fondo con la batidora eléctrica y volver a guardar en el congelador.

Se puede añadir una cucharada de yogur o un chorrito de zumo de lima antes de servir.

Consejos
- Para que esta receta salga bien, los mangos deben ser deliciosos. Si son normalitos, tal vez sea mejor añadir nata o

yogur a la mezcla antes de congelarla o verter un poco de miel por encima.

- Si el mango se ha congelado del todo, esperar unos minutos antes de batirlo.

EL PASTEL DE CHOCOLATE
Y SUERO DE LECHE PERFECTO

Masa

¼ de taza de agua
220 g de mantequilla
½ taza de cacao en polvo (60 g)
1¾ de tazas de azúcar moreno
2 huevos
1¾ de tazas de suero de leche
1 cucharadita de extracto de vainilla
2 tazas de harina de repostería (240 g)
1 cucharadita de bicarbonato de soda
1 cucharadita de levadura en polvo
½ cucharadita de sal

Precalentar el horno a 180 °C. Forrar el fondo de un molde de 28 cm de diámetro con papel vegetal y untar el papel y los lados del molde con mantequilla.

Poner primero el agua en un cazo y luego añadir la mantequilla y el cacao en polvo. Calentar sin que llegue a hervir.

Batir juntos el azúcar y los huevos, e incorporar el suero de leche y la vainilla. A continuación, agregar la mezcla de cacao caliente y mezclar bien.

Tamizar juntos la harina, el bicarbonato, la levadura y la sal, y añadir a la mezcla de cacao. Mezclar bien otra vez.

Verter la mezcla en el molde y hornear entre 50 y 55 minutos. Dejar enfriar dentro del molde.

Glaseado

1½ tazas de azúcar glas tamizado (200 g)
½ taza de mantequilla (125 g)
¼ de taza de cacao en polvo tamizado (40 g)
¼ de taza de suero de leche
¼ de cucharadita de sal
½ cucharadita de extracto de vainilla
1 cucharada de ron

Calentar todos los ingredientes del glaseado excepto el ron en un cazo a fuego medio, sin dejar de remover y deshaciendo los posibles grumos. Llevar a ebullición y retirar del fuego. Verter el ron.

Dejar enfriar el pastel y el glaseado por completo antes de recubrir el pastel.

Consejos
- Preparar el glaseado cuando el pastel esté en el horno para que dé tiempo a que se enfríe del todo.
- El glaseado caliente también es una deliciosa salsa de chocolate para verter sobre un helado.
- Si no se tiene ron, se puede utilizar coñac, pero el ron y el chocolate forman una combinación mágica.

TARTA DE MOUSSE DE CHOCOLATE DEL MECÁNICO

240 g de chocolate negro
½ taza de mantequilla (125 g)
1 cucharadita de extracto de vainilla
4 huevos
¼ de taza de azúcar extrafino
1 pizca de sal
la ralladura de 1 naranja

Fundir el chocolate, la mantequilla y la vainilla al baño María. (Yo pongo los ingredientes en un cuenco refractario encajado sobre un cazo con agua hirviendo, apartado del fuego.)

Batir los huevos, el azúcar y la sal hasta que la mezcla quede muy espesa y suave. Para ello hay que estar por lo menos 5 minutos batiendo a velocidad alta con la batidora eléctrica. Es muy importante hacerlo así y no correr. La mezcla se espesará, se volverá espumosa y aumentará unas cinco veces de volumen.

Añadir la ralladura y luego incorporar la mezcla de chocolate caliente con mantequilla y vainilla.

Verter la mezcla en un molde desmontable forrado y engrasado de 23 cm de diámetro y hornear la tarta a 160 °C de 35 a 45 minutos o hasta que la superficie comience a agrietarse.

Dejar enfriar dentro del molde, luego desmoldar y rellenar la parte hueca de arriba con nata montada y frutos rojos o frutos secos.

Consejos
- Utilizar chocolate negro con un 35-40 por ciento de contenido de cacao. No conviene utilizar chocolate muy amargo, con una cantidad de cacao superior al 45 por ciento, ya que la tarta quedaría seca, amarga y pesada.
- Es posible que el pastel quede un poco plano, pero de esta forma se puede rellenar el centro con una deliciosa nata montada, frutos rojos o frutos secos, o incluso *kaalgatperskes* escalfadas.

TARTA ESPIRAL DE MIEL Y TOFE

Masa

½ taza de leche
2 cucharadas de azúcar (30 g)
1 cucharada de miel (20 g)
1 cucharadita de levadura seca instantánea

2 vainas de cardamomo
2 tazas de harina de repostería (240 g)
¾ de cucharadita de sal
1 pizca de nuez moscada molida
1 huevo batido
100 g de mantequilla ablandada

Cobertura de tofe de miel

3 cucharadas de mantequilla (45 g) ablandada
75 g de azúcar glas
1 clara de huevo
2 cucharadas de miel (40 g)
30 g de almendra picada

Poner la leche, el azúcar y la miel en un cazo y calentar a fuego lento hasta que la leche esté tibia. Debe estar más bien templada, no caliente, para que no mate la levadura. Añadir la levadura y reservar.

Machacar las vainas de cardamomo en un mortero. Retirar el cardamomo y machacar las semillas, con un poco de azúcar, hasta que queden bien molidas.

Tamizar juntas la harina y la sal, y añadir la nuez moscada y el cardamomo molido.

Añadir la levadura disuelta en la leche y el huevo batido a la harina, y amasar todo junto unos minutos. Agregar la mantequilla y trabajar la masa unos 10 minutos hasta que quede muy lisa.

Ponerla en un cuenco limpio untado con mantequilla, cubrir con un paño y dejar reposar en un lugar cálido 1 hora y media o hasta que haya doblado su volumen.

Mientras tanto, preparar la cobertura poniéndolo todo en otro cuenco y mezclando bien.

Forrar una bandeja de horno alta o un molde bajo con papel vegetal. Verter la masa sobre la encimera un poco enharinada y golpearla contra esta para eliminar el aire. Empezar a enrollar y estirar la masa en forma de un churro largo. Puede dejarse reposar unos minutos si la masa se contrae de nuevo. Cuando el churro tenga unos 70 cm de largo o entre 2 y 3 cm de grosor, formar una espiral holgada en forma de serpiente en la bandeja o el molde forrado. Las vueltas de la espiral no deben tocarse entre sí: hay que dejar unos 2 cm entre cada anillo de la serpiente excepto la cola, que puede meterse por debajo.

Verter la cobertura de manera uniforme sobre el pastel y dejar reposar de 20 a 25 minutos más para que suba la masa.

Hornear entre 30 y 35 minutos a 190 °C o hasta que quede bien dorado y esté cocido.

NOTA

- El pastel está perfecto el mismo día que se prepara, pero puede recalentarse en el horno o tostarse y volverá a estar igual de bueno.

KOEKSISTERS

Almíbar

1 kg de azúcar
2½ tazas de agua
½ cucharadita de jengibre molido
2 ramas de canela
3 cucharadas de zumo de limón
½ cucharadita de crémor tártaro

Masa

4½ tazas de harina de repostería (560 g)
1 cucharadita de sal
4 cucharaditas de levadura en polvo
½ taza de mantequilla (125 g)
2 huevos batidos
1 taza de leche aproximadamente
2 l de aceite de girasol para freír

Primero, preparar el almíbar mezclando el azúcar, el agua, el jengibre y la canela en una cacerola de fondo pesado. Poner a fuego medio y remover hasta que el azúcar se haya disuelto. Llevar a ebullición y dejar hervir unos 5 minutos para formar un almíbar. Retirar del fuego y añadir el zumo de limón y el crémor tártaro.

Cuando el almíbar se haya enfriado un poco, poner en la nevera o en el congelador.

Para preparar la masa, tamizar juntas la harina, la sal y la levadura. Mezclar la mantequilla y la harina con los dedos. Añadir los huevos y leche suficiente para formar una masa elástica que sea fácil de trabajar. Amasar muy bien (por lo menos 10 minutos) hasta que quede homogénea y elástica.

Pasar la masa a un cuenco untado con aceite, cubrir con un paño y dejar reposar 3 horas.

Volcar la masa sobre una superficie untada con aceite. Dividirla en 6 partes iguales (de unos 180 g cada una) y formar un churro con cada una. Manejándolos con cuidado pero con decisión, trabajar a fondo cada uno de los churros sin que se rompa la masa. Reservar y pasar al siguiente. Una vez terminados, volver a hacerlo hasta que cada uno de los 6 churros tenga una longitud de un metro más o menos, o no más de 1 cm de grosor. Dejarlos reposar 10 minutos.

Ahora hay que formar dos trenzas de 3 cabos cada una. Lo más fácil es comenzar por el medio y trenzar hacia un lado y luego hacia el otro. Comprobar que quede una trenza bonita y prieta, y luego dejar reposar entre 10 y 15 minutos más.

Cortar las trenzas en trozos de 7 cm. Deberían salir por lo menos 12 *koeksisters* de cada trenza.

Freír en aceite caliente por tandas de cuatro más o menos, dándoles la vuelta cuando se hayan dorado (entre 2 y 3 minutos por lado). Una vez que tengan el color deseado por todas partes, dejarlas escurrir un momento (en hueveras viejas o papel de cocina) antes de meterlas en el almíbar frío. Darles la vuelta y dejarlas en el almíbar hasta que las siguientes estén preparadas. Seguir así hasta terminarlas todas.

• Son deliciosas y el esfuerzo realmente merece la pena. Lo mejor es servir estas pastas frías; en la nevera se conservarán un par de días (aunque seguro que se acabarán antes). También se pueden congelar.

BIZCOCHO DE MUESLI TOSTADO Y DE SUERO DE LECHE

1 kg de harina de repostería
¼ de taza de levadura en polvo (40 g)
4 cucharaditas de sal
1½ tazas de muesli tostado (200 g)
1 taza sin acabar de llenar de pasas sultanas o de Corinto (100 g)
1 taza de manzana desecada picada (75 g)
1¼ tazas de semillas de girasol (170 g)
½ taza de coco rallado (40 g)
¼ de taza de semillas de lino (35 g)
¼ de taza de semillas de sésamo (35 g)
¼ de taza de semillas de calabaza (30 g)
2 tazas de azúcar moreno (400 g)
3 huevos grandes
2 tazas de suero de leche
500 g de mantequilla fundida

Precalentar el horno a 180 °C y engrasar cuatro moldes para plumcake pequeños o un molde de 30 × 40 cm.

Mezclar todos los ingredientes secos.

Batir los huevos e incorporar el suero y la mantequilla fundida. Añadir a los ingredientes secos y mezclar bien.

Pasar la mezcla al molde o los moldes (de forma que quede un grosor de unos 3 cm) y hornear unos 45 minutos.

Dejar enfriar un poco antes de desmoldar sobre una rejilla metálica y luego dejar enfriar por completo.

Cortar en porciones de unos 2 cm de grosor si se hornean en moldes pequeños y en trozos de 3 × 4 cm si se hornean en un molde grande, según el tamaño que se prefiera.

Dejar secar toda la noche dentro de un cajón calentador, o bien en el horno de 4 a 6 horas a una temperatura entre 80 y 100 °C hasta que estén duros y secos. Guardar en un recipiente hermético.

Mojar el bizcocho en el café, como si se tratara de galletas, hasta que quede blando y delicioso.

Consejos
- Cortar la manzana desecada con tijeras; es mucho más fácil.
- También se pueden añadir arándanos desecados u otros frutos secos, semillas o frutas desecadas, siempre que la cantidad de los ingredientes sea la indicada.

Pan

PAN DE CAMPO DEL KAROO

4½ tazas de harina integral para pan (600 g)
3 cucharaditas de sal
10 g de levadura seca instantánea
1 taza de avena (80 g)
½ taza de semillas de girasol (80 g)
¼ de taza de melaza (80 g)
1 cucharada de aceite de girasol
2½ tazas de agua templada
1 taza de copos de trigo integrales (55 g)

Engrasar un molde de 12 × 25 cm.

Tamizar la harina (restituyendo el salvado que quede en el tamiz) e incorporar la sal, la levadura, la avena y las semillas de girasol.

Añadir la melaza, el aceite y el agua y remover bien. Agregar luego los cereales y mezclar bien. Pasar la masa al molde y dejarla reposar en un lugar cálido unos 30 minutos para que suba.

Espolvorear con unas pocas semillas de girasol más y cocer en el horno precalentado a 220 °C de 40 a 45 minutos.

Retirar del molde y dejar enfriar sobre una rejilla metálica antes de cortar en rebanadas.

Consejo
• Este pan se conserva fresco una semana. Queda delicioso con mantequilla artesanal y mermelada de albaricoque o lonchas gruesas de queso.

VETKOEK

600 g de harina de repostería
3 cucharaditas de levadura seca instantánea
2 cucharadas de azúcar
3 cucharaditas de sal
2 cucharadas de aceite de girasol
200 ml de agua tibia
200 ml de leche
2 l de aceite de girasol para freír

Tamizar la harina e incorporar la levadura, el azúcar y la sal.

Mezclar el aceite, el agua tibia y la leche, y verter lentamente a la mezcla de harina. Debería formarse una masa fácil de trabajar. Amasarla entre 8 y 10 minutos sobre una superficie enharinada hasta que quede homogénea y elástica. Untar con aceite un cuenco grande, poner la masa dentro, cubrir con un paño y dejar reposar unas 2 horas o hasta que haya doblado su tamaño.

Trabajar la masa con cuidado para eliminar el aire y dividir en 10 porciones (de unos 100 g cada una). Formar bolas y luego chafarlas con la palma de la mano. Untarlas con aceite y dejarlas reposar entre 20 y 30 minutos para que suban.

Entretanto calentar el aceite en una sartén grande de fondo pesado. Freír los *vetkoek* de tres en tres en el aceite caliente, dándoles la vuelta cuando se hayan dorado por un lado (de 4 a 6 minutos) para que cojan color también por el otro.

Escurrir sobre papel de cocina o hueveras vacías.

Servir con picadillo para *vetkoek* (véase la receta de la página 416) o con mucha mantequilla, queso artesanal y mermelada de albaricoque casera (véase la receta de la página 417.

Agradecimientos

Escribir es una actividad de lo más solitaria, pero al poner por escrito mis agradecimientos me quedo anonadada ante la legión de colaboradores con los que he contado. Os doy las gracias de corazón a todos. A continuación menciono a algunos de vosotros:

Peter van Straten, Bosky Andrew y Joan van Gogh me ofrecieron sus opiniones sobre los primeros borradores. Miriam Wheeldon y Nicolene Botha fueron mis asesores musicales. Anel Hamersma realizó la revisión inicial de todo lo relacionado con la lengua y la cultura *afrikáans*. Christian Vlotman y JP Andrew respondieron a mis preguntas sobre la cultura juvenil. Vilia Reynolds me facilitó información acerca de Ladismith. Andrew Brown fue sumamente generoso al darme asesoramiento en cuestiones legales, literarias y policiales. Los agentes de policía de Ladismith, tanto mujeres como hombres, tuvieron la amabilidad de ilustrarme sobre ciertos procedimientos policiales.

Carole Buggé (de la prestigiosa escuela de escritura creativa Gotham Writers' Workshop de Nueva York) me ofreció esperanza y una primera revisión fantástica, y Christopher Hope, sus perspicaces observaciones.

Sisi Nono Silimela encarna el espíritu de rectitud de Tannie Maria. Ditto Tannie Maria van der Berg, de quien tomé prestado además el nombre de pila, es una cocinera extraordinaria y, junto con su hija Crecilda, me asesoraron sobre temas que van de las palabrotas a las ovejas. Danie Vorster de Merino SA amplió mis conocimientos con respecto a estas últimas. Ronel Gouws, Chris Erasmus, Pieter Jolly y Carl Wicht aclararon con amabilidad mis dudas sobre *afrikáans*, literatura, bosquimanos y extremidades rotas (respectivamente). Agradezco a Vlok y a Schutte-Vlok su libro *Plants of the Klein Karoo* (Umdaus Press, 2010).

Si tuviera que alabar todas las cualidades de mi agente, Isobel Dixon, parecería una mera aduladora, así que me limitaré a decir en pocas palabras que es una mujer maravilla y una diosa. Louise Brice es un ángel puro, Melis Dagoglu mueve montañas y estoy sumamente agradecida a la bandada entera de seres queridos que forman parte de la agencia literaria Blake Friedmann, entre ellos Hattie Grunewald (que me prestó incluso su nombre de pila) y Tom Witcomb.

Tengo la suerte de haber gozado de un entusiasmo desenfrenado y una cuidada edición por parte de un grupo de magníficos editores y correctores, incluyendo a Fourie Botha, Beth Lindop y Máire Fisher (Umuzi, Sudáfrica), Louisa Joyner, Jamie Byng y Lorraine McCann (Canongate, Reino Unido), Dan Halpern y Megan Lynch (Ecco, HarperCollins USA), Iris Tupholme (HarperCollins Canada) y Mandy Brett y Michael Heyward (Text, Australia). Ha sido una experiencia de colaboración increíble, en la que la suma de muchos cocineros ha perfeccionado el caldo, en lugar de echarlo a perder (gracias a la dirección de cocina profesional de la encantadora Louisa).

Deseo expresar mi gratitud a los equipos al completo de los editores de este libro en todo el mundo. Gracias por las hermosas cartas que me habéis escrito algunos. Las guardo en mi caja de cartas de amor y las utilizo como remedio cuando tengo un mal día.

Gracias a mi maravilloso hombre, Bowen Boshier, que me apoya en todo y me enseña a ver y a ser.

El amor y apoyo que he recibido por parte de todos vosotros es como el agua fresca del arroyo del que bebo cada día en el Karoo.

Los siguientes iconos literarios son mi fuente de inspiración y a ellos debo mi gratitud: Agatha Christie, la reina del crimen, que despertó mi pasión por los llamados *cozy misteries* o misterios acogedores; Herman Charles Bosman, maestro de la narración del que aprendí que lo que se excluye de una historia puede ser tan importante como lo que se incluye en ella; y el encantador Alexander McCall Smith, que mostró al mundo que una mujer detective lenta y blanda del sur de África puede dejar atrás a muchos investigadores privados duros y acelerados de América del Norte.

Los títulos de las canciones que suenan en los tonos de llamada del móvil de Jessie deben agradecerse a los grandes músicos citados a continuación: *Girl On Fire* de Alicia Keys, *My Black President* de Brenda Fassie, *Light My Fire* de The Doors y *I'm Your Man* y *By The Rivers Dark* de Leonard Cohen.

La canción tradicional *afrikáans 'N Liedjie Van Verlange* que cantan Dirk y Anna proviene de la canción popular alemana *Ich Weiss Nicht Was Mir Fehlet*, cuya letra me he tomado la licencia de traducir en ese *Canto de nostalgia*. Muchas gracias a la Federasie van Afrikaanse Kultuurvereniginge y a Protea Boekhuis por tener la amabilidad de permitirme utilizar la versión *afrikáans* de dicha canción, de Eitemal, publicada en su *FAK Sangbundel* (Protea Boekhuis, 2011).

Estoy sumamente agradecida a los chefs, cocineros y panaderos que han contribuido a perfeccionar los fragmentos de esta novela relacionados con las recetas.

Nikki Langer (de la empresa de catering Eat Love Feast) tuvo la amabilidad de leer un borrador inicial del libro entero, me ayudó a ligar la trama con la comida y me dio numerosas y fantásticas ideas de recetas (muchas de Ina Paarman).

El magnífico panadero y chef Martin Mössmer probó y adaptó las recetas de Tannie Maria hasta que todas y cada una de ellas quedaron exquisitas a más no poder. Fue quien me proporcionó las recetas del sambal de tomate, los *vetkoek*, el picadillo para *vetkoek*, el pastel espiral de miel y tofe, los *koeksisters*, la tarta de mousse de chocolate y el pastel de chocolate y suero de leche. La sublime receta de *melktert* es de su tatarabuela, Ouma Alie Visser.

La legendaria Ina Paarman me permitió utilizar sus fabulosas recetas del sambal de pepino y la cobertura del *bobotie* y tuvo la amabilidad de reunirse conmigo para compartir sus ideas.

En la cocina me inspira mi hermana, Gabrielle Andrew, que prepara unos platos absolutamente deliciosos. El carnero tierno al curry es una adaptación de su receta (con alguna que otra aportación de Martin y mía).

Mis padres, Bosky y Paul Andrew, son los mejores anfitriones del planeta y cocinan siempre con amor. Son dos seres divinos. Le debo mucho al recetario más usado de mi madre, *Cook with Ina Paarman* (Struik, 1987), y al de la madre de mi padre, *Mrs Slade's South African Cookery Book* (Central News Agency, 1951). Asimismo, me ha servido de inspiración el clásico *Kook en Geniet* de SJA de Villiers (autopublicado por su autora en 1951).

La receta del *bobotie* es de mi padre, y se basa en la de Mrs. Slade (con ideas tradicionales de Ina Paarman y Martin Mössmer). El *tamatiebredie* es una creación mía, con retoques de Martin Mössmer.

Doy las gracias a Barrie Pringle por su receta de pan de campo del Karoo, al panadero Gavin Lawson y al maestro panadero Chris Johnston (de Main Street Café, Omaruru, Namibia) por sus fantásticas ideas (incluyendo la del chocoplátano) y a Laurian Roebert por la maravillosa y sanísima receta de *beskuits* de su madre.

Dan Halpern, Hattie Grunewald, Laurian Roebert, Teresa Loots, Jenny Wheeldon, Lindy Truswell y Tova Luck son grandes cocineros que han puesto a prueba las recetas de Tannie Maria, y han ofrecido excelentes observaciones.

También me he visto influida por ideas recogidas en *Karoo Kitchen: Heritage Recipes and True Stories from the Heart of South Africa* (Quivertree Publications, 2012), de Sydda Essop.

Las recetas de mi libro proceden en su mayoría de la tradición culinaria de personas de habla *afrikáans*. No obstante, las disfrutan una amplia variedad de sudafricanos, y sus fuentes son muy diversas. Pese a los grandes esfuerzos del apartheid, hay una intrincada relación entre culturas (y su cocina), y las recetas «tradicionales sudafricanas» tienen muchas influencias (malaya, india, holandesa, francesa e italiana entre otras), además de su origen africano.

En mi opinión, todas las recetas de Tannie Maria están más que deliciosas. Sin embargo, cabe señalar que ante cualquier fallo o error la responsabilidad es mía y en ningún caso debe culparse a los cocineros citados arriba.

> No existe una receta original. Aprendemos unos de otros e introducimos cambios. Algo de aquí, algo de allá, un puñado de esto, un puñado de lo otro… así generación tras generación.
>
> Karen du Preez, citada en *Karoo Kitchen*

> Cuando uno cocina, tiene que hacerlo con el corazón.
>
> Carolyn Essop, citada en *Karoo Kitchen*

Glosario de Tannie Maria

aardvark: literalmente, «cerdo de tierra»; cerdo hormiguero.

afdak: tejado de una galería, hecho normalmente de chapa ondulada.

afrikáans: lengua que se habla en Sudáfrica, derivada principalmente del neerlandés, aunque tiene palabras de otros idiomas, incluyendo el malayo, el bosquimano, el francés y el inglés.

Afrikaanse Taal-en Kultuurvereniging (AKTV): Asociación de la Lengua y la Cultura Afrikáans.

ag: ¡ah!, ¡ay!, ¡vaya!

appelkooskonfyt: mermelada de albaricoque.

asseblief: por favor.

bakkie: camioneta que en su parte trasera tiene una zona de carga cubierta por un toldo en lugar de asientos. El Klein Karoo está lleno de *bakkies* y todoterrenos, y algunas de las *bakkies* más grandes son todoterrenos. Mi Nissan 1400 es pequeña, pero resiste lo que le echen y va bien por los caminos de tierra.

berg(e): montaña(s).

beskuit: me han dicho que hay gente que no sabe qué son los *beskuits*. ¿En serio? ¡Pobres! Es un pan dulce troceado y vuelto a hornear para que se seque. Los *beskuits* se comen mojados en el café, pero si los mojas demasiado se reblandecen.

biltong: carne seca condimentada.

bitterbos: literalmente, «arbusto amargo»; planta tóxica con pequeñas flores amarillas.

blerrie: maldito, puñetero.

blikemmer!: una manera más educada de decir *bliksem!* Significa literalmente «cubo de lata».

bliksem!: literalmente quiere decir «rayo», pero se utiliza como palabrota con el significado de «¡maldita sea!».

bobotie: plato típico de la cocina sudafricana que consiste en un pastel de carne picada con especias cubierto de huevo y hecho al horno.

boerewors: literalmente, «salchicha de granjero», con mucha grasa y especias.

bokkie: cervatillo.

bokmakierie: bubú silbón, pájaro de color amarillo y verde con un canto precioso y muchas melodías distintas.

bosquimano: (del *afrikáans boschjesman*, «hombre del bosque») o san, son los cazadores-recolectores originarios de Sudáfrica. Jessie dice que ambos términos son válidos (y usados por los propios bosquimanos), aunque ellos no eligieron ninguno de los dos. En su propia lengua no tienen ninguna palabra para describirse a sí mismos como un pueblo separado del resto. Las personas son personas sin más. Fueron los primeros habitantes de Sudáfrica, y llevan viviendo aquí desde hace más de veinte mil años. Son famosos por sus habilidades de rastreo y por mantener unas relaciones saludables entre sí, así como con la naturaleza y el mundo de los espíritus. Los bosquimanos fueron expulsados de sus tierras y maltratados por sudafricanos negros y blancos. Muchos ganaderos los veían como «alimañas» y los mataban. Hoy en día la mayoría de las comunidades cazadoras-recolectoras han sido destruidas y muchas de sus lenguas han desaparecido. Pero aún es posible encontrar su fuerte espíritu en algunas personas y lugares.

bossies: loco.

botterblomme: literalmente, «flores de mantequilla»; gazanias.

braai: barbacoa.

brandewyn: literalmente, «vino ardiente»; brandy.

bredie: estofado, guiso.

broekie-lace: literalmente «encaje de bragas»; es como se conocen los diseños de flores que se ven en los trabajos de forja de las casas victorianas de Ladismith.

buchu: planta medicinal de olor agradable. Procede de una lengua bosquimana.

daggakop: fumeta. *Dagga* (marihuana) viene de la palabra bosquimana *daxa*.

dankie: gracias.

dassie: damán roquero.

deurmekaar: desastroso.

doek: pañuelo cuadrado, doblado en forma de triángulo y atado alrededor de la cara para cubrir el cabello.

donder: cabrón, hijo de puta. Viene del término *afrikáans* «*donder*», es decir, «trueno», pero utilizado como insulto tiene muchos significados.

dongas: torrenteras.

dorp: pueblo.

eina: ¡ay!, dolorido, delicado. Es una palabra de origen bosquimano.

eish: ¡Dios mío!, ¡ay Dios!

Ek soek: busco a.

frikkadelle: albóndigas especiadas.

fok: joder (pero en *afrikáans* no suena tan vulgar).

fynbos: literalmente, «plantas de hoja fina»; matorral típico de zonas montañosas de Sudáfrica.

gente de color: expresión con la que se describe a los sudafricanos con un tono de piel moreno claro. Sus antepasados son de distinta raza, y entre ellos hay esclavos malayos y bosquimanos, así como africanos blancos y negros. Hablan *afrikáans* e inglés.

gerook: colocado.

goggas: insectos. Viene de la palabra bosquimana *xo-xo*, «cosa que se arrastra».

great-ouma: bisabuela.

Groot Karoo: Gran Karoo, una zona más extensa al norte del Klein Karoo.

Groot Swartberge: Grandes Montes Negros (nombre de la sierra).

groot-wolfdoringbos: literalmente, «gran árbol espinoso del lobo»; arbusto parecido al árbol espinoso cambrón.

haai: ¡eh!

hayi khona: ni hablar (en xhosa).

hemel en aarde: literalmente, «cielo y tierra»; ¡santo cielo!

hok o *hokkie*: caseta (hecha con malla de gallinero y un tejado).

inglés: persona de habla inglesa. Tanto mi padre como mi madre nacieron en Sudáfrica, pero los llamo inglés y *afrikáans* por la lengua que hablaban. En Sudáfrica la palabra «inglés» no siempre significa «procedente de Inglaterra».

ja: sí.

ja nee: literalmente, «sí no»; significa algo así como «bueno, está bien».

jakkalsbos: margarita típica de Sudáfrica, de flores blancas con el centro azul oscuro.

jammer: perdón.

jinne: exclamación de sorpresa o enfado, no tan fuerte como *jislaaik*.

jirre: exclamación más fuerte que *jinne*, casi tanto como *jislaaik*.

jislaaik: ¡caray!

jou ouma se groottoon: literalmente, «el dedo gordo del pie de tu abuela»; expresión utilizada como palabrota.

jou sissie se vissie!: literalmente, «el pececito de tu hermana»; expresión utilizada como palabrota.

jou skollie!: ¡pillo! ¡granujilla!

kaalgatperskes: nectarinas.

kaffir: término ofensivo para cualquier persona negra. Procede de la palabra árabe *kafir*, que significa «no creyente». Los árabes lo empleaban para referirse a los cristianos, y posteriormente se adoptó como insulto aplicado a los colonos holandeses de Malasia e Indonesia. Fueron los holandeses quienes la introdujeron en Sudáfrica, donde la utilizaban, al igual que los blancos británicos, para nombrar en tono despectivo a los negros.

kak: mierda.

kakkerlak: cucaracha.

kankerbos: arbusto del cáncer.

kareeboom: árbol de cera.

Karoo: nombre de una zona de Sudáfrica; significa «lugar de sed» (en una lengua bosquimana).

klapperbos: alquequenje o farolillo chino.

Klein Karoo: Pequeño Karoo.

Klein Swartberge: Pequeños Montes Negros (nombre de la sierra).

klipspringer: saltarrocas (pequeño ciervo).

kloof: barranco.

koeksister: dulce típico de Sudáfrica, hecho con una masa similar a la de las rosquillas pero trenzada y recubierta de almíbar.

koffie: café.

kolskoot: diana.

Kook en Geniet: literalmente, «Cocina y diviértete», título de un famoso libro de cocina sudafricana.

koppie: colina baja y rocosa.

kossies: tentempiés.

kraal: corral, redil.

lammetjie: corderito.

lappiesgroep: literalmente, «grupo de retales». Realizan labores de *patchwork* y acolchado y están relacionadas con el *Afrikaanse Taal-en Kultuurvereniging (AKTV)*.

lekker: ¡Hmm!, ¡qué rico!, delicioso.

liggie: lucecita.

loslappie: literalmente, «trapo suelto», refiriéndose a una mujer fácil o una relación superficial.

ma: mamá.

maar: solo.

magtig!: ¡madre mía!, ¡santo cielo!, ¡Dios mío!

mama: madre (en xhosa). Al igual que los afrikáners, los negros sudafricanos utilizan nombres de parentesco para dirigirse a los demás aunque no sean familiares.

meerkat: suricata, suricato o gato de roca.

mejuffrou: señorita.

melktert: tarta de leche, un postre suave elaborado con mucha leche, extracto de vainilla y canela.

meneer: señor.

mevrou: señora.

mielie: maíz.

mieliepap: gachas de harina de maíz.

moederliefie: hijito querido de la madre.

moerkoffie: café sin filtrar.

'N Liedjie Van Verlange: un canto de nostalgia.

nee: no.

netjies: ordenado.

NGK: *Nederduitse Gereformeerde Kerk* o Iglesia Reformada Holandesa, la iglesia más importante y poderosa entre la comunidad afrikáner.

niemand: nadie.

niks nie: nada.

nooit!: ¡vaya!

ooh, gats: ¡Dios mío!

oom: tío.

op pad: de camino.

oupa: abuelo.

pa: papá.

padkos: comida pensada para picar en carretera.

pampoen: calabaza.

pap en wors: salchicha servida con unas gachas de harina de maíz consistentes.

pasop!: ¡cuidado!

potjiekos: estofado preparado al aire libre sobre un fuego de leña en una olla de hierro fundido.

reëngrassie: hierba de lluvia.

Reghardt: nombre masculino *afrikáans*; se pronuncia «riarjart». (En *afrikáans* la letra «g» siempre suena como la «j» en castellano.) *Reg* significa «correcto», *hart* significa «corazón» y *reggeard*, «bondadoso» o «sensato».

Rooiberg: Monte Rojo (nombre de una montaña).

rooibos: arbusto rojo (té).

sambal: pequeño plato indio que se sirven como guarnición.

shweshwe: tejido de algodón estampado muy popular en Sudáfrica (sobre todo entre los sotho y los xhosa).

sisi: hermana (en xhosa).

sjoe: ¡uf!

skat: tesoro.

slaan 'n bollemakiesie: dar una voltereta.

slangbos: literalmente, «arbusto de serpiente»; planta típica de Sudáfrica.

soentjie: besito.

soetkoekies: galletas.

soetpampoen: calabaza (también conocida como *pampoen*).

Soetwater: Aguadulce (nombre de una granja).

spanspek: melón cantalupo.

spekboom: literalmente, «árbol del beicon»; arbusto de hojas carnosas que puede llegar a convertirse en un pequeño árbol, conocido como árbol de la abundancia o hierba de los elefantes.

steenbokkie: cría del *steenbok* o raficero común, un pequeño antílope africano.

sterretjiebos: literalmente, «arbusto de la pequeña estrella»; planta suculenta.

stoep: porche de una casa, un lugar cómodo y con bonitas vistas.

sultanas: variedad de pasa obtenida de una uva blanca dulce típica de Sudáfrica.

tamatiebredie: guiso de cordero con tomate.

tamatiesmoor: salsa con trozos de tomate.

tannie: literalmente, «tía»; forma respetuosa de dirigirse en *afrikáans* a una mujer de la misma edad o mayor. A los hombres se les llama *oom*, que significa «tío». Puede que quede un poco anticuado, pero esa sigue siendo nuestra costumbre, sobre todo en los pueblos pequeños.

tata: padre (en xhosa).

totsiens: adiós.

Towerkop: un peñón rocoso partido por la mitad por una bre-
cha, en lo alto de la sierra de Swartberge, cerca de Ladismith.
Tower significa «hechizar» y *kop*, «cabeza».

twakpraatjies: tonterías, estupideces, disparates.

veld: campo agreste, sabana.

veldskoene: zapatos de cordones resistentes (hechos de piel suave), ideales para caminar con comodidad por el *veld*.

veldvygie: flor silvestre (una suculenta).

vetkoek: literalmente, «pastel de grasa». Son unos bollos de pan
fritos, esponjosos y muy sabrosos.

vetplantjies: pequeñas plantas crasas o suculentas.

vlakvark: literalmente, «cerdo de las llanuras»; jabalí verrugoso.

vleisbroek: literalmente, «pantalones de carne», palabra que
Anna dice al tuntún porque suena parecida a «Facebook».

voetsek: fuera de aquí, largo.

vygies: pequeñas plantas suculentas con vistosas flores provistas
de numerosos pétalos brillantes.

wildsvleis: literalmente, «carne salvaje»; caza.